suhrkamp taschenbuch 2218

Aniceto Hevia, der 17jährige Held des Romans, wächst in bitterster Armut auf; sein Vater ist als stadtbekannter Gauner und Betrüger ständig auf der Flucht und landet schließlich im Gefängnis; die Mutter stirbt früh, so daß Aniceto und seine Brüder sich selbst durchs Leben schlagen müssen. Aniceto gehört zur großen Schar der Ausgestoßenen in Argentinien. Auf der Suche nach Arbeit wandert er nach Chile aus und hilft dort beim Bau der Andenbahn. Unfreiwillig gerät er in einen Volksaufstand, wird eingekerkert und hat unter der Willkür der Justiz zu leiden. Aus dem Gefängnis entlassen, nimmt Aniceto sein unstetes Wanderleben wieder auf.
»Die Prosa von Manuel Rojas, einem Erben der europäischen und nordamerikanischen Moderne und gleichzeitig ein Verfechter der Rückbesinnung auf die heimische Sprache und Historie, ist voller Spannung. Derb wirkt sie oftmals, wie ein roh belassener Edelstein.«

Ingrid Heinrich-Jost, Frankfurter Allgemeine Zeitung

Manuel Rojas, 1876 in Argentinien geboren, kam als Vagabund nach Chile und schlug sich dort als Bauarbeiter, Buchdrucker, Journalist durch und wurde schließlich Professor an der Universität von Santiago de Chile. Er starb 1973.

Manuel Rojas
Der Sohn des Diebes

Roman

Aus dem Spanischen
von Anton Maria Rothbauer

Suhrkamp

Die Erstausgabe erschien unter dem Titel
Hijo de ladrón 1951 in Santiago de Chile
Umschlagfoto: Barbara Klemm

suhrkamp taschenbuch 2218
Erste Auflage 1993

Druck: Nomos Verlagsgesellschaft, Baden-Baden
Printed in Germany
Umschlag nach Entwürfen von
Willy Fleckhaus und Rolf Staudt

1 2 3 4 5 6 – 98 97 96 95 94 93

Der Sohn des Diebes

ERSTER TEIL

1

Wie kam ich nur hierher? Wozu kam ich hierher? – Aus den gleichen Gründen, die mich an so viele andere Orte trieben. Es ist eine lange und – was noch schwerer wiegt – verworrene Geschichte. Die Schuld liegt bei mir. Ich kann einfach nicht so denken, wie ein Metermaß es täte, Strich um Strich, Zentimeter um Zentimeter, bis hundert und vielleicht bis tausend. Auch mein Gedächtnis hält es nicht besser: Es springt wie ein Clown von einem Ereignis zum andern, greift aufs Geratewohl nach Erinnerungen, die zuerst auftauchen, hüpft zurück zu andern, die, träger oder dichter, sich aus dem Abgrund des verflossenen Lebens drängen.

Ich glaube, daß ich einmal – war es vorher? war es nachher? – im Gefängnis war. Zur Tat hatte ich keine Beziehung: Raubüberfall auf einen Juwelierladen, einen Juwelierladen, dessen Existenz und Lage ich nicht kannte und auch heute noch nicht kenne. Ich hatte, wie es scheint, Komplicen. Auch sie kannte ich nicht; denn ich erfuhr ihre wahren und erfundenen Namen auf dem gleichen Weg, wie sie meinen Namen kennenlernten. Nur die Polizei wußte etwas, und selbst sie war ihrer Sache nicht sicher.

Dann verflossen viele Tage in der Zelle und viele Nächte auf dem harten Zementboden, auf dem ich ohne Decke lag. Dann kam die Lungenentzündung, dann der Husten, der sich aus irgendeiner Stelle der verletzten Lunge schmerzhaft losriß. Als sie mich freiließen, gerettet vor dem Tod und dem Galgen, hingen die zerknüllten, farbfleckigen Kleider an mir wie an einem Nagel. Was sollte ich nun tun? Es gab nicht viel, was ich hätte tun können, vielleicht sterben; doch ist es nicht leicht zu sterben. An Arbeit war nicht zu denken, wäre ich doch von der Leiter gefallen –, und noch weniger konnte ich ans Stehlen den-

ken – die wunde Lunge hinderte mich daran, tief zu atmen. Es war auch nicht leicht zu leben.
In diesem Zustand und mit solchen Aussichten trat ich auf die Straße.
»Sie sind frei. Unterschreiben Sie hier. Aufseher vom Dienst!«
Sonne und Wind, Meer und Himmel.

2

Um diese Zeit hatte ich einen Freund: das einzige, das während einiger Tage mein war. Aber ich verlor es, wie man in sehr belebter Straße oder auf einsamem Sandstrand einen Gegenstand verliert, an dem das Herz hängt. So verlor ich in jenem Hafen meinen Freund. Nicht, daß er gestorben wäre; nicht, daß wir uns zerstritten hätten: er war ganz einfach nicht mehr da. Wir waren in Valparaiso eingetroffen und hatten großes Verlangen, uns auf irgendeinem Dampfer gemeinsam nach dem Norden einzuschiffen. Ich blieb zurück. Hunderte von Menschen: Polizisten, Eisenbahnschaffner, Konsuln, Hafenkapitäne, Unternehmer, Vorarbeiter und viele andere ebenso schreckliche Wesen stehen da, stehen dort, stehen überall bereit, einen Menschen daran zu hindern, dorthin zu gehen, wohin und wie er will.
»Ich möchte ein Seefahrtsbuch.«
»Staatsangehörigkeit?«
»Argentinier.«
»Geburtsurkunde?«
»Habe keine.«
»Verloren?«
»Nie gehabt.«
»Wie kamen Sie nach Chile?«
»In einem Viehwaggon.«
(Das war nicht gelogen. Die Schuld lag beim Zugführer. Unsere Lage rührte ihn nicht; er wurde wütend und scherte sich nicht

um die Bitten, die wir an ihn richteten – was hätte es ihm schon schaden können, wenn sich fünf arme Teufel hinten an die Wagen eines Güterzuges anhängten? – Was nützte es uns schon, wenn einer von uns, nachdem er dem Zugführer die zerfetzten Schuhe gezeigt hatte, in Tränen ausbrach. Zwanzig Tage Fußmarsch, die Füße eine einzige Wunde. Ließe der Zugführer ihn nicht mit diesem Zug weiterfahren, dann müßte er – um Gottes willen! – in diesem verlassenen Tal von Uspallata vor Hunger und Kälte sterben. Umsonst. Verwendete unser Gefährte auch das besterprobte Schluchzen: es war umsonst. Der Zugführer stand, eher amüsiert als teilnehmend, vor dem schluchzenden Mann, zeigte, von den drängenden Pfiffen der Lokomotive getrieben, ein letztes Mal die Zähne und verschwand, im schwankenden Lichtkreis seiner Lampe ausschreitend, in der Dunkelheit. Der Zug ruckte an. Kaum daß er zur Fahrt ansetzte, trocknete sich unser Gefährte Tränen und Speichel, drohte mit der Faust dem verschwundenen Zugführer nach und rannte auf die letzten Wagen zu. Wir hinterher. Es war zwei oder drei Uhr morgens; ein Wind blies, der einem die Ohren schälte, und bis zur chilenischen Grenze war es noch weit: nur ein Krüppel hätte sich von den Drohungen des Zugführers abhalten lassen. Bald rollte der Zug in voller Fahrt auf den Gleisen dahin, und eine Zeitlang hielt ich mich stehend mit einer Hand an der eisernen Leiter fest, die auf das Dach des Wagens führte, und um meinen Koffer krampfte ich die andere. Bald begann es bei mir zu dämmern, daß ich mich nicht die ganze Nacht hindurch aufrecht halten konnte. Eine unüberwindliche Müdigkeit überkam mich, und der Schlaf bemächtigte sich meiner. Wußte ich auch, daß Schlaf, ja selbst ein leichtes Dahindösen mich auf die Bahnstrecke und in den Tod stürzen könnte, so fühlte ich, wie – zwei oder drei Augenblicke nur – jeder meiner Muskeln, einer nach dem andern, von den Augen bis zu den Füßen dem Schlaf verfiel. Der Zug war aufgetaucht, als wir, toten Steinen gleich, auf dem Boden lagen, so wie wir nach mehr als vierzig Kilometern Tagesmarsch, Schritt um Schritt geschleppt, hingefallen waren. Tastend, mit den Köpfen in der Dunkelheit aneinanderstoßend, ergriff jeder seine Siebensachen, und wir liefen zu den Wagen des Zuges, ich als letzter, glücklicher Besitzer eines verfluchten Koffers, den ich immer wieder öffnen und schließen mußte, sobald ich etwas daraus entnehmen wollte. Sah ich nach oben, dann erblickte ich den Himmel und die scharfen Schattenrisse des Gebirges, zur Seite die Finsternis und da und dort einen Schneefleck; aber von oben, von unten und von allen Seiten blies der eisige Andenwind des beginnenden Frühlings durch Hosenbeine, Ärmel, Halsausschnitt, riß an den Händen, fegte uns Erde und Kohlenstaub in die Augen und schüttelte uns durch, als wären wir Lappen. Ich mußte mich zwischen Tod und Wachbleiben entscheiden und war kaum noch Herr meines Bewußtseins. Das eintönige Rattern des Zuges schläferte mich ein, und starrte ich einige Sekunden aus halbgeschlossenen Augen auf die Schienen, die unter mir aufleuchteten, dann zogen auch sie, die so gleichmäßig vorbeiliefen, mich durch den Schlaf zum Tod. Schon sah ich mich auf die Strecke fallen und unter den Rädern sterben; die Erde rief mich. Sie war hart, doch bot sie Rast. Dann brach ich in Verwünschungen aus. »Was ist los mit dir?« fragte der Mann mit den zerfetzten Schuhen, der an der vorderen Leiter des folgenden Wagens hing und dessen Rücken jedesmal an meinem lag, wenn der Zug langsamer fuhr und die Puffer aufeinanderstießen. Ich gab ihm keine Antwort, zog mich mühsam an der Leiter hinauf auf das Dach des Wagens, von wo aus ich mich durch eine Öffnung ins Innere zwängte. Dort wenigstens brauchte ich nicht mehr an der Leiter zu hängen und zu fürchten, wieder dem herzlosen Zugführer zu begegnen. Doch wußte ich nicht, was mich erwartete: als ich zwischen die Tiere fiel, glaubten sie wohl, es wäre eher ein Raubtier denn ein Mensch. Die Tiere schauerten zusammen, begannen sich zu drehen, und bald war der Wagen erfüllt vom dumpfen Scharren und Trappen harter Hufe. Der Schlaf verging mir, die Kälte, auch der Hunger; bald mußte ich mit den Tieren raufen, um den freien Raum zu verteidigen, den mir ihre Leiber ließen, bald wieder mußte ich mich mit dem Rücken gegen die Wand des Wagens drücken, die Arme ausstrecken, die Hände und die Ellbogen gegen das Hinterteil eines Ochsen stemmen, um ihn zurückzuhalten, damit er mich nicht an der Wand zerquetsche. Endlich beruhigten sich die Rinder. Ich konnte aufatmen. Doch schon bei der nächsten Biegung kamen sie wieder in Bewegung. Der Mann mit dem Schluchzen, der von seiner Leiter zu der, die ich aufgegeben hatte, gekommen war, schluchzte wieder; diesmal jedoch vor unterdrücktem Gelächter. Der Boden des Wagens, mit Rinderdreck bedeckt, war so rutschig wie ein Eislaufplatz, und ich, den kleinen Koffer in der Hand, den verfluchten kleinen Koffer, den ich nicht loslassen durfte, sollte er nicht zertreten werden, tanzte zwischen den Tierleibern hin und her, ein Abbild der kleinen und irrenden Seele... So war ich nach Chile gekommen. Und da fragte mich einer noch nach der Geburtsurkunde.)

3

»Ich brauche eine Bestätigung, daß ich Argentinier bin.«
»Und wer bestätigt mir, daß Sie es sind? Haben Sie eine Geburtsurkunde?«
»Nein.«
»Ein Militärbuch?«
»Nein.«
»Was soll ich dann tun?«
»Ich brauche die Bestätigung. Ich soll mich einschiffen; bin arbeitslos.«
»Schreiben Sie um Ihre Papiere. Haben Sie Verwandte in Argentinien?«
»Ja, aber...«
»Das ist die einzige Möglichkeit. Sie bringen mir Ihre Papiere, und ich gebe Ihnen die Bestätigung, die Sie brauchen. Bestätigung um Bestätigung. Wo wurden Sie geboren?«

(Nun, ich wurde in Buenos Aires geboren, aber das bedeutete nichts, wird doch nur die Bestätigung darüber anerkannt. Mir hatte es nie genützt, es zu erwähnen, und die Leute, denen ich es sagte, hatten in ihren Bürokratengesichtern nicht die geringste Spur menschlicher Zuneigung oder Zustimmung. Es fehlte eben die Bestätigung; und die Schlimmsten waren meine Landsleute. Es war ihnen ganz gleichgültig, daß ich in Buenos Aires geboren worden war. Sie glaubten mir nicht; denn um es glauben zu dürfen, verlangten sie von mir eine Bestätigung darüber. Sonderbare Leute! Mir glaubten sie nicht; einem Papier, das gefälscht sein konnte, glaubten sie mehr, obwohl meine Geburt, da ich doch lebte, nur wahr sein konnte. Es ist sogar ziemlich leicht, eine Bestätigung auszustellen, mit Stempeln, Unterschriften und Stempelmarken, darüber, daß einer Türke sei; es ist aber nicht so leicht, als Türke geboren zu werden. Und meine Art zu sprechen ließ keinen Zweifel aufkommen: wie auch immer ich spräche, laut oder leise, ich war Argentinier, aus Buenos Aires. Mich konnte niemand mit einem Peruaner, einem Kubaner, ja nicht einmal mit einem Argentinier aus den Provinzen verwechseln, war mein Ton auch – ich stammte von spanischsprechenden Vorfahren ab – weicher als die gellenden Laute eines Menschen, der von Italienern abstammte. Daß dies alles wertlos war und nicht den geringsten Reiz besaß, davon konnte ich mich bald überzeugen. Es wäre ganz gleichgültig gewesen, in den Urwäldern Brasiliens geboren worden zu sein oder im Hochland von Tibet, und sie dachten, daß ich nur behauptete, aus Buenos Aires zu sein, weil es einfacher schiene, als zuzugeben, ich hätte das Licht der Welt im Matto Grosso oder im fernen Land der Rothäute erblickt... So ging es mir mit jenen Leuten; mit denen aber, die meinesgleichen waren, die selten Papiere besitzen oder solche verschiedener Nationalitäten, erlebte ich das Gegenteil: es genügte ihnen, wenn ich sagte, ich sei aus Buenos Aires, und sie nahmen meine Erklärung wie einen Glaubensartikel hin. Sie glaubten dem Menschen, jene dem Papier. Ich erinnere mich noch an die Überraschung, die mir eines Tages widerfuhr, als ich einem großen mageren Mann mit einer Hakennase, grauen Augen und einem Adamsapfel, der das Gegenstück zur Nase war, begegnete; er betrachtete mit einem sonderbar gierigen Ausdruck in den Augen die kleinen Fische im Becken eines öffentlichen Brunnens der Stadt Mendoza. Ich gab ihm eine von den Trauben, von denen ich mir einen ganzen Armvoll aus einem Weinberg geholt hatte, und er schlang Beere um Beere in sich hinein. Dann erzählte er mir, er sei Baske, Baske! Hätte jener Mann einen jungen Kaiman oder ein Straußenküken aus der Tasche gezogen, meine Überraschung und Freude wären sicher nicht größer gewesen. Ein Baske! Ich hatte dort in meinem fernen Buenos Aires viele Basken kennengelernt; sie aber, Milchverkäufer alle, verschwanden, mit ihren Knopfhosen und dem Halstuch, in der Kindheit und hatten nichts zu tun mit diesem Basken, den ich auf einem öffentlichen Platz einer fremden Stadt gefunden hatte: dieser Baske war mein eigen. Nachdem ich ihn gebeten hatte, eine andere Traube, diesmal mit mehr Bedacht, zu essen, fragte ich ihn, was man eben einen fragt, der einen andern vor dem Verhungern gerettet hat. Schließlich, während wir einige der stinkenden Zigaretten rauchten, die uns ein Landstreicher gegeben hatte, den ich von Mendoza her kannte und der sich gleich uns an den cuyanischen Trauben gütlich tat, bat ich ihn, mir doch einige Wörter seiner Muttersprache vorzusprechen. Er hatte es sich aber in den Kopf gesetzt, mich zu verblüffen, und tat noch mehr: er sang, jawohl, er sang. Natürlich verstand ich kein Wort davon, nichts, nicht ein einziges Wort – dun-dun-ga-sí-bañolé –, und doch, obwohl ich nichts verstand und Lied wie Worte ebensogut tschechisch oder lappisch wie baskisch sein konnten, verfiel ich nicht einen einzigen Augenblick auf die Unverschämtheit zu vermuten, sie seien gar nicht baskisch. Wozu auch sollte er mich belügen?... Er war Steuermann. Was hatte ihn nach Mendoza getrieben? Er antwortete mit einer Handbewegung, die ebensogut Schiffbruch wie Verurteilung wegen Schmuggels bedeuten konnte. Ich sah ihn nie wieder. Wäre aber jemand zwei Tage später gekommen und hätte mir gesagt, jener Mann wäre nicht Baske gewesen, sondern Katalane, und das, was er sang, nicht Zorzicos, sondern Sardanas, diesem Jemand wäre es sicherlich schlecht ergangen.)

4

Schreiben? Wem? Weniger sinnlos wäre es gewesen, von mir zu verlangen, ich möge jenes Kamel finden, das durch das Nadelöhr ging, als einen meiner Angehörigen in einer der Städte am Südatlantik, die sie für gewöhnlich bevorzugten. Meine Familienangehörigen waren Nomaden, nicht Nomaden der Steppen, Rentier- oder Eselzüchter, sondern städtische Nomaden, die von Stadt zu Stadt und von Land zu Land zogen. Sie gehörten jenen Stämmen an, die das Fleisch dem Gemüse vorziehen, das Meer den Banketten des Gewerbevereins und sich noch heute mehr oder weniger erfolgreich gegen den Achtstundentag, gegen die Grenzvorschriften auflehnen. Sie erwählen Berufe – die einen einfache, die anderen schwierige und gefährliche –, mit denen sie ihrer Sitte, frei über die dreihundertsechzig Grade der Windrose zu streifen, treu bleiben können. Pilgermenschen, allgemein verachtet und oft genug verflucht, denen die Welt, sie um ihre Freiheit beneidend, Weg um Weg versperrt... Unsere Eltern aber führten, solange die Kinder nicht flügge waren, ein seßhaftes Leben, soweit man eben Menschen seßhaft nennen kann, die während der Kindheits- und Reifejahre ihrer Nachkommen den Wohnort ebensooft wechseln wie die Schuhe. Ihnen wäre es lieber gewesen, so lange am selben Ort zu bleiben – die Zugvögel halten es so –, bis die Jungen imstande gewesen wären, für sich selbst zu sorgen. Die wirtschaftliche Lage der Familie und die rechtlichen Normen ihrer Umgebung ließen dies nicht zu: mein Vater hatte einen schwierigen und gefährlichen Beruf. Weder meine Brüder noch ich wußten anfangs, welcher Art dieser Beruf war, und meiner Mutter erging es während der ersten Wochen ihrer Ehe nicht anders. Mein Vater behauptete, Tabakhändler zu sein, obwohl er mit dem Tabak nichts anderes tat, als ihn zu rauchen. Als meine Mutter ihm kurz nach der Heirat, etwas ironisch und neugierig zugleich, sagte, sie hätte in ihrem ganzen Leben keinen so eigenartigen Geschäftsmann gesehen – am Tage schließe er sich in seinen vier Wänden ein, in der Nacht aber gehe er aus, um erst beim Morgengrauen heimzukehren –, da gestand mein Vater, etwas verwirrt und ein leichtes Lächeln unter dem kastanienbraunen Schnauzbart, er sei nicht Geschäftsmann, sondern berufsmäßiger Spieler. Dabei blieb es, wenn auch nicht lange. Einen Monat später, vielleicht waren es auch zwei, kehrte der angebliche Glücksspieler, ganz gegen seine Gewohnheit, nicht mit dem Morgengrauen zurück; er fehlte am nächsten und am übernächsten Tag, und schon war meine Mutter entschlossen, die unbekannten Straßen von Rio de Janeiro nach ihm zu durchstreifen, als plötzlich, wie herbeigezaubert, vor ihr ein Wesen auftauchte, das, anstatt zu gehen, dahinzugleiten und, anstatt die Schwelle zu überschreiten, durch die geschlossene Tür zu kommen schien. Mit Hilfe einiger portugiesischer und einiger spanischer Brocken, die dieses Wesen vor sich hin brummelte, erfuhr meine Mutter, daß ihr Gatte sie zu sich bat. Überrascht folgte sie dem Schatten, der noch eiliger dahinschwebte, wenn sie an einem Schutzmann vorbeigingen, und bald stand sie vor einem sehr nüchternen Gebäude. Dort streckte der Schatten, der seiner Farbe und Erscheinung nach hinter jenen Mauern geboren worden war, den Zeigefinger aus und sagte:

»Fragen Sie dort nach O Gallego.«

»Wer ist O Gallego?« fragte meine Mutter erstaunt zurück.

»Ihr Mann«, flüsterte die Erscheinung ebenso überrascht und tauchte in der hellen, heißen Luft der Stadt unter. Das sehr nüchterne Gebäude war ein Gefängnis, und dort fand meine Mutter ihren Gatten wieder, jedoch nicht jenen, den sie bis vor zwei Tagen gekannt hatte, den sauberen und friedsamen José del Real y Antequera, wie er sich genannt hatte, sondern den schmutzigen und erregten Spanier Aniceto Hevia, alias El Gallego, den berühmten Einbrecher. Meine Mutter, die sich an den dicken Gitterstäben festhielt, die ihre Hände kaum zu umschließen vermochten, schluchzte laut auf, während El Gallego seine gelbgefleckten Finger zwischen die Stäbe schob, um ihre Hände zu streicheln. »Weine nicht, Rosalia; es wird nicht lange dauern. Bring mir Wäsche und Zigaretten.« Sie trug die Wäsche und Zigaretten hin, und ihr Gatte, wieder gesäubert, zeigte sich wie früher, wenn auch diesmal hinter einem Gitter. Eines Tages aber ging das Geld zu Ende. Gegen Abend kam die Hausmeisterin ganz aufgeregt in unsere Wohnung, um uns mitzuteilen, daß ein Herr Oberst nach der Mutter frage. Das wird wohl…, dachte meine Mutter und erinnerte sich des schattenhaften Wesens, obgleich dieses nicht einmal, auch nicht von fern, einem Korporal ähnlich gesehen hätte, geschweige denn einem Obersten. Je mehr jener sich aufzulösen schien, desto mehr mußte man bei dem Mann, der nun ins Zimmer trat, daran denken, daß er aussah, als sei er eben erst gemacht worden: so neu war die rosige Haut, so neu der blonde Schnurrbart, waren die blauen Augen, die Kleider, die Schuhe. »Ich heiße Nicolás«, sagte er mit einer Stimme, die klang, als würde sie zum erstenmal benützt, »ich bin ein Landsmann von Ihnen, ein Freund Ihres Gatten und war auch einige Male sein Gefährte. Er wird bald wieder frei sein; machen Sie sich keine Sorgen.« Damit war er auch schon wieder weg. Er hatte auf dem Tisch ein kleines Bündel Banknoten liegenlassen, saubere Scheine, ohne eine Falte, und ebenso wie er schienen sie gerade erst gemacht worden zu sein. Meine Mutter war von der Persönlichkeit dieses Mannes sehr beeindruckt, und obwohl sie ihn erst hinter dikken Gitterstäben und einem starken Stahlgeflecht wiedersah, lebte sie lange unter dem Eindruck seiner Persönlichkeit. Wie er in jenem schwierigen Augenblick so plötzlich auftauchte, seine Haltung, seine Sauberkeit, sein Feingefühl und seine Großherzigkeit, das alles ließ ihn vor ihren Augen wie eine Art Erzengel erscheinen. Als mein Vater ihr einige Jahre später sagte, daß Nicolás seiner Hilfe bedürfe, fragte sie mit einer Stimme, die erkennen ließ, sie würde überall hingehen, um ihm zu helfen: »Wo ist er?« Der »Erzengel« war nicht weit weg. Mein Vater legte den Wachsabdruck, nach dem er an einem Schlüssel arbeitete, auf den Tisch, stieß eine Rauchwolke unter seinem nun schon angegrauten Schnauzbart hervor und sagte: »Im Zuchthaus. Erinnerst du dich der Scheine, die er dir in Brasilien schenkte? Fünfundzwanzig Jahre Ushuaia.« Meine Mutter nahm mich mit. Dort stand Nicolás, ganz neu, als wäre er eben erst gemacht worden, neu und frisch die rosige Haut, blond der Schnurrbart, die blauen Augen, die Mütze und das Sträflingsgewand; ja sogar die Nummer, die er trug, schien erst frisch auf das Gewebe gedruckt. Sie sprachen sehr lebhaft miteinander, wenn auch mit gedämpfter Stimme, während ich mich, an den Rock der Mutter geklammert, nach den Leuten umsah: Sträflinge, Aufseher, Frauen, die weinten, Männer, die fluchten oder schwiegen, als schweiften ihre Gedanken ziellos umher, und Kinder, die traurig an Süßigkeiten lutschten oder in das Weinen ihrer Mütter einstimmten. Nicolás steckte meiner Mutter mit Hilfe eines langen Drahtes durch Stäbe und Netz hindurch eine große Banknote zu. Sie war nicht rein und faltenlos, wie die Scheine in Rio es gewesen waren; zerknüllt und voller Flecken, sah sie aus, als hätte sie jemand jahrelang, eng gefaltet zwischen den Sohlen der Schuhe versteckt, getreten. Aber weder die Banknote noch alle Unternehmungen meiner Mutter halfen. Nach zwei Ausbruchsversuchen – bei dem einen mußten die Gefährten ihn, halberstickt, mit großer Mühe aus den Abflußrohren ziehen – wurde Nicolás in ein anderes Zuchthaus im Süden geschickt. Dort unternahm er wieder einen Ausbruchsversuch, bei dem er sich durch einen Schrei verriet, den er ausstieß, als er aus mehreren Metern Höhe in die Tiefe stürzte. Man schickte ihn nach Feuerland, wo er schließlich auf der Flucht durch regennassen Urwald starb, wie er gelebt hatte: als wäre er eben erst gemacht worden. Nun aber, entgegen seiner Voraussage, kam mein Vater doch nicht so bald frei. Die

Richter, phantasielose Menschen, brauchten länger, sich davon zu überzeugen – und auch das nur so halb und halb –, daß Aniceto Hevia nicht, wie sie auf Grund ihrer Paragraphen vermuten konnten, ein Verbrecher, sondern, wie, ebenfalls auf Grund seiner Paragraphen, der Verteidiger versicherte, ein Wohltäter der Gesellschaft war: ein Geschäftsmann. Der Besuch im Appartement, das die Patti im Hotel bewohnte, sei nur dem Wunsch entsprungen, der Künstlerin einige Schmuckstücke zum Verkauf anzubieten. Schmuckstücke? Ja, Schmuckstücke. Ein deutscher Juwelier, Kundschaft der Juwelendiebe von Rio de Janeiro, stellte, nachdem er sich wiederholt der gesetzmäßigen Herkunft der Schmuckstücke vergewissert hatte, einen ganzen Koffer mit Ringen, Nadeln und anderem dem Verteidiger zur Verfügung. Aber warum zu solcher Stunde? Ja, wann kann man sonst Künstler zu Hause antreffen? Wie war er ins Appartement gekommen? Die Tür war nicht versperrt. »Sie wissen ja, wie unordentlich Theaterleute sind; alle Künstler sind unordentlich; mein Klient, nachdem er mehrere Male geklopft hatte…« Meine Mutter, die kurz vor der Niederkunft stand, wurde vom Verteidiger vor Gericht geschleppt, und dort behauptete sie nicht nur, was ihr der Rechtsverdreher auszusagen empfohlen hatte, sondern weinte weit über das von ihm bestimmte Maß hinaus. Einige Tage später und wenige Stunden nachdem sein erster Sohn geboren worden war, kehrte El Gallego wieder heim, allerdings nicht allein. Ein Polizeibeamter, der den Auftrag hatte, ihn weder bei Tage noch zur Nachtzeit aus den Augen zu lassen und ihn auf das erstbeste Schiff zu bringen, das nach dem Süden oder nach dem Norden ausfahren sollte, begleitete ihn. Noch ein paar Tage, und mein Vater schiffte sich, begleitet von seiner Gattin, die den Erstgeborenen im Arm hielt, nach dem Süden ein. Der Rechtsanwalt, die Aktentasche voll von jenen schönen Scheinen, die Nicolás verteilt hatte, stand an der Mole, um sie zu verabschieden. An der Mole stand auch der Schatten, ein Auge auf meinen Vater und das andere auf den Polizeibeamten geheftet… Und so ging das Leben

weiter, von Stadt zu Stadt, von Land zu Land. Kinder wurden geboren und wuchsen heran; mein Vater verschwand für kürzere oder längere Zeit: er reiste, war untergetaucht oder steckte in irgendeinem Polizeigefängnis; dann erschien er wieder, manchmal mit dichtem Bartwuchs, aber immer geschäftig bemüht um seine Wachsabdrücke, Schlüssel und Schlösser. Denke ich an ihn, dann frage ich immer wieder: warum? Mehr als einmal, nach dem Eifer zu urteilen, mit dem die Polizei ihn suchte, hatte er viel Geld in den Händen; er war aber nüchtern, ruhig, sparsam und sehr gewissenhaft in allen seinen Angelegenheiten. Wäre er nicht Einbrecher gewesen, so hätte er den Arbeitertypus verkörpert, von dem die Kapitalisten und die Marxisten der ganzen Welt, wenn auch aus verschiedenen Gründen, gleicherweise träumen. Die Schlösser der Haustüren und manchmal auch nur die der Zimmer, die wir bewohnten, funktionierten wie Instrumente höchster Präzision: sie quietschten nie, setzten den Schlüsseln keinen Widerstand entgegen, fast schienen sie sich bei bloßem Anlegen der Hände zu öffnen, als zögen sich das kalte Metall und die warmen Finger geheimnisvoll an. Mein Vater haßte beschädigte oder starrköpfige Schlösser: ein plumper Schlüssel oder ein ungelenkes Vorhängeschloß waren für ihn das, was für einen Konzertgitarristen ein überdrehter Saitenspanner ist. Mein Vater holte die Schlösser heraus, betrachtete sie neugierig und liebevoll, als wollte er sie fragen, warum sie so lästig wären, und dann, mit unaufdringlicher Geschicklichkeit, festigte er da, löste dort, klopfte er dies, feilte er das und setzte das Schloß wieder ein, wobei er die Schrauben auf ihren Druck hin genau prüfte. Dann steckte er den Schlüssel in das Loch, und das Schloß, ohne Reibung und ohne das geringste Geräusch, bewegte spielend seinen Mechanismus.
Und wegen dieser Fähigkeiten meines Vaters hatte ich niemand, an den ich schreiben konnte.

5

Ich hatte gewiß schon manche bösen Augenblicke erlebt, aber sie schienen mir nur natürlich und selbstverständlich: vielleicht waren sie ein Tribut, den jeder von Zeit zu Zeit irgend jemand, einem Unbekannten, aber sehr Anspruchsvollen, zu leisten hatte, und es war gewiß nicht recht, daß einer allein, mein Vater, immer für alle bezahlte. Wir vier Brüder waren schon herangewachsen und sollten nun auch unseren Tribut leisten, und da wir nicht geben konnten, was andere gaben, Arbeit oder Geld, gaben wir das einzige, das wir zu jener Zeit als Söhne eines Diebes besaßen: die Freiheit und die Tränen.

Immer aß ich gern Butterbrot, auf das Zucker gestreut war, und als ich an jenem Nachmittag von der Schule heimkam, machte ich mich wie gewohnt über mein Butterbrot und ein Glas Milch her. Damit war ich beschäftigt, als gegen die Haustür drei heftige Schläge fielen. Meine Mutter, die neben mir saß und nähte, hob den Kopf und sah mich erstaunt an, denn die Schläge waren unsinnig, lag doch der Klingelknopf der Haustür jedem, auch dem oberflächlichsten Blick, einladend bereit. Der da klopfte, gehörte nicht zum Haus oder wollte jedem Überhören aus dem Wege gehen.

Meine Brüder waren erst später zu erwarten und fanden den Klingelknopf auch mit verbundenen Augen; mein Vater klopfte nie, noch klingelte er; wir hörten ihn nicht einmal eintreten. Ganz plötzlich, fast rätselhaft stand er vor uns, als wäre er aus der Nacht oder der Luft unvermittelt Gestalt geworden. Wir, seine Söhne, werden unser ganzes Leben nie jene Nacht vergessen, in der er plötzlich in der Tür des Speisezimmers stand, während wir schweigend unser Abendbrot verzehrten. Wir hatten ihn längere Zeit nicht gesehen – vielleicht war er im Gefängnis gewesen –, und als wir ihn so jäh vor uns erblickten, mit dem langen, von Silberfäden durchzogenen Bart, fingen wir gleichzeitig zu weinen an, vielleicht vor Freude, vielleicht auch vor Angst...

Meine Mutter aber schien etwas zu ahnen, denn sie sagte, während sie sich erhob:
»Trink die Milch rasch aus.«
Ich trank sie in einem Zug und steckte mir fast das halbe Brot in den Mund. Ich war sehr beunruhigt und hatte das Gefühl, als werde da etwas für mich Unbekanntes geschehen. Meine Mutter räumte Faden, Nadel, Fingerhut und die Wäsche, an der sie genäht hatte, zur Seite, warf einen Blick auf die Möbel, um sich zu vergewissern, daß sie auch sauber und ordentlich aussahen, strich die Schürze glatt und sah mich noch einmal an, mit einem Blick, der mich auf das Kommende vorbereiten sollte. Mittlerweile hatte ich mein Brot gegessen, und es war mir nie schmackhafter erschienen als gerade damals: die Butter war ganz sahnig, und der Zucker, der auf ihr glitzerte, gab mir ein eigenartig prickelndes Gefühl, als ich ihn mit der Zunge von den Mundwinkeln abhob.
Als meine Mutter in den Vorhof trat, erzitterte die Haustür wieder unter drei Schlägen, stärker und rascher als vorhin, und nach dem letzten Schlag – sicher waren es zwei oder mehrere Personen, die da draußen warteten – schrillte die Klingel lange und pausenlos. Es klang, als wollte man die Tür im nächsten Augenblick einschlagen. Ich stellte das Glas und die Untertasse auf die Anrichte und strich die Brotkrümel von der Tischdecke.
Meine Mutter öffnete die Tür, und eine harte, schneidende und wenig höfliche Männerstimme stellte eine Frage. Die Stimme meiner Mutter, die darauf antwortete, klang unglaublich zart, fast klagend. Wie Eis legte sich die schneidende Antwort des Mannes auf den zarten Trieb der mütterlichen Stimme. Ein kurzes Zwiegespräch, dann klang es, als würde die Tür gewaltsam aufgestoßen, und der Schritt eines Mannes hallte durch den Fliesengang. Ich lauschte. Der Abstand von der Haustür bis zum Speisezimmer betrug genau fünfzehn Schritte, die ich oft gezählt hatte, wenn ich den gleichen Weg ging, gezählt auf verschiedene Art: nach vorn gehend, nach hinten, von dieser Seite

mit offenen Augen, von jener mit geschlossenen, und nie hatte ich eine andere Zahl erhalten: fünfzehn Schritte. Hinter den Schritten des Mannes hallten, kürzer und überstürzt, die meiner Mutter: für sie, die klein war, waren achtzehn oder neunzehn Schritte notwendig, um von der Tür zum Speisezimmer zu gelangen...
Als der Fremde – ohne Zweifel war es ein Fremder – zur Tür des Speisezimmers kam, stand ich, mit der Zunge die letzten Zuckerstäubchen aus den Mundwinkeln schleckend, hinter dem Tisch, die Augen starr auf jenen Punkt der Tür geheftet, an dem er auftauchen mußte. Mir war gar nicht eingefallen, mich zu setzen oder von dem Platz, wo ich die Brotkrumen vom Tisch gestrichen hatte, wegzugehen; vielleicht war es das Gespräch zwischen dem Mann und meiner Mutter, oder es waren die Schritte im Gang gewesen, die mich an derselben Stelle festhielten. Der Mann kam, blieb genau dort stehen, wo ich ihn erwartet hatte, und blickte zu mir herein. Da stand ich nun mit meinen zwölf Jahren, ohne recht zu wissen, welches Gesicht ich seinem Blick entgegensetzen sollte, der meine Größe zu messen, meine Dicke zu schätzen, die Entwicklung meiner Muskeln abzuwägen und meine Absichten zu ergründen schien. Der Mann war groß, aufrecht und seiner selbst sehr sicher. Er trat ein, ließ seinen Blick in die Runde gehen und sah, zweifellos, alles: die Möbel, die Türen, den Schulranzen mit meinen Heften auf einem der Stühle, die Gläser, die Farbe und die Zeichnung der Tapeten, vielleicht sogar die Brotkrumen auf dem Boden. Er trat an mich heran.
»Wie heißt du?«
Ich nahm mich zusammen und nannte meinen Namen. Die Stimme meiner Mutter, fester als vorhin, unterbrach:
»Das Kind weiß von nichts; ich habe Ihnen ja schon gesagt, daß Aniceto nicht daheim ist.«
An der Tür erschienen noch zwei Männer, und einer von ihnen zeigte, als er sich umwandte, einen Rücken wie ein riesiges Brett.

»Wo ist dein Vater?«
Meine Mutter kam näher, und der Mann, nachdem er ihr einen kurzen Blick zugeworfen hatte, dämpfte seine Stimme.
»Ich weiß genau, woran ich bin, und möchte Sie nicht unnütz belästigen, aber ich muß wissen, wo El Gallego ist.«
Die Stimme meiner Mutter wurde wieder weicher, als wollte sie jenen fremden Menschen durch ihre Zartheit rühren.
»Ich habe Ihnen schon gesagt, daß ich nicht weiß, wo er ist; seit gestern ist er nicht mehr nach Hause gekommen.«
Wenn es zu jener Zeit etwas gab, was ich immer gern gewußt hätte, so war es der Ort, an dem sich mein Vater in einem bestimmten Augenblick aufhielt.
»Wohin gehst du, Papa?«
»In den Norden; vielleicht werde ich nach Brasilien oder Peru kommen.«
»Auf welchem Weg?«
»Zuerst nach Rosario und dann den Fluß hinauf.«
Ich zeichnete seinen Weg in die Landkarten meiner Schulbücher genau ein und versuchte den Ort zu erraten, den er in seinem nächsten Brief erwähnen würde. Namen von Orten, Flüssen, unbekannten Dörfern, Wäldern und Bergen trafen ein, und auf einmal, ohne die geringste Ankündigung, kamen die Briefe aus einem ganz anderen Land, und ich fühlte mich wie verloren und spürte, wie auch er für uns und vielleicht auch für sich selbst ein wenig verloren war. Er wanderte auf seinen leichten und doch sicheren Füßen die Ufer der Flüsse des argentinischen Nordwestens entlang, durchschritt die Städte der bolivianischen oder peruanischen Hochebenen, die heißfeuchten Dörfer der tropischen Küste des Pazifik und die regennassen Ortschaften des chilenischen Südens: Concordia, Tarija, Paso de los Libres, Arequipa, Bariloche, Temuca. Alle diese Namen waren uns zu gewissen Zeiten sehr vertraut.
»Hier ist er jetzt.«
Er ging nach Norden, wandte sich nach Westen und dann nach Süden, seine Schritte folgten der Sonne oder gingen der Nacht

entgegen. Bald verschwand er, bald kam er wieder. Nun aber, obwohl ich ihn am Abend vorher gesehen hatte, wußte ich nicht, wo er war.
Einer der Polizeibeamten meinte:
»Durchsuchen wir das Haus nach ihm?«
Der Mann wies den Vorschlag zurück:
»Nein. Wäre er dagewesen, dann wäre er jetzt schon über alle Berge.«
Eine kurze Spanne Unentschlossenheit. Meine Mutter, die Hände unter der Schürze über dem Leib gefaltet, blickte abwartend auf den Fußboden: der Mann mit der schneidenden Stimme dachte angestrengt nach, was er nun tun sollte; die beiden Polizeibeamten, die keine Verantwortung zu tragen hatten, standen noch halb im Innenhof und betrachteten gleichgültig die Trauben, die vom wilden Weinstock hingen. Ich sah sie alle mit großen Augen an, und der Mann entschied sich.
»Ich bedaure, aber Sie müssen mit mir kommen.«
»Wohin?« fragte meine Mutter. Ihre Stimme klang ganz unerwartet hart.
»Zur Polizeidirektion.«
»Aber warum?«
»Es ist notwendig.«
Meine Mutter schwieg zuerst, dann fragte sie wieder:
»Und der Knabe?«
Der Mann betrachtete mich und blickte dann auf meine Schultasche. Er schwankte. Sein Verstand sah anscheinend nicht durch die Dinge hindurch, aber als Mensch, dessen Beruf es war, die Pflicht unter allen Umständen zu erfüllen, entschloß er sich zum Schlimmsten.
»Der Knabe auch.«
»Warum der Knabe?«
Wieder schwankte der Mann. Die Pflicht trieb ihn, ohne ihn zu lenken, und schließlich sagte er wie einer, der eine unangenehme Last abschüttelt:
»Er muß mitkommen. Er war hier.«

Nachdem sich meine Mutter angekleidet und mit einer Nachbarin gesprochen hatte, um ihr das Haus ans Herz zu legen, traten wir auf die Straße. Wir gingen aber nicht sofort zur Polizeidirektion, sondern verbrachten den Rest des Nachmittags und die lange Nacht, die folgte, sitzend auf einer Bank des Polizeikommissariats. Dort hatten uns die drei Kriminalbeamten ohne irgendeine nähere Erklärung abgeliefert. Während dieser zwölf oder vierzehn Stunden sprach meine Mutter kein einziges Wort, mit Ausnahme des Augenblicks, als sie einen Schutzmann bat, uns etwas zu holen, womit wir den nagenden Hunger wenigstens beschwichtigen könnten. Sie weinte nicht, noch seufzte sie. Ich folgte ihrem Beispiel. Solange ich nur an ihrer Seite war, konnte es mir gleichgültig sein, ob sie sprach oder schwieg; wichtig war nur: sie war da. Um sieben oder acht Uhr früh, als wir die steif gewordenen Glieder kaum noch rühren konnten, holte man uns ab. In der Polizeidirektion angekommen, wurde sie in die Frauenabteilung gebracht, und ich, das Kind, das man als Mann betrachtete, mußte in die Männerabteilung. Als wir vor der Polizeidirektion aus dem Wagen stiegen, wurden wir getrennt. Sie wurde von einem Kriminalbeamten abgeführt und ich von einem anderen. Was sollte sie mir beim Abschied sagen? Ihr Herz war voller Kummer, aber ein Wort, und wäre es auch nur das kleinste gewesen, hätte alles nur noch schlimmer gemacht. Aber angesichts der Kriminalbeamten gar kein Wort zu sagen?
Als ich in die Gemeinschaftszelle hineingeschoben wurde, sahen mich die Insassen sehr verwundert an. Ich war nicht recht am Platze: ein halbes Kind noch, mit zwölf Jahren, kurzer Hose, reinlich gekleidet und sehr schüchtern. Wer war ich nur? Und was für eine Tat mochte ich begangen haben? In das Polizeigefängnis wird man nicht so ohne weiteres eingeliefert. Es ist der Ort für Individuen, die eine strafbare Handlung begangen haben, die man beschuldigt, eine solche begangen zu haben, oder die möglicherweise eine begangen haben. Hierher gebracht zu werden, weil man gegen eine Gemeindeanordnung

verstoßen oder weil man sich hinten an eine Straßenbahn gehängt hatte, hieße den ganzen Rechtsapparat durcheinanderbringen. So mußte ich in meinem Alter ein Taschendieb sein, wenn auch ein etwas ungewöhnlicher Taschendieb. Aber wenn sie nicht wußten, wer ich war, ich für meinen Teil hätte es nicht sagen können; denn bald nachdem ich in die Zelle gekommen war, fühlte ich, wie meine ganze Haltung, der ganze Mut, der mir bis jetzt zur Seite gestanden und der schließlich nichts anderes war als die Spiegelung der Gegenwart meiner Mutter, plötzlich zusammenbrach. Ich sah mich scheu nach einem Platz um, wo ich mich hätte hinsetzen können, und da ich keinen anderen Sitz erblickte als die drei Stufen aus rohen Ziegeln, über die ich in den Raum, der etwas tiefer lag als der Hof, hinuntergestolpert war, ließ ich mich dort nieder, neigte den Kopf, und während ich noch nach meinem Taschentuch suchte, brach ich in wildes Schluchzen aus, dem ein Strom von Tränen folgte.
Die Gefangenen, die auf und ab gegangen waren, blieben stehen, und die anderen brachen ihre Gespräche ab und schwiegen. Wie lange ich weinte und schluchzte, weiß ich nicht. Als ich dann genug geweint hatte, als die Spannung nachgelassen und ich meine Augen wieder getrocknet hatte und meine Nase geputzt war, überfiel mich ein Gefühl der Scham, und ich schaute auf. Ein Mann stand vor mir, ein Mann, den ich nicht hatte herankommen hören – er trug Bastschuhe –, und wartete, zwei Schritte vor mir, um mit mir zu sprechen, wenn ich zu weinen aufgehört hätte. Er lächelte, als wollte er sich für seine Zudringlichkeit entschuldigen oder als wollte er mein Vertrauen gewinnen, und sagte, während er sich vor mir niederkauerte:
»Warum haben sie dich hierhergebracht?«
Seine Stimme war so gütig, daß ich fast wieder in Tränen ausgebrochen wäre. Ich hielt mich aber zurück, und da ich nicht wußte, was ich antworten sollte, zuckte ich nur mit den Achseln.
»Hat man dich angezeigt?«
Ich wußte nicht, was das bedeutete, und schwieg. Der Mann, er

war kaum dem Jünglingsalter entwachsen, wurde verlegen und sah nach den anderen Häftlingen, als wollte er sie um Beistand bitten. Ein anderer, schon alt, klein und kahlköpfig, mit zerrissenen Kleidern, langem Bart und schmutziggrauem Gesicht, näherte sich. Die übrigen Häftlinge warteten.
»Warum bist du verhaftet worden? Was hast du getan?«
Seine Stimme war nicht so weich wie die des jungen Mannes, sondern unmittelbarer, zwingender. War es Neugier oder Mitgefühl?
»Ich habe nichts getan.«
»Warum hat man dich dann hier eingeliefert?«
»Sie suchten meinen Vater. Er war nicht daheim, und so brachten sie uns hierher.«
»Wen, uns?«
»Mich und meine Mutter.«
»Wie heißt dein Vater?«
»Aniceto Hevia.«
»El Gallego?« fragte der junge Mann.
Ich nickte zustimmend, ein wenig beschämt wegen des Spitznamens. Meine Mutter nannte Vater nur im engen Kreise mit dem uns vertrauten Namen. Im Gefängnis bekam er einen anderen Sinn, fast einen anderen Klang. Die Männer warfen sich überraschte Blicke zu, und der Alte hob mit überstürzter Stimme wieder an, als hätte er keine Zeit zu verlieren:
»Du hast also gar nichts ausgefressen...«
»Nichts«, erwiderte ich und zuckte die Achseln, etwas verwundert über seine Beharrlichkeit.
Der Alte richtete sich auf und entfernte sich. Unschuldige waren ihm gleichgültig. Der junge Mann aber sagte:
»Dein Vater ist hier.«
Ich blickte nach dem Hof hin.
»Das ist doch nicht möglich. Er war nicht daheim, und niemand wußte, wo er ist.«
»Doch. Er wurde in der Nacht verhaftet.«
Ich sah ihn ungläubig an.

»Gewiß; ich sah, wie sie ihn vorbeiführten. Zum Verhör.«
Diese Nachricht beruhigte und schmerzte mich zu gleicher Zeit. Sie beruhigte mich, weil ich nun wußte, wo er war, und schmerzte mich, weil er nun im Gefängnis saß. So hatten sie ihn also verhaftet... Damit erklärte ich mir auch jene lange Zeit der Verlassenheit, der sie uns im Kommissariat ausgeliefert hatten. Während jener Stunden hatte ich mir meinen Vater vorgestellt, wie er nach dem Süden reiste, nicht zu Fuß noch im Zug, sondern ganz nah am Boden in der Luft dahingleitend, rasch und sicher – wie es mir manchmal in Träumen geschah –, ungreifbar und unauffindbar, sich in der Pampa verlierend.
»Aurelio verhaftete ihn.«
»Aurelio?«
»Ja. Kennst du ihn nicht?«
Unser Gespräch war schwierig; nicht allein deswegen, weil es zwischen jenem jungen Mann und mir keinen Berührungspunkt gab, sondern auch deshalb, weil es zwischen ihm und mir nie etwas Gemeinsames geben konnte, selbst wenn wir einmal der gleichen Gattung – wer weiß, ob wir es nicht schon waren? – angehören sollten. Etwas an ihm stieß mich ab. Vielleicht war es nur jenes Übermaß an Fleisch, das sich an viel zu dicken Beinen und den breiten Hängeschultern zeigte. Mir war und blieb er fremd, grobschlächtig trotz der freundlichen Stimme, der klaren Augen, der blonden, gewellten Haare, der weißen Haut, der sauberen Hände. Plötzlich kniff er die Augenlider zusammen. »Schau auf den Hof.« Ich blickte durch die Gitterstäbe: der Mann von gestern, der mit der schneidenden Stimme, kam aus dem Schatten in die Sonne und überquerte den Hof mit so festen Schritten, daß die Absätze auf den Fliesen hallten.
»Das ist Aurelio.«
Während eines Augenblicks überkam mich das Verlangen, ihn zu rufen. »Hallo! Hier bin ich.« Aber ich hielt mich zurück. Schon war ich an jener Schwelle angekommen, an der die Kindheit in die Reife übergeht, und ich war mir dessen irgendwie bewußt. Eine Nacht in einem Polizeikommissariat und ein Tag,

wenn auch nur einige Stunden, in der Gemeinschaftszelle eines Polizeigefängnisses unter unbekannten Männern war zwar meine einzige größere Lebenserfahrung; aber sie genügte. Von nun an konnte mich nichts mehr überraschen, und ich würde alles verstehen, wenigstens alles, was mich und die Meinen beträfe. Ich hegte keinerlei Groll gegen den Mann, dessen Namen ich hier kennengelernt hatte; ich nahm an, daß er ebenso wie mein Vater und alle anderen Menschen eine Aufgabe erfüllte, der er nicht auszuweichen vermochte, ohne sich selbst aufzugeben.

Unsere Ebenen waren verschieden, und wir mußten jeder auf der eigenen bleiben und konnten nur manchmal, wenn die Umstände es erforderten, von einer Ebene zur anderen hinübergleiten und doch bleiben, was wir waren: ein Kriminalbeamter und der Sohn eines Diebes. Er war nicht unfreundlich, noch war er unverschämt zu meiner Mutter gewesen; seine Haltung war eben seine Haltung. Für mich aber war er und wird er immer bleiben: der Mann, der mich zum erstenmal verhaftete.

Im gleichen Augenblick, da ich den Kopf wandte, um den Mann, mit dem ich stumme Zwiesprache hielt, genauer anzusehen, vernahm ich Schritte, die ich kannte und die mich dazu veranlaßten, die Kopfbewegung nicht zu Ende zu führen. Es waren die Schritte meines Vaters, jene Schritte, die seine Söhne und seine Frau während des Tages hörten, wenn er nur für sie ging, so daß die Fliesen unter seinen sicheren Schritten lebhaft oder leise vibrierten, ohne Sorge, daß sie von Unerwünschten gehört werden könnten. Schritte, die immer leiser wurden, je näher die Nacht herankam, bis sie schließlich bei Einbruch der Dunkelheit fast ganz verstummten. Es war, als verlören die Schritte meines Vaters in dem Maße an Gewicht, wie die Pupillen der Katzen sich weiteten. Und wieder wandte ich den Kopf nach der neuen Richtung, erhob mich, daß ich den Vater in voller Größe sehen und auch er mich wahrnehmen könnte. Er schwenkte in das äußerste Ende des Ganges ein; noch immer war er der große, schlanke, hellhäutige Mann, mit angegrautem

Schnurrbart, dichten Brauen, das Antlitz wie ein Rechteck, dem ein listiger und doch gütiger Ausdruck aufgesetzt war. So dahingehend, blickte er zu Boden; als er in den sonnenhellen Hof trat, hob er den Kopf: ihm gegenüber und hinter den Gitterstäben einer Gemeinschaftszelle stand sein jüngster Sohn. Der Schritt meines Vaters wurde unsicher, und die gerade Linie seines Weges brach sich einen Augenblick. Er schien stehenbleiben zu wollen, doch als schämte er sich dessen, bog er nach rechts ein und dann nach links.

»Hier entlang«, sagte der Polizist und berührte ihn am Arm.

Mein Vater wußte ganz genau, warum und wohin. Er hatte mich gesehen, doch nichts an ihm, außer der kaum merklichen Verzögerung des Ganges, verriet seine Bewegung. Um den Hals hatte er ein Tuch, die Kleider waren makellos, ohne Flekken oder Falten, trotz der unangenehmen Nacht, die er wie wir verbracht haben mußte. Dann entschwand er am anderen Ende des Ganges meinen Blicken, und ich, mich abwendend, nahm wieder meinen Platz auf den Ziegelstufen ein. Die Mitgefangenen, stumme Zuschauer der Szene, standen unbeweglich, blickten auf mich und warteten auf das, was folgen würde. Doch nichts geschah; ich hatte einmal geweint und würde kein zweites Mal weinen. Was ich fühlte, blieb ihnen verborgen und war etwas, das ich selbst nicht hätte in Worte fassen können: Überraschung, Zärtlichkeit, Kummer, Stolz und Freude schnürten mir die Kehle zusammen. Ich vermochte die Bewegung zu überwinden. Mein Vater wußte, daß ich hier war, und das allein zählte. Meine Mitgefangenen setzten sich von neuem in Bewegung, von einem Ende der Zelle zum anderen, nahmen wieder ihre Gespräche auf, und selbst der junge Mann, der anfangs wohl die Hoffnung gehegt hatte, Zeuge einer längeren dramatischen Szene zu werden, schickte sich enttäuscht an, von mir wegzugehen. Doch ließ ihn ein neues Geräusch innehalten: ein kurzer, schneller und – nur hörbar für ein feines, unverdorbenes Ohr – ein wenig schleppender Schritt, der Ansatz zu einem Hinken, das ein paar Jahre später sichtbar werden muß.

Der Schritt stoppte hinter mir, und im gleichen Augenblick spürte ich eine Hand auf meiner Schulter. Der junge Mann blieb stehen, und ich erhob mich. Hinter dem Gitter, in der graugrünen Uniform eines Aufsehers, stand ein kleiner, magerer Alter. Seine Brauen waren lang und dicht, angegraut wie der Schnurrbart, und blaue, lachende Augen sahen unter einer Mütze mit rotem Band wie aus weiter Ferne auf mich herab.
Freundlich fragte mich der Alte:
»Bist du der Sohn des Gallego?«
Ich weiß nicht weshalb, aber die Frage und die freundliche Stimme brachten meine Kehle wieder zum Zittern; ich hatte mein Gleichgewicht erst mühsam wiedergefunden, und nun konnte ich abermals kein Wort sprechen und nickte nur mit dem Kopf.
»Komm näher!«
Ich ging ganz nahe an die Gitterstäbe, und das alte Männchen legte seine runzlige Kinderhand auf meinen Arm.
»Dein Vater läßt fragen, warum du hier bist. Was ist geschehen?«
Ich sah, daß er in der linken an einem großen Ring viele verschiedenartige Schlüssel trug. Und ich erzählte ihm meine Geschichte.
»So wurde auch deine Mutter verhaftet?«
»Ja. Sie ist in der Frauenabteilung.«
»Und brauchst du etwas?«
»Nein, danke.«
»Geld?«
»Nein. Wozu?«
»Was hat man euch im Kommissariat gefragt?«
Im Kommissariat hatte sich niemand um uns gekümmert. Die Polizeibeamten hatten uns nur erstaunt angesehen, als wollten sie erfahren, was wir dort zu schaffen hätten. Irgend jemand mußte gewußt haben, weshalb wir auf dem Kommissariat waren; er hatte aber keine besondere Eile, weder mit uns noch mit irgend jemandem in der Welt. Er sah uns so, als wären wir Ab-

straktionen und nicht Wirklichkeiten: ein Polizeibeamter war Polizeibeamter und ein Festgenommener ein Festgenommener, Substantiv oder substantivisch gebrauchtes Partizip. Wäre er einmal dahintergekommen, daß auch Häftlinge menschliche Wesen sind, dann hätte er großes Unbehagen verspürt: er hätte sich um sie sorgen müssen. Das alte Männlein tätschelte meinen Arm.

»Na gut. Solltest du etwas brauchen, dann laß Antonio rufen. Ich werde sofort kommen.«

Er entfernte sich über den Hof, steif wie ein Knochen, und ich blieb zurück, unschlüssig, und wartete auf das, was sich nun ereignen würde. Wer würde jetzt wohl kommen? Die Zeit verging, und niemand nahm sich meiner an. Die Zeit verging, und ich lauschte den Gesprächen meiner Zellengenossen: Prozesse, Verurteilungen, Rechtsanwälte. Und von wem sollte ich schon sprechen?

Antonio und ein anderer Aufseher riefen mich an die Zellentür. Man führte mich über lange Gänge in ein geräumiges Zimmer, wo ich einem dicken Herrn übergeben wurde, der, rosig und blond, in einer weißen Schürze vor mir stand. Über eine goldgefaßte Brille hinweg sah er mich an und schrieb meine Antworten auf seine Fragen auf ein Papier: Vorname, Zuname, Wohnort, Schulbildung, Vor- und Zunamen der Eltern. Als er den Namen meines Vaters hörte, hob er überrascht den Kopf.

»Nanu! Bist du der Sohn von El Gallego?«

Sein sachliches Gesicht belebte sich.

Ich bejahte.

»Ich kenne ihn schon seit vielen Jahren.«

Diese Mitteilung berührte mich nicht. Er neigte sich zu mir herüber und sagte vertraulich:

»Ich war der erste, der ihm in Argentinien die Fingerabdrücke abnahm, und ich kenne sie im Schlaf. Es waren die ersten, die ich machte. Welcher Zufall! Nicht? Er ist ein... wertvoller Mensch. Manchmal treffe ich ihn auf der Straße, aber wir grüßen uns selbstverständlich nicht.«

Zufrieden setzte er sich wieder zurecht.
»Mir ist es gleichgültig, was er ist, aber ihn interessiert es, daß ich der Untersuchungsabteilung angehöre. Wir sehen uns bloß an, als wollten wir sagen: ›Ich kenne dich, Maske‹, aber weiter gehen wir nicht. Ich habe gelernt, die Menschen zu beurteilen, und kann sagen, daß dein Vater ein... mir fehlt das richtige Wort... ein anständiger Mensch ist, das heißt, er... ist kein Schwein; er ist nicht imstande, Gemeinheiten zu begehen, und stiehlt keinen Dreck; natürlich stiehlt er keinen Dreck. Nein, El Gallego tut das nicht.«
Während er sprach, ordnete er Blätter in verschiedene Kästen ein, die überall im Raum umherstanden. Dann nahm er eine kleine Rolle zur Hand und verteilte schwarze Farbe auf einer Marmorplatte.
»Übrigens bin ich kein Polizist, kein Schnüffler, nein: ich bin ein Techniker, ein Spezialist. Wir alle können die Menschen nach ihrem Wert unterscheiden. Außerdem wissen wir, wer dieser und wer jener ist. Warum wurde der da eingesperrt? Er hat einen Betrunkenen überfallen, um ihm zwei lumpige Pesos zu rauben... Und der dort?... Er drang in ein Haus ein, wurde dabei überrascht und verletzte dann den Eigentümer und einen Polizeibeamten. Was soll man schon mit solchem Gesindel tun? Der dort oben und der andere da drüben überfielen eine Frau, die zur Arbeit ging, oder sie brachten einen Kameraden um, damit ihnen allein die Beute zufiele. Ekelhafte Bestien, ekelhafte Bestien. Davon gibt es leider zu viele, und das sind die, die uns die meisten Geschichten machen. Wären alle Einbrecher wie dein Vater, dann könnte die Polizei beruhigt sein. Gestatte!«
Er nahm meine rechte Hand.
»Öffne die Finger.«
Er nahm den Daumen und ließ die Rolle darüberlaufen.
»Nun den Daumen sehr locker halten. Nicht so steif. So ist es richtig.«
Auf einem vielfach unterteilten Blatt erschien an der Stelle, die

für den Daumen bestimmt war, ein schwarzer, häßlicher Fleck, ganz groß mit vielen feinen Linien.

»Jetzt den anderen. Nicht die Finger so steif halten, locker, bitte, ja, so. Weißt du, was geschah, als man deinen Vater zum erstenmal verhaftete? Es handelte sich um hundertdreißigtausend Pesos in Schmuckstücken. Stell dir das mal vor: hundertdreißigtausend Pesos... Schön, als sie ihn auszogen, um ihn zu durchsuchen – ein Ring war verlorengegangen, weißt du, der dann nie wieder gefunden wurde –, brach ein Skandal in der Polizeidirektion los wie kaum ein anderer zuvor: die ganze Wäsche war aus Seide; nicht so irgendeine; feinste Seide... Selbst die Abteilungsleiter hatten so etwas noch nicht gesehen und werden wahrscheinlich nie dazu kommen, solche Unterwäsche zu tragen. Der Polizeidirektor ließ sich die Unterhosen in sein Büro bringen; er wollte sie unbedingt sehen. Weißt du, es gibt eben Leute, die nach solchen Dingen ganz verrückt sind. El Gallego kam nach... drei Monaten frei. Einige Tage später schickte er dem Polizeiaufseher, der in dem Trakt, wo er festgehalten worden war, Dienst machte und der zu ihm sehr nett gewesen war, ein Geschenk. Man sagt zwar, der habe ihm den Ring versteckt. Wer weiß? Und in dem Paket war eine ganze Garnitur Unterwäsche aus feinster Seide. Damit aber hatte er den armen Mann verdorben, unabsichtlich, aber verdorben: denn der gab seine Stelle auf und wurde Taschendieb. Nach zwei oder drei Monaten, pscht! ein Dolchstich, und weg war er. Glaube nicht, daß ihn etwa ein Polizeibeamter beseitigt hätte oder irgendein anderer. Es waren die neuen Kollegen, die es ihm nicht vergessen konnten, daß er Aufseher im Polizeigefängnis gewesen war. Den anderen. So. Komm her!«

Er ließ mich die Schuhe ausziehen, nahm meine Maße und blickte mich etwas überrascht an.

»Donnerwetter! Fehlen nur noch fünf Zentimeter, dann bist du so groß wie dein Vater. Sie studieren?«

»Ja, Herr.«

»Sehr gut; man soll lernen. Das hilft einem im Leben weiter. Und wo gehen Sie zur Schule?«
»Im Colegio Cisneros.«
»Eine gute Mittelschule. Haben Sie besondere Kennzeichen am Körper? Im Gesicht? Eine Narbe über der rechten Braue? Einen Hieb? Dunkle Augen; Ohren regelmäßig; schwarzes Haar. Gut. Jetzt sind Sie fertig. Sie werden neben Ihrem Vater eingeordnet werden, nicht wegen der Fingerabdrücke, die ja nicht gleich sind, sondern wegen der Vor- und Zunamen. Jetzt können Sie gehen.«
Es klingelte, und ein Polizeibeamter erschien.
»Nehmen Sie ihn mit. Wir sind fertig. Lassen Sie es sich gutgehen, junger Mann.«
Ich kehrte in die Zelle zurück. Die Häftlinge gingen wie immer auf und ab; alle in einer Reihe. Kamen sie ans Ende des freien Raumes, dann machten sie alle gleichzeitig kehrt, und die Reihe blieb die gleiche, ohne sich auch nur im geringsten verschoben zu haben.
»Ich hab dem Richter gesagt: Ich bin ein Dieb, Señor, und hab auch gar keinen Grund, das abzustreiten. Wenn sie mich verhaften, dann hab ich es verdient. Ich beklag mich deswegen gar nicht und weiß, daß sie mich doch wieder mal loslassen müssen. Es gibt keine Zeit, die nicht vorbeigeht, und keine Schlinge, die nicht doch mal zerschnitten wird. Ich bin kein Verbrecher; ich stehl nur, aber ich kann's nicht vertragen, daß mich gerade dieser Kerl verhaftet. Er ist Dieb gewesen und hat mit mir zusammengearbeitet, ja, Señor, mit mir zusammengearbeitet, mit mir hat er gestohlen; wir waren Kollegen und haben uns die Beute geteilt. Ich will nicht, daß er mich verhaftet. Er soll einen andern rufen und mich durch den verhaften lassen; wenn er mich verhaftet, werd ich Widerstand leisten. Sie sagen, daß er jetzt Kriminalbeamter ist. Das weiß ich, und ich hab auch nichts dagegen, aber mich soll ein andrer einsperren, mich soll der nicht einsperren, denn wir sind Kollegen gewesen. Einmal wird er mich ver-

haften, wenn ich gerade einen Rausch hab, dann kann ich für nichts garantieren.«

»Der ist ein Pfuscher. Auch mit mir hat er zusammengearbeitet, und wenn er als Kriminalbeamter ebenso gut ist wie als Dieb, dann werden sie ihn bald hinausschmeißen.«

Während sie so dahingingen und miteinander sprachen, machten sie den Eindruck, als beschränkten sich ihre Interessen nur auf einige wenige Gesprächsstoffe, als wäre ihnen vieles andere vollkommen gleichgültig und als machte es ihnen nichts aus, dort so lange zu bleiben, wie es nur irgend jemand, wer dies auch immer sei, gefiele. Währenddessen kümmerten sich Schreiber, Richter, Sekretäre, Stenotypistinnen, Rechtsanwälte, Minister, Steuereinnehmer, Polizei- und Justizbeamte um ihre Prozesse und Verhandlungen, beschrieben Berge von Papier mit den Aussagen der Belastungs- und Entlastungszeugen, mit Ablehnungen, Beweisen, Rekursen, Einwänden, Entschließungen, Urteilen; Reisen hierhin und Reisen dorthin, Unterschriften da und dort und »geben Sie mir Zwanzigpesosstempel«; verlangen Sie sie von der Alten daheim; die Alte sagt, sie habe nicht einmal einen Centavo für Matetee; meinen Bruder also; ist auch eingesperrt; er wird es Ihnen wohl zurückzahlen, wenn Sie freikommen; zurückzahlen? Wenn ich freikomme? Sehe ich so blöd aus? Und schließlich, das Zuchthaus oder die Straße; wieder stehlen oder monate- und jahrelang in einer Zelle hocken.

Der junge Mann, der auf einer über den bloßen Fußboden gebreiteten Strohmatte saß, schien nachzudenken; neben ihm lag, leise schnarchend, ein anderer auf seiner Decke. Sie alle hatten etwas Irrlichterndes an sich und sprachen von Dingen, die diesen Eindruck nur verstärkten. Fast einen ganzen Tag, während ich ihnen zuhörte, sprachen sie nie von ihren Kindern, von ihren Eltern, von ihren Frauen, ihrer Familie, die sicher die meisten hatten oder gehabt hatten. Gewiß war dies nicht der Ort, über derartige Einzelheiten des privaten Lebens oder von Gefühlen zu sprechen. Wie aber war es möglich, daß nicht einer

von denen, die sich näher kannten, in einer Ecke halblaut davon sprach?
»Man hat mir das Urteil zugeschickt. Ich habe aber Einspruch erhoben.«
»Ja, der Rechtsanwalt verlangt zweihundert Pesos. Die Uhr war keine zwanzig wert. Ein schönes Geschäft, Dieb zu sein.«
Und später hörte ich viele Menschen auf die gleiche Weise über ihre Arbeit und ihren Beruf sprechen, weil sie über nichts anderes zu reden wußten: Zimmerleute und Maurer, Ärzte und Rechtsanwälte, Schuhmacher und Schauspieler. Der kleine kahlköpfige Mann im zerschlissenen Anzug, mit schmutziggrauem Gesicht und dickverfilztem Bart blieb in der Mitte der Zelle stehen.

6

»Ich komm aus dem Kittchen überhaupt nicht mehr heraus und werde wahrscheinlich in dem Käfig sterben. Weil sie jetzt das neue Gesetz haben, können mich die Kriminalbeamten überall schnappen; sogar beim Friseur: L. C., ein stadtbekannter Dieb; ja, sicher, aber er taugt nichts mehr. Seit Monaten hab ich nichts mehr gestohlen. Ich bin alt und feig geworden. Zu stehlen hab ich angefangen, wie ich noch ganz klein war, so klein, daß ich auf einen Schuhputzerkasten hab steigen müssen, um an die Taschen der Großen zu kommen. Wieviel hab ich gestohlen und wie viele Monate und Jahre hab ich im Kittchen gesessen! Wie viele Kameraden hab ich gehabt, und wie vielen ist das Handwerkszeug schon aus den Händen gefallen! Ich erinnere mich noch an alle, an die wirklichen Namen und die Spitznamen, an die Eigentümlichkeiten eines jeden und die besonderen Tricks. Da war vor allem El Pesado, ein großer Dieb, aber unangenehmer als eine ganze Polizeidirektion. Niemand hat Lust gehabt, mit ihm zusammenzuarbeiten, und wenn einer mit ihm gemeinsam ein Ding gedreht hat, weil ihm nichts anderes übriggeblieben ist, dann hätt er am liebsten vor Wut geheult. Er hatte einen Bart, der oben bei den Nasenlöchern angefangen hat und unten unter der Weste herausgekommen wär, wenn er sich den nicht immer wieder abgeschnitten hätt. Aber nur unten und nach vorn war er abgeschnitten. Nach oben hat er wachsen können, soviel als er gewollt hat, der Bart. Stehlen, ja, das hat er können. Immer an die Leute heran! Da ist er bei ihnen angestoßen, hat sich an sie gequetscht, und da haben sie ihm schon die Brieftasche gegeben, nur damit sie Ruhe hatten. Die Kriminalbeamten und die Spitzel machten aber immer die Augen zu, als wenn sie ihn nicht gesehen hätten; so unangenehm ist der Kerl gewesen! Und wenn er dann doch ein paarmal in dem Käfig da war, dann haben die andern, die mit ihm gesessen haben, gebeten, sie sollten sie doch lieber in ein andres Loch stecken; denn mit dem Kerl wär's nicht auszuhalten. Was ist denn mit ihm Besonderes los gewesen? Nichts! Wie ein Berg, hoch und breit, und überall ist er einfach zuviel gewesen: ein ekelhafter Kerl, beim Reden, beim Stehlen, beim Sitzen, beim Schlafen. Am Südbahnhof ist dann eine Lok mit ihm fertig geworden – sonst hätt's keiner zustande gebracht –, und nur, weil sie ihn von hinten angefahren hat. Von vorn hätt sie sich gar nicht getraut, den Kerl umzubringen...

Das ist aber schon lange her. Wenn ich jetzt einen mit einer gefüllten Brieftasche angeh oder vor einer Tür steh, dann zittern mir die Hände, und ich verlier die Nachschlüssel oder die Zeitung. Ich bin alles gewesen: Betrüger, Taschendieb, Ladendieb, Einbrecher. Vielleicht wär's besser, ich ging von da weg. Aber wohin? Es gibt keine bessere Stadt wie diese, und ich mag nicht mal dran denken, daß ich in einem andren Kittchen sitzen müßte. Gewiß war die Stadt früher viel besser, als sie jetzt ist; es war leichter zu stehlen, damals, aber die Diebe sind selber schuld daran. Damals haben die Kriminalbeamten noch ein Einsehen gehabt; sie haben natürlich auch verlangt, daß wir uns ein bißchen rücksichtsvoller verhalten, und jeder hat sich dran gehalten, denn wir alle wollen leben. Jetzt aber...

Ich weiß nicht, ob ihr euch an Victoriano Ruiz erinnern könnt.

Wahrscheinlich nicht, ihr seid ja viel zu jung dazu. Der Fall hat alles durcheinandergewirbelt, und ein Taschendieb ist dabei unter die Räder gekommen. Gute Reise! Lange Jahre war der Victoriano der Alptraum der Taschendiebe. Ganz jung ist er zur Polizei gekommen, und mit dreißig war er schon Inspektor. Oft hat er zwölf bis vierzehn Stunden auf dem Hauptbahnhof Dienst gemacht. Wenn einer dort rein wollte, dann hätt er schon ein Herr Taschendieb sein müssen; nicht nur bei der Arbeit, auch in der Kleidung, im Gang, im Benehmen. Kein Taschendieb hätt dort ein und aus gehen können, wenn er nicht vom Scheitel bis zur Sohle ein Herr gewesen wär. Und selbst dann hat es oft nicht lang gedauert, bis der Victoriano einen beim Wickel erwischt hat. Ein Gedächtnis wie ein Pfandleiher! Und ein Gesicht, das ihm einmal aufgefallen war, hat er nicht leicht wieder aus dem Gedächtnis verloren, besonders, wenn an dem Mann irgendwas Besonderes war.
El Pesado hat zweimal probiert, in den Bahnhof hineinzukommen. Stehlen wollt er gar nicht, nur mit dem Zug irgendwohin fahren, aber Victoriano erwischt ihn beide Male am Schlafittchen, und schon war er auf der Polizeidirektion, im Loch. El Pesado ist nie wieder auf den Bahnhof gegangen. Dem Victor Rey, einem anderen großen Taschendieb, ist es gelungen, einmal hinein- und zweimal herauszukommen. Ausgesehen hat er nicht wie ein Taschendieb, sondern wie ein Fürst. Zweimal am Tag die Kleider wechseln, die Fingernägel, die wie der Mond geglänzt haben. Da war sein Bild einmal in einer französischen Zeitschrift: groß, eine Haut wie ein Mulatte, Locken und ein eleganter Schnurrbart; ein bißchen dick war er, der Victor Rey, eine Stirn hatte er, so hoch. Er sah einem Dieb so ähnlich, wie ich einem Staatsanwalt am Berufungsgericht. Er kannte Victoriano so genau wie die eigene Tasche; er hatte Erkundigungen eingezogen. Das erste Mal geht er aus dem Bahnhof mit fünfundzwanzigtausend Pesos Bargeld und ein paar Bankschecks weg. Das war im Zug, mit dem die großen Viehzüchter aus der Provinz kommen. Victoriano, wie der das hört, schaut drein

wie der Juwelier, dem sie einen Stein aus der Auslage geklaut haben. Kein einziger der bekannten Taschendiebe ist an dem Tag auf dem Bahnhof gewesen, und keiner ist in einem Kilometer Entfernung aufgetaucht. Verloren hat der Viehzüchter die Brieftasche nicht; sie war in der Innentasche vom Rock, und Victoriano muß sie erst aufknöpfen, bis er an die Brieftasche herankommt. Sie war aber nicht mehr da. Victoriano läßt alle vielleicht verdächtigen Gesichter und Bewegungen, die er an dem Tag zu der angegebenen Stunde bemerkt hat, an seinem Gedächtnis vorüberziehen. Umsonst. Victoriano kennt alle Viehzüchter, und die reichen Leute aus der Provinz kennen ihn natürlich auch. Wenn sie an ihm vorübergegangen sind, dann haben sie ihm direkt ins Gesicht geschaut oder so von der Seite her, mit Sympathie und ein bißchen Scheu, mit der die Polente die ganze Welt erfüllt, mit einer ganz eigentümlichen geheimen Scheu, weil niemand sicher ist, ob er nicht auch einmal mit ihr zu tun haben wird. Aber unter den unbekannten Gesichtern war auch keins, das ihm irgendwie aufgefallen wär. Jedenfalls war der Dieb gut angezogen. Die Diebe in der ganzen Republik und auch die ausländischen haben genau gewußt, daß es ganz gleich war, ob einer mit dreckigen Schuhen, zerfetzten Kleidern, unrasiert und die Haare nicht geschnitten auf den Bahnhof gegangen ist oder gleich in ein Polizeikommissariat und dort geschrien hätt: ›Da bin ich, ihr Hunde! Nieder mit der Spitzelei!‹ Die Leute von Victoriano hätten ihn gleich an die Luft gesetzt.

War der Dieb in den Bahnhof und wieder hinausgegangen? Oder war er nur auf den Bahnhof gekommen und mit einem Zug weggefahren? Das erste war immer ziemlich gefährlich. Zwischen der Ankunft eines Zuges und der Ankunft eines andern auf den Bahnhof zu gehen, das war zu auffällig. Victoriano hätte einem gleich einen seiner Leute auf den Hals gehetzt. Victor Rey war aber gar nicht von der Stadt aus hineingegangen. Er war schon mit einem Zug gekommen und ist aus einem Abteil der ersten Klasse ausgestiegen, mit einem kleinen Handkoffer, wie ein Viehzüchter, der auf die Bank will, um dort ein paar tausend Pesos einzuzahlen. Er geht an Victoriano vorbei, sieht aus wie alle, die aus der ersten Klasse kommen, wie einer mit zuviel Geld, und blickt Victoriano fest ins Gesicht. Victor Rey hatte ja auch Geld in der Tasche, aber das von einem andern. Victoriano steht beim Ausgang und tut so, wie wenn er mit dem Stationsvorsteher redet. Und dabei späht er mit den Augen umher. Umsonst. Nichts Verdächtiges fällt ihm auf, kein Blick, keine Bewegung, rein gar nichts. Das Opfer gibt alle Einzelheiten an: wo er gesessen hat, wer der und die waren, vis-à-vis von ihm und neben ihm, mit wem er geredet hat, wann er von seinem Platz aufgestanden ist und wie die Leute ausgesehen haben, die mit ihm aus dem Zug gestiegen sind; kurz und gut, alles, was er hat angeben können. Alles, aber es hat nichts geholfen.

Victoriano hat die bittere Pille runtergeschluckt und erklärt, sie könnten niemand auf einen bloßen Verdacht hin einsperren; sie kriegten sowieso nichts heraus. Wenn nicht einer den Dieb anzeigt, dann wird er nicht gefunden werden. Victor Rey, der das alles in den Zeitungen gelesen hat, hat dann ein bißchen gewartet, einen Diebstahl im Hafen begangen, einen andern in einer Bank, und dann ist er wieder zum Hauptbahnhof zurückgegangen, geschniegelt und gebügelt, zeigt seinen Dauerfahrschein vor, steigt in ein Abteil der ersten Klasse, setzt sich in die Polster und schaut Victoriano zu. Der Inspektor steht, wie er immer dasteht, beim Eingang unter der großen Uhr, die Beine gespreizt und die Hände auf dem Rücken – in Höhe der Nieren – gefaltet. Auf der nächsten Station steigt Victor Rey aus, nimmt das beste Auto, das er auftreiben kann, und ist mit siebentausend Pesos weg. Daraufhin geht Victoriano zum Polizeidirektor und fragt, ob er nicht doch besser seinen Abschied nehmen soll. Ob er denn einen Sonnenstich hat, fragt ihn der Polizeidirektor. Ob er denn seinen besten Beamten verlieren soll, weil so ein protziger Hammel sich die Brieftasche stehlen läßt? Geh und sei nicht so blöd! Der Polizeidirektor steckt sich die Zigarre wieder in den Mund und nimmt die Zeitung vor. Victoriano geht auf den Bahnhof zurück, und ein paar Tage macht er ein Gesicht, als hätt er eine Riesenschlange verschluckt und sie nicht ganz runtergebracht. Da war einer, der sie alle zum Narren hielt. Und Victoriano war keiner von denen, die eine besondere Wut auf die Taschendiebe haben und denen es Spaß macht, die zu verfolgen und einzusperren. Weit gefehlt. Er ist nie zum Gericht gegangen und hat dort ausgesagt. Da schickte er seine Leute hin. Er war ein Polizeibeamter und kein Spitzel; den Bahnhof bewachen, das war seine Sache. So was wie ein Katz-und-Maus-Spielen war das. Ihm war es gleichgültig, wenn in einer Bank, in der Straßenbahn oder bei der Ankunft der Schiffe im Hafen was gestohlen wurde; war einer erst mal raus aus dem Bahnhof, dann ließ ihn Victoriano laufen. Aber sein Bahnhof, das war sein Bahnhof. Was tut Victoriano jetzt? Er ruft seine Beamten zusammen, schickt sie ins Polizeigefängnis; alle Taschendiebe, die gerade sitzen, sind zu verhören, und auch nicht einer darf vergessen werden. Sie sollen herausbringen, unter allen Umständen herausbringen, ob nicht in der letzten Zeit ein ausländischer Taschendieb nach Buenos Aires gekommen ist. Victoriano hatte eine gute Nase; denn Victor Rey war ein Kubaner. Die ganzen Verhöre auf der Polizeidirektion waren für die Katz. Kein Teufel hat was gewußt.

Ein paar Tage später steigt ein Herr, mit Kinnbart und einem Ponchito aus Vicuñawolle, aus dem Nachmittagszug und verlangt ganz aufgeregt nach dem Inspektor. Was ist denn das für eine Schweinerei bei euch? Wofür wird die Polizei bezahlt? Wie lange sollen die Diebstähle noch weitergehen? Mir haben sie die Brieftasche gestohlen! Zwölftausend Pesos waren drin! Hundert, zweihundert, fünfhundert Kühe! Victoriano hätte am liebsten einen Prügel genommen und dem Herrn damit ein paarmal auf den Kürbis geklopft. So aber muß er eine freundliche Miene zeigen und sich zurückhalten und höflich bitten: Der Herr möge sich beruhigen und ihm einige Einzelheiten

mitteilen. Was oder wer seine Aufmerksamkeit erregt habe: ob nicht etwa ihm gegenüber oder neben ihm jemand mit einer Zeitung, einem Taschentuch in der Hand oder einem Mantel über dem Arm gesessen habe, und was eben so die Sprüche sind, die dabei gesagt werden. Der Herr konnte sich an nichts erinnern; noch dazu war er kurzsichtig; aber halt, bevor er bemerkt hat, daß ihm die Brieftasche fehlt, da hat Havannatabak in seiner Nase gekitzelt, und er hat sich die Brille aufgesetzt und wollte schauen, wer den feinen Tabak raucht. Da war aber kein Raucher im Abteil. Übrigens waren alle Leute dort absolut unverdächtig. Und wieso ist ein Herr verdächtig, wenn er das Taschentuch herausnimmt und eine Zeitung in der Hand hält? Victoriano winkt ab: nichts, wieder nichts. Und dann ersucht er den Herrn, niemandem was von dem feinen Tabak zu sagen, und der Herr, dem das wie eine haushohe Dummheit vorkommt, verspricht es. Nicht sehr gern. Victoriano denkt sich, mein Taschendieb raucht also feinste Havanna... Schon möglich, und Victoriano hat sich auch nicht geirrt; denn Victor Rey war ganz auf kubanischen Tabak versessen, und in seiner Zigarrentasche mit dem goldenen Monogramm waren immer zwei oder drei Zigarren vom feinsten Blatt aus Vuelta Abajo. Ein Raucher so guter Zigarren muß ein feiner Herr sein... Aber wie sieht er aus?
Victoriano hat sich bemüht, sich vorzustellen, wie der feine Taschendieb wohl aussieht. Das hat auch nicht viel geholfen. Dann der Zufall. Victor Rey geht wieder an ihm vorbei, aber es waren erst einige Minuten vergangen, seit er seinen Zigarrenstummel weggeworfen hatte, und der Geruch der Corona haftete noch an seinem Schnurrbart. Ganz unversehens nimmt Victoriano den Geruch wahr, von dem ihm der Herr im Ponchito erzählt hat. Einen Stich hat es ihm gegeben, aber er hat ihn vorbeigehen lassen, den feinen Herrn, und sich so im Bahnhof aufgestellt, daß er ihn nicht einen Augenblick aus den Augen verliert, und jetzt lauert er auf jede Bewegung von dem Taschendieb. Victor Rey trägt einen Staubmantel über dem linken

Arm und einen kleinen Handkoffer in der Rechten, steigt in ein Abteil erster Klasse ein, stellt den Handkoffer auf einen Platz und will gerade den Staubmantel – das Seidenfutter glitzert nur so – auf den Platz niederlegen, als ein älterer Herr ihn im Vorübergehen anstößt. Victor sieht sofort, daß der eine Brieftasche hat, die ihn fast erdrückt. Mit einem Sprung ist Victoriano auf der Plattform, und als Victor hinter seinem Opfer in der richtigen Stellung ist und dem Herrn leicht die Hand auf die Schulter legt, damit der sich umdreht, verspürt er auf einmal eine viel härtere Hand auf seiner eigenen Schulter. Er wendet sich überrascht um und schaut in das Gesicht von Victoriano. Der Inspektor hätte noch Zeit gehabt und den Kubaner mit den Händen an der Brieftasche des Herrn festnehmen können. Victor wäre dann ganz scheußlich verdonnert worden. Aber das interessierte Victoriano gar nicht. Der Alte mit der Brieftasche und der Taschendieb Victor waren ihm an und für sich vollkommen gleichgültig. Nur in seinem Bahnhof und auf den nächsten zehn Stationen darf nichts gestohlen werden; da kannte Victoriano keinen Spaß. Der Kubaner hätte sich aufregen, protestieren, behaupten können, es sei nur ein Zusammenstoß gewesen; er hätte auch seine eigene Brieftasche, tausend Fahrscheine, seine Ringe, seine Uhr, seine Zigarren vorzeigen können; ein vermögender Mann und ein ehrenwerter Mann, aber niemals wieder hätte er auf dem Bahnhof was tun können. Wozu also? Außerdem war ihm ein Skandal auch nicht recht, und so lacht er den Inspektor freundlich an, steigt mit ihm, ohne ein Wort zu sagen, aus dem Zug, und niemand hat etwas von der Verhaftung eines Taschendiebes, der auf dem Bahnhof bereits Zehntausende von Pesos mit den dazugehörigen Brieftaschen gestohlen hatte, gehört oder in den Zeitungen gelesen. Es war ihm auch nichts nachzuweisen. Was tut Victoriano? Er fährt mit dem Kubaner, der höflich und lächelnd darauf besteht, nur im Auto mitzukommen, zur Polizeidirektion. Dort hat er ihn übergeben und ist, eine der guten kubanischen Zigarren rauchend, zum Bahnhof zurückgegangen. Die hat ihm der Taschendieb zum Andenken gegeben. Am nächsten Tag dann haben sie Victor auf einem Dampfer der Linie Rosario–Buenos Aires–Montevideo eingeschifft, nachdem er in den Händen der Polizei – zu beweisen war ihm nichts – seine Fingerabdrücke, Bilder von vorn und von der Seite, die anthropometrischen Maße, wie die Fachleute sagen, und alle Zigarren gelassen hatte.

Victoriano war Sieger geblieben, aber nicht für immer. Schließlich war er auch nur ein Mensch, und jeder Mensch hat eine Schwäche. Eines Tages steht der Inspektor auf dem Bahnsteig und schaut zu, wie die Reisenden mit ihren Angehörigen im Gang eines Erste-Klasse-Waggons hin und her laufen. Plötzlich fällt ihm eine Bewegung auf, eine eindeutig verdächtige Bewegung. Er sieht, wie sich ein Mann verstohlen mit den Fingerspitzen über die Zunge fährt. Das heißt: Ein Taschendieb will eine Brieftasche ziehen und ganz sicher sein, daß die Finger nicht zu glatt sind und ihm die Brieftasche noch im letzten Augenblick aus den Fingern rutscht. (Das ist eine schlechte Gewohnheit, Kinder, tut das nie!) Victoriano ist mit einem Satz auf der Plattform. Im Gang sieht er, daß der Dieb ihm durch die andere Tür durch die Lappen gehen will, daß er schon auf der Plattform ist, die Waggontür aufreißt und auf der entgegengesetzten Seite hinausspringt. Victoriano reißt auf seiner Seite die Tür auf und will auch hinausspringen. Da sieht er die Bescherung: Eine Lok, die beim Gleiswechsel war, hatte den Taschendieb erwischt. Da lag der nun auf dem Boden, die Beine unter den Rädern, das Gesicht in die Erde gegraben, in der rechten Hand die Brieftasche, die er dem Reisenden gezogen hat. Victoriano läuft hin, packt den Taschendieb bei den Schultern, zu spät; denn die Lok hat ihm schon, bevor sie noch stehengeblieben ist, das rechte Bein abgetrennt. Der Inspektor berührt den Verletzten, bemerkt was Sonderbares und klopft den Arm ab: der arme Teufel hat einen künstlichen Arm ... Victoriano ruft; Leute kommen, Eisenbahner, Reisende und unter ihnen auch das Opfer, das seine Brieftasche erkennt, an die Brust greift und die Brieftasche dann aus der Hand des verunglückten Taschendiebes nimmt. Stumm vor Überraschung geht er wieder in den Waggon zurück. Victoriano zieht den Körper des Mannes, der viel Blut verloren hat, vom Gleis weg, und da dämmert's ihm zum erstenmal auf, wie schrecklich er für die Art von Leuten sein muß. Seine bloße Gegenwart genügt, daß diese Leute die Kontrolle über sich selbst verlieren vor lauter Schreck. Der Mann da auf dem Boden, der war ein Dieb, sicherlich, aber das Blut war so entsetzlich aus dem Stummel des abgetrennten Beins gesickert, und sein Gesicht ist weiß wie Papier geworden. Victoriano hat dort gestanden, ganz erschüttert, verantwortlich für das Unglück des Mannes, das schrecklicher war als die paar Kröten, die der Fettwanst aus der ersten Klasse verloren hätte. Dann sind die Polizisten dahergerannt gekommen, ein Rettungswagen hat gehupt und getutet, und dann haben sie den Schwerverletzten ins Spital gebracht. Victoriano fährt mit und ist nicht eher weggegangen, bis ihm die Ärzte sagen konnten, daß der Verletzte nicht sterben wird. Über dem Knie haben sie ihm dann das Bein abgeschnitten. Victoriano ist nicht mehr auf den Bahnhof zurückgegangen, sondern gleich heim, und am nächsten Tag, ganz in der Frühe, war er schon bei dem Inquisiten. Die Tage sind verflossen, und Victoriano hat mit dem Verunglückten lange Gespräche geführt: Arturo, so hieß der Taschendieb, hat seinen Arm bei einer ähnlichen Gelegenheit verloren; er war auf einem Bahnhof vor der Kriminalpolizei davongelaufen. Dann hat er, als er entlassen worden war, mit dem einen Arm, der ihm geblieben ist, weitergestohlen: eine schwierige Angelegenheit; denn ein Taschendieb mit einem einzigen Arm ist wie ein Taschenspieler, dem eine Hand fehlt. Er hat ganz allein gearbeitet: unmöglich, einen Helfer zu finden. Niemand glaubte ihm, daß er mit einem Arm und mit nur fünf Fingern eine Brieftasche ziehen könne. Und wie erst jene dicken der Viehzüchter, die sie oft noch mit Sicherheitsnadeln festmachen? So ist Arturo ein Einsamer geworden und war in seiner Einsamkeit glücklich. Die andern Taschendiebe haben viel von ihm gehalten. Und jetzt war auch noch das eine Bein weg...

Da hat sich nun Victoriano mit ihm angefreundet und auch ein paar Pesos zu einer Sammlung für eine Prothese gegeben, die glücklichere Taschendiebe organisiert haben. Dabei ist der Inspektor auch mit denen ins Gespräch gekommen. Bisher waren es immer nur ein paar Sekunden gewesen, die er mit ihnen geredet hat, aber jetzt konnte er sich stundenlang mit ihnen unterhalten. Arturo war ein einfacher Mensch. Er ist in Europa gewesen, konnte Französisch – das hat er gelernt, weil er ein paar Jahre in Pariser Gefängnissen gewesen ist –, war immer sauber, und wenn er redete, dann immer langsam und freundlich. Der Inspektor, der am Anfang seiner Laufbahn immer mit dem ärgsten Gesindel zu tun gehabt hat, mit Taschendieben gemeinster Sorte, schmierig und Rowdys, hat immer geglaubt, alle müssen gleich sein. Manchmal hatte er sich ja einen ganz feinen, schlauen Kerl geangelt, so eine Art Lachsforelle unter lauter gemeinen Stichlingen; es war ihm aber nie eingefallen, mit denen zu reden und zu erfahren, was für eine Art von Leuten sie wären. So hatte er eine feste Meinung über alle, ein Vorurteil: Diebe, Gesindel und sonst nichts. Aber Arturo war eine Überraschung für Victoriano, freilich eine unangenehme Überraschung, und niemand hätte es Victoriano ausreden können, daß er allein, er ganz allein, schuld war, daß Arturo das Bein verloren hat. Arturo hat ihn zwar ausgelacht und gesagt: Das war ein Pech oder ein Zufall, und den Inspektor trifft gar keine Schuld. Ganz und gar nicht. Dann hat Victoriano versucht, die Diebe näher kennenzulernen, wenn er sie einsperrte, und auch die, die im Polizeigefängnis aus dem einen oder dem anderen Grund aufgefallen waren. Manchmal war er angenehm überrascht, dann wieder ist er auf das ärgste Gesindel gestoßen, das Gesindel, das einem fast mit den Absätzen ins Gesicht springt. Von denen aufwärts gibt es ja eine ganze Stufenleiter bis zu den andern, die wie Arturo sich fast dafür entschuldigen, daß sie da sind, die aber trotzdem bereit sind, selbst einem Erzengel mit Schwert die Brieftasche zu ziehen. Die Haltung des Menschen ist eins und ein anderes seine Beschäftigung, mit der er sich durch das Leben schlägt. Die Besten unter den Dieben, das sind die Einsamen. Schließlich ist sich Victoriano darüber klargeworden, daß auch die Diebe Menschen und, abgesehen von ihrem Beruf, ihren Mitmenschen ebenbürtig sind, den Spitzeln, den Polizeikommissaren, den Rechtsanwälten, den Angestellten, den Gendarmen, den Arbeitern, kurz, all jenen, die dem Inspektor bisher bekannt waren. Ja, aber warum suchen sie sich dann nicht einen anderen Broterwerb? Das ist eben sehr schwer. Zimmerleute sterben gewöhnlich als Zimmerleute und die Maschinisten als Maschinisten, mit ganz wenigen Ausnahmen.

Das war aber noch nicht alles. Eines Tages steht der Inspektor El Camisero gegenüber, einem spanischen Taschendieb, berühmt bei allen Taschendieben. Wenn der auch nur zwei Stunden in einem Polizeikommissariat war, dann hat er alle gewonnen, vom Verkehrspolizisten bis hinauf zum Kommissar. Nur wenige konnten seiner Liebenswürdigkeit widerstehen, und hätte er, so wie er den Polizisten ersucht hat, ihm doch eine kleine Flasche Wein zu holen, die Leute gebeten, ihm ihre Brieftasche auszuhändigen, so hätten sich wahrscheinlich nur die ärgsten Geizhälse geweigert. Victoriano verhaftet ihn also eines Tages und führt ihn aus dem Bahnhofsgebäude heraus. Da fragt ihn El Camisero wie alle Verhafteten: Wohin führen Sie mich jetzt? Und Victoriano sagt ihm: Zur Polizeidirektion. Wo ist sie? Ich habe geglaubt, Sie wollen mich nur auf eine Flasche Wein ausführen. Da in der Nähe ist eine kleine Bar mit ganz hervorragenden eingelegten Oliven. Zwei Häuserblocks weiter lacht Victoriano aus vollem Hals über die lustigen Einfälle des Madriders, und er lacht noch immer, als sie in der Polizeidirektion ankommen, wo er ihn, trotz der Unterhaltung, übergibt und wieder auf den Bahnhof zurückkehrt. Gegen El Camisero konnten sie aber nichts Stichhaltiges vorbringen und haben ihn dann nach ein paar Tagen freigelassen. Einige Tage später, Nacht war's, und der Millionärszug fährt gerade in den Bahnhof ein, da sieht Victoriano zur größten Überraschung

seines Lebens, wie El Camisero, sauber, fast elegant, aus einem Waggon erster Klasse aussteigt, den Mantel überm Arm und hinter einem Herrn her. Victoriano reißt den Mund vor lauter Staunen weit auf. El Camisero sieht ihn, tut aber nicht, was alle Taschendiebe getan haben würden: sich verstecken oder davonlaufen. Ganz im Gegenteil, El Camisero kneift ein Auge zu, lächelt Victoriano an und eilt hinter der dicken Brieftasche her, die eben aus dem Bahnhof hinausgeht. Als Victoriano wieder zu sich kommt, war der Taschendieb schon draußen, vor dem Bahnhof, und dort hat er ihn auch angetroffen. Jetzt war aber El Camisero nicht mehr lustig und gesprächig und zum Spaßmachen aufgelegt, sondern ziemlich wild: die dicke Brieftasche hatte ein Taxi genommen und war verschwunden. Verfluchtes Pech! Das ganze Jahr bekomme ich keinen solchen Kerl mit solcher Brieftasche zu sehen, und wenn... dann ist er beim Teufel! Victoriano muß ihn erst beruhigen. Ich hab eine Frau und fünf Kinder, und nun sind meine Hände schon zu langsam geworden! Was soll ich jetzt anfangen?
Und keiner hat je erfahren, weder damals noch später, was der Taschendieb dem Inspektor gesagt hat, und auch nicht, was für einen Vorschlag er ihm gemacht hat. Aber Tatsache ist, daß von jenem Tag an in Victorianos Bahnhof und in allen Bahnhöfen der guten Stadt Buenos Aires so lustig gestohlen wurde, wie wenn es keine Kriminalpolizei mehr gegeben hätte. Brieftaschen und Koffer wurden gestohlen; sie verschwanden so, wie wenn die Besitzer nur geschlafen hätten. Der Polizeidirektor ließ Victoriano rufen. Was ist los, Señor? Nichts, Herr Polizeidirektor. Und diese verteufelten Diebstähle, die immer mehr werden? Victoriano zuckt mit den Achseln. Ich gebe acht, aber ich sehe nichts. Was soll ich tun? Noch besser aufpassen.
Dann haben sie Victoriano am Bahnhof abgelöst und an den Hafen versetzt. Dort wurde dem Kapitän eines britischen Luxusdampfers die Brieftasche schon an der Gangway gezogen. Nichts als englische Pfunde! Dann haben sie Victoriano in eine Bank versetzt, und schon kurz darauf hat der Direktor die Poli-

zeidirektion ersucht, sie sollten ihm doch einen andern Beamten schicken, denn die Bankkunden trauen sich nicht mehr, mit dem Geld in die Bank zu kommen. Und überall, wo Victoriano aufgetaucht ist, war es, als ob er gleich hundert Taschendiebe mitgebracht hätte. Meine Brieftasche! Mein Geld! Haltet den Dieb! Haltet den Dieb! Den Dieb, den nie einer erwischt. Und wieder haben sie Victoriano in die Polizeidirektion gerufen, und wieder ist nichts herausgekommen. Dann ist immer mehr gestohlen worden, ob Victoriano dort war oder nicht. Die Taschendiebe sind von allen Seiten hergekommen und haben gestohlen, was sie nur konnten, mit beiden Händen gleichzeitig. Wie die Heuschrecken sind sie gekommen! Auf den Bahnhöfen waren ebensoviel Taschendiebe wie Reisende, und nicht ein Taschendieb mehr als früher kam zur Polizeidirektion. Nur die Dümmsten haben sie festgenommen oder solche, die die Reisenden selber festgehalten und mit Prügeln den Polizisten auf der Straße übergeben haben. Auf dem ganzen Bahnhof war keine Kriminalpolizei zu finden. Die Polizisten auf der Straße hielten sich aus allem raus. Die höheren Polizeibeamten saßen wie auf einem glühenden Rost und schmorten langsam wie bei kleinem Feuer. Da greift der Provinzgouverneur selber in die Sache ein. Sie verhören einen Kriminalbeamten nach dem andern, keiner weiß was: sie haben aber alle genau gewußt, was los war, genauso wie die Taschendiebe: Victoriano, die verschiedenen Inspektoren und Beamten erster, zweiter und auch dritter Klasse haben von der Bande, mit der sie zusammengearbeitet haben, ihren Anteil gekriegt. Sie waren bestechlich geworden, kaum vorstellbar bestechlich. Und Victoriano als erster, in dem Augenblick, wie er erkannt hat, daß auch die Taschendiebe Menschen waren. Eines Tages ging dann alles zu Ende, und die Schuld hat, wie immer, einer der Ärgsten gehabt, ein gewisser Schwarzer Anton, der mit der Konjunktur vom Straßenraub zum Taschendiebstahl übergegangen war. Der Kerl war aber zu nichts anderem fähig gewesen, als Wehrlose in einsamen Gassen zu überfallen und sie zu berauben. Er war ja auch kein wirklicher Taschendieb, sondern nur so eine Art von Dienstbote bei der Bande, die auf dem Bahnhof unter dem wohlwollenden, früher so schrecklichen Auge Victorianos arbeitete. Stockbesoffen war er, als man ihn auf dem Bahnhof festgenommen hat; er war gerade dabei, einem Reisenden die Brieftasche zu stehlen, und wollte ihn verprügeln. Der hatte keine Lust gezeigt, auf solche Art sein Geld loszuwerden. Das war zuviel gewesen. Im Polizeigefängnis hat er dann wie verrückt geschrien und derartig unglaubliche Geschichten erzählt, daß der Abteilungsleiter, dem sie überbracht wurden, den Schwarzen Anton hat vorführen lassen. Was haben Sie da erzählt? Die Wahrheit. Und was ist die Wahrheit? Sie sind ja ein fescher Kerl und haben Mut; also heraus mit der Sprache! Und der Schwarze Anton, ein Schwätzer und Dummkopf, hat alles ausgepackt: Victoriano und die meisten Kriminalbeamten nehmen von den Taschendieben Schmiergelder. Du lügst, Kerl! Ich lüge? Soll ich es Ihnen beweisen? Gut; ich gebe dir die volle Freiheit. Abgemacht.

Dann schreibt sich der Abteilungsleiter die Serien- und Stücknummern von zehn Hundertpesoscheinen auf und übergibt sie dem Schwarzen Anton. Der wird freigelassen, und hinter ihm her geht ein Kriminalbeamter mit Sonderauftrag. Dann steigt der Schwarze Anton zwei oder drei Stationen vor dem Bahnhof, wo Victoriano Dienst hat, in einen Zug ein, steigt aus und macht dem Inspektor ein Zeichen. Einige Minuten später sind sie im Extrazimmer des Speisehauses, wo sich Victoriano immer mit Julian El Zurdo trifft, und der Schwarze Anton übergibt ihm die Scheine. Tausend Pesos. Was soll das? Das schickt El Zurdo; er ist gleich in die Stadt weitergefahren. Der Inspektor ist ziemlich überrascht; er gibt sich nicht gern mit derartigem Gesindel, zu dem der Schwarze Anton gehört, ab, aber da liegen nun vor ihm zehn Scheine zu je hundert Pesos; viel mehr, als was er monatlich verdient. Victoriano nimmt die Scheine. Der Schwarze Anton geht weg. Victoriano wartet noch einen Augenblick; dann geht auch er auf die Straße. Dort nehmen ihn

gleich zwei Kriminalbeamte in Empfang und bitten ihn recht höflich, mit zur Polizeidirektion zu kommen. Victoriano lacht, weil er glaubt, das ist eine Verwechslung. Aber einer von den beiden sagt ihm, er habe gar keinen Grund zum Lachen; sie wissen genau, wer er ist und daß er unter allen Umständen mitgehen muß. Victoriano will nicht, aber da sagt ihm auch der andere Kriminalbeamte, er soll nur mitkommen. Sie sind von der Landpolizei, die die Straßenräuber und Viehdiebe verfolgt, und der Polizeidirektor selber hat ihnen den Auftrag gegeben. Es ist viel besser für ihn, wenn er ohne Schwierigkeiten mitgeht; die Hände dürfen nicht in die Rocktaschen gesteckt werden; nur kein Papier wegwerfen oder auf dem Weg zur Polizeidirektion sich mit ähnlichen Dummheiten unterhalten. Da sieht auch Victoriano ein, daß die Angelegenheit ernst ist, und geht mit gesenktem Kopf gefügig mit.
Im Büro der Polizeidirektion wird er genau durchsucht, und richtig, in einer Tasche stecken die zehn Hundertpesoscheine mit den gleichen Serien- und Stücknummern, die der Abteilungsleiter aufgeschrieben hat. Da gibt es keinen Zweifel mehr. Es ist gut; Sie können gehen. Die Kriminalbeamten, die Victoriano verhaftet haben, gehen hinaus. Victoriano leugnet nicht und erklärt dem Polizeidirektor seinen Fall: dreiundzwanzig Dienstjahre, als Hilfsbeamter eingetreten: wegen seiner besonderen Fähigkeit, Taschendiebe zu erkennen und festzunehmen, dem Kriminaldienst zugeordnet; dann bald Kriminalbeamter erster Klasse und einige Jahre später Inspektor. Da nimmt seine Laufbahn ein Ende. Nun ist er seit zehn Jahren Kriminalinspektor mit einem lächerlichen Gehalt. Jeder der Großviehzüchter, die mit dem Sechs-Uhr-fünfundvierzig-Zug ankommen, hat jederzeit mehr Geld in der Tasche, als er in ein paar Jahren zu sehen kriegt. Und dieses Geld muß er bewachen, ohne Hoffnung, Gruppenleiter, Zweiter Kommissar oder Direktor zu werden. Solche Posten gehörten den politischen Parteien und sind für die Leute bestimmt, die irgendeiner Partei dienen. Dazu hätte er es nicht gebracht; er kann nicht prügeln, und

es ist ihm nicht möglich, mit Hilfe von Tratsch und Verleumdung, wie es bei den Parteien so üblich ist, vorwärtszukommen.

Er hat die Diebe verfolgt und festgehalten wie ein Hund, der Hasen oder Schnepfen verfolgt und stellt, ohne zu wissen, daß auch sie Tiere sind, die nichts anderes wollen als leben. Und bis zu dem Tag, an dem Arturo unter die Lok gekommen ist, hat auch er nicht im entferntesten daran gedacht, daß auch ein Dieb ein Mensch ist, mit den gleichen Organen und den gleichen Bedürfnissen wie andere Menschen, mit Wohnung, Frau und Kindern. Das ist seine große Entdeckung gewesen: er hat den Menschen entdeckt. Warum sind Sie dann Kriminalbeamter geblieben? Weil er nicht anders konnte. Auch dem Dieb geht's nicht anders. Dann ist der verteufelte Camisero gekommen. Vorher hat kein einziger Taschendieb den Mut gehabt, sich vor ihn hinzustellen und mit ihm zu reden. Sie haben in ihm immer nur den Kriminalbeamten gesehen, wie er in ihnen den Dieb. War einmal einer verhaftet, dann hat er ihn ins Polizeigefängnis gebracht oder in das nächste Kommissariat und nichts mehr von ihm gehört, bis der arme Teufel ihm wieder unter die Augen gekommen ist. Nie eine Unterhaltung, nie eine menschliche Mitteilung, nie ein herzliches Wort oder ein Lächeln. Wieso? El Camisero war ganz anders; er hat mit ihm geredet und ihn genauso wie einen andern Menschen behandelt; ja, noch mehr; der hat ihn sogar ausgelacht. Ausgelacht wegen der Berühmtheit, wegen der Geltung, wegen der Pflichterfüllung, ausgelacht als Mensch. Sicher hat Victoriano das Geld genommen, das bestreitet er auch nicht, aber das ist eine andere Angelegenheit. Bisher hat er in seinem Leben nur zwei Dinge gekannt: Diebe verhaften und Kinder in die Welt setzen; und wenn er mehr Diebe in diesem Jahr verhaftet hat als irgendein anderer Kriminalbeamter, so hat er im gleichen Jahr auch sein elftes Kind gehabt...

Der Polizeidirektor, kein Dutzendmensch, der in eigenem Interesse einem der politischen Häuptlinge dient, hatte Victo-

riano sehr gut verstanden. Aber die Dinge konnten nicht mehr so weitergehen, und wenn er auch Victoriano als seinen besten Mann geschätzt hat, so hat er ihn doch sein Rücktrittsgesuch unterschreiben lassen, ihm auf die Schulter geklopft und ihn verabschiedet. In derselben Nacht, als die Kriminalbeamten einer nach dem andern zum Dienst kamen, haben sie erfahren, daß Victoriano aus dem Dienst ausgetreten ist...
Victoriano lebt heute noch, und zu seinem Glück sind seine Kinder anständige Menschen geworden. Aurelio ist sein Ältester. Der Schwarze Anton? Den hat Julian El Zurdo mit einem Dolch niedergestochen.«

Als dann der Abend hereinbrach, traf ich meine Mutter am Tor der Polizeidirektion, und wir gingen nach Hause. Ich hatte meinen ersten Tribut gezahlt.

7

Ich konnte mich also nicht einschiffen; mir fehlten die nötigen Papiere. Trotz meiner Beine und meiner Arme, trotz meiner Lungen und meines Magens, trotz meiner Einsamkeit und meines Hungers schien ich für niemanden vorhanden zu sein. Ich setzte mich auf die Steintreppe an der Mole und blickte aufs Meer hinaus: der Dampfer drehte sich um hundertachtzig Grad und steuerte nach Nordwesten. In der nachmittäglichen Sonne glänzten die Bronzebeschläge und die Lackfarben, die weißen Boote und die schwarzen Schornsteine. Ich ließ meine Augen vom Hinterdeck zum Vorderdeck schweifen; denn irgendwo an Deck, in einer Kabine, in der Kombüse oder im Speisesaal war mein Freund. Ich neigte den Kopf, entmutigt; denn da blieb ich zurück, in diesem fremden Hafen, unbekannt, allein, ohne Geld, ohne nachweisbare Staatszugehörigkeit, ohne Freund.
Am Ufer eines Flusses hatte ich ihn kennengelernt. Aus der Ferne kam ich auf ihn zu; als ich schon ganz nahe bei ihm stand, hob er den Kopf und sah mich an.

»Gefallen sie Ihnen?«
Im Grase krochen zwei kleine Schildkröten.
»Gehören sie Ihnen?«
»Ja. Vorwärts. Sei nicht so faul.«
Er schob die eine mit einem Zweiglein weiter.
»Haben Sie die Schildkröten immer bei sich?«
»Ja.«
Er sah mich noch einmal an, prüfend diesmal, und stand auf. Irgend etwas hatte seine Aufmerksamkeit wachgerufen. Vielleicht meine Art zu sprechen.
»Und Sie?«
Ich wußte nicht, was ich darauf antworten sollte, und schwieg, auf eine andere Frage wartend.
»Woher kommen Sie?«
Ich drehte mich um und wies auf die hohen Berge hinter mir.
»Aus Argentinien?«
Ich nickte mit dem Kopf. Er maß mich von oben bis unten, schwieg einen Augenblick und rief dann aus:
»Mahlzeit!«
Ich wies auf meine Schuhe, die nun weder Absätze noch Sohlen oder Brandsohlen hatten. Als ich von Mendoza in Richtung Chile losgezogen, waren sie neu gewesen.
»Wie gehen Sie jetzt?«
»Mit den Füßen.«
Ich lächelte etwas traurig zu meinem Scherz.
»Setzen Sie sich«, lud er mich ein.
Als ich der Einladung nachkam, meine Beine ausstreckte und er meine Fußsohlen, voller Schmutz und Wunden, erblickte, rief er aus:
»Wie können Sie denn überhaupt noch gehen!«
Ich legte mich zurück und rekelte mich im Gras, während er, der nun seine Schildkröten vergessen hatte, weiter auf meine Füße starrte. Ich hörte, wie er sagte:
»Von Argentinien... Buenos Aires?«
»Mendoza.«

»Alles zu Fuß?«
»Achtzig Kilometer im Zug versteckt. Übers Gebirge.«
Er blickte aufmerksam um sich.
»Aber nicht allein?«
»Jetzt schon.«
»Was ist aus Ihren Gefährten geworden?«
»Sie sind nach Süden weitergezogen.«
»Und Sie?«
Dieses »Und Sie?« diente ihm für vieles: »Und Sie, warum sind Sie nicht mitgegangen?«, »Und Sie, wer sind Sie?«, »Und Sie, woher kommen Sie?«, »Und Sie, was sagen Sie?« Ich antwortete aufs Geratewohl:
»Ich will nicht nach Süden. Zu naß. Die Minen reizen mich nicht.«
Er senkte den Kopf ein wenig und sagte:
»Ja. Aber es ist schön dort. Woher wissen Sie, daß es im Süden zu naß ist?«
»Ich werde es wohl gelesen haben.«
»Sehr richtig... es regnet dort sehr oft... Auch ich bin in Argentinien gewesen.«
Ich richtete mich auf.
Wir saßen am Südufer des Aconcaguaflusses, schon in der Nähe des Meeres. Das seichte Wasser schleppte sich mühsam über die Kiesel, die leise sangen, wenn sie aneinanderstießen. Er nahm die Schildkröten, die dem Fluß zukrochen, vom Grase auf.
»Und warum sind Sie von daheim fortgegangen?« fragte ich ihn.
Er sah mich überrascht an.
»Und Sie?«
Nun war es an mir, erstaunt zu sein: es war die gleiche Frage, die er mir schon zweimal gestellt und die ich ihm nicht beantwortet hatte. Jetzt konnte ich nicht mehr über sie hinweggehen.
»Ich habe kein Daheim.«

Er schien verwirrt.
»Aber Sie haben doch noch Familie, so jung, wie Sie sind.«
»Ja...«
»Und diese Familie muß irgendwo leben.«
Ich schwieg. Wie sollte ich es ihm begreiflich machen, daß ich nichts von meinen Brüdern und meinem Vater wußte? Vielleicht bemerkte er meine Verwirrung, bestand deshalb nicht auf einer Antwort und begann von sich zu sprechen:
»Meine Mutter ist tot, das heißt, ich glaube, sie ist tot. Ich habe sie nicht gekannt und weiß nichts von ihr. Bei uns zu Hause gibt es nichts, das an sie erinnert, kein Bild, keinen Brief, kein Stückchen Stoff noch irgend etwas von dem, was Mütter gewöhnlich hinterlassen und was ihr Andenken wahrt. Nicht etwa, daß meine Stiefmutter es gewesen war, die jede Erinnerung an sie zerstört hatte. Schon lange bevor sie ins Haus kam, war die Erinnerung an meine Mutter erloschen. Ich hatte bereits lange Jahre allein mit meinem Vater gelebt.«
»Ihr Vater ist...?«
»Was er tut?«
»Ja. Was er arbeitet.«
»Er ist Professor.«
Das Gespräch kam nicht so recht in Gang. Wir sahen uns von Zeit zu Zeit etwas prüfend an, forschten in den Gesichtern, schätzten die Kleider ab und maßen die Bewegungen, als würden wir dadurch Aufschluß über den andern erhalten. Er sprach sehr gewählt, dürfte ungefähr sieben Jahre älter gewesen sein als ich, sieben Jahre, die viel Erfahrung und Kenntnis bedeuteten. Unwahrscheinlich waren die Augengläser, die er trug, nicht etwa eine Brille, mit der man springen, laufen, sich ducken, raufen und sogar schwimmen kann, sondern Augengläser, die an der Nase festgekniffen werden. Ein Landstreicher mit Augengläsern ist ebenso unwahrscheinlich wie einer, der einen Regenschirm mit sich führt, und doch gab es keinen Zweifel darüber, daß er Landstreicher war: die Schuhe, wenn auch noch nicht zerrissen, waren von Schmutz verkrustet – wie

viele Kilometer mochte er wohl an diesem Tag gegangen sein?–, mausgraue Socken fielen ihm über die Knöchel herab, und die Aufschläge der Hosen waren genauso schmutzig wie die Schuhe. Die Kleider waren fast neu, aber vernachlässigt, voller Staub, als hätte ihr Besitzer keine nähere Beziehung zu ihnen. Hatte sein Hemd auch nicht mehr den Glanz der Neuheit, so war es immerhin noch nicht zerschlissen; die schwarze Krawatte aber, schon abgetragen, war fadenscheinig geworden und suchte, bald hierhin, bald dorthin verrutschend, am Kragen des aufgeknöpften Hemdes nach Halt.

Das beste wäre wohl gewesen, offen zuzugeben, daß wir schließlich einer den andern darüber ausfragen wollten, was von Interesse war: seine Herkunft zum Beispiel, sein Ziel, wenn er eines hatte, sein Schicksal, wußte er darum, also: das Warum, Wann und Wie. Es war aber nicht leicht, sich dazu aufzuraffen, weil wir noch nicht das Bedürfnis empfanden, wirklich etwas vom andern zu erfahren. Darum tasteten wir uns vorerst nur ab und mißtrauten einander noch. Wenn es sich dann aber doch herausstellen sollte, daß der eine am andern gar kein Interesse hatte? Ich hätte ihm zu dumm sein können oder er mir, oder seine Bewegungen oder seine Gewohnheiten hätten mich stören können oder ihn die meinen. Mir waren schon Hinz und Kunz begegnet – ihm wahrscheinlich auch –, an die man sich nicht anzupassen vermag und mit denen man nicht einmal sprechen oder irgendwo stehenbleiben kann; Menschen, die auf seltsame Weise gefügt sind: hart und undurchdringlich zum Beispiel, oder weich wie Schwämme. Ist man ihnen gegenüber, oft durch die Umstände betrogen, mitteilsam offen und erzählt ihnen sein Leben oder auch nur einen Teil daraus, sagt seine Scherze und lacht, dann wird man schließlich entdecken, daß man nicht nur seine Zeit dabei verloren, sondern, was noch schlimmer ist, sich lächerlich gemacht hat, als man zu ihnen über Dinge sprach, die sie vollkommen gleichgültig ließen. Bei ihm gab es von Anfang an zwei Dinge, die für ihn sprachen: die Schildkröten und die Augengläser. Ein Land-

streicher mit zwei Schildkröten in seinem Gepäck und einem Zwicker auf der Nase war kein Nichtsnutz, den man dort, am Ufer des Aconcaguaflusses, so einfach beiseite schieben konnte: man mußte ihn wohl in Betracht ziehen.
Waren schon Landstreicher selten, die mit zwei Schildkröten ihres Weges zogen, so sind Landstreicher mit Augengläsern noch ausgefallener. Ich hatte bisher nur einen einzigen gesehen, in Gesellschaft eines Drehorgelspielers und eines Mannes, der die Pauke und die Becken schlug. Der Mann mit den Augengläsern war kein Musikant wie die andern; er war der Geschäftsführer. Hatte der Drehorgelspieler die Kurbel losgelassen und der Paukenschläger die Schlegel gesenkt, trat der Jude – er war Pole – vor die Zuhörer und machte sich daran, eine Ansprache zu halten. Der Jude blickte aus einem Kindergesicht, voller Licht, über rosige Wangen und einen blonden Schnurrbart hinweg; langes blondes Haar quoll ihm unter einer schmutzigen Mütze lockig hervor. Er sah aus wie ein Verklärter. Wasserblaue Augen, traurig in weiter Ferne verankert, blickten durch die runden Gläser über die Kundschaft hinweg. Die sparsamen Gebärden und die sanfte Stimme, mit der er sprach, beeindruckten die Leute und ließen sie glauben, jener Mensch rede von etwas sehr Wichtigem, seiner exotischen Erscheinung nach zu schließen von einer neuen Heilsbotschaft. Niemand verstand im ersten Augenblick, was er wollte; einem Bündel unter dem Arm entnahm er ein Heft und hielt es den Umstehenden hin. War das Wort darin? Einige Zuhörer wollten sogleich ein Heft nehmen, aber da bisher noch kein Bote des Herrn in dieser Welt erschienen war, um das Heil zu verkünden in Begleitung eines Orgelspielers, der »Parlame d'amore, Mariú« herunterkurbelte, und eines Paukenschlägers, der sprang und Schreie ausstieß, hielten sie sich zurück, spitzten die Ohren und den Verstand. Ein wenig später aber vernahmen diejenigen, die zunächst standen, was jener Mensch sagte, und es war ihnen, als kitzelte sie eine riesige Hand gleichzeitig an verschiedenen Stellen des Körpers. Sie warfen sich nach hinten oder beugten sich

vor, erfaßt von unbezähmbarem Gelächter: der Verklärte mit der schmutzigen Mütze verkaufte Schlagerhefte und hatte nichts anderes getan, als sie anzukündigen. Seine Worte aber waren so entstellt, so unzutreffend in Bedeutung und Ton, daß niemand, der sie endlich verstand, sie zu hören vermochte, ohne in schallendes Gelächter auszubrechen. Die Leute kauften die Schlagerhefte, da sie hofften, sie wären ebenso spaßhaft wie der Verkäufer. Leider aber enthielten sie nur die üblichen Tangos und Milongas mit Texten, die sogar einen Menschenfresser zum Weinen gebracht hätten. Währenddessen, ungerührt von fremder Hoffnung und Enttäuschung, machten sich der Drehorgelspieler, unter der Last seines Instrumentes seufzend, der Paukenschläger, mit seiner Pauke und den Becken, und der Mann mit dem Antlitz eines Verklärten, dem Bündel Schlagerhefte und dem Zwicker, der auf dem rosigen Näschen glitzerte, von neuem auf den Weg, stumm, als wären sie Fische.
Ja, ein Landstreicher mit Augengläsern ist ein seltener Vogel; und da waren außerdem die Schildkröten, die noch immer geräuschlos durch das Gras krochen. Ich hatte nie jemand gesehen, noch hatte ich von einem sprechen hören, der zu Fuß weit reiste und irgendein Tier mit sich führte: einen Hund zum Beispiel oder eine Katze, die doch Pflege verlangen und die außerdem beißen, kratzen, zerstören, bellen, miauen, stehlen, liebestoll werden, sich vermehren, verschwinden und wiederkommen. Die Haustiere sind viel zu seßhaft – sie wären ja sonst weder das eine noch das andere –, und ich habe noch nie einen Wanderer gesehen, der mit einer Henne oder einer Kuh auf die Reise geht. Ich verachtete jene Geschöpfe, die in der Umgebung der Städte hausen, auf dürrem Gelände in Hütten aus Wellblech und Säcken, umgeben von Katzen, Hunden und Flöhen; sie schienen mir geizig zu sein, ohne eigenes Wesen oder nur von einem Wesen, das dem der Hunde und Katzen gleich ist, Wesen, die von einer so dunklen Vorstellung beherrscht werden, wie sie nur in ihren schmutzigen Hütten

wohnt, und die nichts Besseres zu tun wissen, als die Häuser und die Bequemlichkeit anderer Menschen unzureichend nachzuahmen und sich mit abstoßenden Tieren zu umgeben, mit kranken Katzen und räudigen Hunden. Viele unter ihnen benehmen sich wie die Herren des Bodens, auf dem sie leben, und verjagen die Kinder, die auf dem spärlichen Gras in der Nähe der stinkenden Löcher spielen. Ich ziehe die Landstreicher ohne Wohnung vor.

Die Schildkröten waren – beide ließen sich in der Muschel einer einzigen Hand fassen – ganz klein, ungeschickt und anmutig zugleich, erdfarben. Wie Erdkrumen schoben sie sich auf dem feuchten Gras des Flußrandes vorwärts und gaben ihm Ursprünglichkeit und Vornehmheit. Warum führte sie der Unbekannte mit sich? Hätte er Hunger, könnte er sie nicht aufessen, noch dienten sie ihm als Helfer, wollte er einen Streich vollführen. Ihr einziger Vorteil war die Kleinheit.

Der Mann war also kein gewöhnliches Wesen, eines von denen, die sich in allen Gesellschaftsschichten finden, die ihre Mitmenschen so abstoßen, wie es ein toter Hund täte. Von ihm ging etwas aus, etwas Helles und Ruhiges. Seine Augen hatten wie die des Verkäufers der Schlagerhefte nur wenig eigenen Glanz, wenn sie auch nicht wasserblau, sondern dunkel waren, vielleicht rehbraun, klein, mit kurzen, steifen Wimpern, die Augen eines Kurzsichtigen. Nun war er an der Reihe zu fragen.

»Haben Sie kein Geld?«

»Nein. Wozu?«

Er deutete auf meine Schuhe.

»Mit diesen Latschen werden Sie nicht sehr weit kommen.«

Die Schuhreste konnte man nicht einmal mehr Latschen nennen. Ein Stück Draht, von der Spitze bis über den Rist geführt, hinderte sie daran, zu zerfallen.

»Sicherlich. Aber alles, was ich besitze, sind zwanzig argentinische Centavos. Da sind sie.«

Es war das Kapital, das ich in dieses Land gebracht hatte. Er sah sich das Geldstück näher an und ließ es, im Gras blitzend, liegen: der Kopf einer Frau und eine phrygische Mütze: ewig seien die Lorbeerzweige...

»Ich habe noch Wäsche, die ich verkaufen könnte.«

»Tun Sie das nicht; Sie werden Ihre Wäsche noch brauchen.«

»Was soll ich sonst tun?«

»Ich habe Bastschuhe in meinem Rucksack. Ich leihe Sie Ihnen.«

»Sie werden mir aber zu klein sein.«

»Dann schneiden wir sie dort auf, wo sie drücken. Sie dürfen nicht mehr auf der nackten Erde gehen.«

8

Das Bett des Aconcagua ist dort ziemlich breit. Der Fluß führt wenig Wasser, da er sich in viele Arme teilt, die dann und wann zwischen wildem Gestrüpp auftauchen, dem weicheren Boden und den tieferen Lagen zustreben, bald schmäler werden und bald breiter, wie es ihnen das Los beschert. Ergießt sich der eine Wasserlauf durch eine schmale Rinne in einen anderen und teilt sich, so schwillt der andere, durch den schwächeren verstärkt, weil dieser auf seinem Weg einem zu großen Hindernis begegnet war: hartem Boden oder einem Bett mit zu großen Kieselsteinen, die ihm das Verlangen nach Unabhängigkeit zerschlugen. So fließt er in den ersten besten Wasserlauf, auf den er stößt. Manche, in breiterem Bett eingefaßt, kämpfen wieder eine lange Strecke gegen die Steine, die Sandarbeiter da und dort, übereinandergeschichtet, hinterlassen haben oder die der Fluß zur Zeit der Schneeschmelze vom Gebirge herabrollte und dann liegenließ. Über die Steine schäumt das Wasser hinweg, als zähle es laut Stein um Stein, um sich dann in ruhigerem Stauwasser langsam zu drehen, bevor es lautlos weiterfließt.

Am anderen Ufer: Bäume, vor allem Weiden und Pappeln, in Reihen oder Gruppen. Das niedere Ufer fällt steil ab, dahinter

folgt ein schmaler Streifen flachen Landes, dann beginnt es anzusteigen bis zu den Hügeln, hinter denen das Meer liegt. Gelbe Stoppelfelder, auf denen Weizen oder Gerste gestanden, durchbrochen von Gruppen kleineren Buschwerks, Schlehdorn, Maitenes, Boldos, die wie Freunde oder alte Frauen zusammenstehen, um über das harte Leben, die schrecklichen Kinderkrankheiten, die Leiden der Jugend, den Jammer der Reife und den Kummer des Alters zu sprechen. Gegen Westen hin verflüchtigt sich das Land. Kann der Fluß dort nach seinem Willen strömen? Frei von hohen Ufern, von Gartenland, von Buschwerk, von Kieseln, von Bewässerungs- und Industriekanälen, die ihm das Wasser abzapfen – ihn klein machen –, um es ihm dann wieder verschmutzt zurückzugeben? Nein, dort stirbt der Fluß, bevor er noch das Meer erreicht. Eine Art Nebel breitet sich über den Westen, und hinter diesem Nebel liegt das Meer. Gegen Osten steigt die Wand der Berge an, zerrissene Grate, Eisblitze in den Schrunden, vielleicht so alt wie das Meer. Der Vater des Flusses, der Aconcagua, versperrt den Horizont.
»Wir können ja sprechen, während wir gehen.«
Die Bastschuhe waren mir etwas zu klein; sie drückten aber nicht. Wir nahmen unser weniges Gepäck und brachen auf.
Mein Freund hob an zu sprechen: »Ich bin auf dem Wege nach Valparaiso und möchte so weit nach Norden, so weit ich kann, vielleicht bis Panama, vielleicht sogar bis zur Behringstraße. Das ist meine dritte Ausfahrt. Mein Vater sagt, sie seien wie die des Quijote. Vielleicht hat er recht, wenn ich auch nicht weiß, warum; denn ich habe den Quijote nie gelesen. Das erste Mal ging ich aus dem Haus, weil es mir daheim zu langweilig war: ich war der Mathematik und der Grammatik, der alten und der neueren Geschichte, der Bürgerkunde und des Französischen überdrüssig geworden. Bevor ich mich noch richtig schneuzen konnte, hatten sie mir schon die Namen der ägyptischen Gottheiten beigebracht. Wozu? Kultur. Der Kultur habe ich es zu verdanken, daß mir mein Vater keine Zeit zum Essen ließ. Ich

kam, vom Lernen in der Schule müde, zum Mittag- oder Abendessen heim, da fing mein Vater, der Professor ist, bereits mit einem ganzen Rosenkranz von Fragen an: Was hast du heute gelernt? Ich hatte noch nicht den ersten Löffel vom Teller in den Mund gebracht.
›Französisch, Spanisch, Biologie und Mathematik.‹
›Was habt ihr in Mathematik durchgenommen?‹
Und wir verblieben bis zum Nachtisch bei der Mathematik. Mein Vater beherrschte die Algebra wie ein Fischer seine Netze. Was sollte ich tun? Alles ermüdet einen mit der Zeit, am meisten aber die Mathematik. Ich dachte an das Meer. Gab es dort auch Algebra, Geometrie, Deklinationen, Gleichungen ersten Grades, Dezimalen, Hilfsverben und weiß der Himmel was noch? Ich wollte den weiten Horizont, nicht den allzu weiten, bin ich doch halb blind, aber einen etwas weiteren Horizont, als ihn mir die Wände des Klassenzimmers und der Schnurrbart des Französischprofessors erlaubten. Ich ging also ans Meer. Die Schiffbrüchigen sehnen sich nach einem Schiff, das sie ans feste Land bringt; ich aber strebte nach einer Insel, welche auch immer es wäre. So kam ich auf ein Kriegsschiff. Das war schon etwas; da gab es keine Geisteswissenschaften, dafür aber einen Bootsmann, der weder sprach noch schrie, sondern nur zu brüllen wußte: Anker lichten! Seemann; kappt die Hängematten! Hängematten an die Reling! und beim Morgengrauen, ernst und spöttisch zugleich, hinzufügte: Nun hat das feine Leben ein Ende!... Das feine Leben... In Wirklichkeit war es gar nicht so schlimm, die ganze chilenische Küste abzufahren und noch darüber hinaus, ›vom Pol bis zum glühenden Äquator‹, wie die Mutter meines Vaters in Valparaiso zu singen pflegte. Ich hatte mir die Suppe selbst eingebrockt und mußte sie auslöffeln. Ich tauge nicht zum Studium, bin aber auch für die körperliche Arbeit nicht viel brauchbarer. Ich war nie imstande gewesen, auch nur einen Nagel gerade einzuschlagen, noch konnte ich ein Brett im rechten Winkel schneiden. Wozu bin ich dann nütze? Wie soll einer das schon wissen.

Auch das Leben eines Seesoldaten wurde mir bald über: nach Steuerbord drehen, nach Backbord halten, das Deck frei machen, spleiße das Tauende, kehre da, putze dort, rudere das Kapitänsboot, schließt die Luken, Sturm bei Kap Raper, haufenweise Wetterwolken und Wind. In Punta Arenas machte ich mich davon; ich hatte genug von der christlichen Seefahrt und wollte wieder festen Boden unter den Füßen spüren. Auf dem Lande aber muß man auch arbeiten, und ich habe keinen Beruf. Dort trieb ich mich umher, schlief in einem schmierigen Hotel für abgebrannte Seebären, bis ich auf einen Schulfreund stieß, einen von jenen, die man überall, wo man nur hinkommt, wiederfindet; so viele sind es.

›Was treibst denn du da? Welcher Sturmwind hat denn dich nach Punta Arenas verschlagen?‹

›Ich bin von meinem Schiff ausgerückt und suche Arbeit.‹

›Arbeit in Punta Arenas? In dieser Jahreszeit?‹

›Ich konnte mir keine andere aussuchen.‹

Es war Herbst.

›Laß mich einmal nachdenken. Es gibt zwar nicht viel nachzudenken, aber... würdest du Polizist sein wollen?‹

›Polizist? Mit Uniform, Säbel, Stiefeln, Pistole und so weiter? Nein. Danke.‹

›Nein. Kein Uniformierter. Kriminalbeamter. In Zivil natürlich. Hier hat es immer vier Kriminalbeamte gegeben, aber einer von ihnen geht weg, und jetzt brauchen sie Ersatz. Das Gehalt ist nicht so schlecht, und es gibt auch nicht allzuviel zu tun.‹

›Habt ihr viele Diebe hier?‹

›Diebe? Hier gibt es keine. Was sollten Diebe auch in einer Stadt tun, in der die Temperatur im Winter bis zwanzig Grad unter Null sinkt? Wir haben weder Diebe noch Bettler; sie würden in den Straßen erfrieren. Sehr selten kommt einmal ein Raub vor, so gelegentlich einmal; Morde kaum; Selbstmorde, ja Selbstmorde schon, besonders wenn der Ueste lange Zeit bläst; Selbstmörder aber braucht man weder zu verfolgen noch einzusperren; man gräbt sie ein, und damit Schluß. Na, was hältst du von meinem Vorschlag?‹

Was sollte ich schon davon halten? Ich nahm an. Schlimmer wäre es gewesen, Mäuse essen zu müssen. Das Schiff war wieder in See gestochen, und mir blieb kein anderer Ausweg. Polizeibeamter, ein netter Beruf. So blieb ich dort, dort in der Stadt der kurzen Tage und der langen Nächte oder umgekehrt, je nach der Jahreszeit; trug eine vierundvierziger Pistole an der Hüfte und wartete, daß der Herbst und der Winter vergingen, um wieder nach dem Norden zu fahren. So verbrachte ich einen ziemlich kalten Winter. Eines Tages war ein Brand ausgebrochen; ein Laden war in zwei Minuten eingeäschert, nichts als Holz, und der Wind tat das Seine. Als die Feuerwehrleute hinkamen, war nichts mehr da als ein Häuflein glühender Asche. Man forschte nach der Brandursache. Der Besitzer selber hatte den Laden angezündet und es jedem, der es wissen wollte, erzählt. Ein Italiener, der den Laden loswerden wollte; er hatte genug davon. Zuerst wollte er ihn verkaufen, fand aber selbst beim niedrigsten Preis keinen Käufer. Dann wollte er ihn einem seiner Landsleute schenken, aber der Landsmann, der in Feuerland nach Gold gesucht und dort anscheinend einige Körner gefunden hatte, erklärte, er wäre bereit, jedes Geschenk anzunehmen, nur dürfe es kein Laden sein; ihn interessierten Güter dieser Art nicht im geringsten; er möge diesen Knochen einem anderen Hund vorwerfen. Der Besitzer des Ladens verzweifelte fast: er konnte sich aber auch nicht entschließen, ihn einfach stehenzulassen, und doch wollte er von Punta Arenas fort, und als die Zeit herankam, in der der Wind unaufhörlich Tag und Nacht bläst, da hielt er es einfach nicht mehr aus und entschloß sich, den Laden kurzerhand anzuzünden: so würde er ihn endgültig los. Der Laden war nicht versichert. Man nahm an, der Mann wäre verrückt: ein Geschäftsmann, der, gleichgültig, ob Italiener oder nicht, sein Geschäft anzündet, ohne versichert zu sein, den konnte nur eine Wespe gestochen haben. Er war auch wirklich völlig verrückt. Man nahm ihn fest, und da es dort kein Irrenhaus gibt, wurde er im Krankenhaus untergebracht, und die Polizei hatte ihn so lange zu bewachen, bis ein Schiff käme, das ihn nach Valparaiso brächte. Die Wache durfte aber keine Uniform tragen; der Verrückte vertrug – der Grund hierfür war unbekannt – unter keinen Umständen den Anblick einer Uniform; er sprach dann von Garibaldi und wurde wild.

Zu meinem Unglück fiel eine der Schichten, in die sich die Wache teilte, auf mich. Welch ein Los! Als ich den Verrückten zum erstenmal sah, sprach ich mit ihm, um zu sehen, wie weit seine Verrücktheit vorgeschritten sei, und ich überzeugte mich sehr bald davon, daß es das beste wäre, kein Wort mit ihm zu reden, wollte ich nicht wie er enden. Dabei verharrten wir, beide in einem Spitalzimmer eingesperrt, stumm wie zwei Zoll dicke Bretter, er, auf seinem Bett sitzend oder liegend, ich, stehend an die Tür gelehnt oder auf einem Stuhl sitzend. Die Angelegenheit dauerte reichlich lange. Wenn mein Kollege, der andere Polizeibeamte, der in der Nacht den Dienst versah, mir die Wache übergab, dann sah er aus, als wäre er eben erst von einer doppelseitigen Lungenentzündung mit Müh und Not genesen; übergab ich ihm den Dienst am Abend, dann fühlte ich mich, als hätte ich ganz allein das Deck eines Kreuzers geschrubbt. Ich nahm Bücher mit und schickte mich zum Lesen an, aber ich hatte keine Ruhe dabei, da ich spürte, wie der Verrückte mich anstarrte und meine Bewegungen belauerte, um den geeigneten Augenblick herauszufinden, da er sich auf mich stürzen könnte. Das Geschäft war also sehr unterhaltsam. Der Wahnsinnige begann, mit halblauter Stimme einen endlosen Monolog in italienischer Sprache zu rezitieren, von dem ich nichts oder nur sehr wenig verstand, höchstens zwei oder drei Wörter. Ich unterbrach mich im Lesen, sah ihn an und hoffte, er werde schweigen. Der Verrückte, ein kleiner, untersetzter Mann mit viereckigem Schädel, weißlicher Haut und schwarzhaarig, hatte einen Schnurrbart. Er sprach und sprach lange Zeit, ohne auch nur einmal aufzuhören, und warf mir dann und wann einen seiner finsteren Blicke zu, wobei er sich bemühte, die blutunterlaufenen Augen durch Senken des Kopfes zu verbergen. Wenn mir auch schien, daß er mir nicht mehr Aufmerksamkeit schenkte als den Stühlen oder den Dielen, ließen mir doch die Blicke des Narren keine Ruhe.

Was war wohl mit dem Schiff los, daß es so lange nicht eintraf? Ich hätte mein Jahresgehalt dafür gegeben, nicht in jenem Spitalzimmer warten zu müssen, und schimpfte innerlich auf die Dummheit, die ich gemacht hatte, als ich vom Schiff ausgerissen war. Der Bootsmann war dem Verrückten bei weitem vorzuziehen. Der Italiener schwieg, und ich nahm mein Buch wieder vor. Eines Tages aber, als der Roman seinen Höhepunkt erreichte und mich ganz in seinem Bann hielt, war es mir plötzlich, als stürze ein zweistöckiges Haus auf mich herab. Der Stuhl, auf dem ich gesessen, war in Stücke zersplittert, als hätte ihn jemand mit einer riesigen Zange zerdrückt, und ich lag mit dem Gesicht auf dem Boden. Der Wahnsinnige, der sich meine Unachtsamkeit und meine Lesewut zunutze gemacht hatte, war wie ein Tiger auf mich gesprungen. So lag ich nun unter ihm, in der einen Hand noch den Roman, während ich mit der anderen versuchte, den Tollwütigen an einer empfindlichen Stelle, gleichgültig welcher, zu treffen. Während einiger Sekunden hielt ich das Buch krampfhaft fest, als fürchte ich, es könnte zerrissen werden und ich erführe nie, was in den letzten Kapiteln vor sich ging. Es war ein englischer Roman: ›Der silberne Löffel‹. Als ich mich von der ersten Überraschung erholt hatte, warf ich das Buch vorsichtig beiseite und beschäftigte mich mit dem Italiener, der wie ein Seehund schnaufte.

Über die Schulter hinweg hatte er mit der Linken meinen Hals umspannt – er lag nur zur Hälfte auf mir –, etwas schwach zum Glück, während er mit der Rechten meine Rippen abtastete, als suche er etwas. Was wollte er? Als ich mir darüber klar wurde, bekam ich es mit der Angst zu tun: er wollte mir die Pistole wegnehmen. Während er mich derartig auf dem Boden hielt, mich am Hals würgte und mich abtastete, brach er in einen sei-

ner Monologe aus, der mit den Worten ›la rivoltella, la rivoltella‹ begann und in dem, wie in allen anderen, Garibaldi erwähnt wurde. Niemand wird es mir ausreden, daß dieser Mann zu den Leuten von Marsala gehörte, vielleicht der einzige Überlebende jenes denkwürdigen Tages war. Der wahnsinnige Italiener war schwer und hielt mich in einer Lage, in der es mir nicht möglich war, meine Kräfte einzusetzen; als er aber für einen kurzen Augenblick aufhörte, mich mit aller Gewalt niederzupressen, drehte ich mich um und stieß einen Schrei aus, den man bis Canal Beagle hätte vernehmen können; aber zu meinem Leidwesen hörte niemand. Das Zimmer lag im hinteren Teil des Spitalgebäudes, und der Ueste blies, was das Zeug hielt. Als es mir endlich gelungen war, den Wahnsinnigen unter mich zu zwingen, tat ich, was mir die Umstände anrieten: ich versetzte ihm einen Faustschlag auf den Schädel, der ihm die Gedanken geordnet hätte, wären sie nicht gar zu verwirrt gewesen; so verlor er wenigstens das Bewußtsein. Er murmelte ein letztes Mal ›la rivoltella‹ und ließ mich los.
Ich erhob mich, nahm meinen Roman vom Boden auf und spritzte dem Wahnsinnigen einige Tropfen eisigen Wassers ins Gesicht. So kam er wieder zu Bewußtsein, stand auf und schielte mich aus den Augenwinkeln an, während er sich ruhiger als zuvor auf das Bett setzte. Im Monolog, den er nun deklamierte, vermied er das Wort ›la rivoltella‹. Nachdem ich einen Augenblick gewartet, meine Kleider in Ordnung gebracht und vom Staub gereinigt und drei- oder viermal tief geseufzt hatte, um wieder regelmäßig atmen zu können, setzte ich mich und tat, als würde ich lesen. Ich konnte aber nicht, da die Erregung doch zu heftig gewesen war. Irgendwo in mir empfand ich etwas Reue, die ich zu beschwichtigen versuchte, indem ich mir sagte, ich hätte nicht anders vorgehen können. Wie hätte ich mit dem Wahnsinnigen sprechen oder ihn vielleicht überzeugen sollen? Schließlich verblieben wir beide so, daß er seinen Monolog weiterführte und ich schweigend auf dem Stuhl saß, ohne mein inneres Gleichgewicht wiederzufinden. Am näch-

sten Tag nahm unsere Hölle ein Ende, da das Schiff eintraf, das den Geisteskranken nach Valparaiso bringen sollte. Obwohl wir ihn erst kurz vor der Abfahrt auf das Schiff führen durften, waren wir sehr beruhigt, da wir nur noch zwei oder drei Tage Wache vor uns hatten.

Als wir das Schiff verließen, wo wir den Italiener einem Bootsmann mit einem wenig vertrauenerweckenden Gesicht übergeben hatten, feierten der Polizeibeamte und ich unsere Befreiung mit drei Flaschen Wein je Kopf und waren so fürstlich besoffen, daß wir uns kaum rühren konnten. Einen ganzen Winter blieb ich in Punta Arenas. Der Wind heulte in den Straßen und winselte in den Kaminen. Es war ein geruhsames Leben: ich nahm mit Hammelfleisch mehrere Kilo zu, wenn auch Gemüse fehlte und das Thermometer auf fünfzehn Grad unter Null stand. Aber ich war nicht von daheim weggegangen, um mich für mein weiteres Leben in Punta Arenas einzugraben. Der Frühling kam, ein Frühling mit Schneeregen, und mit ihm ein Kreuzer, der die ganze Kriegsflotte der República Oriental del Uruguay darstellte. Zwei Tage lang lauerte ich an der Mole und betrachtete den Kreuzer, wobei ich seine Länge, die Breite und die Stärke der Schotten berechnete; ich stellte Vermutungen über die Güte der Verpflegung an, die an Bord gegeben würde, und suchte nach einem Vorwand, unter dem ich mich einschiffen könnte, um auf der atlantischen Seite nach Norden zu segeln.

Ich faßte Mut und sprach mit einem Obermaat, und zu meiner größten Überraschung sagte er mir, er wäre sehr gern bereit, mit dem Kapitän des Kreuzers zu sprechen. Der Mann hielt mich wahrscheinlich für Sindbad den Seefahrer, als er erfuhr, daß ich auf einem Schiff der chilenischen Kriegsmarine gefahren war, den Golf von Penas mehrere Male durchkreuzt und, ohne seekrank zu werden, einen Herbststurm in Kap Raper durchgestanden hatte, was mehr ist, als man einem Menschen zumuten kann, und außerdem kannte ich noch die Manöver und Seefahrtsbestimmungen. Der Kapitän ließ mich an Bord holen, befragte mich, und ich wiederholte meine Geschichte, wobei ich ein bißchen dicker auftrug. Schließlich nahm er mich als Hilfsmatrosen an mit allen Verpflichtungen, die eben ein Hilfsmatrose hat, für Essen und Kleidung und ohne Bezahlung. Ich sollte bis nach Montevideo mitfahren, aber ich würde nicht auf der Schiffsrolle erscheinen. Ich nahm an. Das war mehr, als ich erwarten konnte. So verzichtete ich auf meine großartige Stellung als Kriminalbeamter zweiter Klasse, gab meinen Vierundvierziger zurück, schiffte mich ein und stach bereits zwei Tage später mit Kurs auf die Magellanstraße in See. Zwei oder drei Tage danach – wir waren schon im Atlantik und steuerten nach Norden – erwischte uns achtern ein Sturm, der alles von Deck vertrieb; nur zwei aus der ganzen Besatzung waren nicht seekrank: der Erste Ingenieur und ich; die übrigen, vom Kapitän bis zum Küchenjungen, hatten den Magen im Mund und Beine wie aus Watte; sie lagen da und dort verstreut wie weggeworfene Lappen. Wir beide, der Ingenieur und ich, kamen uns vor, als wären wir ganz allein mit diesem Schiff auf dem Ozean. Alles ging aber vorüber, und wir kamen in Montevideo als alte Seebären an. Ich gab meine Uniform ab, erhielt einige Pesos als Trinkgeld, lehnte einen Kontrakt als Obermaat ab und fuhr mit dem Nachtdampfer nach Buenos Aires.

Nun war ich abgehärtet und zufrieden; alles ging mir nach Wunsch. Eine schöne Stadt: Buenos Aires. Ihre Heimatstadt, nicht wahr? Also gut; da war ich nun und fragte mich, wozu ich das schöne Geld, das ich gewiß nicht im Überfluß besaß, für Hotelzimmer, die überall zu haben waren, ausgeben sollte? Der Frühling war in voller Blüte, und der Nordwind blies manchmal, als käme er direkt aus dem Bauch der Hölle. Ich wollte im Freien schlafen, auf der Bank irgendeines Platzes oder in einem Torweg. Es ergab sich aber, daß der Schlafraum, der mir am meisten zusagte, im Südhafen lag. Haben Sie schon einmal bemerkt, daß in allen Häfen, verlassen, halb im Sand vergraben oder unter Bretterstapeln versteckt, riesige Rohre

umherliegen? Dort liegen sie Jahr um Jahr, und niemand weiß, weshalb sie dort sind, was man mit ihnen anfangen soll, und ebensowenig weiß irgend jemand, wozu sie einmal gedacht waren, ob sie jemals gebraucht wurden. Da ich den ganzen Tag planlos durch die Stadt gestreift war, wobei ich vieles gesehen und manches beobachtet hatte, war ich müde geworden, und als ich daran dachte – es war schon gegen Mitternacht –, mir ein Nest zu suchen, dessen Höhlung mir die größte Sicherheit gäbe, fiel mir jenes Loch und jenes Rohr ein, und ich ging zum Südhafen. Als ich es sah, sagte ich mir: Hier ist deine Kajüte, und kein Kapitän, sei es nun der Herr eines Handelsdampfers oder eines Kriegsschiffes, wird heute nacht besser schlafen als du.
Niemand war zu sehen, obwohl der Lärm der Ladebäume eines Schiffes, das gelöscht oder mit Getreide beladen wurde, ganz aus der Nähe herüberdrang; ich bückte mich, war doch der Eingang nicht für menschliche Wesen berechnet, und tat einen Schritt ins Dunkel; da trat ich – zum Glück mit aller Vorsicht – auf etwas, das sich bewegte; ich zog den Fuß zurück und hörte, wie etwas zur Seite wich und sagte:
›Langsam. Schon besetzt.‹
›Entschuldigen Sie, Freund, aber ich wollte niemand belästigen.‹
›Macht nichts. Was suchen Sie hier?‹
›Nichts Besondres.‹
›Hier sind keine Damen.‹
›Was ich sehr bedaure.‹
›Zu essen gibt es auch nichts.‹
›Ich bin nicht hungrig.‹
›Da haben Sie Glück!‹
›Ich suche etwas viel Einfacheres.‹
›Das werden Sie hier finden.‹
›Sind Sie von der Polizei?‹
›Nein; die treten härter auf und entschuldigen sich nicht.‹
›Dann vorwärts, Kamerad.‹

›Ist hier ein Bett frei?‹
›Mehrere und alle gut.‹
›Könnte ich eines sehen?‹
›Treten Sie näher.‹
›Geben Sie, bitte, auf meine Beine acht.‹
Das war kein Zwiegespräch. Die Stimmen kamen von allen Seiten. Jemand zündete ein Streichholz an, und ich konnte sehen, wen das Rohr beherbergte: vierzehn Männer. Da machte ich es mir in einer Ecke bequem.
›Zimmer Nummer fünfzehn.‹
Irgend jemand lachte.
›Wünschen Sie das Frühstück ans Bett?‹
›Ich bin nicht so anspruchsvoll.‹
›War bei Ihnen zu Hause die Haustür versperrt?‹
›Haben Sie mit der Gnädigen Zank gehabt?‹
›Auch nicht.‹
›Oder haben Sie vielleicht den Schlüsselbund verloren?‹
›Nichts von alledem; ich habe weder Haus noch Gattin oder Schlüssel. Ich bin nur müde und möchte schlafen.‹
›Gut, dann verbindet uns alles, und nichts trennt uns.‹
›Im Vertrauen gesagt, Freund, hier gibt es gute Lüftung, und die Preise sind nicht hoch.‹
›Aber man muß früh aufstehen.‹
›Die Wachleute sagen während der Nacht nichts, aber am Morgen sind sie geschwätzig wie Elstern.‹
Das war also ein Hotel für Landstreicher, für eine ganz besondere Art von Landstreichern. Es gab sogar solche darunter, die über ein Sparkassenbuch verfügten, und manche hatten es bis zu einem Bankkonto gebracht. Dort schliefen Menschen aus beiden Hemisphären, Menschen des Sonnenaufgangs und Menschen des Sonnenuntergangs, Spanier und Chilenen, Jugoslawen und Peruaner, Italiener und Argentinier; solche, die zu zweit durch die Welt pilgerten, Einzelgänger, und keiner von ihnen war, was die Leute einen Strolch nennen, ein Mensch, der aus diesem oder jenem Grund nicht arbeiten will. Ganz im Ge-

genteil, jeder hatte einen Beruf oder sogar ein Handwerk erlernt, wie der Chilene Contreras, der Schuhmacher war, oder sie hatten sogar eine akademische Laufbahn hinter sich, wie der Spanier Rodriguez, der Rechtsanwalt.
›Jeder Spanier ist aus der Tatsache heraus, daß er Spanier ist, und solange er nicht das Gegenteil beweist, ein Rechtsanwalt‹, sagte er.
Es gab unter diesen Landstreichern auch Mechaniker und Zimmerleute, Maurer und Dreher. Was trieben sie also dort? Warum schliefen sie dann in einem verlassenen Dampfkessel, wenn sie arbeitende Menschen waren? Ganz einfach deswegen, weil sie keine Familie oder keine Wohnung in der Stadt hatten. Sie hatten nicht das Geld, um sich eine Wohnung zu leisten, oder wollten kein Geld dafür ausgeben. Glauben Sie nicht, daß es bloß Landstreicher waren, nein, die Leute hatten alle ein Lebensziel, und jeder wußte, warum er gerade dort und nicht anderswo war, was er erwartete und was er zu tun wünschte. Trečich zum Beispiel hoffte auf eine Gelegenheit, nach Feuerland zu gehen, nach Punta Arenas, wohin sich viele Jugoslawen gewendet hatten. Er selbst war nur bis Buenos Aires gekommen; er hatte sich auf einem Schiff als Trimmer verheuert und wartete nun auf ein anderes, um, wieder als Trimmer arbeitend, nach der Magellanstraße zu fahren. Er hatte Geld auf der Bank. Wozu aber sollte er es ausgeben, wenn er die Überfahrt mit seiner Arbeit bezahlen konnte? Er war jung und kräftig; Überfahrten sollen Leute bezahlen, die überflüssiges Geld haben oder die Arbeit scheuen; er war nie arbeitsscheu gewesen; er suchte die Arbeit. Als er mich davon sprechen hörte, daß ich aus Punta Arenas käme, überfiel er mich mit Fragen. Wie ist das Klima? Leben dort viele Jugoslawen? Ist es wahr, daß sie dort alle reich geworden sind? Gibt es noch Gold in Bahia Valentin? Würde er nicht zu spät kommen? Nein, Trečich, und selbst wenn das Gold zu Ende gegangen ist, wenn der alte Mustá sich für seine Phantasieweste eine doppelte Goldkette aus den letzten Goldkörnern hat machen lassen, die er in El Páramo gefun-

den hat, gibt es immer noch genug Land, das man unter den Pflug nehmen, genug Indianer, die man töten oder versklaven kann, genug Schafe zu scheren, Lasten zu tragen, Muscheln zu fischen, Waren zu verkaufen, Abfall zusammenzukehren und Schmutz wegzuräumen. Damit können alle die kleinen Geizhälse und Wucherer noch immer viel Geld verdienen, da sie doch keinen anderen Sinn in diesem Leben suchen, als es zu erwerben. Mir wurde er lästig; alles führte er auf seine Landsleute zurück, und ich verbarg meine Genugtuung nicht, als ich hörte, daß er sich nach Punta Arenas einschiffen werde. Dort wird er noch heute umherstreifen, um Geld selbst unter dem Tiermist hervorzukratzen.
Vergleiche ich jene lebende Sparkasse mit dem Chilenen Contreras, dann erkenne ich dessen inneren Adel. Der Chilene reiste um des Reisens willen und benutzte dazu alle Mittel, die die technische Entwicklung dem Menschen zur Verfügung gestellt hat, wenn er auch nichts für deren Benutzung bezahlte. Natürlich nicht. Warf man ihn aus einem Güterzug oder einem Personenzug, in dem er ohne Fahrschein fuhr, hinaus, dann setzte er seine Reise eben zu Fuß fort, den Rucksack auf dem Rücken, bis er einen anderen Zug fand, mit dem er weiterfahren konnte. So war er von Santiago de Chile nach Buenos Aires gekommen, ohne einen roten Heller auszugeben.
›Die Leute sprechen so viel von Argentinien und Buenos Aires. Ich möcht gern wissen, was Wahres an dem Gerede ist.‹
Und da war er nun. Von den vier Monaten, die er unterwegs war, brauchte er zwei, um von Mendoza nach Buenos Aires zu gelangen. Er hatte keine Eile, und da die Zeit der Ernte noch nicht gekommen war, warfen die Zugführer jeden, den sie ohne Fahrschein erwischten, unbarmherzig aus dem Eisenbahnwaggon. Er hatte nur zweimal gearbeitet: eine Woche in Mendoza und drei in Rosario, dann hatte er die Arbeit zum großen Bedauern der Unternehmer wieder aufgegeben. Sie verstanden es einfach nicht, wie ein derart geschickter Arbeiter Landstreicher sein konnte. Sie baten ihn, er möge doch einige Tage länger

bleiben, ein paar Wochen oder Monate; sie hätten genug Arbeit, und die Kundschaft, vor allem jene, die empfindliche Füße hatte, war mit einem Schuhmacher, wie Contreras es war, mehr als zufrieden.

›Ich bin hierhergekommen, um mir alles anzusehen, aber nicht, um zu arbeiten; also: Auf bald, Chef!‹

Und nach diesem ›Auf bald‹, das er unerbittlich sagte, ging er Schritt um Schritt die Schwellen des Schienenstranges entlang, in die Ferne.

›Wenn ich der Arbeit nachgelaufen wäre, so hätte ich ebensogut in Chile bleiben können; dort habe ich Arbeit für ein ganzes Leben, und noch mehr. Ich bin verheiratet, und meine Frau hat die Leitung in der Werkstatt übernommen, während ich weg bin. Sie wartet auf mich. Ich habe zu ihr gesagt: Ich werde zu Fuß nach Argentinien gehen und kann dich nicht mitnehmen; warte auf mich. Sie ist Maschinenarbeiterin und schafft ebensoviel wie ich. Wozu sollte ich also in Mendoza oder in Rosario bleiben, bei einem Unternehmer, der nichts anderes will, als mit mir Geld zu verdienen. Ich hab doch keinen Vogel. Ich werde das Frühjahr und den Sommer über hier bleiben und gehe dann im Herbst wieder nach Santiago zurück.‹

Contreras war etwas untersetzt, hatte einen sanften Blick und trug das Haar, nach Art ländlicher Dichter, in langer Mähne. Er konnte einige Gedichte auswendig und sprach oft über die Freiheit des Menschen und die Ausbeutung des Menschen durch den Menschen. So kam ich zu der Vermutung, er wäre Anarchist. Wir unterhielten uns gern und lange, vor allem über Santiago, unsere gemeinsame Heimatstadt, die er sehr gut kannte. Aber es handelte sich gar nicht darum, unentwegt zu plaudern, und auch die Freundschaften, die sich unter solchen Umständen fügten, dauerten nicht; jeder einzelne hatte ein Ziel vor sich und sein Schicksal, das er erfüllen mußte. Wenn unsere Bleibe auch als Hotel der Emigranten bekannt war, mußte doch jeder weiter, und wir alle gingen schließlich unserer Wege.

Ich begann mich nach einer Arbeit umzusehen, nach irgendeiner Arbeit, wo auch immer sie zu finden wäre und wozu auch immer sie diente: Büro, Laden, Fabrik, Warenlager, Straße oder Bauarbeit in brennender Sonne. Es war aber sehr schwierig, etwas zu finden. Zu zehnen, sogar zu Hunderten suchten Menschen aller Nationalitäten, Altersstufen und Herkunft nach Arbeit. Landstreicher wie ich, und andere mit Wohnort, aber alle hungrig, bettelten um Beschäftigung für dreißig bis vierzig Pesos Monatslohn. Die Stadt war von Emigranten überfüllt, und manche von ihnen weinten auf offener Straße, Italiener oder Spanier, Palästinenser oder Polen, die alle gekommen waren, um reich zu werden, und die in solchen Augenblicken viel darum gegeben hätten, in diesem ›Sauamerika‹ geboren zu sein oder es nie gesehen zu haben. Auf dem Lande war es noch schlimmer. Dort wanderten sie zu Tausenden von einem Ort zum anderen, sprachen die unterschiedlichsten Sprachen und waren zu allem bereit, und wäre es nur um des Essens willen gewesen. Sie hockten auf den Dächern der Güterzüge wie riesige Vögel, ausgemergelt, halbtot vor Hunger, und warteten bettelnd und manchmal stehlend darauf, daß die Erntezeit herankäme.
Ich blieb anderthalb Monate in Buenos Aires und fand keine Arbeit, auch nicht die bescheidenste – wäre es auch nur das Töten von Küchenschaben gewesen, deren es mehr als genug gab. Eines Tages passierte etwas Merkwürdiges: Ich stand in irgendeiner Straße, an die Wand eines Hauses gelehnt, und dachte angestrengt darüber nach, wie ich aus der jetzt schon verzweifelten Lage herauskommen könnte. Da sah ich einen jungen Menschen vorübergehen, schlank, mit Augengläsern, der mich, gerade als er an mir vorüberging, einen Augenblick lang scharf ansah. Mich störte die Neugierde, und ich blickte ihm scheel nach. Seine Schuhe waren ausgetreten, und der Anzug glänzte auf der Sitzfläche und am Rücken; auch er war sicherlich nicht vermögend. Kurz danach, als ich den jungen Burschen bereits vergessen hatte, griff jemand nach meiner Hand, die ich vor

Überraschung öffnete, legte ein Stück Papier hinein und entfernte sich eilig. Ich blickte in meine Hand: in ihr lag ein Pesoschein. Warum? Wer war der Mann? Ich weiß es nicht. Wäre ich Jude, hätte ich geglaubt, es wäre der Prophet Elias gewesen. Aber man brauchte, wenn man mein Gesicht und meine ganze Erscheinung gesehen hatte, wahrlich kein Prophet zu sein, um sich darüber klarzuwerden, in welcher Lage ich war. Zu meinem Glück schickte mir mein Vater, dem ich geschrieben hatte, Geld, und ich konnte nach Chile heimfahren.

Der verlorene Sohn kehrte heim. Mein Vater war genauso Professor, wie er es vorher gewesen war: nichts als Mathematik, Grammatik, Biologie, Physik. Ich ging in eine Fachschule, um dort die Zimmerei zu erlernen. Aber auch dort, zwischen den Brettern der Fachschule, mußte man Geschichte lernen, nicht etwa Geschichte der Zimmerei, sondern Vaterlandsgeschichte, die gar nichts mit der Zimmerei zu tun hat, und Kastilisch und Geometrie und Bürgerkunde. Das wäre noch nicht das Schlimmste gewesen. Das Schlimmste war, daß ich nicht so recht zum Zimmermann taugte; denn meine Augen sind so schwach, daß sie mir nur dazu nützen, nicht an Telegrafenmasten anzustoßen.

Anderseits wußte ich nicht recht, was ich daheim anfangen sollte. Meine Stiefmutter ist eine sehr schöne Frau, aber ebenso traurig; sie ist dreißig Jahre jünger als mein Vater, der sich mit ihr verheiratete, als er zweiundfünfzig war. Dieser Mann, immer nur dem Beruf und den Studien hingegeben, besaß große Anziehungskraft auf Frauen, obwohl ich immer glaube, daß es seine Gabe war, andere zu beherrschen, die sie anzog, und nicht die Liebe. Manchmal stelle ich mir vor, wie meine Mutter war und wie sie sich in den Händen jenes Mannes mit der großen Anziehungskraft und der ebenso großen Begabung für die Mathematik fühlen mochte, des Mannes, der sie um ihre Jugend betrog und ihr Dasein einer Liebenden mit seiner Gleichgültigkeit gegenüber allem, was nicht mit Logik zu tun hatte, vergällte. Er hat mir nie von ihr gesprochen. Er war zweimal verheiratet und hatte, wie ich vermute, ein Liebesverhältnis mit einer dritten Frau, das lange dauerte und nicht fruchtlos blieb, wenn es auch geheimgehalten wurde. Diese dritte Frau, deren Sohn ich ebensogut sein könnte wie der Sohn der ersten, starb als Unbekannte oder lebt sogar noch. Mein älterer Bruder hielt die Verhältnisse daheim auch nicht lange aus; er reiste nach den Vereinigten Staaten. Dort wird er jetzt umherziehen, und hoffentlich nicht so wie ich.«

9

(Und so gingen wir ohne Eile, einer neben dem andern, wie zwei gekoppelte Boote zum Meer. Uns trugen die Beine, die Erinnerungen und die Menschen unserer Erinnerungen, die – in uns – mit uns ausschritten. Eine Weile verschwand der Fluß von unserer Seite, und wir verloren ihn aus dem Blick. Dann erschien er wieder, von Norden her, ganz verändert: er hatte alle die kleinen und feuchten Zungen verbunden, die er aus dem alten Flußbett herausgesteckt hatte; er war es müde geworden, sich mühsam über Kieselbetten hinzuzüngeln. Nun kam er angeschwollen und wichtig daher, als hätte er nichts zu tun mit dem Fluß, den Bauern und Handwerker geplündert hatten. Für ihn aber war es schon zu spät, sich noch wichtig zu machen, lag doch bereits das Meer vor ihm, und die scheinbare Großartigkeit angesichts des Großartigeren war nur lächerlich. Es bleibt dir nichts anderes übrig, als dich aufzugeben, kannst du doch nicht mehr zurück, nicht mehr vom vorgeschriebenen Weg abweichen oder stehenbleiben. Im übrigen kannst du nur dabei gewinnen, wenn du dein schmutziges Wasser, das einmal so hell und klar war, in diesem anderen, so blauen, das dich erwartet, wieder reinwaschen kannst. Schon wird es Abend, und bald werden die Lichter von Valparaiso aufleuchten.)

10

Was konnte ich schon meinem Freund erzählen? Mein bisheriges Leben war, als wäre es ein Geheimnis gewesen, ein Leben für mich allein. Eines Tages starb meine Mutter. Mein Vater weckte uns beim Morgengrauen.

»Mutter geht es schlecht«, sagte er. Und er fügte, sich an die Älteren wendend, hinzu: »Kommt!«

João und Ezequiel kleideten sich an und gingen aus dem Schlafzimmer hinaus. Wir anderen beiden, die wir mit dem plötzlichen Schrecken und dem Schlaf kämpften, setzten uns im Bett auf. Lange Zeit verging. Wir hörten das Geklapper von Pferdehufen und das Hupen des Rettungswagens, dann Schritte und Stimmen im Haus, und schließlich verfiel alles wieder in Schweigen. Endlich kam Ezequiel ins Zimmer.

»Wir gehen«, kündigte er uns an. »Vater sagt, ihr sollt zu Hause bleiben. Wir werden bald wieder zurück sein.«

»Was ist los, Ezequiel?«

»Mutter ist krank.«

Er zuckte die Achseln und schickte sich an, wieder hinauszugehen.

»Ezequiel!« rief ich. »Wohin wird Mutter gebracht?«

»Zur Rettungsstation.«

Er ging. Die Haustür fiel zu, und wir hörten wieder das Hupen des Rettungswagens. Daniel und ich blickten einander im Schein des Kerzenlichtes hilflos an, schwiegen und warteten.

»Was ihr wohl fehlen mag?«

Meine Mutter war immer gesund gewesen. Nie hatte sie geklagt oder sich wie andere Frauen Essiglappen, Kartoffelbrei oder Zigarettenpapier auf die Schläfen gelegt. Jene plötzliche Erkrankung überraschte uns anfangs mehr, als sie uns erschreckte.

»Stehen wir auf?« schlug ich Daniel fragend vor.

Noch war es stockfinster und kalt. Daniel hatte keine Lust.

»Wozu? Was sollen wir, aufgestanden, tun?«

Ich gab ihm recht, und so verblieben wir, wach und unruhig, tausenderlei Möglichkeiten erwägend, im Bett und sprachen ab und zu miteinander. Langsam graute der Morgen, und als wir bereits unser Frühstück verzehrten, hörten wir die Haustür gehen. Wir liefen in den Innenhof und sahen, wie Vater auf uns zukam: die Augen gerötet, mit bleichen, zitternden Lippen. Wir, erschrocken, neigten unsere Köpfe. Er legte die Hände auf unsere Schultern und ließ sie dort eine Zeitlang ruhen. Dann sprach er, mühsam um Worte ringend.
»Mutter ist tot.«
Er ließ uns stehen und ging sofort in sein Schlafzimmer, wo er die Tür hinter sich verschloß. Daniel und ich brachen in Tränen aus. João und Ezequiel, die nach dem Vater hereingekommen waren, traten auf uns zu. Auch sie weinten, die Zähne in die Hand verbissen, nach vorn gebeugt, als litte ihr Körper starke Schmerzen.
Eine Ewigkeit verharrten wir so, unbeweglich, und sahen uns nur mit einem flüchtigen Blick an. Wir wußten nicht, was wir mit uns beginnen sollten, und wagten deshalb nicht, etwas zu tun. Alles schien uns überflüssig und unpassend. Das Frühstück, das auf dem Tisch stand, wurde kalt, das Wasser auf dem Herd verkochte, und keiner schenkte den Verkäufern Gehör, die wie jeden Morgen ihre Waren auf den Straßen ausriefen. Im Schlafzimmer unseres Vaters war alles still, und niemand kam zu uns ins Haus. Wir waren erst kürzlich in dieses Stadtviertel gezogen und noch nicht lange wieder in Buenos Aires. So hatten wir keine Nachbarn, weder Bekannte noch Freunde: nur Einsamkeit und Schweigen.
In wenigen Stunden hatte sich unser Haus verändert, und wir uns mit ihm; ein anderer war auch der Vater. Als er die Tür öffnete, sahen wir, wie alt er geworden war: tiefe Furchen durchzogen sein Gesicht, und der Körper trug wie an einer schweren Last. Vater blickte uns lange an: da waren wir, sitzend oder stehend, der eine an die Wand gelehnt, der andere zur Decke blickend, ein dritter auf den Fußboden starrend, das Taschen-

tuch in der Hand pressend oder die Nägel unaufhörlich reinigend.
»Kommt«, sagte er.
Uns schien, als hätten wir seit vielen Jahren das erste Wort in diesem Haus gehört. Wir näherten uns ihm, und er ging mit uns ins Speisezimmer. Dort setzte er sich und legte die langen Arme auf die Tischplatte. Ihm zitterten die Hände, jene weißen, großen Hände mit dem rötlichen Flaum, die, sicher und geschickt, nie zu zittern schienen. Er faltete sie, um dem Zittern ein Ende zu setzen, und sagte, indem er uns einen nach dem andern prüfend ansah:
»Ich habe euch nicht viel zu sagen. Was uns jetzt geschieht, ist furchtbar. Und alles nur, weil Mutter gestorben ist.«
Seine Stimme brach; er hielt inne und fuhr dann, als wir leise, fast lautlos weinten, fort:
»Mutter ist gestorben. Für irgendeinen anderen Mann ist dies ein Unglück; für mich ist es mehr als das. Ihr wißt, warum. Ich kann nun nicht mehr tun, was ich tat; nun bin ich an Händen und Füßen gebunden und muß anderswohin gehen. Noch weiß ich nicht, wohin. Zu allem Unglück habe ich kein Geld und bin in Buenos Aires, wo man mich kennt und wo ich nie in Ruhe arbeiten könnte. Ich weiß noch nicht, was ich beginnen werde, aber irgend etwas werde ich tun. Bis dahin müssen wir eben zusehen, wie wir weiterkommen. Ich hoffe, ihr werdet euer Bestes tun, mir zu helfen.«
Er schwieg und löste seine Hände voneinander; sie zitterten nicht mehr.
»Jetzt«, sagte er, »dürfen wir nur an den Augenblick denken.«
»Vater«, meinte João unsicher, »hatte Mutter nicht Verwandte in Chile?«
»Vielleicht«, antwortete mein Vater und stand auf, »aber entfernte Verwandte, die sie nur flüchtig kannten oder vielleicht gar nicht wußten, daß sie auf der Welt war. Ihre Eltern sind schon seit langem tot und ihre Geschwister, mit Ausnahme ei-

nes Bruders, der im Kloster ist, auch. Wir haben niemand, an den wir uns wenden könnten. Auch ich habe außer euch nicht mal eine Katze, die zu schnurren anfinge, wenn ich käme.«
Er schwieg und blickte auf den Tisch.
»Räumt den Tisch ab«, sagte er, »und seht zu, wie ihr etwas zu essen kaufen könnt.«
Er war daran, den Raum zu verlassen, blieb aber plötzlich stehen.
»Mutter wird morgen beerdigt werden«, bemerkte er. »Wir werden sie aus dem Krankenhaus abholen und nach Chacarita bringen. João und Ezequiel werden mit mir gehen; es ist nicht notwendig, daß wir alle dort sind. Nein, besser nicht. Wir werden Mutter auch so zu Grabe tragen können.«
Das Haus kam, wenn auch nur sehr zögernd, wieder in Gang. Wir mußten alles selbst machen, und alles, was wir unternahmen, wurde spät fertig oder gelang gar nicht. Das war noch nicht das Schlimmste; schlimmer war es, zu wissen, daß es nicht so weitergehen konnte. Irgend etwas mußte geschehen; ein Ausweg mußte gefunden werden, doch wußten wir nicht, wo er zu finden war. Die Entscheidung lag bei unserem Vater, obwohl wir erkannten, wie schwer dies gerade ihm fallen würde. Er konnte beschließen, daß wir unsere Studien aufgäben und Arbeit suchten, aber auch das war keine Lösung; denn irgend jemand mußte die Wirtschaft führen. Wer aber sollte es sein? Wir brauchten ein weibliches Wesen im Haus, ein einziges; wir waren aber nur Knaben. Man hätte auch ein Dienstmädchen nehmen können – das wäre vielleicht das einfachste gewesen –, aber auch darüber konnte nur Vater entscheiden. Außerdem war es sehr fraglich, ob sich ein Dienstmädchen bereit gefunden hätte, in einer Familie zu dienen, deren Oberhaupt ein stadtbekannter Dieb war.
João übernahm die Küche; er kochte ebenso gut, wie er Guarani sprach: mehr als schlecht. Ezequiel half ihm dabei; Daniel und ich bemühten uns, die Wohnung sauberzuhalten und die Einkäufe zu besorgen, die leichteste und am schnellsten erle-

digte Arbeit. Mein Vater war für den Haushalt ganz und gar ungeeignet; das einzige, was er verstand, war, Knöpfe anzunähen; sie hielten dann so gut, als wären sie mit Draht befestigt; seine Kenntnisse in häuslichen Arbeiten blieben darauf beschränkt. In der Küche konnte er kaum einen Topf von einer Pfanne unterscheiden, und er war höchst erstaunt darüber, daß die Kartoffeln eine Schale hatten, die entfernt werden mußte.
So ging er stundenlang in der Wohnung auf und ab, blieb nachdenklich vor den Wänden oder vor den Türen und Fenstern stehen und blickte sie immer wieder an. Sprach er schon sonst nicht viel, war er jetzt noch schweigsamer geworden. Er grübelte über einen Ausweg aus der Sackgasse, um so mehr, als er wußte, wie sehr das Glück seiner Kinder von seiner Entscheidung abhing. Er war uns jetzt gleichzeitig Vater und Mutter, ohne jedoch – leider – weder für die eine noch für die andere Aufgabe besonderes geeignet zu sein. Wir sahen ihn an und schwiegen ebenfalls.
Eines Nachts schickte er sich an auszugehen, zur gleichen Stunde wie sonst.
»Ich werde bald wieder zurück sein«, meinte er, als wollte er sich seines Ausgehens wegen entschuldigen. »Legt euch zu Bett und laßt kein Licht brennen.«
Er ging hinaus und verschloß die Tür ganz leise hinter sich, so wie ehedem. Wir legten uns spät zu Bett. Beim Morgengrauen, als wir noch fest schliefen, wurden wir durch heftige Schläge an der Haustür geweckt. Wir schreckten aus dem Schlaf, und João setzte sich im Bett auf, um eine Kerze anzuzünden.
»Wer kann das sein?« stotterte er.
Ich wagte nicht, es zu sagen, obwohl ich diese Art von Schlägen an der Haustür schon kannte. João ging in Vaters Schlafzimmer. Vater war nicht daheim. Dann ging er mit Ezequiel an die Haustür.
»Wer ist es?« hörten wir João fragen.
Die Antwort, wie ich es erwartet hatte:

»Öffnen Sie, Polizei!«
João konnte nichts anderes tun, als die Haustür zu öffnen und die drei Männer einzulassen, die die Tür hinter sich schlossen.
»Vater ist nicht daheim«, versuchte João zu erklären.
»Das wissen wir schon«, antworteten sie.
Daniel und ich waren gerade dabei, uns anzukleiden, und standen in Unterhosen da, als einer der Kriminalbeamten ins Schlafzimmer kam. Er blickte uns an.
»Kinder«, sagte er, so als hätte er Eidechsen gesagt. »Ist außer euch noch jemand im Haus?«
»Nein, Señor«, murmelte ich.
»Gut. – Na, schau dich ein bißchen hier um!« befahl er jemandem und zog sich zurück.
Ein anderer Mann trat ein.
»Zieht euch an und geht aus dem Zimmer«, rief er uns zu, als er uns erblickte.
Wir gingen in den Innenhof, wo wir João und Ezequiel trafen, und dort blieben wir so lange, bis die drei Männer das Haus Zoll um Zoll durchsucht hatten: die Unterbetten wurden durcheinandergeworfen, Laden geöffnet, Töpfe abgedeckt und die Mauern abgeklopft. Schließlich durchsuchten sie auch uns.
»Nichts«, sagte der Kriminalbeamte, der als erster hereingekommen war, ein dicklicher Herr mit weißer Haut, kastanienbraunem Schnurrbart und hellen Augen. »Gehen wir!«
Wir vier, die wir unbeweglich und schweigend im Innenhof standen, glichen Gespenstern. Die Kriminalbeamten gingen an uns vorbei, so als wären wir nicht da, und wandten sich der Haustür zu; sie öffneten die Tür und schickten sich an wegzugehen, als João ihnen nachlief.
»Señor«, sagte er.
Der dickliche Mann blieb stehen und drehte sich zu João um.
»Was ist los?«
»Und mein Vater?«

Der Mann war erstaunt und blickte seine Kameraden fragend an.
»El Gallego ist verhaftet«, sagte er, als wisse es schon die ganze Welt, außer uns.
Dann wandte er sich von neuem dem Ausgang zu; vor ihm her liefen seine Begleiter. Bevor er die Haustür von außen wieder schloß, wandte er sich noch einmal an uns:
»Diesmal aber auf lange Zeit.«
Dann warf er die Tür heftig ins Schloß. Es war ihm gleichgültig, ob die Nachbarschaft es hörte.

11

Alles schien verloren. »Ich bin an Händen und Füßen gebunden«, hatte Vater gesagt. Jetzt aber war er ganz und gar gebunden, und wir waren in der gleichen Lage wie er. Gewiß waren wir nicht im Gefängnis, aber wozu diente uns die Freiheit, die wir hatten? Hätte er nicht jenen Lebenswunsch gehegt, aus uns ehrenwerte Menschen zu machen, hätte er uns gelehrt, wenn schon nicht zu stehlen – was für den Augenblick wenigstens eine Lösung gewesen wäre –, so doch Handarbeit zu leisten, wäre unsere Lage nicht so verzweifelt gewesen. Aber wie viele Väter wollte auch er nicht, daß seine Söhne Zimmerleute oder Schlosser, Maurer oder Schuster werden, sondern etwas »Besseres«: Rechtsanwälte, Ärzte, Ingenieure oder Architekten. Er hatte nicht die Absicht gehabt, so zu leben, wie er gelebt hatte, damit seine Söhne Tagelöhner würden. Nun war alles schlimmer: wir waren nicht einmal Tagelöhner.
Eine Welle der Angst lief durch unser Haus, und wir waren bald an einem Punkt angekommen, wo wir aus dem Hause fliehen wollten, aus dem Hause, das für uns kein Heim mehr war: da gab es keine Mutter mehr, keinen Vater, nur Möbel und Ungewißheit, leere Räume und Schweigen. Der erste, der sich ermannte, war Ezequiel.
»Mutter ist tot«, sagte er. »Für sie können wir nichts mehr tun,

aber Vater lebt noch, und wer weiß, ob wir ihm nicht helfen können.«
Mit João ging er zur Polizeidirektion.
»Ja«, teilte man ihnen dort mit, »El Gallego ist im Polizeigefängnis.«
»Könnten wir mit ihm sprechen?«
»Wer seid ihr?«
»Wir sind seine Söhne.«
»Nein«, war die Antwort. »Er darf keinen Besuch haben.«
»Warum hat man ihn eingesperrt?« wagte Ezequiel zu fragen.
»Wahrscheinlich, weil er Heiligenbildchen verteilt hat«, meinte der Polizeibeamte.
Er sah Ezequiel an und fragte:
»Wissen Sie nicht, wovon Ihr Vater lebte?«
Ezequiel errötete.
»Doch«, gelang es ihm hervorzustottern.
»Na... und deswegen ist er jetzt eingesperrt«, erklärte der Polizeibeamte.
Und dann fuhr er fort:
»Diesmal aber haben sie ihn mit dem geraubten Schmuck in der Hand erwischt. Jetzt kann er nichts mehr abstreiten.«
Die beiden Brüder schwiegen. Das, was ihnen der Beamte mitgeteilt hatte, machte jede weitere Bemerkung überflüssig. Sie wagten jedoch noch eine letzte Frage.
»Und was sollen wir jetzt tun?«
Der Polizeibeamte sah sie etwas erstaunt an.
»Ihr wißt nicht, was ihr jetzt tun sollt?«
»Nein.«
Der Mann stand von seinem Schreibtisch auf und näherte sich ihnen. Er schien verärgert.
»Was seid ihr für eine sonderbare Art von Söhnen eines Diebes?« fragte er fast hart. »Was habt ihr sonst getan? Ihr werdet doch nicht sagen wollen, daß El Gallego zum erstenmal im Gefängnis sitzt?«

João und Ezequiel sahen einander an.
»Doch«, versicherte João, »Mutter suchte ihm einen Rechtsanwalt.«
»Na also«, meinte der Polizeibeamte, zufrieden damit, daß er wenigstens eine klare Antwort erhalten hatte. »Und warum tut ihr das jetzt nicht?«
Die beiden Brüder erwiderten nichts.
»Was ist jetzt wieder los?« fragte der Beamte. »Sitzt die Mutter vielleicht auch?«
»Nein«, antwortete Ezequiel, »Mutter ist vor einigen Tagen gestorben.«
Der Polizeibeamte schwieg einen Augenblick; dann fragte er:
»Und ihr seid... jetzt allein?«
»Ganz allein.«
»Habt ihr kein Geld?«
»Nichts.«
Der Mann schien verwirrt. Unter diesen Umständen hätte auch er keinen Ausweg gewußt. Etwas fiel ihm ein, was er sagen konnte, wenn es auch nicht sehr hoffnungsvoll klang.
»Dann«, meinte er ganz langsam, »ist das Beste, was ihr tun könnt: warten.« Wie mit Bedauern fügte er hinzu: »Ihr werdet aber lange warten müssen; denn El Gallego wird nicht so bald loskommen.«
Schließlich verabschiedete er die beiden Söhne des Gallego liebenswürdig, indem er ihnen freundschaftlich auf die Schultern klopfte.
»Also geht und seht zu, wie ihr am besten mit der Sache fertig werdet.«

12

Wie ihr am besten mit der Sache fertig werdet... Nach zwei Monaten gab es im Hause keinen einzigen Stuhl mehr. Alles wurde verkauft oder verpfändet: der Tisch und die Klappbetten, die Kommode und der Toilettentisch; die Matratzen unserer Eltern und die Unterbetten Joãos und Ezequiels trugen wir zum Pfandleiher. Schließlich blieben uns noch zwei, auf denen wir, mit schmutzigen Leintüchern und leichten Decken, zu zweit auf dem Boden schliefen.

João und Ezequiel gelang es, mit dem Vater zu sprechen. Er hatte für sich nur wenig Hoffnung, dafür um so mehr für uns; waren wir doch in Freiheit und konnten uns einige Hilfe verschaffen. Von wem? Ganz gegen seine Gewohnheit dachte er jetzt an seine Freunde, an jene, von denen man nie genau wußte, wo sie gerade schliefen, ob sie in Freiheit waren, im Gefängnis, auf der Flucht verschwunden oder tot. Er ließ uns einige Briefe schreiben, da er sich an die eine oder die andere Adresse in Chile, Rosario, Spanien und Montevideo erinnerte. Aber während die Antwort auf die Briefe abzuwarten war, blieb die Zeit nicht stehen, und der Hausbesitzer hatte keinen Grund, so lange zu warten, bis die Briefe den Empfänger erreicht und wir die Antwort hätten; ebensowenig warteten der Kaufmann, der Milchmann, der Fleischhauer, der Bäcker, und wir konnten ihnen auch nicht sagen, warum wir in einer derartigen Lage waren, um sie zu bitten, sie möchten noch etwas Geduld haben. Es kam indessen keine Antwort. João und Ezequiel suchten Arbeit, und auch ich bemühte mich, Arbeit zu finden, wo immer solche geboten wurde: Laufbursche, Botengänger oder Lehrling in irgendeinem Beruf. Wenn man Lohn dafür zahlte, dann Hungerlohn. Eine Woche lang arbeitete ich bei einem Schneider: keinen Lohn, wir geben aber das Mittagessen. Ich lernte Knöpfe annähen. Ich kam heim, fand aber niemand im Haus: meine Brüder streiften durch die Stadt. Ich setzte mich auf eines der Unterbetten und wartete. Es wurde Nacht; ich zündete die Kerze an und las. Schließlich, müde und hungrig, schlief ich bis zum nächsten Morgen. So konnte es nicht weitergehen. João beschloß, sich nach Brasilien durchzuschlagen, sagte es uns und ging – wir wußten nicht, wie: zu Fuß, auf einem Schiff oder mit dem Zug; er ging weg: dort werde er

Pedro, den Mulatten, treffen und uns etwas schicken. Wir hörten nichts mehr von ihm. Mein Vater wurde zu einer Kerkerstrafe verurteilt, die ihn zehn, fünfzehn oder zwanzig Jahre – es blieb sich schon gleich – im Gefängnis halten würde, und es gab keinen Verteidiger, der selbst bei höchstem Honorar es fertiggebracht hätte, die Strafe auf die Hälfte der vielen Jahre herabzusetzen, die noch immer so groß gewesen wäre, daß sie uns, die wir noch keine zwanzig waren, fast komisch, weil so unbegreiflich erschien.

Eines Tages wachte ich auf und war allein im Haus: weder Daniel noch Ezequiel waren heimgekommen. Nun war der Augenblick da, den wir gefürchtet hatten: ich überquerte den Innenhof, ging in die Zimmer, blickte in die Ecken, betrachtete die Fenster, die Türen und die Decken. In diesem Haus hatte bis vor wenigen Tagen eine Familie gelebt, die Familie eines Diebes – gewiß! –, aber immerhin eine Familie. Auf einmal war nichts mehr von alledem da: kein Heim, keine Eltern, keine Geschwister; geblieben waren zwei Unterbetten, zwei Decken, zwei schmutzige Bettlaken und ein trauriger Knabe. Ich ergriff eine der Decken, rollte sie zu einem Paket zusammen, das ich unter den Arm nahm, und ging davon. Kämen Daniel und Ezequiel zurück, so hätten sie wenigstens die Möglichkeit, mit Unterbett und Decke zu schlafen. Erst als ich die Klinke in der Hand hatte und die Haustür endgültig hinter mir zuschlagen wollte, dachte ich darüber nach, wohin ich mich nun wenden sollte. Buenos Aires war für einen Knaben in meiner Lage etwas zu groß. Ich entschloß mich, ins Caballito-Viertel zu gehen. Dort hatten wir einst eine Zeitlang gelebt, und ich erinnerte mich noch an einige Kinder, die damals zu meinen Freunden zählten. Dorthin lenkte ich nun meine Schritte.

Das Glück lachte mir; wenn auch sein Lachen weder offen noch hell war: gegen Abend, als ich fast die Hoffnung aufgeben wollte, Bekannte zu finden – meine kleinen Freunde tauchten nirgends auf (wer weiß, wohin die Flut, die jetzt mich wegschwemmte, sie verschlagen hatte?) –, stieß ich auf eine dürre

Frau, klein und gealtert und sehr armselig angezogen. Sie sah aus wie eine Henne, die, mager geworden, daran war, ihre Federn zu verlieren, und hieß Bartola. Es war kein glücklicher Zufall, der mich auf sie stoßen ließ, aber schlimmer wäre es noch gewesen, niemanden zu treffen. Wir hatten sie vor mehreren Jahren gekannt, als sie uns, gemeinsam mit ihrem Mann, öfters besuchte. Der Mann war ebenfalls klein, aber zäh, trug immer einen Bart, als hätte er sich wenigstens eine Woche lang nicht rasiert, war schmutzig, zerlumpt, dunkelhäutig und hatte stechende Augen. Er hinkte. Einst war er Dieb gewesen und hatte diese Beschäftigung aufgegeben, nachdem er einen Unfall erlitten, weil er, betrunken, einen unbewachten Bahnübergang überschritten hatte, ohne sich um das Haltesignal zu kümmern. Ein Personenzug hatte ihn überfahren und ihm ein Bein unterhalb des Knies abgetrennt. Als Dieb hatte er immer in der Nacht gearbeitet. Wie sollte er dies aber mit nur einem Bein tun? So beschäftigte er sich nun damit, kleines Diebsgut aufzukaufen, das er an Kunden, denen es ebenso elend ging wie ihm, wieder verkaufte, gewöhnlich an kleine Altwarenhändler, wovon er mehr schlecht als recht zu leben vermochte. Er hatte ein Holzbein, mit dem er unbarmherzig auf Gehsteige, Straßenpflaster und Bodenfliesen schlug: ein eiserner Ring schützte es am unteren Ende vor allzu rascher Abnutzung. Das Hosenbein, dessen Saum an seinem Holzfuß scheuerte, war unten immer ausgefranst.
Bartola sprach – sonderbar genug – stets mit geschmeidiger Stimme, und sie hatte noch etwas, das merkwürdig war: diese Frau, die immer zu frieren schien – sie lebte mit zusammengepreßten Händen, als hätte sie ewig kalte Finger –, hatte sehr schöne Augen, nicht groß noch von langen Wimpern beschattet oder von gut gezeichneten Brauen überwölbt, sondern Augen von außergewöhnlicher Farbe, wie Honig, von leuchtendem Honig, strahlend, eine Farbe, die ihrem Antlitz einen Ausdruck tiefer Güte und eigenartigen Adel verlieh. Wer ihre Augen gesehen hatte, besaß nicht mehr den Mut, sie Bartola zu

nennen. Sie fragte mich, was ich in diesem Stadtviertel täte, und ich erzählte ihr, was vorgefallen war; alles auf einmal: ich mußte es ganz einfach irgend jemand sagen. Sie hörte tief beeindruckt zu und fragte mich dann, indem sie ihre Augen auf mich richtete, als sähe sie mich zum erstenmal:
»Du weißt also nicht, wo du schlafen wirst?«
Ich machte eine ungeduldige Gebärde, und die Frau schwieg. Dann sagte sie plötzlich:
»Warum kommst du nicht mit mir? Vielleicht kann dich Isaias eine Zeitlang im Haus behalten.«
Ich nahm an, wenn auch nicht sehr erfreut, und wir machten uns auf den Weg. Um diese Stunde hätte keiner große Anforderungen stellen können. Isaias und Bartola lebten in einem ganz armseligen Haus, das eher einer Hütte glich und in einer der verlassenen Straßen lag, die parallel zur Westbahnlinie einherliefen und sich irgendwo im Ungewissen verloren. Den ganzen Tag ratterten die Züge vorbei, und den ganzen Tag schrien die kleinen Perlhühner, die die Nachbarn, die auch sehr arm waren, neben einigen großen Hühnern, Enten oder Truthühnern aufzogen. Hinter dem Haus, das am Gehsteig lag, war ein Grundstück, auf dem einige Obstbäume standen, vor allem Pfirsichbäume, und etwas, das wie der Rest eines Hühnerstalles aussah und doch der Hühnerstall selbst war. Die Zäune, die ein Grundstück von den anderen trennten, waren ursprünglich aus grobem Drahtgeflecht gewesen; nun war das Geflecht an vielen Stellen zerrissen, und die Nachbarn hatten die Löcher ausgebessert, so gut sie es eben vermochten: mit Blechstücken, Säkken oder anderen Gitterstücken feineren oder noch gröberen Geflechts, was ihnen so in die Finger gekommen war. Das Geflügel nutzte die Löcher in den Drahtzäunen weidlich aus, um dem Wandertrieb zu genügen, und so entstand immer zwischen dem einen und dem anderen Haus oder auch zwischen mehreren ein Streit um die Henne, die Ente, das Küken oder das Perlhuhn, die beim Nachbarn eingedrungen und auch manchmal verschwunden waren.

Trotz meiner Befürchtungen empfing mich Isaias mit großem Entgegenkommen.
»Ist das nicht der Sohn der Landsmännin Rosalia?« fragte er mit quietschender Fistelstimme, als er mich auftauchen sah. »Wie er gewachsen ist!«
»Ja«, sagte Frau Bartola ergeben, »er ist es: der kleine Aniceto.«
»Was treibt ihn denn hierher?« fragte Isaias mit gleichem Schwung weiter und warf einen prüfenden, abwägenden Blick auf das Paket, das ich unter dem Arm trug. »Vom Vater?«
Mein Vater hatte manchmal, mehr um ihm gefällig zu sein als aus Notwendigkeit, einiges an den Hehler verkauft; aber diesmal irrte Isaias. Bartola erzählte ihm meine Geschichte, wobei sie die Hände wieder ineinanderschlang, und ihr Mann – jetzt ohne besondere Begeisterung und mit natürlicher Stimme – sagte, nachdem er bald mich, bald mein Bündel betrachtet hatte, daß ich also einige Tage in seinem Haus verbringen könnte.
»Bis er eine andere Gelegenheit findet, irgendwo unterzukriechen.«
Eine Woche später, nachdem er aus mir einen schlechtgehaltenen, schmutzigen und verbitterten Hausburschen gemacht hatte, begriff ich, daß es Schlimmeres geben konnte, als die Mutter zu verlieren und den Vater in Sierra Chica oder in Ushuaia zu wissen. Dieses Schlimmere bestand darin, daß einen jedermann, dem es in den Sinn kam, ohne Berechtigung und ohne Grund wie einen Hund behandeln durfte. Isaias war ein Maultier, und wie ein Maultier verhielt er sich gegen seine Mitmenschen und die Tiere, die von ihm abhingen. Er stieß mit seinem Holzbein nach allem: nach dem Hund, nach den Hühnern, nach den Truthühnern und nach Bartola mit den schönen Augen; nichts war vor ihm sicher. Als ich den ersten Schlag mit dem Holzbein erhielt, weinte ich nicht, so groß waren meine Überraschung und der Schmerz, den ich empfand. Bis zu diesem Augenblick hatte ich wohl ab und zu eine Ohrfeige bekommen oder einige Schläge auf den Hintern, die aber alle

mehr Warnungen waren als wirkliche Schläge. Der Fußschlag – man hätte dies nie Fußtritt nennen können –, den einem Isaias ganz unerwartet gegen das Steißbein versetzte, schien mir die Wirbelsäule zu zerbrechen. Der Schmerz machte mich stumm und hielt meine Tränen zurück, obwohl ich, als der Barbar weggegangen war, vor Scham und Wut ausgiebig weinte. Ich konnte es nicht verstehen, und noch immer verstehe ich es nicht, wie man ein Kind, das, hungrig, zwei Brötchen statt eins gegessen hatte, mit einem Fußtritt bestrafen kann. Meine Wut war nicht ohnmächtig; denn während ich mich ausweinte, suchte ich mir einen zerbrochenen Ziegel, den ich an eine Stelle legte, wo er für mich immer greifbar war: auf die Stützen des Hühnerstalles. Nach einigen Tagen – es waren zwei oder drei vergangen – erhielt ich den zweiten Schlag, den letzten: ich hatte vergessen, den Hühnern frisches Wasser zu geben und Futter vorzustreuen, das ich vom Bahndamm holen mußte. Ich fühlte den gleichen Schmerz und das gleiche Erstaunen wie das erste Mal; ich wußte aber, was ich diesmal zu tun hatte. Der Barbar hatte den Ort, mich zu schlagen, schlecht gewählt. Er hatte mich losgelassen, schlug ein zweites Mal zu, aber der Ziegel war in Reichweite meiner Hand. Ich hielt mein Schluchzen zurück, griff nach meiner Waffe und warf, ohne zu zielen. Ich hatte Isaias an dem harten Schädel getroffen. Er schwankte ein wenig, neigte sich nach vorn und faßte sich mit der Hand an den Kopf, wobei er mich überrascht und verwundert anglotzte. Ihn, der die Sanftmut des Hundes, des Hühnervolkes und seiner Frau gewohnt war, erstaunte es, daß jemand den Mut aufbrachte, ihm mit gleichen Mitteln entgegenzutreten. Als ich sah, daß ihm das Blut über die Wange floß, rieb ich mir die Hände, als wollte ich sie mir von etwas reinigen, das sie beschmutzt hatte, und floh an das Ende des Grundstücks, das voller Wasserlachen und Schlamm war, sprang über den Drahtzaun und stieg auf den Bahndamm, wo ich mich umwandte und nach Isaias ausschaute. Dieser stand noch an derselben Stelle und betrachtete seine blutige Hand; Bartola, die neben ihn getreten war, verabschiedete sich von mir mit einem ihrer leuchtenden Blicke. Ich nahm damit auch Abschied von meiner Decke und schritt dem freien Land zu. Gegen Abend hielt ein Güterzug im Bahnhof, in dem ich Rast gemacht hatte. Eine Gruppe von Männern fuhr in einem der Waggons. Ich näherte mich ihm. Die Männer beobachteten mich, und ich sah sie neugierig an. Wohin sie wohl fuhren? Sicherlich waren es Arbeiter. Einer von ihnen, ein großer Mann mit schönen grünen Augen, rief mir zu:

»Was ist, Junge, willst du mit uns kommen?«

Die anderen lächelten.

»In die Provinz, zur Maisernte.«

Ich zögerte etwas.

»Komm herauf; nur keine Angst«, meinte der Mann liebenswürdig.

Ich fürchtete mich nicht. War ich doch nicht der erste Junge, der allein in die Welt hinausging. So stieg ich zu den Männern in den Waggon.

13

So ging ich in die Welt hinaus; trug mit mir eine Mutter, die gestorben war, einen Vater, der Dieb gewesen und den man zu vielen Jahren Kerker verurteilt hatte; ich trug auch drei Brüder mit mir, die verschwunden waren. Das mochte vielleicht sehr viel sein für einen Jungen meines Alters, aber andere schleppten Schlimmeres mit sich herum. Ich hatte wenigstens als Gegengewicht eine glückliche Kindheit, Liebe, Heim, Eltern und Geschwister gehabt. Ich fühlte, daß mir dies, trotz der Polizei und der Gefängnisse, einen starken Halt gab. Denke ich an meine Kindheits- und Reifejahre zurück, so sind meine Erinnerungen doch immer vom Abglanz der Liebe verklärt. Nur ein einziger Mensch hatte mich mißhandelt: Isaias. Aber Isaias war zurückgeblieben, mit der Hand am Schädel, von dem ihm Blut floß, und verwundert darüber, daß der Sohn der Landsmännin Rosalia auf diese Weise das Opfer entlohnte, das er gebracht hatte, als er ihn in sein Haus aufnahm. Es tat mir ebensowenig leid, ihn verletzt zu haben, wie er die Fußschläge bedauerte, die er mir gegeben hatte; so waren wir beide einander nichts schuldig geblieben. Wenigstens ich war ihm nichts schuldig geblieben.

Zwei Monate später, nachdem die Ernte vorüber war, kehrte ich nach Buenos Aires zurück. Meine Haltung war stolzer, und meine Hände waren hart wie Stein. Vicente, der Mann, der mich eingeladen hatte mitzukommen, hatte mich unter seinen Schutz genommen, und ich diente ihm als Helfer, wobei ich mit ihm von Sonnenaufgang bis Sonnenuntergang arbeitete. Er war Korbnäher, hatte eine Arbeit, die gutes Geld abwarf, wenn sie auch nach wenigen Tagen Hände und Finger zerriß. Der Hanf schneidet wie ein Messer, und auf den offenen Schnitt von heute kommt der Schnitt von morgen; die Nähnadel, lang, gebogen, dick und glatt, vollendet, was der Hanf an den Händen begann, sie sticht und hinterläßt harte Hautstellen, und schließlich – man kann ja die Arbeit nicht einfach so liegen- und stehenlassen, und es heißt aushalten – hat man Hände wie gegerbtes Leder. Striche man mit einer Messerschneide darüber, so glitte sie auf der Hand dahin wie über den Huf eines Pferdes.

Ich suchte das Haus auf, in dem wir zuletzt gewohnt hatten. Fremde Menschen lebten jetzt darin. Ich ging zur Polizeidirektion; mein Vater war nicht mehr dort, ebensowenig war er in der Strafanstalt von Buenos Aires. Man hatte den Vater in irgendeine Provinz geschickt; sie konnten oder wollten es mir nicht sagen, ob nach Sierra Chica oder nach Bahia Blanca, der Vorhölle des Feuerlandes. Auch über meine Brüder konnte ich nichts in Erfahrung bringen. Wen sollte ich danach fragen? An wen mich wenden? Niemand kannte mich mehr, und ich kannte niemanden; in meiner Geburtsstadt war ich ein Fremder geworden, fast ein Ausländer.

Mir war es darum auch gleichgültig, wohin ich nun ging.

Lebe wohl, Buenos Aires!

Ich durchquerte die Pampa, arbeitete hier als Gehilfe eines Zimmermannes und dort als Hilfsarbeiter auf einem Bau, dann wieder woanders als Mechanikerlehrling. Schließlich kam ich nach Mendoza.
Dort lehrte mich ein Mann, der sich einen Schüler Schopenhauers nannte, als Vegetarier lebte und die Frau eines Kochs in einem Nachtlokal zur Geliebten hatte, Mauern, Türen und Fenster anzustreichen. Nun hatte ich einen Beruf. Als der Sommer herankam, machte ich mich, als Gehilfe eines Zimmermanns, mit einer Gruppe von Arbeitern der Transandinischen Eisenbahn in Richtung der Berge auf den Weg.
Ich näherte mich Chile.

ZWEITER TEIL

I

Ich konnte nicht vor der Tür des Gefängnisses stehenbleiben. Die Wache sah mich forschend an, mit einem Blick, der zwischen Neugierde und Ärger schwankte; Neugierde, weil ich ein sonderbarer Gefangener war: statt mit großen Schritten davonzugehen, ja wenn möglich sogar zu laufen, verharrte ich an der Tür des Gefängnisses, unbeweglich, als wäre ich nicht zufrieden, freigelassen worden zu sein; ärgerlich, weil meine Gestalt in keiner Weise dekorativ wirkte. Ich wäre wirklich lieber wieder ins Gefängnis zurückgekehrt; denn in dieser Stadt voller Leute und voll mächtiger Handelsunternehmungen gab es nicht einen einzigen Ort, wohin ich mich hätte wenden können, um jemanden zu finden, der mir einen Stuhl angeboten, ein Glas Wasser gegeben und meine Hand freundschaftlich gedrückt hätte. Ich konnte nicht einmal hoffen, daß mir jemand auch nur im Vorübergehen auf die Schulter klopfen würde. Mein Freund war fortgegangen und mit ihm alles, was mir in dieser Stadt und in diesem Land gehörte. Im Gefängnis aber hätte mich der Oberaufseher Gonzáles wieder in die Krankenstube gebracht, mir eine jener Suppen gegeben, in der dicke Fettaugen schwimmen, und einen Teller Bohnen mit Nudeln, in denen man nicht selten einen Knopf, ein Streichholz oder ein Stückchen Wolle findet, Gegenstände, die zwar keiner essen konnte, die aber unschädlich waren. Sie überraschen nur den Anfänger. Dort wäre ich im Bett liegengeblieben, eine Woche oder einen Monat, bis mich meine Beine wieder getragen und meine Lunge weder geschmerzt noch geblutet hätte, wenn mich der Husten schüttelte. Ich konnte aber nicht zurück; im Inquisitenspital gab es nur wenige Betten, und El Terrible, der einer Liebesaffäre wegen einen Stich in den Bauch erhalten hatte, brauchte mein Bett. Ich war so einigermaßen wiederher-

gestellt, und die Freiheit würde schon das übrige tun. Du bist frei. Sieh zu, wie du durchkommst.
Ich blickte um mich: von meinem Platz aus sah ich die Stadt, Haus um Haus. Das Gefängnis lag so, daß man vom Tor aus – leider nur vom Tor aus – in die weite Landschaft sah und auf das Meer, das sich am Horizont verlor. Die Schiffe, die in der Bucht lagen, schienen eher auf dem Wasser zu schweben, als dort vor Anker gegangen zu sein. Kleine schwarze Boote glitten langsam und sicher einem bestimmten Ziel zu; kleine Schlepper fuhren unruhig und mit lautem Pfeifen und Geklingel von einem Ende der Bucht zum andern. Die Stadt rekelte sich, langgestreckt, am Meer, und ihre Straßen schmiegten sich an den Strand oder verloren sich dort.
Ich begann zur Stadt hinabzusteigen, und während ich dahinging, rief ich mir den bekanntesten Teil der Stadt, der sich dort am Hafen hinzog, in die Erinnerung zurück. Als ich noch in Freiheit gewesen war, hatte ich dort gelebt und war oft ganze Tage durch die Straßen dieses Viertels gestreift. Dorthin mußte ich gehen, wollte ich Ruhe und etwas zu essen finden.
Der Hafen war zweifellos ein guter Platz, ein ausgezeichneter Platz, um eine Stunde, ein Jahr oder ein Jahrhundert zu verweilen, ohne dabei zu merken, wie die Zeit verging. Ich hatte keine Eile, und selbst die Notwendigkeiten des Menschen wie Essen und Schlafen schienen vergessen oder weniger zwingend zu sein. Auch wenn man ihnen nicht mehr ausweichen konnte, waren sie bald befriedigt. Du kannst auf dem Platz oder auf der Mole schlafen, sitzend natürlich, und wenn du essen willst, hast du nichts zu tun, als den Platz zu überqueren und – vorausgesetzt, daß du Geld hast – in ein Speisehaus einzutreten, um den Magen mit einem Fleisch- oder Bohnengericht zu beschwichtigen und wieder auf die Mole oder den Platz zurückzukehren, um den gleichen Gedanken, den gleichen Traum oder die gleiche Erinnerung wieder dort aufzunehmen, wo du sie unterbrochen hattest. Und wären nicht die Knochen, Gewebe und Muskeln, diese verteufelten Muskeln, Gewebe und Knochen, die

ernährt werden wollen und nach Schlaf verlangen, dann könntest du bis zum Ende deiner Tage dort verharren und warten – oder auch nicht –: auf eine Arbeit, einen Freund oder ganz einfach auf das Sterben. Wenn dann der Augenblick kommt, der dich zum Gehen zwingt, da es unmöglich ist, zu bleiben, weil es kalt wird, weil du müde bist, weil du schließlich, zum eigenen Leidwesen, wieder an das Essen, die Wohnung und die Arbeit denken mußt, dann wirst du dir darüber klar, welch armseliges Nichts der Mensch ist, zusammengesetzt aus lauter jämmerlichen Nichtigkeiten. Also, gehen wir, zu dem armseligen Essen, in die jämmerliche Wohnung und zu der verteufelten Arbeit.
Ja, der Hafen ist ein guter Platz, aber ein guter Platz nur für jene, die gesund sind und Geld haben, selbst ohne Arbeit; denn, wenn einer Geld hat und gesund ist, wozu – zum Kuckuck! – braucht er noch Arbeit? Ich aber hatte weder das eine noch das andere, ich hatte nicht einmal einen festen Wohnsitz. Als ich noch frei war, habe ich meine Nächte an jenen Stätten verbracht, wo es ein hartes Lager und einige Nägel an der Wand gibt, keine Waschräume oder Bäder, keine Decken oder Bettlaken. Bettlaken waren dort zu keinem Preis zu haben, und wolltest du eine Decke, weil du so empfindlich bist und dich zudekken mußt, wenn du schläfst, dann bezahl sie! Man kommt nachts um zehn oder um elf, zahlt, geht in seine Koje, die nicht größer ist als vier Quadratmeter, und legt sich aufs Lager; Türen gibt es keine; sonst wäre das Schlafhaus bald von Zuhältern und anderem Gesindel überlaufen. Bei offenen Türen schläft man anständig; es ist auch besser für die Gesundheit. Eine einzige schwache Deckenlampe erhellt kaum die Koje, die von der anderen durch eine niedrige und dünne Wand aus Holz und Papier getrennt ist. Wozu brauchst du auch Licht? Du bist müde oder hungrig, und nichts tut dir not als Dunkelheit und Ruhe, Schlaf oder Nachdenken. Du weißt nicht, wer in der Koje neben dir schläft: ein Mörder, ein Lüstling, ein Gepeinigter, ein Kranker, ja, vielleicht einer, der im Sterben liegt – wie der Betrunkene, der eine Nacht mit dem Tode kämpfte, mit offenem

Bauch, und dem wir zu schweigen befahlen, wenn er jammerte, da wir nicht wußten, daß er im Sterben lag –, auf jeden Fall: Denk nicht daran! Will er sterben, ruhig oder nicht, er braucht weder Licht noch Gesellschaft. Am Morgen, um vier oder fünf, stehen die ersten hustend auf, spucken an die Wände, auf den Boden, wohin sie gerade treffen – um diese Zeit ist man noch nicht wählerisch –, einige hatten sich nicht einmal entkleidet, als sie sich niederlegten – wozu auch? –, und gehen zum Hafen, auf den Markt, zu den Fischern, in die Druckereien oder ins Krankenhaus. Andere wieder erheben sich später, aber keiner, nicht einmal ein Kranker, wird länger als bis um acht bleiben; denn keiner wird, aus einem Rest von Schamgefühl heraus, darauf warten, bis der Laufbursche kommt, um einem anzudeuten, daß es Zeit sei, wegzugehen. Er spritzt dir so im Vorübergehen Wasser ins Gesicht, das er dem Abort entnommen hat, einem Abort ohne Handtuch, ohne Seife, mit zerbrochenen Fensterscheiben, die Mauer mit Teer bestrichen, der Boden mit gelb- und braungeflecktem Papier bedeckt. »Es wird gebeten, kein Papier in die Becken zu werfen!«
Ich konnte nicht im Hafen bleiben; ich mußte mir vor allem ein Zimmer suchen. Dazu aber mußte ich mir irgendwo und irgendwie einige Centavos für das Bett und die Decke verdienen, nicht viele, da das Bett nur sechzig und die Decke zwanzig Centavos kostete, aber ich mußte unter einem Dach schlafen, sollte ich auch auf das Essen verzichten. Da ich auf einem harten Zementboden ohne jegliche Decke geschlafen hatte und es so kalt war, daß ich mich vor Kälte bepißte, hatte ich mir die Lungenentzündung geholt und war so schrecklich feige geworden, nicht des Sterbens, sondern der Krankheit und der Untauglichkeit des Körpers wegen. Im Hafen konnte ich nichts verdienen; dort wurde harte und endlose Arbeit verlangt. Unmöglich; ich mußte weitergehen, durfte das Meer nur von der Seite her betrachten, den Pier, die Schiffe, und ich beneidete die Männer, die miteinander sprachen oder schwiegen, sich sonnten und rauchten. Die waren gesund und konnten widerstehen; ich nicht.

Ich ging durch eine Straße, dann durch eine andere und mied die Gruppen der Männer, die dort am Pier beisammenstanden und darauf warteten, daß sie jemand rufe, um zu beladen oder zu entladen, zu putzen oder zu nieten, zu schmieren oder zu ölen, Masten aufzurichten oder zu kappen, zu malen, zu verschlagen oder zu rauhen, denn sie alle können rauhen und verschlagen, malen, Masten aufrichten und kappen, schmieren und ölen, nieten und putzen, beladen und entladen, und wäre es die ganze Welt mit ihren Sternen, Sonnen und Planeten, Konstellationen und Nebelwolken. Das alles für einen Lohn, der es ihnen gestattet, knapp am Hungertod vorbeizukommen, und ihnen nur die Mittel gibt, gerade den Ort zu erreichen, den sie erreichen müssen, die kleinen und ausdauernden Männlein, die Häfen erbauen und Schiffe, Salpeter und Kohle aus der Erde holen, Kupfer und Zement, die Eisenbahnnetze über ganze Länder werfen; denen nichts bleibt als die Freiheit, eine Zeitlang miteinander zu plaudern und einen oder auch zwei Schluck Wein in der Erwartung des nächsten oder des letzten Tages zu trinken.

Nach Süden zu ist die Stadt unvermittelt zu Ende; Baracken und Schuppen wachsen aus der Erde. Was gibt's hier? Ratten und Waren und kein geschäftiger Lärm. Die Berghalde begleitet die Straße an ihren Windungen und Kehren, und hebst du die Augen, so erblickst du hoch oben die Föhren, die mit ihren dunklen Zweigen über den Abhang des Berges ragen. Straßenbahnen kommen und gehen, angefüllt mit Menschen, aber die Straße liegt verlassen da, und nur ab und zu taucht ein Seemann auf oder ein Fuhrmann mit Pferd und Wagen. Die Einsamkeit erschreckt mich; ich möchte unter Männern und Frauen sein, eher noch unter Männern, denen ich mich nähern könnte, sie um Rat zu fragen oder ihnen bei leichter Arbeit zu helfen. Die Vorübergehenden sahen mich neugierig an, sogar etwas überrascht, und ich bin sicher, daß sie sich, etwas von mir entfernt, umdrehten, um mir nachzublicken. Wie werde ich wohl ausgesehen haben, als ich so in Wind und Sonne am Ufer des Meeres dahinwanderte? Um mich her und weiter weg pulsiert das Leben – ich fühle es –, ein schweres, regelmäßiges Pulsieren und gleichzeitig fröhliche, unbekümmerte Einladung zum Mitwirken und zum Abenteuer; ich fürchte mich aber und möchte nicht gern mitgerissen und nicht als Draufgänger angesehen werden: lassen Sie mich, bitte, meine Lunge ist nicht in Ordnung. Und wie wird wohl die Wunde beschaffen sein? Wenn ich nur hineinschauen könnte. Wie ist sie? Groß, klein, trocken, feucht, hat sie breite oder schmale Ränder? Es ist sonderbar: Du hast Photos und Zeichnungen von Herzen und Mägen, Lebern und Lungen gesehen, weißt mehr oder weniger, wie sie aussehen, ja du könntest sie sogar beschreiben und vielleicht auch genau sagen, wo im Körper sie liegen, und ihre Aufgabe nennen, aber wenn es sich um das eigene Herz, um den eigenen Magen, um die eigene Leber und um die eigene Lunge handelt, dann wissen wir nichts, nicht einmal, wo sie wirklich liegen, und noch weniger wissen wir, wenn sie krank sind. Dann scheint sie der Schmerz in etwas Fremdes und Feindliches zu verwandeln, das, unabhängig von uns, mit eigener, gewaltiger Persönlichkeit ausgestattet ist.

Die Mauer war plötzlich zu Ende, und wieder erschien das Meer.

2

(Stell dir vor, du hättest eine Wunde, irgendwo an deinem Körper, an irgendeinem Teil, den du nicht näher bestimmen kannst, den du weder sehen noch berühren kannst, und nimm an, diese Wunde schmerze und drohe, sich zu öffnen, wenn du es am wenigsten erwartest, weil du sie vergessen hattest und dich niederbeugtest, liefst, rauftest oder lachtest – was du nicht hättest tun dürfen. Kaum unternimmst du dies, dann ist die Wunde plötzlich da, zuerst die Erinnerung daran, dann ihr Schmerz: Hier bin ich. Geh langsam! Dir bleiben nur zwei

Wege: darauf verzichten, so zu leben, und nur das tun, was du nicht tun dürftest, oder so zu leben, wie es dir die Wunde vorschreibt: alles vermeiden, was dir schaden könnte. Wählst du den ersten Weg, springst du, schreist du, lachst du, läufst du oder raufst du, dann geht alles bald vorüber: die Wunde, die größer wird, als du es je ertragen könntest, verwandelt dich in ein Wesen, das nur noch begraben werden oder sogar darauf verzichten kann. Geschieht dir solches, dann heißt es, daß du lebenshungrig warst und, weil du den Lebenshunger nicht so zu stillen vermochtest, wie du wolltest, es vorzogst, das Ende herbeizuführen. Das ist aber kein Heldentum; es bedeutet nur, daß du eine Wunde hattest, daß sie stärker war als du und du ihr deinen Platz abgetreten hast. Wählst du den zweiten, dann wirst du weiterleben, wer weiß, wie lange. Du wirst dir die lebhaften Bewegungen abgewöhnen, auf brennende Freuden verzichten und wirst deine Wunde wie ein Diener hegen und pflegen und darauf achten, daß sie nicht blute, sich nicht öffne, sich nicht zersetze, und auch das, mein Freund, bedeutet, daß du lebenshungrig bist und, da du nicht leben kannst, wie du möchtest, eben so lebst, wie du kannst, ohne daß jemand dich feig nennen dürfte, versteh mich recht, ebensowenig wie jemand, der den ersten Weg erwählte, von keinem zum Helden erhoben werden darf. Widerstand zu leisten ist ebenso heldenhaft oder ebenso feige wie zu verzichten. Übrigens dauern auch Wunden nicht ewig: sie heilen oder werden mit dir fertig, und es kann sein, daß du, nachdem du viele Jahre mit einer Wunde gelebt hast, auf einmal spürst, daß sie vernarbt ist und du nun leben kannst wie ein anderer gesunder Mensch. Es kann aber ebenso geschehen, daß sie mit dir Schluß macht – eine Wunde ist eben eine Wunde – und dich auf zwei Arten tötet: durch sich selbst oder indem sie dir im Gehirn ein Abbild von sich fertigt, an dem dein Lebenswille, ohne daß du es merkst, zerbricht. Du hast eine Wunde – nehmen wir an, in der Lunge, im Zwölffingerdarm, in der Speiseröhre oder im Herzen selbst –, und du möchtest leben, du widerstehst, du beugst dich nicht, beißt die

Zähne aufeinander, weinst, aber du gibst nicht nach und lebst weiter, wenn auch auf den Knien, dich mühsam vorwärts schleppend, die Welt mit Klagen und Flüchen füllend; eines Tages aber spürst du, daß du nicht mehr widerstehen kannst, daß du die Nerven verlierst, deine Knie und Beine dich nicht mehr tragen und umknicken. Dann fällst du, dann ergibst du dich, und die Wunde zehrt dich auf. Es ist das Ende: Eine Wunde hat sich mit der andern vereinigt, die körperliche mit ihrem geistigen Abbild, und du, der du kaum mit der einen fertig geworden wärest, siehst dich nun zweien gegenüber, mit denen du nicht fertig werden wirst. Ich weiß nicht, ob du einige Seemannsknoten kennst. Wahrscheinlich nicht. Wie die meisten Menschen kennst auch du immer nur ein Exemplar jedes Dinges, und wenn du von Knoten sprechen hörst, so erinnerst du dich nur des Kreuzknotens, was noch lange nicht heißt, daß du ihn auch richtig zu knüpfen wüßtest. Man braucht nicht viel, um zu leben: nur Gesundheit. Es gibt einen Seemannsknoten, der der Fischerknoten genannt wird. Dieser Knoten erinnert an das, was ich gesagt habe. Er wird von zwei einfachen Knoten gebildet, die aber, wenn auch ähnlich, doch voneinander unabhängig sind und deshalb für sich allein nicht gefährlich werden. Gefährlich werden sie erst, wenn sie sich vereinigen. Nimm ein Tauende, gleichgültig, ob einfach oder gesplißt, und knüpfe es mit einem einfachen Knoten, dem einzigen, den du sicher richtig zu knüpfen weißt, nicht zu fest oder zu locker, so daß er beißt, wie man sagt. Und mit dem Tauende, an dem du deinen Knoten geknüpft hast, mache einen gleichen über das andere, und du wirst die beiden Taue mit zwei einfachen Knoten verbunden haben, die jetzt zueinander in einem Abstand x stehen. In dieser Stellung sind die beiden Knoten ungefährlich, nicht nur das, sie sind zu nichts nütze. Der Fischerknoten ist damit noch nicht fertig. Nimmst du dann jedes der Tauenden, außerhalb der Knoten, in eine Hand und entfernst deine Hände voneinander, so werden sich die Knoten infolge des Zuges spielend nähern, was dich vielleicht zuerst überraschen wird, weil sie scheinbar von selbst aufeinander zustreben. Ziehst du aber mit einem Ruck an den Tauenden, so werden die Knoten aufeinander zueilen, als triebe sie eine wütende Kraft. Sind sie aber einmal aufeinandergestoßen, dann kann Mensch oder Tier mit aller Gewalt an den Tauen ziehen; nichts vermag sie zu trennen. So bleiben die Knoten vereint und halten ein Boot oder ein Netz eine ganze lange Nacht hindurch gefangen, bis der müde Fischer sie beim Morgengrauen aus ihrer engen Verschlingung löst – so einfach, wie dich der Tod vom Leben scheidet –, indem er die Knoten nach der einen oder nach der andern Seite zurückschiebt... Stell dir aber einmal vor, du hättest weder die eine noch die andere Wunde, von denen ich gesprochen habe, sondern eine dritte Art, mit der du geboren wurdest, oder eine, die im Laufe deines Daseins auftritt, in der Kindheit, in den Reifejahren oder wenn du bereits erwachsen bist, sei es, daß sie von selbst ganz plötzlich da ist oder durch das Leben bewirkt wird. Wirst du mit ihr geboren, so kann es wohl sein, daß sie anfangs ganz klein ist und dir keine besonderen Beschwerden bereitet, ohne die Möglichkeit von der Hand zu weisen, daß sie, von Anfang an groß, dich am Gehen oder am Sprechen hindert – um nur ein Beispiel zu nennen –, ohne darauf Rücksicht zu nehmen, wo du geboren wurdest, in einem Freudenhaus, einer Hütte oder einem Palast. Um dich herum kann es Leute geben, die sich für dich einsetzen oder denen du gleichgültig bist, die dir helfen wollen oder auch nicht. Wollen sie für dich eintreten, dann kannst du vielleicht gerettet werden; ausgenommen, wenn deine Wunde, diese Wunde, von der weder du noch ein anderer genau weiß, wo sie sitzt, da sie doch überall und nirgends ist: in den Nerven, im Gehirn, in den Knochen, im Blut, in den Geweben, im Liquor und in allen Stoffen, die dich durchlaufen; ausgenommen also, wenn deine Wunde mit allem und mit allen fertig wird: mit der Medizin, mit der Erziehung, mit deinen Eltern, mit deinen Lehrern, mit deinen Freunden, solltest du dies alles besitzen, gibt es doch zahllose Menschen, die weder Medizin noch Erziehung, Eltern, Lehrer oder

Freunde besitzen oder besaßen, ohne daß sich jemand darüber Rechenschaft zu geben scheint noch dem irgendwelche Bedeutung beimißt, in einer Welt, in der nur die persönliche Initiative zählt, eine Initiative, welcherart auch immer, wenn sie nur die Initiative der anderen, welcherart auch immer, nicht stört. Wird nun die Wunde mit allem und allen fertig und nimmt ihre Wirkung mit der Zeit nicht ab, sondern zu, dann gibt es keine Rettung für dich; nicht nur keine Rettung der Seele, die verloren sein wird und auf jeden Fall in der Welt, in der wir leben, wenig bedeutet; du wirst als Ganzes verloren sein, und verfügtest du auch über alle Tugenden und alle Anmut, die ein geistvoller Mensch je besitzen kann. Sie werden dir nichts nützen, und alles in dir wird im Keim erstickt werden: die Liebe, die Kunst, das Glück und die Intelligenz. Die Wunde wird alles überdecken. Haben deine Leute Geld, dann wirst du ein Leben in Übereinstimmung mit diesem Geld führen; sind deine Leute arm oder hast du keine Familie, dann wäre es besser für dich, Unglücklicher, nie geboren worden zu sein; und du tätest gut, wenn du Eltern hast, ihnen ins Gesicht zu spucken, obwohl es mehr als gewiß ist, daß du Schlimmeres getan hast als dies. Es kann sein, daß die Wunde, sobald du erwachsen bist, plötzlich da ist, vom Leben herbeigeführt oder durch mechanische Wiederholung, nehmen wir an, durch dein Gehen und Kommen, über Jahrzehnte hin, von deiner Wohnung zur Arbeit, von der Arbeit zu deiner Wohnung, und so weiter und so weiter, oder weil du Tag um Tag, sei es an der Maschine oder mit der Hand die gleichen Griffe machst, eine Schraubenmutter anziehst, wenn du Arbeiter bist, die gleichen Scheiben wischst, wenn du Bedienter bist, oder die gleiche Eingabe immer wieder verfaßt oder abschreibst, wenn du in einem Büro arbeitest. Die Wunde beginnt, manchmal, ganz unscheinbar, wie auch der Krebs oft ganz oberflächlich auftritt, als kleine Verletzung der Schleimhäute in der Nase, im Mund oder an den Genitalien, oder als kleine Pustel oder kleine Pocke auf irgendeinem Quadratmillimeter deiner Haut. Anfangs schenkst du ihr keine Beachtung, wenn du auch spürst, wie der Weg zwischen deinem Haus und dem Büro oder der Werkstatt mit jedem Tag länger wird und dir schwerer fällt, wie die Straßenbahnen dir immer überfüllter scheinen und die Autobusse noch unbequemer als früher und wie die Fahrer immer heftiger hupen; deine Feder fliegt nicht mehr über das Papier wie ehedem, das Farbband der Schreibmaschine scheint dir blasser, und die Tasten spießen sich; das Schraubengewinde ist immer abgenutzt und greift nicht, und dein Vorgesetzter oder der Chef haben ein immer unangenehmeres Gesicht, das eines Nilpferdes oder eines Krokodils, und dann wieder bemerkst du, wie deine Frau älter geworden ist und zuviel schimpft, wie deine Kinder dich täglich mehr stören, wie sie lauter schreien, raufen, um Kleinigkeiten streiten, zu spät zum Essen kommen, die Möbel beschädigen, die Wände beschmutzen, Geld verlangen und nicht fleißig genug lernen. Was ist geschehen? Die Wunde ist aufgebrochen; sie ist da und kann nur verschwinden oder bleiben und wachsen. Verschwindet sie, dann wird sie Übermüdung oder Neurasthenie genannt; wenn sie bleibt und wächst, dann wird man ihr andere Namen geben, aber sie kann dich zur Unordnung und zum Laster führen, zum Alkoholismus beispielsweise, zum Spiel, zu den Dirnen oder zum Selbstmord. Du hast sicher schon von der Ermüdung der Metalle gehört und hast wahrscheinlich darüber gelacht. Können Metalle derartiges erleiden? Und kann ein Mensch sich vorstellen, daß eine Schiene ihm auf einmal sagt: »Ich bin müde«? Es ist erstaunlich, daß ein Stück Eisen oder Stahl müde wird und nachgibt; wenn aber das Eisen schon nachgibt und der Stahl schwach wird, warum sollen dann die Nerven, die Muskeln, die Sehnen, die Gehirnzellen und das Blut widerstehen? Übrigens wissen nur sehr wenige Menschen, wie lange und wie weit das menschliche Wesen widerstandsfähig ist. Welcherart ist seine Widerstandskraft? Manchmal ist sie größer als die des härtesten Stahls, und sonderbarerweise sind es oft die Schwächsten und Gebrechlichsten, die am meisten ertragen. Du wirst dich gewiß daran erinnern, daß jener Mensch, den du in deiner Jugendzeit kanntest und der im Tiefsten seines Körpers oder seiner Moral irgendwie verletzt war, noch immer Widerstand leistet, bettelt oder Schnürsenkel verkauft; er verschwindet ein Jahr oder auch zwei Jahre aus deinem Gesichtskreis, und eines Tages, wenn du ihn schon fast vergessen hast, steht er vor dir und verkauft dir seine Schnürsenkel oder Zeitungen oder bettelt dich an. Wie der Morphinist ohne Heim, ohne Arbeit, ohne Familie sich nicht beugen ließ, als er auf den Bänken der Plätze, in den Straßen oder unter Brücken schlief, ohne zu essen, ohne Kleidung, mit kälteren Händen, als je ein Toter sie haben könnte. Fünf oder zwanzig Jahre ist es so gegangen; er begrub seine erste Frau und die zweite, die Kinder der ersten und die der zweiten, ja sogar seine Enkelkinder, ohne daß er mehr besaß als seine Nadel und sein Gramm Morphium, zu dem du so oft schon mit einigen Centavos deinen Beitrag geleistet hast. Und der halbseitig Gelähmte, der an einer Verletzung litt, die so groß war wie er, reichte sie doch vom rechten Schläfenlappen seines Gehirns bis zu den Zehennägeln seines linken Fußes; er hatte außerdem einen Arm verloren – ein Treibriemen hatte ihn weggerissen, als der Mann, ein Kind noch, in einer Fabrik arbeitete –; zehn oder dreißig Jahre ertrug er die Einsamkeit, war nicht imstande, ohne fremde Hilfe aufzustehen, zu essen, sich niederzulegen; ihm fehlten die Zähne; halb blind, nur auf seinem rechten Bein stehend, wurde auch er durch jenes geheimnisvolle und anscheinend sinnlose Etwas gehalten, das selbst jene, die gern sterben möchten, noch an das Leben kettet, bis, wie eine Explosion fast, ein Herzanfall die Kette sprengt und ihn sterben läßt, beneidet von allen, die fürchten, an Krebs oder Gehirntumor jämmerlich dahinzusiechen. In den Städten, in der Umgebung der Städte, seltener in ihrem Zentrum – es sei denn, sie würden durch politische oder soziale Wirren dorthin getrieben –, wirst du vielen ähnlichen Wesen begegnen, die, wie Grashalme im heftigen Wind, am staubigen Boden dahinschleifen. Einige durchstreifen mit einem Eimerchen und einem Öflein die Straßen und führen

Frauen mit sich, die sie selbst in diesen Eimerchen für sich nach Maß gefertigt zu haben scheinen; sie schlafen auf verwahrlosten Baustellen, an Rinnsteinen oder Flußböschungen; sie betteln, mit roten, tränenden Augen, grau- und kupferfarbenen Bartzotten, schwarzen Fingernägeln, mit Fetzen in der Farbe des Urins oder grauen Mooses bekleidet, durch deren Risse Stellen einer unwahrscheinlich weißbläulichen Haut schimmern; sie werden von den Kindern mit Steinen beworfen, von Betrunkenen verprügelt und halten sich, auf die unterste Stufe des Lebens verstoßen, sinnlos aufrecht auf zwei sinnlos starken Beinen. Ihnen steht nur ein kleines Plätzchen zu – oder es scheint ihnen zuzustehen –, das nicht breiter ist als die Linie der gespreizten Finger mit ihren vier Zwischenräumen; außerhalb dieser Linie warten Erschöpfung, Ohnmacht und Tod. Diese Menschen bewegen sich durch das Leben wie auf einem Maultierpfad am Rande des Abgrunds, und nur die Füße, einer vor den andern gesetzt, finden Raum; ein Stolpern, eine jähe Bewegung, ja sogar ein stärkerer Wind vermag sie ins Leere zu stoßen, und doch: sie widerstehen Jahrzehnte und leben. Du kannst deine Mutter verlieren, deinen Vater, deine Kinder, die Freunde, die alle gesund waren und deren Körper keinen Fehler hatte; doch sie, die immer am Abgrund leben, sie widerstehen und reizen durch ihr bloßes Vorhandensein Kranke und Gesunde, Mächtige und Ohnmächtige, Alte und Junge, und niemand vermag es sich zu erklären, wie solche Wesen in einer Welt existieren können, die so gern Demokratie und Christentum predigt. Aber du, mein Freund, bist gesund, bist herangewachsen zu einer schlanken Gerte, biegsam und stark, gleichst einem dünnen Stab aus bestem Stahl, der federt und doch hart ist; in dir versagt nichts, du hast keine Wunden, weder offene noch verborgene, und alle deine Kräfte ballen sich in dir, deine Fähigkeiten und Vorzüge; sie werden sich entwickeln, wenn sie nicht schon wirksam sind, und nur manchmal denkst du an das, was aus der fernen Zukunft auf dich zukommt, und spürst du dann ein Bangen, dann quillt es aus dem Ursprung aller Furcht, die jeder Mensch, der in die Zukunft blickt, empfindet: dem Tod. Aber keiner stirbt vor seiner Zeit, und doch kommt für alle der Tag, auch für dich, du magst dich noch so sehr dagegen sträuben. Heute ist ein Tag der Sonne und des Windes, und ein junger Mensch, der noch im Reifen ist, geht am Meer entlang. Auch er scheint auf einem Saumpfad am Rande des Abgrunds entlangzugehen. Kommst du an ihm vorbei, so siehst du wohl das ausgemergelte Gesicht, die Kleider, die voller Flecken sind, die ausgetretenen Schuhe, das überlange Haar und vor allem den Ausdruck von Angst. Doch wirst du nicht die Wunde sehen, die er in sich trägt, jene einzige Wunde, die er bis jetzt hat, und du könntest leicht glauben, er sei ein Landstreicher, einer, der die Arbeit scheut und davon zu leben hofft, was man ihm schenkt und was er sich auf gutem oder schlechtem Weg verschafft. Und doch hast du dich getäuscht; er wird dich nicht anbetteln, und wolltest du ihm etwas aus eigenem Antrieb schenken, so wird er lächelnd »danke, nein« sagen, es sei denn, du bötest ihm dein Geschenk auf eine Weise an – und sprächest zu ihm in dieser Weise –, die weder ich noch irgendeiner dir erklären könnte; denn dieser Blick und dieser Ton in deiner Stimme wären unbeschreiblich und entzögen sich jeder Erklärung. Und denke auch daran, daß gerade in diesem Augenblick in deiner Nähe viele Menschen leiden, die, ebenso wie er, krank sind, an einer Wunde ihres Körpers oder ihrer Seele tragen, offen oder versteckt, aber immer an einer Wunde, blutend oder trocken, mit breiten oder schmalen Lippen, die sie begrenzen, sie verkleinern, einengen oder ihr einen endgültigen Damm setzen.)

3

Noch ein Stück Weges, und ich blieb stehen. Eine niedere Steinmauer folgt der hohen, eine niedere Steinmauer, die, anders als die hohe, nichts verdeckt, sondern alles zeigt; dort halte ich inne und blicke um mich: ich stehe an einer kleinen Bucht, deren Strand mit vielen Steinen besät ist, die das Meer unablässig wäscht und mit Wellen schlägt, die sich an ihnen brechen. Aus dem Meer, wenige Meter vom Strand entfernt, ragen Riffe heraus, mit Vogelmist bedeckt, den Seemöwen, Pelikane, Zitterenten und Tauchervögel dort Tag für Tag und Jahr um Jahr ablagern. Aus der kleinen Bucht schlägt einem der Gestank von Lebertran wie eine Faust ins Gesicht, direkt in die Nase. Auf einer Seite der Bucht ducken sich häßliche Holz- und Wellblechhütten.

Dort blieb ich stehen und blickte um mich: Nicht weit vom Strand nimmt das Meer Tiefenfarbe an, und die Welle schwillt vor Wasser; bei jedem Ansturm füllt sie die Felsenspalten, wo Pelikane, gleich stumpfnasigen Männlein, auf wer weiß welche unwahrscheinlichen Bissen warten, während die Seemöwen und die Tauchervögel, unruhiger als jene, sich bald niederlassen, bald auffliegen, die Felsenriffe umkreisen oder auf die Wellen niedergehen und sich ihnen überlassen bis zu dem Augenblick, da die Woge, wasserprall, auf die Felsenriffe zutreibt. Durch mittlere Wassertiefe hindurch schimmert die ekelerregende Farbe schon leblosen Pflanzenschleims, der dort die Riffe überzieht. Dann wieder trippeln Möwen über den Sand, wenn auch nur für Augenblicke, gerade so lange, bis sie ein Klümpchen Fischtalg, den Fangarm eines Tintenfisches oder ein Stückchen Fischdarm erspähen. Finden sie nichts, weil sie sich getäuscht haben oder eine andere Möwe ihnen zuvorgekommen ist, dann laufen sie erregt zwei oder drei kleine Schritte, öffnen die Flügel, werfen die Füße zurück und schwingen sich in die Luft, während sie schrille Schreie ausstoßen. Die Pelikane, furchtsamer oder wagemutiger, bleiben auf den Riffen sitzen, und jedesmal, wenn sich ein Fischerboot, voll beladen, der kleinen Bucht nähert, erstarren sie, als hätte sie ein Krampf befallen. Neben mir, auf dem Gehsteig, flickt ein Fischer sein ziegelfarbenes Netz.

Dort blieb ich stehen und schaute: Außer den vier oder fünf Fischern, die plaudernd um ein Boot herum arbeiteten, das erst

angelegt hatte, sah ich nur zwei Männer, die über den Sand gingen, als zögen sie Furchen wie Ackersleute; hin und wieder bückten sie sich, um etwas aufzuheben, das sie genauer betrachteten, um es in ihre Taschen zu stecken oder achtlos beiseite zu werfen.
Dort blieb ich, auf der niederen Mauer sitzend, als hätte der Tag hundertfünfzig Stunden und ich, um mich auszuleben, noch zwei- oder dreitausend Jahre vor mir.

4

»Auf Wiedersehen! Ich werde dir von Panamá oder New York schreiben.«
Das Schiff wendete, von den Nasen der Schlepper gestoßen, und richtete den schwarzen Bug auf sein Ziel: CSAV (Südamerikanische Dampfschiffahrtsgesellschaft). Wohin ging die Fahrt? Zwölf Knoten, vierzehn vielleicht, von Backbord nach Steuerbord rollend und vom Heck zum Bug köpfend. Manchmal hatte ich das Gefühl, ich stünde, wenn es Abend wurde, im Wind auf dem Deck des Schiffes, obgleich ich allein durch die Straßen ging, die Seele wie abwesend oder eingesponnen in ein feines, dichtes Geflecht, das sie von mir trennte. In diesem Augenblick brach der Sturm los, aber keiner hätte zu sagen gewußt, in welche winkelige Gasse des Hafens, in welche der großen breiten Luxusstraßen der Stadt oder in welche Sackgasse am Hügel der Funke fiel, der sich so jäh in züngelnde Flammen verwandelte. Ich sah mich ganz plötzlich mitten darin, gleichgültig gegen die ersten Blitze; ich dachte nur an meinen Freund und an meine Bemühung, ein Seefahrtsbuch zu erlangen: Zeugnisse, Zeugnisse; warum haben meine Eltern, als sie mich zeugten, nicht daran gedacht, meinem Körper ein Zeugnis beizugeben, das mir für immer wie die Blase oder die Niere dienstbar gewesen wäre? Der Mensch scheint heute kein Mensch zu sein; er ist ein Wesen, das entweder ein Zeugnis besitzt oder nicht, und alles nur, weil es einige Individuen gibt, die sich dank der

Güte oder der Gleichgültigkeit der Mehrheit die Erde, das Meer, den Himmel, die Wege, den Wind und die Wasser angeeignet haben und nun von allen andern, die das auch gebrauchen möchten, ein Zeugnis verlangen: Haben Sie einen Schein, um dorthin zu fahren? Haben Sie einen, um hierher zu kommen? Haben Sie einen Erlaubnisschein, um zu atmen, einen, um zu gehen, einen, um sich fortzupflanzen, einen, um zu essen, einen, um zu schauen? O nein, mein Lieber; Sie haben keine Dokumente; hinaus mit Ihnen! Lassen Sie sich begraben und reisen Sie nicht, pflanzen Sie sich nicht fort und schauen Sie nicht. Überall sind sie, und selbst dort, wo man sie am wenigsten erwartet, hinter Wegbiegungen, in den Winkeln des Piers, auf den Pässen der Berge, hinter den Türen, unter den Betten, und überall prüfen sie Papiere, lassen sie Papiere gelten oder auch nicht, behalten sie oder geben sie wieder zurück: nicht in Ordnung, die Unterschrift fehlt, das Datum; hierher gehört eine Stempelmarke von zwei Pesos, staatlich, gewiß, mein Lieber; dieses Photo kann ebensogut das eines Erzbischofs wie das Ihre sein; dieser Unterschrift fehlt das Handzeichen. Ich hatte nie ein Handzeichen und brauche auch keines. Nein, mein Lieber! Was fällt Ihnen ein! Eine Unterschrift ohne Handzeichen ist wie ein Türke ohne Schnurrbart, ha, ha, ha, bringen Sie mir ein Zeugnis, und ich gebe Ihnen ein anderes dafür; dazu bin ich ja da. Einer nach dem andern kommt mir in Erinnerung: Gesichter, als nährten sie sich von nichts anderem als nur von Stempelpapier.

Die Straßenlaterne stöhnt auf und läßt Glassplitter auf die Straße regnen, und der Mann, ein vierschrötiger Mann, vierschrötiger Körper, vierschrötiges Gesicht, vierschrötige Hände, ein Keulenmensch, läuft vorbei, wirft mir die Luft, die er vor sich hertreibt, ins Gesicht und streift mich mit einem Seitenblick von oben bis unten.

»Nieder!«

Ich kehrte um, mit einem Gefühl, als kämpfte ich in einem Sumpf von Zeugnissen und Schiffen, die nach dem Nordpol

fuhren, um einen Ausweg zu finden; ich werde dir von Panamá oder von Yukón schreiben; eine andere Straßenlampe, eine weiße, runde Kugel, zersplittert und erlischt; die Glasscherben lachen hell auf, während sie auf den Schienen der Straßenbahn zerklirren. Ein Mann, noch einer und noch einer tauchen auf, verschwinden, schreien, und ein Rolladen fällt rasselnd herunter. Was ist los? Mein Freund ist weggefahren; er besaß alles, was Beamte mit Archivargesichtern brauchen: Alter, Geschlecht, Wohnort, Staatsangehörigkeit, alles bestätigt; soll ich Ihnen vielleicht nicht auch meinen Papa bringen? Und wieder wende ich mich um: Geschrei bricht los und verstummt hinter mir, und Männer, immer neue Männer tauchen an den Straßenmündungen auf oder verlieren sich in ihnen.
»Nieder!«
Nieder, wer? Die Papiere!? Dutzende Fensterläden und Türen wurden hastig zugeschlagen.
Ich hatte Arbeit, aber sie genügte mir nicht; ich wollte reisen, und die Arbeit hinderte mich daran. Arbeiten und reisen; nicht arbeiten und bleiben. Ich wollte mein Schicksal selber gestalten und nicht einfach jenes annehmen, das man mir gab. Schön; aber wohin? Ich weiß es nicht: nach dem Norden, nach dem Süden; hier gibt es nur zwei Himmelsrichtungen, und sie genügen. Panamá, Guayaquil, La Guaya, Arequipa, Honolulu, magische Namen, wie die von Bäumen oder wie die von dunklen Frauen. Ich bin zum erstenmal ganz nah am Meer und spüre, wie es mich ruft. Und es scheint mir so leicht, auf ihm zu reisen: keine Wege – das ganze Meer ist ein einziger großer Weg –, keine Steine, keine Berge, keine Züge noch Waggons, und vielleicht auch keine Zugführer und zeugnisschluckenden Beamten; Weite, Einsamkeit, Freiheit, Raum, ja, Raum; die einen lieben einen Raum, die andern einen andern, und wie viele Arten von Räumen gibt es doch? Ich kann mich nicht mehr im Abgrund meiner Gedanken einschließen: zwanzig, dreißig, fünfzig Männer umgeben mich, schreien und fahren mit den Händen in der Luft herum, Männer aller Art, aller Größen und aller

Erscheinungen: dunkle und untersetzte, große und blonde, gutgewachsene und blasse, rundgesichtige und solche mit unregelmäßigen Gesichtern, Nasen wie mit hartem Lack überzogen oder aus weichem Wachs geformt, steife oder gekräuselte Schnurrbärte, glattes und gelocktes Haar, schmale Stirnen wie von Affen und hohe wie Felsen. Was wollen sie von mir, der ich schon genug mit den Papieren und der Abwesenheit meines Freundes zu tun habe? Sie bewegen sich, unruhig, sich bückend und von der Straße etwas aufhebend, das sich als Stein- oder Pflasterstück oder Asphaltbrocken erkennen läßt. Sicherlich bin nicht ich es, der sie hier zusammenbringt, und sie haben nichts mit mir zu tun. Es ist nur der Zufall, der sie in meine Nähe treibt; aber sei es, wie es sei, und selbst wenn meine Person nicht der Anziehungspunkt ist, meine oder die irgendeines anderen, müssen sie doch einen Grund haben, irgendeinen, um sich hier zusammenzurotten. Bald verschwinden sie, bald kehren sie wieder und gehen, von unbekannter Kraft getrieben, und ich vernehme die hastenden Schritte, die klappernden Schuhe auf dem Pflaster, Schreie, Stimmen, Satzfetzen und Gelächter. Wieder bin ich allein, aber ich vermag nicht mehr, zu den Papieren zurückzukehren noch zu den Schiffen und auch nicht zum Meer; ich bin hier unter die Menschen gezwungen: ich werde dir von San Francisco oder von der Hudsonbai schreiben, o ferner Freund!
Die Männer entfernen sich wieder, und je weiter weg sie sind, desto deutlicher verstehe ich, was sie rufen, und ich erfahre: Ein Aufruhr ist ausgebrochen. Weshalb? Ich kann es nicht erraten: mein Gehör wird vom Lärm überschwemmt, den zehn, dreißig, fünfzig oder hundert Pferde mit ihrem Galopp über die Pflastersteine oder den Asphalt benachbarter Straßen verursachen. Der Lärm läßt mich an dicke Regentropfen denken, die mit hartem Finger auf ein Blechdach trommeln. Woher kommen sie? Ist es die Armee? Ist es die Polizei? Ich fühlte, wie ich leichter wurde und mein Gehirn Träume und Erinnerungen von sich warf, bis es ganz weiß war. Gewiß war ich blaß gewor-

den. Ich sah die Männer an; sie wichen vor dem Lärm der Pferdehufe in die Nachbarstraßen zurück, warfen mir Blicke zu, mir, der allein und aufrecht auf einem weißgetünchten Mauersockel hockte. Nun wurde ich so ganz der Wirklichkeit gewahr. Was hatte ich schon hier zu tun, und was gingen mich die Leute an? Ich bin Ausländer, wenn auch ohne Papiere; ich hatte mich mit niemandem eingelassen, hatte nichts getan, und meine Angelegenheiten standen in gar keiner Beziehung zu den Angelegenheiten dieser Männer und zu denen dieser Stadt. Und trotzdem drückte ich mich noch enger an meine Mauer und fühlte, wie mein Rücken mit ihr eins wurde; ich stützte mich mit den Händen auf, und so, als gäbe er die kraftvolle Sicherheit, die ich suchte, hob ich den Fuß, bog das Knie und stützte die Sohle auf den Mauersockel; so verharrte ich.

»Lauf, Freundchen! Sie kommen schon!«

Geht das mich an?

Ja, mich: ein Unbekannter, schlank, im dunklen Anzug und mit Zügen, die ich nicht genau zu unterscheiden wußte, schrie und winkte mir lebhaft zu. Mich ärgerte seine Art: wozu wollen sie, daß ich mich ihnen anschließe, und wozu sollte ich mich in fremde Angelegenheiten mischen? Im Unterbewußtsein hoffte ich auf meine Fremdheit, auf meine Gleichgültigkeit gegenüber jener Stadt, und dies, obwohl ich genau wußte, was ich, so wie ich aussah, schlecht gekleidet, von der Polizei oder den Soldaten zu erwarten hatte.

Die Straße ist breit, eine große Straße mit doppelter Fahrbahn, niedrigen und kugelköpfigen Bäumen an beiden Gehsteigen.

Es wird dunkel.

Die Polizei erschien an der Straßenmündung, und die Pferdeschar verriegelte die breite Straße in doppelter, dreifacher Reihe, die gegen mich anritt; das Metall des Pferdegeschirrs, der Uniformen, der Säbel und der Lanzen mit den Fähnchen flirrte im Licht, der Anblick einer Parade, aber keineswegs erfreulich für einen, der sich an eine Mauer drückt, der weiß, wie schlecht er gekleidet ist, und der sich als Fremder fühlt in den

Straßen einer aufrührerischen Stadt. Die Pferdeleiber kamen heran wie eine schwarze Welle, und selbst ein Zauberer hätte nicht hindurchzuschlüpfen vermocht. Der Unbekannte rief mir wieder zu:
»Lauf, Freundchen!«
Und seine Stimme war voll Zuneigung und Ärger zugleich; ich weiß, das nächste Mal, wenn es ein nächstes gibt, wird er mich beschimpfen:
»Renn doch, Trottel!«
Ich kenne ihn nicht, noch kennt er mich oder weiß, ob ich Ausländer oder Landsmann, Türke oder Aragonese, Chiloete oder Tahitier bin; er sieht in mir nur einen Menschen, der bedroht ist, von fünfzig Polizeipferden niedergetrampelt zu werden. Ich kann mich nicht zur Flucht entschließen.
Als aber die Tiere nur noch an die dreißig Schritte von mir entfernt waren und der Aufschlag ihrer Hufe und das Klirren der Metalle so angewachsen war, daß ich das Lärmen nicht mehr ertragen konnte, und als ich die Reiter genauer ansah und die Gesichter unter den Mützen erblickte und die Hände erkannte, die, klein und schwarz, am Säbelgriff und um die Lanzen lagen, wurde mir klar, daß, bliebe ich noch länger, es ganz gleichgültig war, ob ich nun Ausländer oder Staatsbürger wäre, ob ich Papiere hätte oder keine. Meine Schulter, meine Hände und mein Fuß drückten gleichzeitig gegen die Mauersockel und stießen mich nach vorn; ich sprang, und kaum berührte ich den Boden, blickte ich geschwind aus den Augenwinkeln auf die Schwadron, die heranrückte: einer der Polizisten kam von rechts her auf mich zugeritten, und ich glaubte zu sehen, wie seine Hand versuchte, mit möglichst festem Griff die Lanze zu umfassen. Er war mir ganz nahe gekommen, und ich zweifelte einen Augenblick daran, ob ich ihm entränne. Käme nicht ein glücklicher Zufall mir zu Hilfe, so mußte mich der Stoß der Lanze – wollte er mich mit dem Eisen verletzen – oder der Schaft – wollte er großmütig sein – kopfüber zu Boden werfen. Ich fuhr, noch halb in der Luft, herum und lief aus Leibeskräften, und im

gleichen Augenblick stürzten auch die Männer davon, die mich vor kurzer Zeit noch umgeben und sich dann entfernt hatten, um sich weiter weg wieder zu sammeln, so, als hätten sie darauf gewartet, daß ich endlich liefe. Der schlanke, dunkle Mann schrie von neuem, diesmal energisch, drohend und aufmunternd zugleich:
»Bravo, Freundchen!«
Ich überquere die Straßenkreuzung in solcher Hast und so besorgt, darüber hinwegzukommen, daß ich nicht einmal Zeit habe, daran zu denken, ich könnte dort einbiegen, um mich in irgendeinem Winkel zu verbergen; ich habe die Gelegenheit verpaßt. Zu meinem Glück verliert das Pferd, beim Überreiten der Straßenkreuzung und infolge einer Veränderung der Straßendecke, vom Asphalt zum Steinpflaster, an Vorsprung, und um ihn wieder aufzuholen, setzt der Polizist es in Galopp und gewinnt so einen Teil des verlorenen Raumes zurück, des Raumes, ja, des Raumes, den die einen lieben und die andern hassen. Ich wußte nicht, wie viele Meter oder auch Schritte mich vom Pferd trennten, und konnte die Entfernung nur noch am Hufschlag ermessen, der sich ganz plötzlich von allen anderen Hufschlägen löste und, wie für mich allein bestimmt, auf dem Pflaster widerhallte. Der schlanke, dunkle Mann ließ, wenn er auch eilig dahinrannte, die Augen nicht von mir; vielleicht fürchtete er um mich. Meine Rettung würde es bedeuten, wenn ich so rasch wie möglich an die nächste Straßenkreuzung käme, um dort einzubiegen, was ich bereits früher hätte tun sollen. Plötzlich, einige Schritte vor mir, verschwindet die Gruppe der Männer, als sei sie von einer großen Kraft weggesaugt worden. Was ist dort? Ich sah, wie der Mann, der mich gerufen hatte, nicht mit den anderen verschwand, sondern an jener Stelle verharrte und dem Wettlauf des Jünglings mit dem Pferde zusah.
»Lauf, Freundchen!« rief er wieder, halb verzweifelt, halb wütend. »Friß ihn nicht gleich ganz auf, du Hund!«
Die Lanze wird wohl nur wenige Zentimeter von meinem Kopf

entfernt gewesen sein. War es denn möglich, daß ich an diesem Ort, vielleicht tödlich verletzt, fiele, so viele Meilen von der Stadt, in der ich geboren worden war, und fern von meinen Brüdern und meinem Vater? Ich beschleunigte meinen Lauf. Das war, sicherlich, das letzte, was ich meinem Herzen und meinen Beinen abfordern konnte, und mit einem Satz stand ich an der Seite des Mannes, der mich an sich riß. Ich hatte keine Zeit mehr, mich umzuwenden, und wir rollten beide zu Boden. Von dort aus sah ich zurück, sah, wie die Lanzenspitze verschwand, dann das Fähnchen, hinter ihm der Reiter, welcher der Beute, der er sich schon sicher geglaubt hatte und die ihm nun entwich, scheel nachblickte, und schließlich das Pferd. Wie war es möglich gewesen, mich zu retten? Ich erhob mich und schüttelte den Staub ab; ich keuchte. Die Reihen der Pferde und Polizisten galoppierten vorbei. Ich blickte um mich: wir standen in einem hohen, engen Gang, der, etwa fünfzehn Meter lang, von einer gelbgestrichenen Mauer abgeschlossen wurde; ein schwarzer Mauerfuß hob sich von der gelben Wand ab: es war die Mietskaserne de la Troya. Konnten wir uns hier verbergen? Die flüchtigen Männer, die sich in diesem Gang zusammengefunden hatten, blickten freundlich und neugierig zugleich auf mich.

»Hier können wir nicht bleiben!« rief der Unbekannte. »Wenn sie umkehren, dann versperren sie uns den Weg. Vorwärts!«

Wieder liefen wir los; wir waren so an die dreißig: an der Mauer kehrten wir um und kamen in den Hof der Mietskaserne, der von Straße zu Straße führte. Durch unser Laufen entstand im Hof großer Lärm, und überdies schrien die Männer. Einige der Bewohner des Häuserblocks öffneten Türen und Fenster.

»Was ist los?«

Schreie: »Sie wollen auf zwanzig erhöhen! Nieder mit ihnen!«

Noch spät am Abend wußte ich nicht, worum es ging, was man auf zwanzig erhöhen wollte und wem das »Nieder!« galt; in jenem Augenblick hatte ich auch gar kein Interesse daran, es zu erfahren: das einzige, dessen ich sicher sein wollte, war, daß die dreifache Reihe von Pferden und Polizisten, mit ihren Lanzen und Säbeln, weitergeritten und verschwunden war. Einige der Hausbewohner schlossen sich uns an. Als ich so dahinlief, beobachtete ich meine Gefährten: nach ihrer Kleidung zu urteilen, waren es Arbeiter; sie keuchten schweißüberströmt, wenn sie auch nicht müde schienen. Der Kampf begann erst. Der schlanke, dunkle Mann lief an meiner Seite und sprach mich an:

»Hatten Sie Angst?«

Ich zuckte die Achseln und lächelte ein wenig eitel.

»Wovor?«

Er machte eine unbestimmte Bewegung.

»Ich hab schon geglaubt, die Polizei wird Sie erwischen, und Sie waren kurz vorm Zusammenbrechen! Warum sind Sie nicht gleich davongelaufen?«

Ich zuckte wieder die Achseln; ich hätte nicht zu erklären vermocht, weshalb ich nicht gleich zu Beginn geflohen war und weshalb ich es dann doch tat; ich war nicht bei Sinnen gewesen, wie ich es auch nicht war, als ich neben ihm hereilte. Die Vorhut der Gruppe kam an das Ende des Hofes, und die Männer, die auf dem Gehsteig stehengeblieben waren, schrien mit ausgestreckten Armen und geballten Fäusten:

»Nieder mit den Henkern des Volkes!«

Die Straßenlampe stöhnte auf wie ein Mensch, der einen Faustschlag in den Magen erhält, und warf, wie ein Erbrechen, zersplittertes Glas auf die Straße; der nächsten Straßenlampe widerfuhr das gleiche Los.

»Vorsicht! Dort kommen sie!«

Als ich zum Torbogen des Hofes gelangte, schickte sich die Polizei gerade an, auf die Männer, die da schrien, loszureiten, und ich mußte weiterlaufen. Mußte ich die ganze Zeit dabeisein? Ich war in einem Waggon voller Rinder nach Chile gekommen. War das nicht schon genug? So lief ich immer langsamer und ließ mir Zeit, zu Atem zu kommen, bis ich wieder an die Straßenecke gelangte, wo ich einbog und mich zur Hauptstraße wandte, in der mich der Sturm erfaßt hatte; die Gruppe zerstreute sich. Die Querstraßen, die zum Meer hinunterführten, waren verlassen, als gehörten sie einer anderen Stadt an und nicht dieser, wahrscheinlich weil in ihnen keine oder nur wenige Läden waren, und doch gab es auch dort nur wenige Straßenlaternen, deren Glas nicht zertrümmert war. Die Straßen aber, die parallel zum Strand verliefen, barsten vor Menschen, vor allem die Hauptstraße, in der züngelnd die Flamme des Aufruhrs loderte: schon waren es nicht mehr fünfzig, sondern fünfhundert oder tausendfünfhundert Menschen, die sich vor dem Häuserblock stauten, an dem mich die Schwadron überrascht hatte; sie waren von wer weiß welchen Hügeln herabgestiegen, durch wer weiß welche Gassen und ausgetrocknete Flußbetten gekommen, von Lecheros oder Calaguala, Las Violetas oder La Cárcel, El Barón oder La Cabritera, oder vielleicht waren sie aufgetaucht aus Werkstätten, von Pieren, von Schiffen, von Werften; einige trugen noch ihre Säckchen mit Kohle oder Brennholz, und manche sah man mit aufgekrempelten Hosenbeinen, unter denen die Unterhosen hervorschauten; andere wieder gingen barfuß, und um die beiden Straßenbahnwagen wimmelte es von Hunderten von Menschen, die sie Stück um Stück zerstörten: zuerst die Scheiben, auf denen die Aufrührer herumtraten, um sie schließlich in glitzerndes Mehl zu verwandeln; dann die Sitzbänke, die Fensterrahmen, die Scheinwerfer; aber ein Straßenbahnwagen ist eine harte Nuß, vor allem einer mit dem Oberdeck aus Stahlrohr und Blech in Ockerfarbe. Vom Straßenbahnwagen war nichts mehr da als jene Teile, die sich nur mit einem Schweißbrenner oder einem Meißelhammer abtrennen lassen. Die Masse flutete wie eine Welle auf und nieder und war voller Erregung; Gesichter, Körper, Beine, Arme.

»Umschmeißen!«

Da es nicht möglich war, die Straßenbahnen zu verbrennen, wurde dieser Vorschlag mit Begeisterung aufgenommen, und

die Leute – schnell die Ärmel aufgekrempelt und in die Handflächen gespuckt – stellten sich an einer Seite des einen Straßenbahnwagens auf, nicht alle – sie hätten ja nicht Platz gehabt –, sondern nur jene, die in der Nähe standen und mit anpacken konnten. Sie schoben und riefen:
»Ho ruck! Los!«
Alles schwieg: der Straßenbahnwagen war schwer und steif und rührte sich nicht. Lachen flackerte da und dort auf und dann:
»Also, los!«
Einer übernahm den Befehl, und seine Stimme klang, als handle es sich um eine alltägliche Arbeit. Ein leises Ächzen war zu hören, das die Anstrengung den sich mühenden Männern abrang, und der Kasten neigte sich ein wenig, wenn auch nicht genug. Ein hundertfacher Aufschrei begrüßte den ersten Erfolg.
»Noch einmal! Ho ruck!«
Die Stimme, die die Führung übernommen hatte, klang so überzeugend, daß es schwierig war, sich ihrem Ruf zu entziehen. Wozu sollte auch einer dort stehen, aufrecht, die Hände in den Hosentaschen oder auf dem Rücken verschlungen, statt sich an der gemeinsamen Anstrengung zu beteiligen.
»Ho ruck!«
Ich dachte an vergangene Tage harter Arbeit, und während einiger Sekunden spürte ich, daß ich dem Zauber dieser befehlenden Stimme verfallen könnte.
»Jeeetzt geeeht's!«
So hatte die Stimme von El Machete oder von Antonio, El Choapino geklungen, und es war immer die gleiche Stimme, die die Pyramiden erbaut, die Kathedralen errichtet, die Kanäle zwischen den Meeren aufgerissen und die Gebirge untertunnelt hat. Der Straßenbahnwagen schwankte, neigte sich, und eine Sekunde lang schien es, als wollte er dem Anstoß nachgeben; er fiel aber nicht um, wenn er auch aus den Schienen sprang, als er sich wieder aufrichtete. Ein Gemurmel brach los und wurde dann wieder übertönt von der Stimme.

»Noch einmal...«

Das war nun nicht mehr die befehlende Stimme, eine Stimme wie die eines Feldwebels oder eines Vorarbeiters beim Bahnbau: die Stimme war eine Einladung, eine entschlossene und selbstsichere Aufforderung. Am Straßenbahnwagen war keine freie Stelle mehr, einige hatten nur noch eine Hand angelegt, weil für die andere kein Platz mehr war. Hunderte von Augenpaaren schauten, und Hunderte von Stimmen riefen:

»Noch einmal. Dann purzelt er...!«

In dem Maße, wie sich der hohe Straßenbahnwagen neigte, schwoll das Schreien an, das mit dem Einsatz einzelner Stimmen begonnen hatte. Stimmen wie Peitschenschläge und aufmunternd, zu denen sich bewundernde Stimmen gesellten, um sich gemeinsam zu einer Säule zu fügen, die ihren höchsten Punkt erreichte, als der Straßenbahnwagen, der, gewaltig, aber rohe Materie, gleichgültig gegen sein Schicksal, dem Anstoß gehorchte und sich um fünf, zehn, fünfzehn Grad neigte; ein Grad mehr, und er würde fallen. Endlich stürzte er, und die Männer wichen, nach hinten und seitwärts springend, aus, damit der vielleicht berstende Wagen sie nicht verletzte; er fiel aber, wie er war, und niemand litt Schaden. Es ist sonderbar, einen Straßenbahnwagen von unten zu sehen: die schweren Räder, jene Räder, die so viele Beine, Arme und Wirbelsäulen zerfetzt und verstümmelt hatten; Eisen voller Schmiere und Erde, dicke Federn, feucht, als schwitzten sie, Spinnweben, Schnitzel bunten Papiers, Nachtfalter.

Als der Wagen so dalag, schwand das Interesse an ihm, und die Leute liefen zu dem anderen, der mit erloschenen Lichtern, zerbrochenen Fensterrahmen und zu Staub zertretenen Scheiben sein Schicksal erwartete. In diesem Augenblick kehrte die Polizeigruppe zurück, oder sie kam zum erstenmal – man weiß nie, ob es das eine oder das andere ist, ist es doch immer das gleiche: immer grün, immer braun oder immer blau –, aber die Menschenmenge floh nicht; nun waren es nicht mehr zwanzig oder fünfzig Menschen, sondern Hunderte, und so wie die

Männer flohen, als sie in der Minderheit waren, hielt sich die Polizei jetzt zurück, als sie erkannte, daß die anderen in der Mehrheit waren. Die Polizeischwadron rückte langsam vor und machte am Straßenrand halt, die Kruppen der Pferde dem Gehsteig zugewendet. Die Menschenmenge, wenn auch erregt, bezog, plötzlich beruhigt, ebenfalls Stellung, ohne die Pferde, die Lanzen und die Säbel aus den Augen zu lassen. Bald erhoben sich laute Rufe:

»Die haben Kohldampf, scheint's!«

»Wie Hunde schaun sie drein!«

»Und der Offizier? Schaut ihn euch an! Der hat ein Säbelgesicht!«

Wirklich; der Offizier hatte ein langes, überaus schmales Gesicht. Er war aufgeregt und sein großer Rappe nicht ruhiger; er scharrte mit dem Huf, neigte den Kopf bald zu Boden, bald hob er ihn steil auf.

»Worauf wartet ihr?«

»Warum traut ihr euch jetzt nicht, ihr Feiglinge? Sie bezahlen euch doch dafür!«

In diesem Augenblick liefen Lichter die Hügel hinauf, und die Stadt schien sich plötzlich zu dehnen und über die Hänge zu den erleuchteten Höhen emporzusteigen.

»Gehn wir!«

»Gehn wir! Lassen wir die Unglücksraben da allein.«

Sonderbar! Mich schmerzt jedes aufreizende Wort und jedes Schimpfwort, das gegen die Polizisten gerichtet ist; sie schlagen hart gegen ihre Gesichter, in denen die Brauen zucken, wenn eines dieser Wörter sich aus der Masse löst. Man dürfte sie nicht beschimpfen noch reizen; aber da ich unter jenen bin, die solche Wörter schreien, scheine auch ich mitverantwortlich. Gewiß mußte ich, es ist noch nicht lange her, davonlaufen, ohne Grund davonlaufen wie ein Hase, vor den heranpreschenden Pferden, aber, ich weiß nicht, warum, die Automatenart der Polizisten und der Pferde schien mir erzwungen, eingedrillt und deshalb entschuldbar; die aufreizenden und beleidigenden

Schreie waren aber berechnet und wurden aus freiem Willen ausgestoßen. Und doch fragte eine Stimme in mir, warum die Polizei angreifen konnte, wenn sie Lust verspürte, und warum die Menge nicht schreien durfte, wenn die Lust sie ankam; ich fand keine Antwort darauf und hütete mich, jemand zum Schweigen zu bringen, wollte ich doch auch nicht gern einen Stockhieb über den Kopf oder einen Faustschlag auf die Nase einstecken. Schreie, Beschimpfungen und Hohnworte sprangen weiter aus der Masse, und obwohl ich fürchtete, die Polizei, übermäßig gereizt, würde auf sie losreiten, geschah nichts. Der Offizier und seine Leute schienen taub zu sein; dort saßen sie auf ihren Pferden, einige blaß, manche etwas außer sich, andere wieder gleichgültig – so schien es wenigstens –, und alle glichen mehr Werkzeugen oder Gebrauchsmaschinen als Menschen. Im Halbdunkel der abendlichen Straße wirkten die Hemden der Arbeiter weiß, und in der Luft lag eine Spannung, die sich jeden Augenblick zu entladen drohte. Doch nichts geschah. Die Menge begann sich aufzulösen; eine Gruppe mündete in eine, eine andere in eine zweite Straße ein; es blieb nichts mehr zu tun. Die Polizei verharrte unbeweglich an ihrem Platz; sie konnte keiner der Gruppen folgen, da sie alle mehr oder weniger gleich stark waren. Die Leute verabschiedeten sich.
»Langweilt euch nicht!«
»Arme Teufel! Ihr bleibt jetzt mutterseelenallein!«
»Die Gesichter, die sie schneiden!«
Damit war das Abenteuer jedoch nicht beendet: der Aufruhr tobte im unteren Teil der Stadt, mit Ausnahme des Zentrums, wo die Banken, die Zeitungen und die großen Geschäftshäuser standen; an einigen Stellen hatte die Menge Steine in die Auslagen der Lebensmittelgeschäfte geworfen, mit besonderer Vorliebe in die Geschäfte der Neustadt und jener Straßen, die am Fuß des oberen Teils der Stadt lagen. Die Lebensmittelgeschäfte hatten nichts mit der Erhöhung der Straßenbahntarife zu tun, aber viele der Aufrührer nahmen die Gelegenheit wahr, ihre jetzige Abneigung gegen jene zu zeigen, die Monate und

Jahre hindurch ihre Armut ausbeuten und von ihr leben, indem sie am Gewicht abzwacken, die Preise erhöhen und schlechte Qualität für gute ausgeben; die Kleinlichkeit einiger, die höhnische Unverfrorenheit anderer, der Geiz vieler und die Gleichgültigkeit aller oder fast aller, die verärgern oder verletzen, Beleidigungen und Haß, die sich in den langen und düsteren Tagen des Elends stauten, traten wieder ins Bewußtsein der Menschen, und viele der Geschäfte wurden nicht nur mit Steinen beworfen, sondern auch geplündert, wobei die Waren, die nahe der Ladentür hingen oder ausgelegt waren, wie Kartoffeln oder Bohnen, Gemüse oder Werkzeug, Besen, Pfannen und Töpfe, alles, was in Reichweite der Hand war, mitging; dabei kam es zu Zwischenfällen. Einige Ladeninhaber schossen ihre Gewehre ab und verletzten auch Leute, die nur am Geschäft vorübergingen oder zusahen, was die Wut der Menge nur noch steigerte. Es gab Verletzte, und die Warnsirenen der Rettungswagen heulten durch die Straßen.
Die Nacht war nun hereingebrochen, und ich streifte bald hierhin, bald dorthin, folgte, vom Schauspiel angezogen, bald der einen Gruppe, bald der anderen; ich schrie nicht, noch warf ich Steine, und wenn auch die Schreie und die Steinwürfe mich schmerzten, konnte ich mich nicht entschließen wegzugehen; ich werde dir schreiben... Ich hatte meinen Freund und sein Schiff ganz vergessen.
Die Apotheker hinter ihren wackligen Ladentischen schienen durchsichtig zu sein, da sie von großen und kleinen Flaschen mit vielen farbigen Flüssigkeiten, von Spiegeln und Vitrinen umgeben waren; sie blickten auf die Straße, überrascht und neugierig, als wollten sie zu verstehen geben, daß sie nichts mit dem, was geschah, zu tun hätten, viel weniger noch mit der Straßenbahngesellschaft oder mit den Lebensmittelgeschäften: wir verkaufen Heilmittel und sind Wohltäter der Menschheit; wir helfen, den Schmerz zu lindern. Gewiß hatten auch sie kein sehr reines Gewissen, das nicht einmal ein toter Kaufmann haben kann, aber die aufrührerische Menge und die einzelnen

Menschen, aus denen sie bestand, Arbeiter und Tagelöhner, Angestellte und Straßenverkäufer, unter denen ab und zu Gesindel auftauchte, fühlten, daß eine Apotheke eben nicht etwas ganz Alltägliches war; man tritt nicht jeden Augenblick in eine Apotheke wie in ein Lebensmittelgeschäft oder in einen Gemüseladen; niemand geht hinein, um dort, statt zu bezahlen, anschreiben zu lassen, sei es ein Fläschchen mit einem Hustenmittel oder eines mit einem Stärkungsmittel, und der Apotheker wiegt seine Ware – wenigstens vor den Augen der Kunden – nicht aus; deshalb kann er – scheinbar – am Gewicht nichts abknapsen und ist deshalb, dem Anschein nach, auch nicht krämerhaft; hat einer nicht genug Geld, um ein Hustenmittel oder ein Stärkungsmittel zu kaufen, so muß er entweder weiterhusten und immer mehr abmagern oder Hausmittel gebrauchen, die billiger sind; niemand wird auf den närrischen Einfall kommen, eine Schachtel Reispuder oder eine Zahnbürste zu stehlen, aber auf das Brot, den Zucker, die Bohnen, die Kartoffeln, den Kaffee, den Tee, die Butter kann man nicht so einfach verzichten, noch gibt es dafür Hausmittel oder Ersatzstoffe, die nichts kosten. Die Hausfrau, die Frau des Arbeitslosen oder des Kranken oder eines Arbeiters mit Hungerlohn, greift zu allen Mitteln; sie verkauft die Schuhe und die Wäsche, versetzt die Matratzen, leiht sich Geld aus, bis der tragische und beschämende Augenblick kommt, da als letzte kleine Hoffnung – immerhin eine Hoffnung! – nur der Kaufmann bleibt, mehr als der Kaufmann, jener Mann und das Herz jenes Mannes, bei dem man jahrelang eingekauft hat und der in Hemdsärmeln, mit bescheidener und gutmütiger Miene, ein italianisiertes oder ein zu sehr betontes Spanisch sprechend, ohne Schürze und manchmal im Flanellunterhemd und in zerschlissenen Hosen, hinter einem Ladentisch, auf den zwei oder drei falsche Münzen genagelt sind, der Käufer harrt; er weiß, daß er verkaufen muß, verkaufen und nichts als verkaufen; die Grundlage des Geschäftes ist der Verkauf; nichts auf Kredit. »Heute wird nicht gepumpt, aber morgen.«

»Sie sind mir doch schon sieben Pesos schuldig.«
»Gewiß, Don Juan, haben Sie, bitte, Geduld, mein Mann ist arbeitslos.«
»Er ist aber schon ziemlich lange arbeitslos...«
»Sie wissen doch, daß die Gerbereien geschlossen wurden.«
»Warum sucht er sich keine andere Arbeit?«
»Er hat überall gesucht, aber mit der Krise ist die Arbeitslosigkeit gewachsen...«
»Für den Wein hat er noch immer Geld...«
»Wein... Seit gestern haben wir nichts mehr zu essen, wir haben nicht einmal eine kleine Tasse Tee machen können. Als wäre es nicht genug, wenn eines der Kinder krank geworden ist.«
»Es tut mir leid, aber ich kann nicht mehr borgen. Sie schulden mir schon zuviel.«
Der Kaufmann blickt mit steif gehaltenem Nacken in eine Ecke, während er seine billige Zigarette raucht; er schämt sich, aber wohin würde er kommen, wollte er allen Leuten borgen? Auch er muß leben. Die Frau mit ihrem löchrigen Einkaufskorb und ihrem schäbigen Rock geht, ebenfalls beschämt, mit gesenktem Blick aus dem Laden, und in dem Arbeiter, der im Sparherdzimmer des Mietshauses auf die Rückkehr der Frau wartet, um etwas zu essen, und sei es nur ein Stück Brot, steigt der Haß hoch, der ihn zum Verbrechen treibt.
»Der Krämer, Sohn einer... Eines Tages...«
Manchmal kommt ein solcher Tag und ist wie dieser. Die Apotheker aber, mit ihren makellos weißen Schürzen und umgeben von Glas, sind abstrakt, entmenschlicht, als lebten sie selbst in einer Glasflasche; sie ließen die Rolläden nicht herunter wie die Mehrzahl der Geschäfte und warteten trotz ihrer unwirklichen Erscheinung darauf, aus dem Aufruhr Vorteil zu ziehen. Vielleicht gibt es Verletzte? Hautabschürfungen? Irgend jemand mit einem Nervenzusammenbruch? Wir haben Baldrian, Brom, Verbandstoffe, Watte, Binden, Jod.
Die Gemüsehändler, Obsthändler, Fleischer und Bäcker

schlossen ihre Geschäfte zur gleichen Zeit wie die Krämer und die übrigen Kaufleute, sogar solche, die vom Aufruhr nichts zu fürchten oder zu erhoffen hatten, die Sattler und Täschner oder Bauholz- oder Eisenhändler – wer sollte schon auf den Gedanken kommen, in diesen Augenblicken ein Pferdegeschirr oder einen Balken zu kaufen oder zu stehlen? Je weiter die Nacht fortschritt, desto weniger Geschäfte waren geöffnet, außer den ganz kleinen, so klein an Raum und Umsatz, daß sie nur den Inhaber und seine unscheinbare Ware aufnehmen, Läden, die zur Hälfte Werkstatt und zur Hälfte Verkaufsstand waren, wo man Rohrstücke, Zementsäcke, Zinkbleche feilbot, alles unverzehrbar und schwer wegzuschaffen, oder alte Kochplatten oder Gasöfen, die, selbst mit Mühe wieder instand gesetzt, noch weniger eßbar waren. Diese Läden warfen, da und dort, noch Licht in die Dunkelheit, die harte Steine über die Straße gebreitet hatten.
Hin und wieder tauchten Gruppen von Gestalten auf, die aus den Kanälen zu kommen schienen – einige glichen ungeheuren Ratten –, filzbärtig, zerlumpt, mit blitzenden Augen, voller Leben, unruhig, Wesen, die nicht schrien noch Lampen zertrümmerten und weder Haß noch Liebe empfanden, die sich aber mit erstaunlicher, fast tierischer Wendigkeit alles, was sich nur in Reichweite ihrer Hände befand, aneigneten; sie schlichen um die geöffneten Läden herum, Krämerläden vor allem oder Pfandhäuser, deren Inhaber und Angestellte, fast alle Spanier und so optimistisch wie die Apotheker, mit den Händen auf dem Rücken an der Ladentür standen, wobei die Hände das harte Metermaß umklammerten. Zwischen verschiedenen Gruppen kam es zu Zusammenstößen, und in einer von ihnen tauchte wieder jener vierschrötige Mensch auf, der Keulenmensch, vierschrötiger Körper, vierschrötige Hände, vierschrötiges Gesicht, ein Kerl, als wäre er aus einem starken Balken mit vielen Ästen gezimmert worden; er führte eine Schar von Arbeitern, die sich bald gegen eine Bande stellte, eine von jenen, die aus der Unterwelt kamen und einen Zigarrenladen

plünderten, dem nur eine Frau vorstand. Der vierschrötige Bursche schrie mit einer Stimme, die den Tumult übertönte:
»Halt, Kameraden, wir sind keine Diebe! Laßt das!«
Die Zigarrenverkäuferin stieß schrille Schreie aus.
Einige aus der Diebesbande entfernten sich, so rasch sie vermochten; andere blieben mit größter Seelenruhe stehen.
»Was ist los?« fragte ein Dieb mit eiskalter Stimme.
Er trug einen schmutzigen, kurzgeschnittenen Bart, und die Kleiderfetzen glänzten dreckig; er sah aus wie ein schartiges Messer, rostig und beschmiert, wertlos und doch gefährlich.
Der Mann, der von einem Zimmermann gemacht schien, trat zu ihm und schrie ihm leidenschaftlich zu, wobei er ihn fast mit der Faust auf die Brust schlug:
»Was ist los? Wir sind nicht auf Raub aus, und Diebe haben hier nichts zu suchen!«
Der Messermensch zuckte mit den Wimpern, rührte sich aber nicht vom Fleck. Und wieder sagte er mit eiskalter Stimme:
»Das geht dich einen Dreck an. Bist du von der Polizei?«
Die Leute umringten die beiden, und die Rattenmenschen, die geflohen waren, kehrten zurück und drängten sich um ihren Spießgesellen. Nun standen sich die beiden Gruppen gegenüber.
Der Keulenmensch sagte:
»Ich bin nicht von der Polizei, aber ich will auch nicht, daß man uns die ganzen Schweinereien in die Schuhe schiebt, die Gauner wie du begehen. Wir sind Arbeiter, keine Diebe. Verstehst du?«
Ich fühlte, wie mich Bewunderung für diesen vierschrötigen Menschen erfaßte, und näherte mich seiner Gruppe; ich hätte, selbst wenn der Verbrecher aus den Kanälen den ganzen Zigarrenladen samt der Verkäuferin mitgenommen, es nie gewagt, ein Wort dagegen zu sagen: ein einziges Wort des Kerls, ein einziger Blick aus seinen stechend-glitzrigen Augen hätte mich die Flucht ergreifen lassen. Aber der Keulenmensch kannte sie und fürchtete sie nicht, noch mehr: er schien sie zu verachten.

Der Messermensch verstand nicht, welches der Unterschied zwischen einem Arbeiter und einem Dieb war, und so ließ ihn die Beleidigung kalt; er blickte den Keulenmenschen unverwandt an. Der eine war hart und vierschrötig, der andere schneidig und glatt; er hätte dort Platz gefunden, wo der andere nie hätte Platz finden können, der aber hätte spielend weggeworfen, was der andere nie zu tragen vermochte.
Schließlich öffnete er den Mund:
»Und was mach ich mit dem Blödsinn?«
Das war keine Antwort, sondern eine Herausforderung.
Der Keulenmensch fuhr ihn an:
»Ihr habt noch nie gearbeitet und stehlt, wo ihr könnt, bei den Armen in den Mietskasernen, bei den Betrunkenen, bei den alten Frauen und den kleinen Kindern; ihr seid ja nicht einmal Diebe, sondern schmutzige Ratten.«
Die Stimme des vierschrötigen Menschen, volltönend und stark, ging dem Gegner durch und durch, durch seine Fetzen und Risse, seinen Schmutz und seine Lumpen, er gab keine Antwort; er besaß, ohne Zweifel, nicht die Gabe, sich in eine mündliche Auseinandersetzung einzulassen, und hätte übrigens, mit mehr oder weniger Logik, mit mehr oder weniger geschickten Worten, keine Antwort auf den Wortschwall des Keulenmenschen finden können, der, im Gegensatz dazu, einer Auseinandersetzung über Arbeit und Diebstahl, Arbeit und Kapital nicht ausgewichen wäre. Der schartig-schneidige Kerl hätte für solche Fälle nicht mehr als zwei in Worte übersetzbare Möglichkeiten: die erste für Frage und Antwort: Was ist los? Ich will nicht!, die zweite wäre ein Schimpfwort gewesen. Danach käme die Gewalttätigkeit, der Faustschlag und das Messer. In jener Nacht aber war er auf Leute gestoßen, die er nicht von hinten überfallen konnte; der vierschrötige Mann wußte nur zu gut, mit wem er es zu tun hatte, und würde sich nicht überraschen lassen; hätte der Rattenmensch eine verdächtige Bewegung gemacht, er würde sich auf ihn geworfen und ihm den Hals umgedreht haben. Die Arbeiter wissen aber nie, wo-

her ein Schlag kommen wird, da er von allen Seiten kommen kann: einer der Rattenmenschen schlich sich, von den Arbeitern nicht bemerkt, an den vierschrötigen Menschen heran; er sprang, etwas blitzte durch die Luft und fuhr auf den Kopf des Angegriffenen nieder; der schwankte, doch fiel er nicht zu Boden. Fast zur gleichen Zeit und als sich der Hinterhältige schon mit den anderen zurückzog, schlug ihn ein Arbeiter mit einem Stock auf die rechte Schädelseite. Ein trockenes Geräusch, und der Dieb fiel seiner ganzen Länge nach hin, als wäre er gestolpert. Er trug zerrissene Hanfschuhe, deren Sohlen, vom Stoff des oberen Teils gelöst, Fersen zeigten, die an Rattenfüße erinnerten. Einen Augenblick lang lag Ungewißheit drückend in der Luft: der Keulenmensch, ganz still geworden, hob den Hut und tastete den Schädel ab, dem reichlich Blut entquoll, und der schartig-rostige Messermensch, der sich mit den anderen zur Flucht gewandt hatte, blieb unentschlossen stehen, als er den Schlag vernahm und seinen Kameraden fallen sah. Die Arbeiter rückten vor, fast alle waren mit Stöcken bewaffnet, starke Männer, Hafenarbeiter und Zimmerleute. Das Diebsgesindel ließ seinen Gefährten liegen, entfernte sich und verschwand im nahen Kanal; ihm dorthin zu folgen wäre Selbstmord gewesen. Der Verletzte wurde in eine Apotheke gebracht – die Apotheker hatten recht behalten –, und die Menge zerstreute sich. Kurz darauf kehrte das Gesindel aus der Gosse zurück und holte den Verletzten: er schleppte die Beine nach und schwieg auf ihre Fragen.

5

Noch in später Nacht durchstreiften schwerbewaffnete Polizeipatrouillen die Stadt. Die Hufschläge der Pferde hallten auf dem Pflaster wider. Vereinzelt standen Gruppen in den Straßen beisammen, unter einer Laterne oder im Lichtschein anderer Lampen, die der Steinigung entgangen waren; die Leute redeten mit lebhaften Gebärden aufeinander ein und erzählten, wie dies oder jenes geschehen war, wie sie vor den berittenen Polizisten flüchten mußten oder ihnen die Stirn boten, wie viele Straßenbahnwagen umgeworfen, wie viele und welche der Geschäfte auf diese oder jene Weise geplündert worden waren. Der Aufruhr fiel in sich zusammen, nicht so sehr, weil die Aufrührer Hunger verspürten und heimwärts strebten, um ihn zu stillen, sondern weil der Anlaß des Aufruhrs nicht mehr erforderte: einige Straßenlaternen zertrümmert, einige Straßenbahnwagen umgeworfen oder zerstört; es blieb nicht mehr viel zu tun übrig. Was sollte auch noch geschehen? Ein Aufruhr war noch lange keine Revolution. Hallten die Hufschläge auf dem Pflaster wider, zerfielen einige der Gruppen. Manche der Männer verschwanden in ziemlicher Eile hierhin und dorthin, als erinnerten sie sich plötzlich, daß sie woanders eine dringende Arbeit zu tun hatten. Andere wieder, weniger ängstlich, blieben unter ihrer Laterne, wenn sie auch schwiegen oder vom Wetter zu reden begannen. Der Offizier, der die berittene Streife anführte, ersuchte die Gruppe, sich aufzulösen, in einem Tonfall, der nach der Menschenjagd am frühen Abend sehr liebenswürdig klang. Einige kamen, wenn auch sehr langsam, der Bitte nach und gingen – meist zu zweit – weg. Andere jedoch blieben und fragten:

»Wurde der Belagerungszustand ausgerufen?«

Noch immer liebenswürdig, gab der Offizier zur Antwort:

»Nein, aber ich habe den Befehl, Zusammenrottungen zu zerstreuen.«

Manchmal fügte er noch hinzu:

»Zuviel Gesindel streicht umher.«

Dann und wann lehnte sich jemand auf.

»Wir sind keine Verbrecher!«

Worauf der Polizeioffizier, schon weniger freundlich, zurückgab:

»Das ist gleichgültig. Gehen Sie auseinander!«

Kam dann noch eine andere Bemerkung oder ein Widerspruch, trieb er sein Pferd gegen die Gruppe. Sein Wortschatz war

durch Beruf und Umstände sehr beschränkt. Doch niemand setzte sich zur Wehr.
Ich ging von Gruppe zu Gruppe, hörte den Gesprächen zu, und löste sich eine auf, dann ging ich zu einer andern; sie zerfielen oft ganz plötzlich und fügten sich ebenso rasch an anderer Stelle wieder zusammen, und so kam es, daß ich bei jeder neuen Gruppe viele aus jener traf, die gerade vorher auseinandergegangen war. Obwohl beendet, lebte der Aufruhr in den Gedanken und den Worten weiter. Ich schwieg und lauschte; nur wenn sie mich in einer Gruppe das eine oder das andere Mal schärfer ansahen, wagte auch ich es, den Mund aufzutun und zu berichten, wie ich der Polizei entkommen war. Kaum hatte ich angefangen, unterbrach mich schon ein anderer und erzählte genau das, was auch mir geschehen, mit dem Unterschied, daß er nicht geflohen war. Der Mann verstand es, gut zu erzählen, und ich hatte nicht mehr den Mut, nach ihm mit meiner Geschichte von neuem anzuheben. So gegen Mitternacht machte ich mich, müde und hungrig geworden, auf die Suche nach einer möglichen Schlafstelle, indem ich bald hierhin, bald dorthin streifte. Ich gelangte auf eine breite Straße mit zwei Fahrbahnen, zwischen denen sich ein trockenes Flußbett öffnete – das war die Straße, in welcher der Spießgeselle des schartig-schneidigen Messermenschen den vierschrötigen Keulenmenschen verletzt hatte –, und jenes Flußbett stammte wahrscheinlich noch aus Zeiten, in denen Südamerika aus dem Grunde des Meeres aufgestiegen war oder in denen das Stück Materie, das heute der Mond ist, von unserem Planeten losgerissen wurde, um jenes Loch zu hinterlassen, das der Pazifik dann tosend füllte. Durch dieses Flußbett war das Regenwasser, von den benachbarten Steilhängen kommend, geschossen, und es tobt noch heute darin, wenn es geregnet hat. Waren auch an den Rändern der Schlucht Häuser errichtet und Straßen angelegt worden, standen dort jetzt auch Bäume und fuhren Straßenbahnen, lag diese doch noch offen da und diente den Katzen, Hunden, Ratten, Flöhen, Landstreichern, Verbrechern, Bett-

lern, Läusen, Mördern als Aufenthalt, die zwischen leeren Dosen, Lumpen, alten, aus den Fugen gegangenen Kisten, Strohhaufen und trockenem Gestrüpp, Schlammtümpeln und Tierleichen lebten und auch manchmal starben. Ein Verbrecher, dem es gelungen war, sich unter die Uferbefestigung, die die Schlucht zum Teil verdeckte, zu flüchten, verschwand wie das Kaninchen im Zylinder eines Zauberkünstlers. Die Polizei wagte es nicht, in die Schlucht einzudringen, die – so sagte man – mit den Kanälen der Stadt verbunden war. Ganze Generationen von Nichtsnutzen waren aus jener Schlucht emporgestiegen; aus den Elendshütten, in denen sie geboren wurden, kamen sie in die Schlucht; von der Schlucht auf die Bürgersteige, um dort zu betteln oder zu stehlen; von den Bürgersteigen wurden sie dann in die Polizeiwachstuben, in Gefängnisse und Arbeitshäuser geschleppt; dort hinausgeworfen, stürzten sie wieder in die Schlucht; aus der Schlucht kamen sie von neuem ins Krankenhaus, ins Gefängnis oder ins Zuchthaus, um schwerere Strafen zu verbüßen. Schließlich starben sie, einige von ihnen auch in der Schlucht.
Die Straße, die über die Schlucht führte, war wenig begangen, und ich schlenderte zu der Ecke, an der sie mit einer anderen zusammenstieß, einer mit Katzenköpfen gepflasterten, die, wer weiß wann, aus der tausendjährigen Schlucht heraufgeholt worden war. Diese andere Straße war nur einen Häuserblock lang und hieß Quillota-Durchgang. Warum man sie Durchgang nannte, war mir nicht recht klar, war sie doch eine ansehnliche Straße mit Geschäften aller Art, mit Lokalen und Speisehäusern, wo die Leute von Tagesanbruch an bis weit nach Mitternacht hinaus- und hineinfluteten, und als gäbe es nicht genug Geschäfte erster, zweiter und dritter Klasse – Schnapsbuden –, standen auf den Gehsteigen und sogar auf der Fahrbahn die Obsthändler, die Fischbrater, die Wurst- und Sandwichverkäufer, die Händler mit Süßwaren und Erfrischungen und sogar Buchhändler. Männer und Frauen mit schmutzigen Schürzen stellten dort ihre Ware her oder wärmten sie auf, um sie mit

schriller Stimme anzupreisen. Die Straße stieg den Hügel hinan, und wenn der Abend anbrach, liefen Hunderte von Menschen auf ihr entlang, war doch der Hügel dicht besiedelt und führte zu einem anderen, ebenso dicht besiedelten. Der Arbeiter, der durch die Straße hindurch mußte, um heimzukommen, konnte sich glücklich nennen, wenn er sein Ziel erreichte, ohne sich aufgehalten zu haben oder der Versuchung erlegen zu sein, in ein Lokal einzutreten. Doch nur wenigen gelang es, bis an die Ecke zu kommen, von wo aus die Straße anzusteigen begann, um sich auf dem Hügel zu verlieren. Es gelang deshalb nur wenigen, weil die Bars eine zu starke Anziehungskraft besaßen, mit ihren großen Pianos, ihren elektrischen Pianos, auf denen Landschaften zu sehen waren und Sonne, Mond und Sterne aufgingen und wanderten, die Wasserfälle zeigten, schwimmende Schwäne, bleiche Ritter und verliebte Edelfrauen; die Bars mit ihren endlosen Reihen von Flaschen, in denen, von kleinen elektrischen Birnen angestrahlt, der gelbbraune Wein und der rötliche Schnaps aufleuchteten; die Bars mit ihren Kellnerinnen in Häubchen und weißer Schürze, den Kellnerinnen, nach denen die Gäste mit Vergnügen griffen und mit denen sie das eine oder das andere Glas tranken; und die, wenn die Gelegenheit sich ergab, auch nicht abgeneigt waren, Einladungen zu weniger öffentlichem Tun zu folgen. Überdies: wem hätte ein Gläschen Bier, ein kleiner Schnaps, ein Schluck Wein oder ein Tropfen Likör schon geschadet? Niemand. »Aber sei doch nicht so, Menschenskind! Nur auf einen Sprung; es ist ja noch früh am Tag.« – »Gern, aber meine Frau ist krank.« – »Und wennschon! Sie wird ja nicht sterben, weil du eine halbe Stunde später kommst.« – »Ich habe ein paar Mittel für sie geholt.« – »Gib sie ihr nachher. Schau her, da ist die Mariquita. Hübsch die Kleine, was?« – »Sie waren schon lange nicht mehr da. Wie geht's Ihnen? Was war denn los?« – »Nichts Besonderes, aber Sie haben mir gefehlt.« – »Was Sie nicht sagen! Was soll's sein?« Sie fuhr mit einem Tuch über die Tischplatte. »Die Chicha kann man kauen, ganz rein! Ein doppeltes Glas?« – »Ein doppeltes, oder nein, bringen Sie gleich zwei Liter.« – »Trinken Sie zuerst, Mariquita. Nehmen Sie dem Gesöff das Gift. Donnerwetter! Hat die einen Zug. Auf Ihr Wohl!«

Von der Straße gesehen, scheinen die Kneipen mit ihren Bartischen, ihren Hockern, Spiegeln und Lichtern, ihren Tischen und Stühlen unerschöpflich, so als könnte einer immerfort eintreten, sitzen und trinken, die ganze Nacht hindurch, den nächsten Tag, den übernächsten, eine Woche lang, einen Monat, ein Jahr, als könnte er sich dort verlieren und für immer begraben, ohne daß der Wein, die Chicha, das Bier, der Schnaps, die in Essig eingelegten Zwiebeln, die Brötchen, die Schweinssülze mit feingehackter Zwiebel und Knoblauch – viel, sehr viel Knoblauch, der für die Leber so gut ist – jemals ausgingen. Und einige Männer treten auf die Straße mit schrecklichem Gesicht, dem Gesicht eines geständigen und verurteilten Vatermörders: ihr Geld war schon ausgegeben, als sie erst halb betrunken waren. Andere wieder brechen in schallendes Gelächter aus und kämpfen gegen heftiges Rülpsen; dort erbricht sich einer neben dem Kohlenfeuer, über dem der Fischbrater zum zwanzigsten Male seinen stinkigen Fisch aufwärmt – »Sie werden mir doch nicht die Ware beschmutzen, Señor!« –, oder jener, der eine Viertelstunde lang das Bier wieder von sich gibt, und dann der da, der nicht weiß, wo er ist, noch wo er hingehen soll oder woher er kommt, der mit verlorenem Blick und heruntergerutschten Hosen dasteht; und der dort, auf der anderen Straßenseite, der ernst und angestrengt zu Boden starrt, als beschäftige ihn ein schwieriges Problem; und wieder andere, die einander ohrfeigen und beim Raufen die Körbe mit Birnen und die Stangen, an denen Würste hängen, umwerfen. »Was fällt euch ein, ihr Hurensöhne, geht und rauft woanders!« An Samstagen kommst du hier vor lauter Menschen nicht vorwärts; Menschen drinnen, Menschen draußen, Menschen, die vorübergehen oder auf einen Freund, auf die Frau oder auf irgend jemand warten, der sie zu einem Schluck einlädt.

Jene Nacht war zwar nicht Samstagnacht, aber immerhin war

es Nacht, und die Straße war überlaufen. Nun geschah, was man befürchten mußte: viele von denen, die am Aufruhr teilgenommen und dabei Laternen zertrümmert, Straßenbahnwagen umgestürzt oder zerstört oder auch nur »Hoch!« und »Nieder!« gebrüllt hatten, landeten schließlich hier; die Erregung, die sich ihrer bemächtigt hatte, hinderte sie daran, nach Hause zu gehen. Heute war eben ein außergewöhnlicher Tag, ein Kampftag, verschieden von den anderen, den gewohnten, an denen man nur arbeitete, und so konnten die Männer nicht anders: sie mußten über diesen einmaligen Tag sprechen, ihn vielleicht feiern. Ich habe großen Durst, und ein Gläschen Bier oder eine Chicha würde mir nicht ungelegen kommen. Haben Sie Brötchen? Ja, eins mit Lende und eins mit Käse; ja, mit viel Knoblauch. Es war leicht, hineinzugehen, aber herauszukommen, das war schwieriger, es sei denn, man hatte plötzlich keinen Centavo mehr in der Tasche oder sie warfen einen hinaus, weil man allzusehr betrunken war. Wir sind ja unter Freunden; ich habe ein bißchen Kleingeld; nehmen Sie die Einladung an, alter Freund, sonst beleidigen Sie mich; noch einen Doppelten, und dann nach Hause. Der Trubel war doch gut heute, nicht wahr? Der Wirt, fett und sehr ernst, mit einer weißen Mütze auf dem Kopf, schleppte, unterstützt von einigen Burschen, ununterbrochen Bier, Wein, Chicha und Punsch heran, schnitt Brötchen auf und belegte sie oder bereitete Salate, die von den Gästen mit erschreckender Schnelligkeit verschlungen wurden. In dem Lokal roch es stark nach Essig; ein beißender Geruch, der die Schleimhäute der Nase reizte und bis auf die Straße hinausdrang. Das elektrische Piano plärrte, die Männer redeten, die Kellnerinnen kreischten, und dicke Rauchschwaden hingen zwischen den zusammengepferchten Menschen. Auf dem Fußboden war alles zu finden: Zigarrenstummel, Speichel, Hüte, Sägespäne, Brotstücke, Wursthaut, und da und dort schlich ein kleiner zottiger Hund um die Tische herum. Immer wieder, drinnen wie draußen, gab es Streiterei, gellendes Geschrei, blutende Münder, in denen der eine oder der andere Zahn fehlte, blaugeschlagene Augen und zerrissene Hemden, von Wein und Blut verschmiert.

»Gib's ihm! Gib's ihm!«

»Laßt sie allein raufen!«

Und in jener Nacht traten die Männer, anfangs durch den Aufruhr erregt und später vom Alkohol erhitzt, aus den Lokalen, hinaus auf die Straße. Aufs äußerste gereizt, stießen sie, aller Blicke auf sich lenkend, schreckliche Drohworte aus. Was bildet sich die Dreckpolente überhaupt ein! Nieder mit den Henkern des Volkes! Gewiß gab es in der Straße immer zwei oder drei Polizisten, aber die nahmen nur solche mit auf die Wache, die unerträglich geworden waren; sie verhafteten die Raufbolde und jene Burschen, die es unternahmen, den wackeligen Stand eines Straßenverkäufers kurz und klein zu schlagen. Andere wieder wurden von den Polizisten bis an die Ecke geführt und mit gutgemeinten Hinweisen für den einzuschlagenden Weg entlassen. Nur immer geradeaus, und lassen Sie sich hier nicht mehr blicken. »Schon gut, Sergeant«, murmelte dann der Betrunkene zutraulich, indem er dem Impuls jener, die sich doch ein wenig schuldig fühlen, gehorchte und den einfachen Polizisten in einen höheren Rang erhob. Daß ein Polizist, voll wie ein Faß, von seiner Streife zurückkehrte, war nicht selten. Die Leute waren großzügig gewesen. »Hören Sie, Herr Inspektor«, sagte dann ein Betrunkener mit leiser Stimme, »kommen Sie mit, auf einen Schluck nur.« Und der Polizeibeamte, nachdem er sich nach allen Seiten umgesehen und ein paarmal mit den Fingern nervös über den Schnurrbart gestrichen hatte, willigte ein und kippte seinen viertel oder halben Liter Schnaps auf einen Zug hinunter. Drei oder vier solcher Einladungen und dann: die Nacht im Arrest oder die Dienstenthebung. »Ich bin nicht betrunken, Herr Leutnant!« jammerte dann der Unglückliche, der kaum aus den Augen schauen konnte. »Riechen Sie doch mal!« Der Beamte prallte, einer Ohnmacht nahe, zurück. »Marsch ins Loch, zum Teufel! Der Kerl ist besoffener als eine Reblaus!«

In jener Nacht war es aber anders. Der Kampf war mit der Polizei ausgetragen worden, die einige verletzt und viele verhaftet hatte. Die Betrunkenen, die sonst sehr leicht darüber hinwegkamen, wenn ein Polizist sie ermahnte, vergaßen diesmal nichts. Einige von ihnen hatten Schläge erhalten oder waren zwischen den Beinen der Pferde durchgekrochen, und vor ihnen standen nun die verhaßten Polizisten. Die grünliche Uniform schien ihnen scheußlicher denn je, die Tschakos abscheulicher als am Vortag, lächerlich die Röcke mit den vergoldeten Knöpfen, häßlich die billigen Stiefel, die gar keine Stiefel, sondern nur Gamaschen waren. Einer der Betrunkenen hielt einem Polizisten die Faust unter die Nase und stieß, wobei er dem Vertreter des Gesetzes den mit Wein vermischten Speichel ins Gesicht spritzte, die unflätigsten Schimpfwörter gegen die ganze Polizeimacht und ihresgleichen aus. Durch die Ruhe des Hüters der öffentlichen Ordnung aufgebracht, versetzte der Betrunkene ihm einen Stoß vor die Brust. Der Polizeibeamte taumelte etwas zurück und ermahnte den Erregten; aber ebensogut hätte er von ihm verlangen können, daß er das Ave-Maria bete. Der Betrunkene, von den andern aufgestachelt, nutzte den Umstand, daß mehrere Männer gegen einen einzigen Polizeibeamten standen, und stieß diesen von neuem vor die Brust. Die beleidigte Autorität griff daraufhin zur Pfeife und rief um Beistand. Ein anderer Polizist, der bisher unbeteiligt an der Ecke gestanden hatte, eilte herbei, und der Betrunkene, der sich nun auf beide stürzte, erhielt mit dem Holzknüttel einen derartigen Hieb auf den Schädel, daß ihm das Blut über das Gesicht lief; dann wurde er vor den Augen seiner erschrockenen Kumpane verhaftet und abgeführt.
Die Nachricht von dem Zwischenfall lief die Gehsteige entlang und drang in die Kneipen: Die Polente hat einen verprügelt und verhaftet! Die Wachstube lag ein paar hundert Meter entfernt, und die Polizisten, von Berittenen begleitet, kamen bald zurück. »Jetzt zeigt, ob ihr Helden seid!« Die Helden standen zu Dutzenden dort, wo ihr Kumpan verhaftet worden war. Der

Alkohol weckte in ihnen eine unbegreifliche Kühnheit und eine leichtsinnige Verwegenheit, die sie alles verachten ließ: das Polizeikommissariat, die Holzknüttel, die Säbel, die Pferde und ihre Reiter. »Ich bin Chilene und lass' mir von keinem was sagen, am wenigsten von dir, du schmutziger Polizist! Schlag doch zu, verdammt noch mal! Hier, die Brust eines tapferen Mannes!« Mit einem Ruck öffneten sie die Hemden, so daß die Knöpfe flogen und die Knopflöcher zerfetzten; behaarte Männerbrüste reckten sich den Polizisten entgegen. Diese aber zeigten sich weniger heldenmütig, verhafteten einige, zogen die Widerstrebenden mit sich und schlugen sie mit den Holzknütteln, wenn sie sich zur Wehr setzten, um sie schließlich den Berittenen zu übergeben, die die betrunkenen Anführer an den Handgelenken packten und sie, die Pferde in Galopp setzend, mitzogen. Die so Verhafteten stießen gegen die Steine und schrien gellend auf, weil ihnen die Arme fast herausgerissen wurden und ihnen die Hosen herunterrutschten. Die Kneipwirte und die Kellnerinnen waren auf die Straße getreten, und die Lokale hatten sich geleert. Die Straßenhändler, vorsichtige Leute trotz kümmerlichen Kapitals, packten ihren Kram zusammen. Die Zukunft des Kleinsthandels lag zu sehr im Dunkel.

Ich aß meinen Fisch und sah um mich. Ich hatte Hunger, und mir war es gleichgültig, wie lange der Fisch schon ein gefischter war, obwohl ich vielleicht überrascht gewesen wäre, wenn ich es gewußt hätte. Ich hätte ihn selbst dann noch gegessen, wenn mir bewiesen worden wäre, daß der Fisch zur Zeit des Jonas im Roten Meer gefangen worden war. Er stank fürchterlich, aber wo kämen die Armen hin, die einen zu empfindlichen Geruchssinn besäßen? Elend und Hunger haben keinen Geruchssinn, ja mehr noch: der Geruchssinn ist dem hinderlich, der hungert. Der Panzer – dies ist das rechte Wort –, der den Fisch umgab, krachte zwischen den Zähnen wie die Schale einer Muschel und hatte so gar keine Ähnlichkeit mit dem duftenden Teig aus Semmelmehl und Ei, in den die Hände meiner

Mutter Fisch- oder Fleischstücke gehüllt hatten. Wie weit lag jene Zeit nun schon zurück!
Die Kruste kam meinen Zähnen gelegen, deren kraftvolles Kauen meinen ganzen Körper durchdrang. Da stand ich nun an der Straßenecke. Dem Fisch entströmte ein heißer Duft, der mir, wie einem Hund, die Nasenflügel weitete. Der Fisch war nahe daran zu zerbröckeln, als hätten selbst die kleinsten Teilchen es satt, einem Ganzen anzugehören, das so lange zögerte zu zerfallen. Um kein Krümelchen des Fisches zu verlieren, lehnte ich den Kopf zurück. Jeder Brocken war ein unschätzbares Gut. Ich hätte zehn oder zwanzig Stücke von diesem stinkenden Fisch essen können, doch reichte mein Geld nur für eins, dazu ein Brötchen. Ich war hungrig, aß und schaute. Der Fischbrater, der aus demselben Material zu sein schien wie sein Fisch, hatte mir ein Stück Papier gegeben, damit ich mir die Hände nicht beschmutzte, hinterließ doch der Fisch eine ölige Spur von zweifelhafter Herkunft. Ich aß und schaute.
»Na, wie gefällt Ihnen das?« meinte der Fischbrater, als der Holzknüttel des Polizisten auf den Betrunkenen niedersauste und durch die Wucht des Aufschlagens zerbrach. »Sonst saufen sie alle, was man ihnen gibt, ohne danach zu fragen, was es ist, wenn es nur kein Paraffinöl ist; aber heute sind die Herren schlechter Laune...«
Ich hatte den Fisch verschlungen und warf das Papier auf den Boden; dann wischte ich mir die Finger an der Hose ab. Jenes Öl hätte nicht nur ein Blatt Papier durchtränkt und unbrauchbar gemacht, sondern sogar die Panzerung eines Kreuzers.
Ich weiß nicht, was mich schließlich doch noch dazu brachte, mich in jene Hundebalgerei – nichts anderes war sie – einzumischen. Aber ich fühlte bald eine große Unruhe und einen noch größeren Zorn angesichts der Gewalttätigkeiten, die begangen wurden. Ein Betrunkener war frech geworden und hatte vielleicht auch verdient, was ihm geschehen war; aber das war noch lange nicht Grund genug, alle anderen auf gleiche Weise zu behandeln. Die Polizisten, die, wie die Apotheker, entmensch-

licht waren – allerdings mit einem Holzknüttel in der Hand; es war eine besondere Art von Entmenschlichung –, gingen ganz mechanisch vor, ergriffen den ersten besten an den Gelenken, drehten ihm die Arme nach hinten, schlugen ihn, wenn er nicht mitgehen wollte, und übergaben ihn dann einem Berittenen, der den Verhafteten im Galopp mit sich zog. Ich war entschlossen wegzulaufen; denn die Ereignisse mußten entweder für einen oder für alle schlecht ausgehen. Einer der Männer, der noch nicht ganz betrunken, aber sehr erregt war, holte ein Stemmeisen, vielleicht war es auch ein Schraubenzieher, aus der Tasche, als er von einem Polizisten am Handgelenk ergriffen wurde. Er wurde geohrfeigt und verprügelt. Nun warteten die Polizisten nicht mehr, bis sie von den Betrunkenen herausgefordert wurden; sie kämmten die Straße durch, trieben die Gruppen mit harten Stößen und Schlägen auseinander; ein Klagelaut, ein Widerspruch, ja selbst ein erbitterter Blick genügte, und der Mann wurde an die Straßenecke geschleift. All dies, weil ein Betrunkener einen Polizisten beschimpft und angestoßen hatte.
Ich schickte mich an, die Straße zu überqueren, und fühlte, wie sich meine Fäuste ohne mein Zutun krampfhaft öffneten und schlossen. Gerade als ich in der Mitte der einen Fahrbahn angekommen war, hörte ich Geschrei: zwei Berittene schleppten einen Mann hinter sich her. Ich blickte ihn an: er war geschlagen worden oder war gefallen, und sein Gesicht war blutüberströmt. Mechanisch, ohne darüber nachzudenken, was ich tat, da ich mich nicht mehr in der Gewalt hatte, ergriff ich einen Stein und warf ihn mit aller Kraft gegen einen der Polizisten. Ich sah, wie der Berittene den Verhafteten losließ und auf dem Pferd schwankte. Ich floh. Als ich an den Gehsteig kam, hielt ich inne, um mich umzusehen. Ich konnte nichts mehr sehen, da ein jäher Schmerz mir durch den Rücken fuhr. Doch ich drehte mich um, und als ich wieder zu sehen vermochte, stand vor mir ein Polizist mit blankem Säbel. Wo war er so plötzlich hergekommen? Dies erfuhr ich nie, obwohl die Schlucht weniger als zwanzig Meter entfernt war.

6

Ich wurde abgeführt. Der Polizist mußte mich erst zweimal stoßen, bevor ich mich in Bewegung setzte. Ich war wütend; da aber mein Gewissen nicht ganz rein war, folgte ich dem Polizisten. Wir sprachen unterwegs kein Wort miteinander; und wenn er den Mund öffnete, dann nur, um über die Aufrührer zu schimpfen, die so viel Arbeit machten. Was hätte ich ihm antworten sollen? Er erwartete übrigens auch keine Antwort. Aber aus dem, was er sagte, wurde mir klar, daß er nichts gesehen, sondern mich nur verhaftet hatte, weil ich gelaufen war. Gewiß kein Grund, einen Menschen zu verhaften, aber in jener Nacht war jedes Vorgehen der Behörde gerechtfertigt. Der Polizist war klein und ausgemergelt. Ich dachte unterwegs daran, mich loszureißen und zu fliehen; er hatte mich am Ärmel gefaßt und mit festem Griff die Knöpfe umklammert. Ich erinnerte mich aber, daß heute ein Tag des Aufruhrs war und eine Nacht der freien Hände. Soll ich ihm einen Stoß vor die Brust geben, der ihn gleich zu Fall bringt? Er ist schwach, wird wie ein Sack hinfallen, und ich verschwinde. Wenn er aber nicht fällt? Sicher hat er eine Pistole bei sich; wenn er nicht gesehen hat, daß ich den Stein warf, dann gibt es auch keine Anklage gegen mich, und ich würde freigelassen werden. Dort ist die Schlucht, ein Sprung – aber ich kenne die Schlucht nicht und weiß nicht, wohin ich stürzen werde, ob in einen Wassertümpel, auf einen toten Hund oder in ein Loch, in dem ich mir einen Arm breche und die Zähne einschlage. Ich entschloß mich, nicht zu fliehen. In der Ferne hörte ich das Geschrei der Leute und das Traben von Pferden. Zum zweitenmal in meinem Leben wurde ich auf ein Polizeikommissariat gebracht; diesmal, ohne die Mutter, ohne meinen Vater, mein Heim und meine Brüder hinter mir zu wissen.

Die Polizeiwachstube, am Fuße eines Hügels gelegen und außen grün und weiß bemalt, glich allen anderen: schlecht beleuchtet, nach Urin und nach Pferden stinkend, Eisengitter und schadhafter Fußboden. In der Wachstube wurde mein Name aufgenommen und der Polizist gefragt, weshalb er mich hierherbrächte – Unruhestiftung, behauptete er –, und dann wurde ich ins Gefängnis abgeführt. Mir wurde weder Gelegenheit noch Zeit gegeben, etwas zu sagen, mich zu verteidigen oder Aufschluß darüber zu verlangen, in welcher Form ich Unruhe gestiftet hatte; ich war verhaftet worden, und das genügte. »Er wird dem Gericht überstellt«, bemerkte der Polizeioffizier, blond und rosig, aber schmutzig, mit fettiger Haut und einem ungepflegten, etwas feuchten Schnurrbart. Der Polizist mit dem Säbel verschwand, und ich wurde einem anderen übergeben, der »Hier herein, bitte!« zu mir sagte, als wollte er mich in einen Empfangssalon führen. Der Hof hinter dem Gitter war geräumig und von hohen Mauern umgeben, in denen Zellen mit Holztüren eingelassen waren. Man vermochte nicht zu erkennen, wer in den Zellen war.

Ich wurde in eine mit Gittern versehene gesteckt, die von einer schwachen elektrischen Birne oben an der Decke spärlich erhellt wurde. Ich hatte erwartet, daß das Polizeikommissariat voller Leute wäre, die man von der Straße hereingebracht hätte; vielleicht waren sie in den verschlossenen Zellen eingesperrt, aus denen Schreie hörbar wurden und dann wieder einzelne Stimmen, die sich gegen jemand oder gegen etwas richteten. Die Zelle, in die mich der Polizist führte – er sagte wieder »Hier herein, bitte!« –, beherbergte ein Wesen – es Mensch zu nennen war unmöglich –, das auf dem Boden, fast in der Mitte der Zelle lag. Die Hose war ihm herabgerutscht und hatte sich um die Beine verwickelt. Das Gesäß und die Schenkel lagen bloß; und dieses Wesen schnarchte, als läge es in seinem Bett. Zweifellos war es einer der Betrunkenen, die man in dem Quillota-Durchgang aufgelesen hatte.

Unermeßliche Einsamkeit umgab mich, und der auf dem Boden ausgestreckte Mann vergrößerte sie noch. Für mich war er kein Mensch, sondern ein Tier, ja nicht einmal ein Tier, sondern ein Vieh, ja weniger als ein Vieh, ein Ich-weiß-nicht-was.

Und doch dachte ich, daß dies, abgesehen von dem Gestank, noch immer das Beste war, was mir zustoßen konnte. Denn was hätte ich getan, wäre der Trunkenbold wach gewesen? Was hätte er mir alles sagen und was hätte ich ihm für eine Antwort geben können? Ich dachte auch daran, daß er mir einige Stunden früher, inmitten des Aufruhrs – hätte ich ihn laufen oder behend eine Tat ausführen sehen – als starker, liebenswerter und sogar tapferer Mensch erschienen wäre. Jetzt, da der Alkohol sein Gehirn überwältigt hatte, war er für mich nur eine stinkende Bestie, die dort lag, ebenfalls in der Einsamkeit, in einer von Menschenkot umgebenen Einsamkeit. Die Lokale aber waren sicher noch geöffnet, mit ihren großen Pianos, ihren Kellnerinnen, ihren Hunderten von Flaschen bräunlichen Weines und rötlicher Chicha, und hier lag eines ihrer Opfer, auf dem Boden ausgestreckt, schlafend und den Hintern entblößt.

Ich weiß nicht, warum, aber dieser Mann erschreckte mich. Nachdem ich eingetreten war, ging ich auf Zehenspitzen an ihm vorüber und sah ihn aus den Augenwinkeln an. Der Polizist blieb, nachdem er die Zelle versperrt hatte, einen Augenblick am Gitter stehen und betrachtete den Unflat. Bevor er wegging, richtete er den Blick auf mich, einen Blick, der nichts besagte, so, als hätte er nichts gesehen oder als läge das, was er gesehen, außerhalb jeden menschlichen Empfindens. Vielleicht waren die Augen des Polizisten auch für immer stumpf geworden. Ich setzte mich auf die Pritsche und suchte eine Stelle, wo ich den Anblick jenes Mannes meiden konnte. Sein Zustand erfüllte mich mit entsetzlicher Scham; nicht so sehr, weil er schamlos war, sondern weil er sich seiner Schamlosigkeit nicht bewußt war. Die Tatsache, daß er nicht wissen konnte, in welchem Zustand er sich befand, gab mir jene Empfindung ein. Mir schien es, als wäre auch ich schuld daran; ich weiß nicht, woran, und sicherlich traf mich keine Schuld, aber ich konnte mich nicht beruhigen: immer wieder drängte sich mir die Vorstellung auf, ich selbst läge so da wie er: die Schenkel und das

Gesäß in die Luft gereckt; als wären sein Hintern und seine Schenkel die meinen und die aller Menschen. Was konnte ich aber dagegen tun? Ihn wecken, ihn reinigen und ihn ankleiden? Das wäre Wahnsinn gewesen. Er hätte sich in seinem Zustand gegen jeden gewendet, der dies versucht hätte; er hätte mit ihm gerauft, ihm alle möglichen Absichten unterstellt und schließlich furchtbar gebrüllt. Die Polizisten wären gekommen, und ich hätte Erklärungen abgeben und den Zustand schildern müssen, in dem der Mann mit den heruntergerutschten Hosen und dem nackten Hintern dagelegen hatte. Vielleicht hätten sie es nicht geglaubt; denn konnte ein Mensch so tief sinken? Nein. Aber wie würde er selbst sich damit abfinden, wenn sein Rausch verflogen und er sich seines scheußlichen Zustandes bewußt wurde? Ich wagte nicht, daran zu denken.

Zwei Stunden saß ich dort, eingeschüchtert und in einen Winkel gepreßt angesichts dieses Mannes und seiner weißen, dikken Schenkel voller Menschenkot. Nach Ablauf dieser Zeit erschien der Polizist – »Hier herein, bitte! « – wieder, öffnete die Tür und sah mich an. Ich merkte, daß er sich bemühte, den Betrunkenen nicht anzublicken. »Kommen Sie her«, sagte er mit veränderter Stimme, halb mitleidig, halb zärtlich. Ich stand auf, ging auf Zehenspitzen an dem Betrunkenen vorbei und verließ die Zelle. Während der Polizist die Zelle verschloß, konnte er doch nicht umhin, seine Augen auf jenes Wesen zu richten, das zugleich fesselte und abstieß. Als er endlich den Schlüssel aus dem Kettenschloß zog, mit dem er die Zelle versperrte, sagte er, die Achseln zuckend und mir einen bedauernden Blick zuwerfend:

»Bei meiner Mutter, nein! Wie kann ein Mensch nur so tief sinken...«

Der Herbst war schon gekommen; der Himmel war schwarz, und die Sterne funkelten; es war etwas kalt.

»Warten Sie hier«, sagte der Polizist und ging zu den Zellen mit den Holztüren.

Da wartete ich nun, betrachtete den Himmel und atmete tief, um die Erinnerung an den furchtbaren Gestank loszuwerden. Nachdem der Polizist unter seinen Schlüsseln den richtigen gefunden hatte, öffnete er eine der Zellen. Ein Lichtstrom fiel in den Hof. Ich blickte hinein. Dort war ungefähr ein Dutzend Männer zusammengepfercht. Einige lagen und schliefen oder starrten vor sich hin; andere wieder saßen auf dem Rand ihrer Pritsche und glichen riesigen Enten.

»Also los: die Aufrührer in den Hof. Ja, alle. Warum Sie hier sind? Natürlich hat keiner von euch auch nur das geringste getan, ihr Unschuldslämmchen; ich habe auch nichts angestellt, und doch bin ich hier. Nein, nein, die Betrunkenen bleiben, damit sie ihren Rausch ausschlafen. Wohin ihr gebracht werdet? Ins Untersuchungsgefängnis, und dann vors Gericht. Die Nacht ist lang, Kinder, und es ist besser, im Bett zu liegen. Könnte ich, wie ich wollte... Na, dann los...!«

Einer nach dem andern traten die Männer in den Hof, verschlafen sich die Augen reibend, gähnend, sich streckend und sich in der Kühle schüttelnd; einige husteten heftig und spuckten auf den Boden. Es waren die gleichen Männer, die bei dem Aufruhr mitgemacht hatten: Arbeiter, Tagelöhner, Straßenhändler oder Leute aus der Bucht, die von dem Tumult mitgerissen worden waren, an ihm teilgenommen hatten und dann bei dieser oder jener Gelegenheit in die Hände der Polizei gefallen waren. Keiner schien sich über seine Lage ängstliche Gedanken zu machen. Was auch immer sie getan hatten, es war nicht schwerwiegend, und das schienen sie alle zu wissen. Übrigens war keiner von ihnen zum erstenmal eingesperrt. Einem Mann aus den unteren Schichten geschieht es nicht selten, daß er auf dem Polizeikommissariat landet. Es gibt so viele Gründe dafür: Ruhestörung, Trunkenheit, Irrtümer, Streiks, Raufereien, welcherart auch immer, und manchmal auch kleine Vergehen.

»Stellt euch alle hier auf«, sagte der Polizist und ging zu einer anderen Zelle.

Die Männer drängten sich zusammen, und ein Gefühl der Kameradschaft erwärmte uns: wir waren um der gleichen Sache willen verhaftet worden. Bald war die Gruppe auf ungefähr dreißig Leute angewachsen, die der Polizeibeamte jetzt aufteilte: die Betrunkenen gehen wieder in die Zellen zurück, ebenso jene, die alltäglicher Verbrechen wegen verhaftet worden sind; nur die Aufrührer bleiben im Hof.
»Sie nicht! Nur die Aufrührer. Die Spitzbuben dürfen nicht mit ehrlichen Leuten zusammengeworfen werden und die Betrunkenen nicht mit Nüchternen.«
Der Polizeibeamte glich dem vierschrötigen Keulenmenschen: jeder an seinem Platz. Einige der Häftlinge kehrten in die Zellen zurück.
»Fertig!« verkündete der Polizeiaufseher durch das Gitter, das den Hof abschloß. »Alle sind beisammen.«
Drei oder vier Polizisten kamen, ebenfalls gähnend, zitternd, sich streckend und sich in der Kühle schüttelnd, in den Hof und ließen uns zu zweien antreten.
»Na, dann vorwärts!« befahl der Polizeioffizier, der die Vorgänge von der Tür der Wachstube aus beobachtet hatte.
»Vorwärts marsch!«
Die Gittertür des Hofes wurde geöffnet, und wir marschierten auf die Straße. Dort warteten zwei Polizeiwagen; wir stiegen, von den Polizisten bewacht, ein und machten es uns auf den Sitzen bequem. Die Tür fiel zu, eine Eisenstange wurde vorgeschoben und das Schloß angebracht.
»Fertig! Los!«
Ließ auch der Transportwagen durch einige Schlitze in der Wand etwas Licht und Luft ein, sah man im Innern doch nichts oder nur sehr wenig. Die Männer nahmen ihre Gespräche wieder auf:
»Brrr! Ich bin fast erfroren, und jetzt hab ich einen Wolfshunger!«
»Nun, reicht's dir noch nicht?«
»Wer hat eine Zigarette?«

»Hier! Nimm!«
»Wo? Ich seh ja nichts.«
»Hier.«
Einige Streichhölzer flammten auf, und einen kurzen Augenblick konnte ich die Gesichter meiner Gefährten sehen. Das Licht erlosch aber bald, und die Dunkelheit kehrte zurück, während der Wagen durch die Straßen rollte.
»Wo sind wir jetzt?«
»Ich glaub, in der Avenida Independencia.«
»Schön. Und was wird jetzt?«
»Fünf Tage, wegen Trunkenheit.«
»Und ich hatte eine gute Arbeit. Na ja, da läßt sich nichts machen.«
Da und dort flammten Streichhölzer auf.
»In diesem Monat bin ich schon zweimal verhaftet worden. Hoffentlich erwisch ich nicht denselben Richter.«
»Warum verhaftet?«
»Wie es mit den Armen eben so geht. Ich war mit ein paar Freunden bei einem Arbeitskollegen eingeladen. Da haben wir getrunken und gesungen. Auf einmal geht die Tür auf, und einige Polizisten kommen herein. Wir sind nicht einmal betrunken gewesen. Was ist los? Alle mitkommen. Bah! Und warum? Wegen Trunkenheit und Ruhestörung. Das ist ja fein... Wären wir betrunken gewesen oder auch nur angeheitert, dann wäre der Teufel los gewesen, so aber waren wir ganz ruhig. Schließlich: fünf Tage Polizeihaft oder fünf Pesos Geldstrafe. Wir haben bezahlt und sind dann freigekommen.«

7

Als wir aus dem Transportwagen stiegen, sahen wir uns nach allen Seiten um, mit den typischen Blicken von Gefangenen, die nicht wissen, was sie suchen noch was sie wollen: von der Freiheit Abschied nehmen oder den neuen Ort erkunden. Die Straße war leer. Links, sehr nahe, sah man die Hügel, beleuch-

tet auf der ebenen Seite, dunkel in den Schluchten; rechts mußte das Meer liegen, denn hinter einigen Hütten bewegten sich rote, grüne und weiße Lichtreflexe. Dort war das Meer, jenes Meer, das mir die Archiv- und Papiermenschen verweigerten, als gehörte es ihnen, jenes Meer, das mich anzog, das ich tagelang betrachten konnte, vom Sonnenaufgang bis zum Sonnenuntergang; denn bald näherte sich ein Vogel, ein Schiff, ein Boot, eine Boje, eine Schute, eine Rauchfahne; sie entfernten sich oder verharrten eine Zeitlang unbeweglich, und selbst ohne Vögel, ohne Schiffe, ohne Boote und ohne Bojen, ohne Schuten oder ohne Rauch, immer war das Meer anders: durch eine Färbung, eine Welle, eine Wolke, eine Strömung, ohne vom Wind zu sprechen, mit dem es spielt, indem sie sich gegenseitig reizen durch Windstöße und Schaumkronen, durch Schläge und Wellen, durch plötzlichen Wechsel und feinen Sprühregen, der immer über den Wellenkämmen schwebt.
Das Untersuchungsgefängnis dagegen war ein wenig anziehendes Gebäude; sein Eingang lag nicht in Höhe der Straße, und man mußte zwei oder drei Stufen hinabsteigen, um an das Gebäude und die Tür mit den kleinen Scheiben heranzukommen, durch die man auf einen dunklen, kalten Gang gelangte. Links ging eine Tür ab in einen Raum, der, durch eine Deckenleuchte erhellt, wie eine Zelle aussah.
»Herein.«
Der Amtsraum war klein, und wir füllten ihn im Handumdrehen; einige, die nicht Platz gefunden hatten, blieben im Gang. Den Schreibtisch bedeckte eine grüne Unterlage, die da und dort zerrissen war. Darauf standen ein Tintenfaß und ein kupferner Aschenbecher, auch Papierschnitzel waren darauf verstreut. Im Hintergrund des Raumes war ein Schrank mit hohen Büchern – wahrscheinlich nur Ordner. Zwei oder drei Sessel, ein Armstuhl und ein kleiner braunhäutiger Mann mit angegrautem Haar und pockennarbigem Gesicht, trüben Augen und vertrockneten Lippen, ziemlich ärmlich gekleidet – sein Hemdkragen war ausgefranst –, vervollständigten die Einrich-

tung. Das Männchen empfing uns mit wenig freundlichem Gesicht. Es stand hinter einem Pult, auf dem ein dickes Buch lag, und sagte, die Feder in das Tintenfaß tauchend:
»Also los! Einer nach dem andern. Wie heißen Sie?«
Wir neigten die Köpfe vor und renkten uns fast die Hälse aus, um besser zu sehen, was das Männchen vorhatte. Der Befragte antwortete:
»Rogelio Sánchez.«
»Profession?«
»Eh?«
»Was Sie arbeiten.«
»Ach so! Schutenführer.«
»Waren Sie schon mal verhaftet?«
»Ja. Ein paarmal schon.«
»Warum?«
Rogelio Sánchez, groß und knochig, lachte treuherzig; er hatte blasse Lippen und große Zähne.
»Ich weiß es nicht mehr.«
»Einbruchsdiebstahl?«
»Was fällt Ihnen ein!«
»Schmuggel?«
»Nein...«
»Trunkenheit?«
»Ja, irgend so was...«
»Händel?«
»Rauferei? Ja, ein bißchen.«
»Wo wohnen Sie?«
»Cerro Mariposa, im Häuserblock El Alamo, Wohnung Nummer vierzehn.«
»Wurden Ihnen schon mal Fingerabdrücke genommen?«
»Natürlich, ich hab schon mal Klavier gespielt.«
»Sind Sie verurteilt worden?«
»Nie.«
»Waren Sie angeklagt?«
»Nein.«

»Haben Sie irgendeinen Spitznamen?«
»Don Roge.«
»Das ist ja kein Spitzname.«
»Was kann ich dagegen tun?«
»Warum sind Sie jetzt hier?«
Don Roge, der bisher auf jede Frage sofort geantwortet hatte, wußte nicht recht, was er sagen sollte; er wandte sich hilfesuchend an die Schutzleute. Warum hatte man ihn jetzt hierhergebracht?
»Aufruhr und Eigentumsvergehen.«
»Gut. Kommt vors Gericht. Der nächste.«
Rogelio Sánchez wandte sich ab, erschrocken über die Anklage, die er doch nicht verstand.
»Alberto Contreras, Maler und Anstreicher; Cerro Polanco, La-Veintiuna-Gasse; ja, wegen Trunkenheit; ich habe keinen Spitznamen.«
Der braunhäutige, pockennarbige Schreiber, dessen Feder sehr rasch über das Papier geflogen war, steckte sie in das Tintenfaß und blickte auf, um den Maler und Anstreicher Alberto Contreras eingehend zu betrachten.
»Man soll seinen Spitznamen nicht unterschlagen«, bemerkte er mahnend. »Man findet einen Menschen viel leichter auf Grund seines Spitznamens als auf Grund seines Familiennamens.«
»Ich hab aber keinen Spitznamen. Ist das vielleicht meine Schuld?«
Alberto Contreras war klein und untersetzt, ebenso dunkelhäutig wie der Schreiber, hatte runde Augen, ein aufgedunsenes Gesicht und einen kurzen Hals; außerdem sprach er mit tiefer Stimme.
»Eigenartig«, meinte der Schreiber, dem auf einmal einzufallen schien, daß er Zähne besaß; denn er machte sich daran, geräuschvoll an einem hohlen Backenzahn zu lutschen. »Mit einem derartigen Gesicht müßten Sie doch einen Spitznamen haben. Der nächste.«

»Prudencio Martínez; Cerro Los Placeres, La-Marina-Straße, Nummer achthundertneun; Händler, ledig.«
»Spitzname?«
»Ich hab keinen!«
Der Schreiber steckte seine Feder wieder in das Tintenfaß und hob verdrießlich den Kopf.
»Sie haben auch keinen Spitznamen? Wo kommen Sie denn her? Vielleicht aus dem Finanzministerium?«
Prudencio Martínez – in schmutzigem Staubmantel – blickte den Schreiber verwundert an. Der Tintenspritzer schüttelte ärgerlich verneinend den Kopf, wandte sich wieder dem großen Buch zu und sog an seinem hohlen Backenzahn: die Karies störte ihn, und vielleicht glaubte er, sie ließe ihn in Ruhe, wenn er daran saugte.
»Kein einziger hat einen Spitznamen!« klagte er.
Alle übrigen Angaben der Häftlinge ließen ihn gleichgültig: Name, Wohnung, Beruf, ledig, verheiratet, geschieden, verwitwet, alles war nebensächlich und sagte nichts über die Person, nichts über ihren Charakter aus und unterschied die Menschen nicht; nur der Spitzname tat es. Hunderte von Menschen – Individuen, wie er sagte – wohnen in der La-Marina-Straße, im Häuserblock El Alamo oder in der La-Veintiuna-Gasse, und so viele andere waren auch Händler, Maler und Anstreicher oder Schutenführer und hießen Alberto, Prudencio oder Rogelio, aber zwei Menschen haben nicht den gleichen Spitznamen.
»Viele Leute haben nicht die geringste Ahnung, wie ihre Arbeitskollegen wirklich heißen oder ihre Nachbarn; alle kennen aber die Spitznamen, und hat einer keinen, dann geben sie ihm einen. Das ist so leicht! Und viel praktischer.«
Das Gesicht des Polizeischreibers leuchtete auf, wenn es ihm gelang, einen Spitznamen zu erwischen, um ihn aufzuschreiben. Je weiter das Verhör fortschritt, um so mehr sahen wir uns gezwungen, zuzugeben, daß er irgendwie recht hatte. Der Spitzname war wirklich das einzig Lebendige und Charakter-

volle inmitten jener geisttötenden Folge der immer gleichen Fragen und Antworten.
»Deswegen liebe ich die Diebe«, sagte uns das Männchen. »Jeder hat seinen Spitznamen. Immer wenn sie aus dem Gefängnis kommen, suchen sie sich andere Namen, und manche gibt es, die sich bis jetzt zwanzig oder dreißig zugelegt haben. Aber nie wechseln sie den Spitznamen. Sie können es auch nicht; denn er gehört gar nicht ihnen, und sie würden auch sofort aufhören, sie selber zu sein. Wer weiß schon den bürgerlichen Namen vom Geierschnabel? Niemand; nicht einmal seine Mutter, die ihn taufen ließ; aber ganz Chile kennt ihn als Geierschnabel.«
Er lutschte wieder an seinem hohlen Backenzahn. Die Karies ließ ihm keine Ruhe, wenn sie ihm auch keine Schmerzen bereitete. Das Loch im Zahn störte ihn, und da er es nicht zu schließen vermochte, wollte er es wenigstens von dem befreien, was er darin glaubte. Mit einigen der Verhafteten, die hartnäkkig behaupteten, keinen Spitznamen zu haben, geriet der Polizeischreiber beinahe in Streit. Runde oder lebhafte Augen, mandelförmige oder träge, ein kurzer dicker Hals oder ein langer dünner, zu klobige oder zu gebrechliche Beine, eine besondere Art zu sprechen, ein Lispeln, schlechte Vokale oder Konsonanten, eine hohe oder tiefe Stimme, ein Schnurrbart, ein Haarwuchs ließen in ihm den Verdacht aufkommen, der Befragte verschweige böswillig den Spitznamen. Wie war es nur möglich, daß der Mann keinen Spitznamen hatte? So gab er eben zweien oder dreien solche, daß die Verhafteten in helles Gelächter ausbrachen; denn die Bezeichnungen waren so treffend und spaßhaft, daß selbst die Bedachten herzlich lachten. Einer, den der Schreiber seiner runden Augen und seines gesträubten Schnurrbarts wegen als Seehund bezeichnet hatte, fragte, um ihn zu ärgern:
»Und Sie? Welchen Spitznamen haben Sie?«
Der Schreiber antwortete lächelnd und ohne Hemmung:
»Fliegenschiß.«
Wir lachten, und der Tintenkleckser lebte auf. Er taufte alle um

und stritt mit jenen, die einen unzutreffenden Spitznamen hatten. Sie konnten ihn nicht verteidigen, da sie ja nicht dessen Urheber waren. Außerdem fühlten sie sich mit dem nicht ganz zutreffenden Namen zwar nicht sehr wohl, aber doch vertraut. Eine Änderung hätte nur Verwirrung geschaffen. Der Knoblauchstecken? Nennen wir ihn Tranfunzel.
»Gewiß«, seufzte er. »Aber Kröte? Sie müßte man den Kühlkrug nennen…«
Wir blieben so lange beim Fliegenschiß, bis die einen identifiziert und den anderen die Fingerabdrücke abgenommen worden waren. Schließlich waren wir auch damit fertig, und wir wurden den kalten Gang entlang geführt. Dort übergaben uns die Polizisten, die uns hierhergebracht hatten, anderen, die sich unser jetzt annahmen.
Lange, vielleicht eine Stunde oder auch zwei, kümmerte sich niemand um uns – mit Ausnahme eines Beamten, der uns wie eine Ware ansah, die er auf ihre Güte hin zu prüfen schien –; niemand nahm ein menschliches Interesse an uns, was vielleicht zuviel verlangt gewesen wäre, aber nicht einmal ein juristisches Interesse brachte man uns entgegen. (Der Beamte hatte wahrscheinlich nur ein polizeiliches Interesse an uns.) Den Verhafteten aber schien dies nichts auszumachen; und niemand sagte etwas zu uns, was eine Erklärung verlangt oder eine Erklärung gegeben hätte. Nichts. Auf der anderen Seite des Ganges gab es mehrere Räume; aus ihnen erklangen Stimmen und Schritte; es klingelte, und Telefongespräche waren zu hören, bald gingen die Türen auf, bald zu; Leute kamen heraus oder traten ein, unter ihnen auch der Beamte, der uns so prüfend angesehen hatte.
Der Gang bog links in einen Hof ein, der mit Katzenköpfen gepflastert war und in tiefer Dunkelheit versank; dort konnte man nichts erkennen, auch hörte man kein Geräusch, weder eine Stimme noch ein Lachen oder ein Husten; fast schien es, als wäre die Dunkelheit eine undurchdringliche Wand. Die Polizisten, die anscheinend genau wußten, was in diesem Gewölbe verborgen war, stießen uns vorwärts.

»Nach links, nach links.«
»Man sieht aber nichts«, bemerkte jemand.
»Was wollt ihr schon sehen?« fragte einer, und keiner wußte, war es die Stimme eines Verhafteten oder eines Polizisten.
»Jetzt hier in diese Richtung.«
Wir gingen einige Schritte weiter, hörten, wie eine Tür geöffnet wurde. Wir konnten nichts mehr unterscheiden und erschraken schon, wenn wir einer den andern nur streiften. Man stieß uns weiter vorwärts; die Dunkelheit verschluckte uns, und erst als die Tür hinter uns zugeschlagen und versperrt wurde, legten wir uns Rechenschaft darüber ab, daß wir bereits in dem Grab, in der Kloake oder in der Zelle waren, die man uns zugedacht hatte, deren Form und Größe aber im Dunkel verborgen blieben. Schweigend standen wir da, irgendwo, einer dem andern fremd; es gab kein Antlitz mehr, keinen Körper, keine Stimme; Schweigen und Dunkelheit trennten uns, lösten uns auf; wir verloren uns gegenseitig, und da wir uns verloren, kannten wir uns nicht mehr. War der Mann, der unseren Arm streifte oder dessen Rücken wir plötzlich an der Schulter fühlten, mit uns gekommen, oder war er vor uns schon dagewesen? Wenn er schon da war, wer war es? Lange Zeit verharrte ich auf dem gleichen Fleck, auf dem ich gestanden hatte, als die Tür ins Schloß fiel. Ich konnte aber nicht die ganze Nacht so stehenbleiben, wenigstens eine Mauer mußte ich mir suchen, an die ich mich lehnen konnte. Wo aber waren Mauern? Ich versuchte, die Dunkelheit mit den Augen zu durchdringen; vergeblich. Manchmal schien es mir, als gäbe es hier keine Mauern, sondern Gitterstäbe, nichts als Gitterstäbe ringsum, wie an einem Käfig für wilde Tiere; dann wieder war mir, als wäre die Zelle durch dunkle, sinnlos dünne Vorhänge geteilt. Ich schloß die Augen, öffnete sie wieder und bemerkte ein schwaches Leuchten, ein Flimmern im Raum, das schwebte, sich auflöste und plötzlich wieder da war. Ich schloß die Augen von neuem, aber das Leuchten blieb; es kam aus meinen eigenen Augen. Überzeugt von der Sinnlosigkeit meiner Anstrengungen, ent-

schloß ich mich nun, vorwärts zu gehen, wohin auch immer es sei; ich tat einen Schritt nach rechts; mein Fuß stieß an etwas, das sich aufrichtete.

»Gib acht!« brummte eine rauhe Stimme.

Da lag jemand. Ich erstarrte wieder, und nach kurzem Warten versuchte ich, in die andere Richtung zu gehen. Ich streckte den Fuß vor und berührte den Boden: er war frei. Würde die Mauer wohl weit entfernt sein? Ich breitete die Arme aus und drehte mich um: zwei Menschen standen in Reichweite meiner Arme; einer mir gerade gegenüber und der andere zu meiner Linken. Vielleicht suchten sie wie ich eine der Mauern zu erreichen oder eine Erhebung im Boden, um sich wenigstens niederzusetzen. Ich stellte sie mir vor, unentschlossen den Kopf wendend und die Arme in der Dunkelheit ausstreckend. Als ich den einen von ihnen berührte, murmelte er ironisch:

»Na! Noch einer?«

So tastete ich mich lange Zeit vorsichtig durch die Zelle. Schließlich, als ich die Arme ausstreckte, stieß ich an zwei Wände: eine Ecke. Würde sie frei sein? Ich tat einen Schritt nach vorn, überzeugt davon, mit irgend jemand zusammenzustoßen, der mir einen Fluch entgegenschicken würde, und tatsächlich stieß ich gegen etwas, aber nicht gegen ein menschliches Wesen, sondern gegen etwas Hartes, das sich weder aufrichtete noch zu mir sprach; ich tastete mit dem Fuß und merkte, daß es sich um etwas Kleines handelte; ich trat mit dem Fuß darauf, und es glitt auseinander: es waren Ziegel oder mindestens Gegenstände, die die Größe und die Form von Ziegeln hatten, wenn auch ihre Kälte und ihre rauhe Oberfläche überraschte. Ich stieß einen Seufzer aus, als hätte ich eine Arbeit vollbracht, die nur mit großer körperlicher Anstrengung oder geistiger Konzentration zu vollbringen war, dann setzte ich mich auf das, was ich für Ziegel hielt. Sie verschoben sich etwas, aber es gelang mir, sie wieder zusammenzustellen. Nun hatte ich einen Platz, und hier blieb ich und versuchte, den Ort zu erforschen, an dem ich mich befand. Ich erinnerte mich an meine Gefährten dieser Nacht. Was war mit ihnen geschehen? Irrten sie noch blindlings in der Dunkelheit umher, sich gegenseitig und jene stoßend, die da und dort – wie ich annahm – auf dem Boden lagen? Meine Gefährten waren an die dreißig gewesen. Wo waren sie hingekommen, wenn sie überhaupt irgendwo hingekommen waren? Wie die Dunkelheit lastete auch das Schweigen schwer auf mir. Keine Stimme, kein Husten, kein Rülpsen, kein Schnarchen, kurz, keines der Geräusche, die der Mensch von sich gibt, wenn er wach ist oder schläft. Als hätten sie ein Übereinkommen getroffen, schwiegen die Menschen, die schon vor unserer Ankunft in diesem Raum waren. Schliefen sie, oder waren sie wach? Wenn sie schliefen, warum schnarchten sie nicht? Wenn sie wach waren, warum sprachen sie nicht? Warum rauchten, husteten und bewegten sie sich nicht? In einer Zelle, in der dreißig oder fünfzig Menschen sind oder auch weniger, gibt es immer einen oder zwei, die nicht schlafen und darum rauchen oder plaudern. Und wie viele waren hier: zwei, drei, fünfzig, tausend? Nach längerer Zeit, als ich die Augen in der Hoffnung schloß, daß sie sich an die Dunkelheit gewöhnen und mir erlauben würden, irgend etwas zu erkennen – wenn ich auch nichts sah als das anfängliche Leuchten, das aus meinen Augen gekommen war –, hörte ich es auf einmal neben mir tief und regelmäßig atmen. Ein Mensch schlief, auf dem harten Boden – Betten gab es in diesem Raum wahrscheinlich nicht. Da spürte ich auch – ich weiß nicht wie –, daß sich mir jemand näherte. Die Dunkelheit wurde noch dichter, als sich der Mann mir gegenüber aufstellte, und vielleicht war es mein Geruchssinn, der mir sein Näherkommen verriet: ein »Individuum« ging durch die Finsternis. Ich schauderte leicht und zahllose Fragen schossen mir durch den Kopf: Wer war es wohl? Was suchte er? War es einer der Meinen? Sollte ich ihn zurückhalten oder vorübergehen lassen? Wenn er nicht einer meiner Gefährten war und etwas suchte, von dem ich nicht wissen konnte, was es war, das aber sehr unangenehm sein konnte, dann hatte ich Schlimmes zu erwarten. Gewiß, ich

saß auf einem Haufen harter Ziegel, gute Waffen und Wurfgeschosse, aber ich wußte nicht, ob der Mann nicht eine noch härtere Waffe zur Hand hatte. Schon stand er vor mir. War er einer meiner Leidensgenossen, wäre es grausam gewesen, ihn hier vorbeigehen zu lassen. Ich ermannte mich und ergriff mit der Rechten einen der Ziegel, streckte den linken Arm aus und richtete mich auf, wobei ich den Kopf zurückbog. Ich stieß an einen Arm, tastete nach der Hand und umfaßte endlich ein Handgelenk. Der Mann vor mir zuckte zusammen, was mich beruhigte: er schwebte in der gleichen Ungewißheit wie ich. Ich zog ihn am Handgelenk nach rechts unten, um ihm so zu zeigen, daß neben mir ein Platz frei war, und der Mann, nach kurzem Zögern, tastete ihn mit dem Fuß ab und beugte sich nieder. Ich ließ ihn los, aber als er den Arm aufs Geratewohl ausstreckte, um im Dunkeln den meinen zu suchen, stieß er gegen meine Hand, deren Rücken er mit seinen Fingern freundschaftlich klopfte. »Vielen Dank, Freund.« Dann versanken wir beide in der Finsternis und im Schweigen.
Nun gab es nichts zu tun, als zu warten, und ich beschloß, mich nicht mehr anzustrengen, um zu sehen oder zu hören – »Was wollt ihr schon sehen?« hatte die Stimme gefragt. So blieb ich unbeweglich auf den Ziegeln sitzen, den Kopf zwischen den Händen und die Augen, die mir nichts nützten, geschlossen. Es war heiß und die Luft drückend. Wie spät mochte es wohl sein? Drei Uhr? Vier Uhr? Wie viele Stunden würden wir wohl noch eingesperrt bleiben? Wohin würden sie uns dann bringen, und was würde geschehen? Vor mir tauchte meine ganze Vergangenheit auf: meine Mutter, mein Vater, meine Brüder. Diese bewegten sich, jene standen unbeweglich, aber alle sahen mich an, sahen mich von einer beleuchteten Stelle aus an, vom Gehsteig einer Straße, von der Tür eines Hauses, vom Ufer eines Flusses, von einem Zimmer, das vom weichen Licht einer Lampe mit weißem Schirm überflutet war. Sie konnten nichts für mich tun, und ich vermochte nichts anderes, als sie aus meinem Dunkel heraus anzusehen, einen nach dem andern, indem

ich meinen Blick über ihre Gesichter und ihre Körper gleiten ließ, ihre Bewegungen beobachtete und an ihr Lachen und Weinen dachte. Die Augen der Mutter sahen mich aus weiter Ferne unbeweglich an.
Etwas lief mir eilig über den Nacken; ich fuhr zusammen, und die Vergangenheit erlosch; den Arm zurückbiegend, ergriff ich etwas Kleines, Lebendiges, das ich sekundenlang zwischen meinen Fingern hielt, um es dann fortzuwerfen; es hatte sich weich angefühlt und war rund gewesen: wahrscheinlich eine Schabe. Ich rieb meinen Nacken und schwankte, ob ich bleiben oder mir einen anderen Platz suchen sollte. Ich entschloß mich aber zu bleiben, waren die Plätze doch alle gleich, und selbst wenn sie es nicht waren, hätte ich doch nicht wählen können. Vielleicht war es auch die einzige Schabe, ebenfalls im Dunkel verloren. Abwartend hielt ich meinen Nacken steif: irgend etwas konnte kommen, und kurz darauf kroch tatsächlich ein anderes Insekt über meinen Nacken. Seine Berührung war weicher und flüchtiger. Wieder streckte ich die Hand aus, ergriff das Insekt und spürte, wie ich es zwischen meinen Fingern zerdrückte: eine Wanze. Ich saß auf einer Brutstätte von Ungeziefer. Während ich, angeekelt, jählings aufsprang, brach mir heftiger Schweiß am ganzen Körper aus, und ein Würgen im Hals schnürte mir die Kehle zu. Plötzlich, zu meiner größten Überraschung, erblickte ich mir gegenüber eine Gittertür, so sehr hatte die Erregung mein Sehvermögen geschärft. Entschlossen strebte ich auf die Gittertür zu, stieß dabei mit einem Schläfer zusammen, der auf dem Boden lag und unwillig knurrte. Ich kümmerte mich nicht darum. Die Verzweiflung hatte mich gepackt, und ich wäre bereit gewesen, mit jedermann zu raufen, um mir den Weg zur Tür frei zu machen. Dicke, vierkantige Gitterstäbe, Schloß und Kette sicherten die Tür. Ich versuchte, daran zu rütteln; sie bewegte sich nicht, und es entstand kein Lärm. Meine Verzweiflung wuchs. Ich wollte nicht mehr bleiben; denn bliebe ich, so würde ich eine Ohnmacht oder einen Nervenanfall erleiden. Ich spürte keine Furcht, wohl aber Be-

klemmung. Endlich gelang es mir, das Schloß zu greifen, das an einer Kette hing. Ich schlug es gegen den Messingriegel; ein kläglicher Ton klang durch die Nacht und hallte in der Dunkelheit wider. Menschen knurrten, seufzten auf oder murmelten ein paar Worte. Aber es kam keine Antwort. Ich schlug stärker zu und schrie:

»Hilfe!«

In der Zelle bewegten sie sich wieder; sie seufzten und brummten, und irgend jemand fragte laut, weshalb ich solchen Krach machte. Ich achtete nicht darauf, sondern schlug von neuem zu und schrie, aus Angst, ich bekäme niemals Antwort und müßte, gescheitert und rasend, hier drinnen bleiben. Dann hörte ich Schritte, jemand trat in den Hof.

»Was ist los?«

»Hierher, bitte!«

Der Mann wandte sich zu der Zelle und näherte sich der Tür; anscheinend konnte er im Dunkeln sehen.

»Was ist mit Ihnen los?« fragte er mit freundlicherer Stimme, als ich erwartet hatte.

»Lassen Sie mich raus; mir ist übel.«

»Sind Sie krank?«

Jetzt sah ich ihn, wenn auch nur im Umriß: ein Polizist. Das Gesicht war nur ein dunkler Fleck ohne irgendwelche Linien; er beugte sich zu mir herüber und musterte mich von oben bis unten.

»Ich glaube, ich ersticke hier; lassen Sie mich, bitte, in den Hof!«

Er nahm den Schlüsselbund, öffnete zuerst das Hängeschloß und dann das Schloß der Zellentür, die sich drehte und in den Angeln leicht kreischte. Ich trat hinaus. Der Aufseher schloß die Tür wieder ab, steckte den Schlüsselbund ein und sagte:

»Bleiben Sie hier, aber schreien Sie nicht wieder.«

Er ging weg. Alles war fast lautlos geschehen, und ich hatte es mehr gefühlt als wirklich erlebt. Ein Windhauch streifte mein Gesicht. Langsam beruhigte ich mich wieder und tat einige

Schritte. Infolge der Dunkelheit schien es mir, als hätte der Hof ein Dach, aber die leichte Brise ließ mich den Kopf heben und den Himmel betrachten, der schwarz und gewaltig über mir glänzte. Ich fröstelte und mußte niesen. Der Schweißausbruch war vorüber. Ich durchsuchte meine Taschen und fand darin zwei angerauchte Zigaretten und einige Streichhölzer. So ging ich rauchend im Hof auf und ab und hob von Zeit zu Zeit den Blick. Ich war nicht schläfrig, fühlte mich erleichtert, fast glücklich, und nicht einen Augenblick lang kam mir der Gedanke zu fliehen. Ich hätte es nicht fertiggebracht, den Liebesdienst, den mir der Aufseher erwiesen, auf diese Art zu vergelten. Wahrscheinlich war er sich wohl bewußt, daß ich, selbst wenn ich gewollt hätte, nicht fliehen konnte, befand ich mich doch in einem Polizeigefängnis und nicht auf einem Jahrmarkt. Ich dachte darüber nach, was morgen geschehen könnte, ging im Hof auf und ab, erinnerte mich lächelnd meines Freundes und blieb stehen. Mir war, als hörte ich ihn von seiner zweiten Reise erzählen:

8

»Eines Nachts, als ich vom Fenster meines Zimmers aus den nächtlichen Himmel betrachtete, sah ich zwei Menschen, die langsam auf dem Gehsteig dahinschlenderten. Jeder der beiden trug einen Rucksack auf dem Rücken. Ihr Anblick erregte mich seltsam. Unser Haus steht an der Bahnlinie, auf der die Züge nach Valparaíso oder Los Andes verkehren. Mein Zimmer liegt im zweiten Stock, und sein Fenster geht auf diese Bahnlinie hinaus. Die beiden nächtlichen Wanderer plauderten lebhaft miteinander, und ich erkannte ihre Stimmen, die Stimmen ehemaliger Schulgefährten. Es war Sommer, und ein leichter Wind bewegte das Blätterwerk der dunklen Bäume. Als sie an meinem Fenster vorbeikamen, rief ich:
›Hallo! Ipinza! González!‹
Sie blieben stehen und hoben den Kopf. Sie konnten mich nicht

sehen, da die Zweige der Bäume mich ihren Blicken verbargen. Sie wußten, daß ich schon seit Jahren hier wohnte, und erkannten mich an der Stimme.
›Was gibt's? Wie geht's dir?‹
›Gut. Wo wollt ihr denn hin?‹
›Nach Argentinien.‹
›Wozu?‹
Sie schwiegen. Was sollten sie darauf auch antworten?
›Wir gehen eben. Sonst nichts.‹
Sie warteten, die Gesichter von einer Straßenlaterne erhellt, die mich im Halbdunkel ließ. Einige Sekunden lang flogen meine Gedanken wie aufgescheuchte Vögel nach allen Richtungen: Argentinien, der weite freie Raum, die Berge, die Pampa, Tage ohne Hast und ohne Lehrbücher. Es war Anfang Januar, und die Gebirgswinde wehten an Nachmittagen bis hin zum Meer. Eine Blutwelle schoß mir in den Kopf.
›Wartet!‹
Sie warteten und sprachen miteinander, während ich im Dunkeln meine Siebensachen bündelte und auf die Straße warf, mit der Gebärde eines Seemannes, der seinen Seesack vom Bord auf den Pier wirft, bevor er das Schiff verläßt. Meine Schulgefährten nahmen das Bündel an sich. Dann stieg ich die Treppe hinab. Mein Vater las im Salon, und meine Stiefmutter beugte ihr schönes trauriges Antlitz über eine Handarbeit. Keiner von beiden sprach. Mein Vater hob den Kopf.
›Wohin gehst du?‹
›Ich möchte noch ein bißchen spazierengehen...‹
›Bleib nicht zu lange. Es ist schon nach zehn.‹
›Ich werde gleich wieder hier sein.‹
Und ich verließ das Haus. Ein und ein halbes Jahr dauerte es, bis ich wiederkam. Als der Tag anbrach, schliefen wir, in der Nähe der Stadt Los Andes, im Schutze einiger Büsche auf dem Erdboden; vier Tage später war ich schon dreihundert Kilometer von daheim entfernt und wandte mich nach Mendoza, in Begleitung jener Gefährten, die ich manchmal fast auf meinen

Armen tragen mußte, da sie sich die Füße wund gelaufen hatten. Ich mußte sie waschen, ankleiden und zum Essen zwingen, so wenig waren sie imstande, ein eigenes Leben zu führen, und wären, allein im Gebirge, jämmerlich zugrunde gegangen. Sie schienen eher Kinder als erwachsene Männer zu sein. Ipinza zog in Mendoza in einem Zustand ein, der das Herz einer Hyäne gerührt hätte: auf meine Schulter gestützt, mit verwildertem Bart, schmutzig, hinkend und einen Fuß mit Sackleinen umwickelt, während uns González, auf einen Stock gestützt und dem Heulen nahe, folgte. Abgesehen davon, daß er sich noch selbständig fortbewegte, gab er dem Jammerbild Ipinzas nichts nach. Beide schienen während eines Erdbebens oder einer Sintflut den Klauen des Todes entronnen zu sein. Dies dauerte indes nur so lange, wie sie sich in der freien Natur ihrer Beine, ihrer Arme und ihrer Muskeln bedienen mußten, um gegen eine feindliche Umwelt zu kämpfen. In der Stadt aber waren sie mir voraus, so sehr, daß ich vor Staunen kaum ein Wort fand. Sie waren ein Paar schlauer Füchse, das selbst den Ewigen Vater betrogen hätte. Sie waren voll listiger Einfälle und grenzenloser Erfindungsgabe, immer bereit, sich zu vergnügen, zu essen, zu lachen, als wären sie zwanzig Jahre eingesperrt oder angebunden gewesen und hätten ihre Freiheit gestern oder erst vor fünf Minuten zurückgewonnen. In Mendoza wurde ich ihr Schützling, denn sie vergaßen nicht, wie aufopferungsvoll ich ihnen in den Bergen geholfen hatte. In der Stadt entdeckten sie, wie leicht man auf Kosten anderer leben konnte; und sie wandten diese Erkenntnis entschlossen in der Praxis an, die Erkenntnis nämlich, daß sie in einer Welt der Handelsfreiheit lebten und deshalb, wenn sie nur die nötige Frechheit zeigten und über die erforderlichen Mittel verfügten, frei handeln konnten. Und die Mittel fehlten ihnen ebensowenig wie all jenen, die im Großen wie im Kleinen dieselbe Unverschämtheit aufbrachten. Sie widmeten sich dem Handel mit Schmuckstücken – natürlich billigstes Zeug –, Nickel- und Silberuhren, Talmibroschen, Ringen mit Steinen, die alle Juweliere von Amsterdam zum

Schielen gebracht hätten, so schlecht waren sie; sie verkauften also schäbigsten Schmuck, den jedermann zu bescheidenstem Preis hätte erwerben können. Aber sie schwatzten den Leuten solche Ramschware zu Preisen auf, die weit über dem lagen, was sie selbst dafür ausgegeben hatten. Diese Fähigkeit machte sich bezahlt. Der Schwindel war sehr einfach, und ich selbst arbeitete mit meinen Gefährten zwei- oder dreimal zusammen und war überrascht, wie leicht es war. Man brauchte nur Entschlossenheit und Selbstbeherrschung.

›Lieber Herr! Ich habe eine gute Uhr zu verkaufen. Ein Geschenk. Sie ist ein Familienerbstück.‹

Erst bei dem Wort ›Familienerbstück‹ blieb der Kunde, von den Wendungen ›gute Uhr‹ und ›Geschenk‹ kaum beeindruckt, stehen; es sei denn, der Mann hatte eigene Ansichten über die Familie und die Erbstücke, die sie hinterlassen konnte.

›Eine Uhr?‹

›Ja. Wollen Sie sie sehen?‹

Ein Augenblick des Zweifelns.

›Sie wird wohl sehr teuer sein?‹

Er glaubte wahrscheinlich, daß Familienerbstücke immer wertvoll wären, und die Frage war mehr als eine Frage, sie war eine Bitte um Entgegenkommen.

›Nein. Das heißt, es ist eine gute Uhr, und ich verkaufe sie nur, weil ich in großer Verlegenheit bin. Meine Mutter ist krank.‹

Die ›kranke Mutter‹ gab den Ausschlag.

›Lassen Sie mich sehen‹, murmelte der mögliche Käufer, als handle es sich um eine Verschwörung.

›Hier ist sie‹, sagte der Verkäufer, gleichfalls die Stimme senkend.

Er zog die Uhr, die er am Tage vorher gegenüber dem Bahnhof dem jüdischen Altwarenhändler abgekauft hatte, aus der Tasche, wobei er um sich blickte, als müßte er den kostbaren Schatz vor der Öffentlichkeit verbergen. Die Uhr war noch gewöhnlicher als die eines Postamtes, weil sie aber mit Flüsterstimme und als Familienerbstück angeboten wurde, erhielt sie

den unbezahlbaren Anstrich einer Antiquität. Der Kunde sah sie neugierig und interessiert an, wenn auch mit einem leisen Mißtrauen. Gewiß war die Uhr alt und ging mehr aus Tradition und Trägheit denn aus eigenem Antrieb.
›Sie gehörte meinem Großvater. Ein Negerfeldwebel von den Truppen, die mit General San Martín übers Gebirge gingen, verkaufte sie ihm. Sie scheint aus einer Beute zu stammen, die diese Burschen im Hause eines königstreuen Spaniers machten.‹
Hier mußte man die Stimme senken. Die Wörter ›Beute‹ und ›königstreuer Spanier‹ trieben den Preis der Ramschware hinauf.
›Und wie teuer...?‹
›Weil Sie es sind...‹, antwortete der Verkäufer, als kenne er den Kunden schon seit zwanzig Jahren, ›überlasse ich Ihnen die Uhr für achtzehn Pesos.‹
Plötzlich verlor der Käufer alles Interesse, und dies mit gutem Grund; denn die Uhr, wäre sie auch alles gewesen, was der Verkäufer ihr angedichtet hatte, hätte höchstens vier Pesos kosten dürfen. Im erstbesten Kramladen hätte man sie sogar schon für drei Pesos bekommen.
›Ich würde sie ja nicht verkaufen, wäre meine Mutter nicht so krank‹, meinte der Verkäufer mit schmerzlicher Stimme. ›Ich muß in die Apotheke und dann etwas zum Essen kaufen. Würden Sie nicht fünfzehn geben?‹
Das Interesse des Kunden erwachte von neuem. Die Hoffnung, das Unglück des Verkäufers könne zu seinem, des Käufers Vorteil ausschlagen, stachelte ihn an. Zeige ich nur geringes Interesse, dann geht er sicher weiter runter. Die Alte ist krank und hat keine Medizin, und wenn sie nichts zu essen hat, dann stirbt sie. War das ehrenhafte Spiel von Angebot und Nachfrage an der gewünschten Grenze angekommen – dies konnte man den Gebärden und der Haltung der Schachernden schon aus der Ferne entnehmen –, näherte sich der Geschäftspartner, Ipinza oder González – je nachdem, wer an der Reihe war –,

unschuldigen Gesichts den beiden Männern. Er hatte während der ganzen Zeit auf einer nahe gelegenen Bank gesessen – diese Geschäfte werden gewöhnlich auf öffentlichen Plätzen abgewickelt, wo sich die Müßiggänger am liebsten herumtreiben – und hatte den beiden, die um den Preis des Familienerbstückes stritten, zugesehen. Schließlich, als verzehrte ihn die Neugierde, trat er auf die beiden zu.
›Verzeihen Sie‹, sagte er mit dem verlegenen Lächeln eines Aufdringlichen, der fürchtet, man könne ihn mit einem Fußtritt vertreiben, ›aber ich sehe Sie schon eine Weile um etwas streiten und konnte nun meine Neugierde nicht länger bezähmen. Worum handelt es sich? Vielleicht kann ich Ihnen helfen?‹
Der mögliche Käufer sagte kein Wort, wenn er auch dem Aufdringlichen einen verächtlichen Blick zuwarf; der Verkäufer hingegen täuschte Gleichgültigkeit vor.
›Wir streiten nicht. Wir wollen nur ein Geschäft abschließen‹, versicherte er.
Und fügte kein Wort mehr hinzu. Der Aufdringliche stand da mit solch dummem Gesicht und solch dummem Lächeln, daß er einem fast leid tat. Er verharrte einen Moment schweigend, dann gab er sich den Anschein, als wolle er sich zurückziehen. Der Verkäufer begann in diesem Augenblick von neuem:
›Es handelt sich nämlich um eine Uhr, ein Familienerbstück, das ich dem Herrn hier verkaufen möchte; sie scheint ihm aber zu teuer zu sein. Ich würde die Uhr ja nicht verkaufen …‹
Und er fügte den Rest seines Spruches hinzu. Das Gesicht des Teilhabers strahlte.
›Ein Familienerbstück?‹
›Ja, Señor.‹
Die Augen des Zudringlichen leuchteten auf; er sah den möglichen Käufer an, als wollte er ihn um Entschuldigung bitten, und fragte:
›Könnte ich die Uhr sehen?‹
›Warum denn nicht? Hier ist sie.‹
Der Aufdringliche ließ sie von einer Hand in die andere gleiten;

als hätte er noch nie ein derart kostbares Stück gesehen, betrachtete er sie von vorn, von der Seite und von hinten und fragte, wie hoch man das Alter der Uhr schätze, wie lange sie gehe und ob es Garantie darauf gäbe.
Das Opfer biß sich inzwischen auf die Lippen und verfluchte den Störenfried, der dem Verkäufer die Uhr zurückreichte und fragte:
›Und… wie teuer soll sie sein?‹
Nun stieß der Verkäufer auf den Grund der Sache.
›Weil Sie es sind und soviel Interesse gezeigt haben… außerdem ist es schon spät geworden… sagen wir, fünfzehn Pesos.‹
Der mögliche Käufer richtete einen vorwurfsvollen Blick auf den Verkäufer. Von ihm hatte er anfangs achtzehn Pesos verlangt; drei mehr als von dem andern.
›Da ich aber in großer Verlegenheit bin‹, sagte der Verkäufer und trieb den Dolch des Anreizes noch tiefer, ›würde ich sie sogar für zwölf Pesos hergeben.‹
Der Liebhaber von Familienerbstücken, für den der Preis nur auf fünfzehn Pesos gesenkt worden war und der nun die Uhr entschwinden sah, trat zwischen die beiden Geschäftspartner und wandte sich an den Lästigen.
›Verzeihen Sie, aber ich hatte schon vor Ihnen mit dem Herrn hier verhandelt.‹
›Schon gut, schon gut…‹, antwortete schüchtern der Angesprochene, ›aber da dieser Herr…‹
›Wenn ich weg bin, können Sie sich so lange mit ihm unterhalten, wie Sie es nur wünschen.‹
Und sich entschlossen an den Verkäufer wendend, fügte er hinzu:
›Für zwölf Pesos nehme ich die Uhr.‹
›Gut‹, antwortete der Mustersohn, mit einem Gesicht, als wäre es ihm völlig gleichgültig, welcher von den beiden die Uhr erhalte; nur die kranke Mutter interessierte ihn. ›Da, nehmen Sie.‹

Das Opfer zog die Scheine, reichte sie hin, empfing die Antiquität und verließ eilig die Szene, indem er im Vorübergehen dem Aufdringlichen noch einen abfälligen Blick zuwarf. Dieser aber blieb bei dem Verkäufer, und beide machten sich auf die Suche nach einem neuen Opfer.

So verdienten sie ziemlich viel Geld, aber alles war ihnen zuwenig, führten sie doch mit ihren Freß- und Saufgelagen das Leben von Millionären. Ich war sehr überrascht. In der Schule waren sie, wenn auch nicht gerade scheu gewesen, so doch ruhig und, wenigstens nach außen hin, unfähig, auch nur irgend jemand zu betrügen; die Handelsfreiheit hatte sie verdorben.

Ich mußte sie verlassen, da sie mich in eine sehr unangenehme Lage brachten. Sie hatten Beziehungen zu zwei Freudenmädchen, die an ihren Gelagen teilnahmen. Eines Nachts, betrunken, beschlossen Ipinza und González, mit den Mädchen zusammenzuleben. Da die Mädchen aber nicht so mir nichts, dir nichts das Bordell verlassen konnten, mußte erst die Rechnung mit den Besitzerinnen oder den Geschäftsführerinnen beglichen werden: Pension, Wäsche, Anleihen und Vorschüsse, Abzüge dafür und Aufschläge dafür, Rechnungen, die verwickelter sind als eine brasilianische Erbschaft, ohne davon zu reden, daß es die Bordellbesitzerinnen nie gern sehen, wenn sich eines der Mädchen vom Geschäft zurückzieht, es sei denn, es muß dringend ins Krankenhaus, um eine Wunde heilen zu lassen. Es mußte aber etwas geschehen, da die beiden Mädchen die Kleider, auf die sie nicht verzichten wollten, in jenem Haus zurückgelassen hatten. Sie sprachen mit mir darüber und beredeten mich, wenigstens mit einer der Geschäftsführerinnen zu verhandeln.

›Die Geschäftsführerin‹, so sagten sie mir, ›ist sehr ängstlich‹, und als ich erstaunt aufsah, beeilten sie sich, einzuschränken: ›sehr ängstlich der Polizei gegenüber. Du sagst ihr, daß du Polizeibeamter bist und den entsprechenden Auftrag hast, und dann gibt sie dir alles heraus.‹

Ich ließ mich davon überzeugen, und beglückt vom Lächeln eines der Mädchen, das mich mit den Augen zu streicheln schien, ging ich zu dem Bordell, das am Stadtrand von Mendoza lag. Vor dem Haus hielt ich inne, blickte um mich wie ein Feldherr, der den Kampfplatz rekognosziert, bevor er die Schlacht beginnt. Alles war still; denn nur des Nachts gingen Leute durch die Straße. Vor dem Haus war erst gefegt worden; die Fenster und die Türen waren verschlossen, und nirgends vernahm man das leiseste Geräusch. Das Haus schien unbewohnt, und ich bedachte, daß ich leicht entkommen könnte, wenn sich etwas Unvorhergesehenes ereignen sollte. Ich klingelte; ein langgezogener gellender Ton schallte durch das schweigende Haus. Man war es offensichtlich nicht gewohnt, daß zu dieser Stunde geklingelt wurde. Nach einer Weile hörte ich, wie jemand die Treppe herunterkam, an der Tür herumfingerte, die Vorlegestange zurückschob und aufschloß: eine alte Frau.

›Was wünschen Sie?‹ fragte sie, den Besen in der Hand.

Ich gab meiner Stimme einen energischen Ton.

›Ich habe den Auftrag, mit der Besitzerin zu sprechen.‹

Die Alte sah mich erstaunt an.

›Jetzt? Sie schläft noch; sie wird erst um vier Uhr aufstehen.‹

Die Uhr hatte eben erst zehn geschlagen.

›Ich komme von der Polizeidirektion und muß sie sprechen.‹

Das Erstaunen der Alten verwandelte sich in Schrecken; anscheinend fürchtete auch sie sich vor der Polizei. Sie warf mir wieder einen forschenden Blick zu; als sie aber das mürrische Gesicht eines Polizeibeamten vor sich sah, lehnte sie die Tür an und sagte:

›Warten Sie einen Augenblick.‹

Sie stieg die Treppe wieder hinauf und ließ mich vor der Tür stehen. Das Herz klopfte mir bis zum Hals, und ich hatte größte Lust, schleunigst wegzulaufen, aber das ferne Lächeln der Dirne hielt mich zurück. Endlich hörte ich von oben die Stimme der Alten:

›Heda! Die Gnädige sagt, Sie sollen heraufkommen.‹

Die Alte hatte fast im Flüsterton gesprochen. Ich empfahl mich allen Heiligen, knöpfte meinen Überzieher zu, richtete mir noch schnell die Bügelfalten und begann die Treppe hinaufzusteigen. Oben angekommen, betrachtete ich schweigend den Raum. Ich war noch nie in einem Bordell gewesen, weder zu dieser noch zu einer anderen Stunde, und hatte keine Beziehungen zu Prostituierten gehabt. Der Salon sah aus, als wäre er der eines gutbürgerlichen Hauses, mit den Farnpflanzen, der Kleiderablage, den billigen Drucken an den Wänden, den kleinen Teppichen; dem gebohnerten Fußboden, den Deckchen auf den Möbeln, den sauberen, unbeschädigten Tapeten. Vom Salon gingen die Türen zu den Schlafzimmern ab. Sie waren verschlossen. Ein Bett ächzte; dann vernahm ich die Schritte bloßer Frauenfüße auf dem Boden. Die Tür öffnete sich ein wenig, und in die Öffnung trat eine hochgewachsene dunkle Frau mit sehr schwarzem Haar, den Körper in einen Morgenrock gehüllt, der nicht gut schloß und mehr als nur den Ansatz der hohen, runden Brüste sehen ließ.

Meine Zunge schrumpfte, und mein Mund war trocken; der Hals war mir wie zugeschnürt. Während sich die Frau mir näherte, hob sie die Arme, um das herabwallende Haar zurückzustreichen. Der Morgenrock öffnete sich, und ein Nachthemd aus rosa Seide wurde sichtbar. Meine Zunge verschwand ganz, und mein Hals wurde trocken wie eine Wüste. Wider Erwarten war die Stimme dieser Frau, die mir ein unfreundliches ›Guten Morgen‹ zurief, nicht voll, geschmeidig, schmeichelnd wie Samt, sondern heiser, unangenehm, mürrisch, die Stimme einer Frau, die gewohnt war, derbe unflätige Reden zu führen und zu einer Frau Stute, zu einem Mann aber Hurenbock zu sagen. Ich war entsetzt; der herrliche Körper hätte eine schönere Stimme verdient. Als sie bis auf wenige Schritte herangekommen war, rief sie:

›Edelmira! Bring mir das Frühstück.‹

Edelmira, das war die alte Dienerin. Aus einem der Zimmer kommend, antwortete sie, daß sie das Frühstück sofort bringen werde, und entfernte sich nach dem Hintergrund des Bordells.

Inzwischen fragte mich die Frau, lächelnd und den Ton ihrer Stimme etwas dämpfend:
›Was hat Sie zu mir geführt?‹
Mir schien, als wäre etwas mehr Freundlichkeit in ihre Stimme gekommen, eine zwar noch brummige Freundlichkeit, doch fühlte ich mich von ihr umschmeichelt; ich beherrschte mich aber und sagte streng:
›In der Polizeidirektion wurde Anzeige gegen Sie erstattet. Es handelt sich um Olga Martínez.‹
Als sie den Namen hörte, warf sie sich in die Brust.
›Olga Martínez? Ja, die war hier in Pension und ist davongelaufen, ohne ihre Schulden zu bezahlen.‹
›Sie behauptet, daß sie Ihnen nichts schuldig sei. Sie sei zwei Jahre in diesem Haus gewesen und habe nicht einen einzigen Centavo bekommen. Sie verlangt, daß Sie die Kleider herausgeben, die sie hiergelassen hat.‹
Das Weib war nahe daran zu platzen, und ich warf einen verstohlenen Blick auf die Treppe; dort stand niemand. Wie viele Sprünge müßte ich machen, um auf die Straße zu gelangen?
Sie wandte sich mir zu, der ich wie gebannt auf einen breitkrempigen Hut und einen Stock blickte, die an einem Haken hingen.
›Sagen Sie diesem Weibsstück, sie soll kommen und ihre Kleider holen, und wenn sie alles bezahlt hat, was sie mir schuldet, dann kann sie ihre Hemden und die dreckigen Fetzen mitnehmen.‹
Sie raste vor Wut: diese Stimme, ihre berufsmäßige Stimme, zerriß mir mit ihrem Kreischen fast das Trommelfell. Sie tobte. Wäre das Mädchen hier gewesen, dann hätte es sich auf das Schlimmste gefaßt machen müssen. Diese Frau gab alle Zurückhaltung auf und achtete nicht mehr auf ihren Morgenrock, der sich öffnete und das rosa Nachthemd und die vollen Brüste sehen ließ; sie erregten mich nicht mehr. Um sich mit dieser Frau ins Bett zu legen, brauchte man Geld oder überschüssige Kraft, und ich hatte weder das eine noch das andere und konnte

auch nicht hoffen, es je zu besitzen. Die Zärtlichkeit, diese für Mensch und Tier kostbare Blüte, mußte in ihren Händen oder zwischen ihren Beinen verbrennen, als wäre sie in ätzende Säure getaucht worden. Mein einziges Verlangen war, so rasch als möglich dieses Haus zu verlassen, zu fliehen, aber ich war ein Vertreter der Staatsgewalt, und ein Vertreter der Staatsgewalt darf nicht fliehen; es sei denn, es liegt ein triftiger Grund vor. Etwas stotternd antwortete ich:
›Ich sprach gestern auch mit dem Chef darüber; der Chef gab mir den Auftrag, Ihnen zu sagen, Sie möchten mir die Dinge, die dem Mädchen gehören, aushändigen.‹
Die Frau blickte mich überrascht an. Sie war wirklich schön: schwarze Augen, starke Augenbrauen, volle, sinnliche Lippen, dunkelhäutig. Was hatten jener Hut und der Stock mit ihr zu tun?
›Sie sagen, der Chef habe Ihnen den Auftrag gegeben? Antoñito?‹
Ich bejahte: Don Antonio de Larrazábal, der Leiter der Untersuchungsabteilung, war ohne sein Wissen mein Vorgesetzter.
Die Frau fuhr, jetzt lächelnd, fort:
›Warum haben Sie mir das nicht gleich gesagt? Er ist doch im Haus... Gestern nacht ist er mit Julia zusammengeblieben. Warten Sie einen Augenblick; ich werd mit ihm reden. Vielleicht ist er schon wach...‹
Sie wandte sich um; ich mich ebenfalls. Die Treppe war frei. So hatte also Antoñito die Nacht hier verbracht. Ich weiß nicht, wie lange es dauerte, bis die Frau die Tür erreicht hatte, an der sie stehenblieb und klopfte. Vielleicht Jahre. Eine verschlafene Stimme brummte; die Bordellbesitzerin öffnete die Tür und trat ein. Bevor sie im Zimmer verschwand, warf ich einen letzten Blick auf sie; und da sie den Morgenrock wieder geschlossen hatte, war sie von hinten ebenso begehrenswert wie von vorn: sich leicht in den Hüften wiegend, mit ihren hohen Absätzen, ihren feinen Fesseln und ihren kräftigen Beinen. So-

lange sie sich so bewegte, würde ihr kein männlicher Vertreter des Gesetzes etwas zuleide tun. Das war mein letzter Eindruck; einige Sekunden später stand ich schon auf der Straße. Bereits auf dem Gehsteig erfaßte mich namenlose Wut, nicht etwa auf die Mädchen, die nur Opfer waren und immer sein werden – sei es das eines Zuhälters oder das einer Bordellbesitzerin –, sondern auf jene, die mich in das Abenteuer verwickelt hatten: Ipinza und González. Ich mußte mich von ihnen trennen, wollte ich nicht eines Tages in eine weit schlimmere Sache hineingezogen werden. So kehrte ich nicht mehr ins Hotel zurück, und am nächsten Tag brach ich nach der Pampa auf.
Monate später kam ich wieder nach Mendoza. Und als ich dort eingesperrt wurde, da man mich der Sabotage an Verschalungen, mit denen ich mein Brot verdiente, angezeigt hatte, traf ich – wen glauben Sie? – meinen Freund Ipinza, der, mit wildem Bart und tränenden Augen, in einer Ecke auf einer leeren Flasche saß und aussah, als warte er nur noch auf die Stunde der Hinrichtung. Als er mich erblickte, klammerte er sich an mich und brach in Tränen aus.
›Was ist geschehen?‹
Er war keiner Antwort fähig, und so ließ ich ihn sich ausweinen. Durch das Weinen röteten sich seine Augen noch mehr, der struppige Bart, von Speichelfäden durchzogen, schien sich noch mehr zu verfilzen. Er sah scheußlich aus, und ich empfand Mitleid. Obwohl sie mir jenen bösen Streich gespielt hatten, konnte ich doch nicht umhin, für jene Gauner eine gewisse Zuneigung zu empfinden; ich weiß nicht, weshalb.
›Ich bin wegen des Todes von Olga verhaftet.‹
›Hast du sie getötet?‹
›Sie hat sich vergiftet.‹
›Warum?‹
Er erzählte mir eine lange und blöde Geschichte, die ich anhören mußte, da ich die Zellentür nicht öffnen konnte, um wegzugehen. Am nächsten Tag wurde ich freigelassen, und einige Wochen später brach ich nach Chile auf. Natürlich in einem

Güterzug. In Zanjón Amarillo stieg ich aus, und nachdem ich einen Schluck Wasser getrunken hatte, machte ich mich auf den Weg, einen alten Vorarbeiter, den ich von Mendoza her kannte, zu besuchen. Ein Wind blies, der alles in den Fluß zu reißen schien. Ich kam nicht weit: zitternd, die Augen entzündet, die Haut von den Gebirgswinden gegerbt, Kleider und Schuhe zerfetzt, die Füße voller Geschwüre, hungrig und schmutzig, saß Ipinza auf dem Bahnhof. Ich steckte ihn in das Zelt des Vorarbeiters, wie man einen Leichnam in einen Sarg legt, und pflegte ihn vierzehn Tage: eine abscheuliche Bronchitis. Schließlich ging es ihm besser, und wir setzten unsere Reise nach Chile fort. Ich als sein Krankenwärter. Ich sprach mit Ipinza kein Wort, da ich ihn zu sehr verachtete, aber ich konnte ihn nicht im Stich lassen, besonders, da er so feige war. ›Und dieser Vogel da?‹ fragte mich mein Freund, der Vorarbeiter, indem er mich mit dem rechten Auge forschend ansah, denn das linke war blind. ›Wie ist es möglich, Landsmann, daß du dich mit einem derartigen Spitzbuben in der Welt herumtreibst?‹ – ›Sei still, Herrera: manchmal kommt mich die Lust an, ihn in den Fluß zu werfen.‹«

9

Endlich begann es Tag zu werden, und eine zarte Helligkeit hob sich vom Erdboden und von den Mauern ab. Die Luft wurde langsam klar, und die Dunkelheit löste sich auf. Die Sterne verblaßten; ein neuer Tag brach an für die Menschen, für die Gefangenen und die Freien, die Kranken und die Gesunden, die Jungen und die Alten, die Elenden und die Mächtigen, und brachte das gleiche, was er gestern gebracht hatte, oder auch Schlimmeres: eine Krankheit zum Beispiel, oder Verzweiflung. Ich sah zur Zelle hinüber, die ich beinahe vergessen hatte, und war überrascht, daß die Vorderfront nur aus Gittern bestand, während die übrigen Teile Mauern waren. Die Zelle war nicht größer als die, in der ich das erste Mal eingesperrt ge-

wesen war. Ich mußte dem Leben nach und nach seinen Tribut zollen, denn niemand kann ihn auf einmal zollen; es sei denn, er stirbt. Den ersten: als man mich mit meiner Mutter zusammen verhaftete; den zweiten, als meine Mutter starb; den dritten: als mein Vater verhaftet und verurteilt wurde; und dies war der vierte, wenn mich mein Gedächtnis nicht täuschte.
Einige Männer waren schon aufgestanden und näherten sich dem Gitter. Sie blickten in den Hof, als blickten sie in eine Wüste. Unter ihnen waren auch einige meiner Gefährten und lächelten mir zu: wir erkannten uns wieder.
Polizisten betraten den Hof. Die Nacht ging zu Ende. Wie ein Tänzer oder ein Schwimmer hatte ich in ihr mit den Fußspitzen einen der zahllosen Abgründe berührt, vor denen der Mensch im Laufe seines Lebens steht, einen Abgrund, aus dem eine bange körperliche und moralische Bedrücktheit aufsteigt, die man ertragen kann oder auch nicht, der man sich zunächst überlassen oder die man abschütteln muß, sich ihr beugend oder sich gegen sie auflehnend. Ich hatte sie abgeschüttelt, nicht weil ich die Last nicht ertragen hätte, sondern nur, weil mir niemand gesagt hatte, wie ich sie ertragen sollte. – Und nun war ich froh darüber. Hätte ich mich ihr für immer überlassen und sie ertragen, weil sie eben da war, genauso wie manche eine Ohrfeige oder eine andere Beleidigung einfach hinnehmen, so wäre mir dies als böse Vorbedeutung für meine Zukunft erschienen. Was hätte ich dann im späteren Leben nicht alles geduldig hingenommen.
»Aufstellen, zu zweien. Vorwärts! Schnell!«

10

Er hatte ein rotes Gesicht, das da und dort kleine Pusteln aufwies, die am Aufbrechen waren; die vollen Lippen waren immer feucht und wie von Speichel bedeckt, und die dicke, fast violette Zunge glitt immer wieder über die Lippen, um die zu große Feuchtigkeit zu mindern. Sein Gesichtsausdruck war lebhaft, die Stimme freundlich; nur sprach er etwas überstürzt. Vielleicht zwangen der stärkere Speichelfluß und die dicke Zunge ihn dazu: er mußte rasch aussprechen, was er dachte oder zu sagen hatte; denn hielte er den Mund zu lange offen, wäre er wohl übergeflossen. Er erklärte, Florentino Hernández zu heißen, Maler und Anstreicher zu sein und mit dem Spitznamen »Mennige« gerufen zu werden, einem Spitznamen, der gewiß auf seine Gesichtsfarbe zurückzuführen war.

»Mennige!« rief der Fliegenschiß begeistert aus. »Das ist ein Spitzname! Gestatten Sie mir, Sie zu beglückwünschen. Er paßt genau auf Sie!«

An dem Seil, an das wir gebunden wurden, war er mein Nachbar.

»Zu zweien, zu zweien!« rief der Polizist, als er uns alle im Hof versammelt sah.

Nur einige wenige, mit zerzaustem Haar und schmutzig, blieben in der Zelle. Sie standen an den Gitterstäben und sahen ausdruckslos auf den Hof. Wir anderen, Bekannte und Unbekannte, Neuangekommene und schon Dagewesene, bildeten schweigend eine Kette. Man hatte sich nichts zu sagen, jeder hatte das Seine zu tragen, und das genügte ihm. Die Gesichter waren vor Müdigkeit verfallen, und die Kleider hatten ihre Form verloren. Der Polizist kam von der linken Seite her auf mich zu, steckte mir seine Hand unter die Achselhöhle, und bald spürte ich, wie das dünne Seil sich fest um meinen Arm legte.

»Kommen Sie her.«

Mennige kam gehorsam heran, und der Polizist wiederholte an seinem rechten Arm die gleichen Handgriffe, die er bei mir am linken getan hatte. So waren wir einer an den anderen gebunden und warteten unbeweglich, bis die Reihe vollzählig war. Nur die Schritte der Polizisten waren im Hof zu hören. Als alle angebunden waren, ließ man uns durch den Gang gehen und öffnete das Tor; wir traten zu zweien auf die Straße, wie Schüler, die einen Klassenspaziergang machen. Die Polizisten liefen an unserer Seite, diesmal ohne Säbel und ohne Karabiner, aber mit Pistolen im Gürtel. Wir waren ungefähr fünfzig Männer, immer zu zweien zusammengebunden. Die Straßen waren noch ziemlich leer, und die Leute, denen wir begegneten, betrachteten uns neugierig, ohne jede Anteilnahme: wir waren für sie nur ein Schauspiel. Viele unter uns wußten nicht recht, was sie mit den Augen tun sollten, und einige starrten auf den Boden; andere wieder gaben den Vorübergehenden den Blick zurück, den diese ihnen zugeworfen hatten. Bald aber bemächtigte sich unser eine Art Stolz; wir hoben die Köpfe und blickten verächtlich auf die Leute, die wir trafen, während wir uns bemühten, möglichst gefährlich auszusehen. Wir wußten, dies war nur ein Versuch der Verteidigung, ein kindlicher Versuch, aber der Mensch verteidigt sich eben, so gut er kann. Die uns so neugierig betrachteten, wußten nicht, wie wenig wir verbrochen hatten. Führt man denn einen Betrunkenen, einen Menschen, der einen Besen gestohlen, oder einen anderen, der einige Ohrfeigen ausgeteilt oder vielleicht auch einige Straßenlaternen in einem Aufruhr zerschlagen hatte, an einem Strick durch die Stadt, bewacht von Polizisten mit Pistolen im Gürtel? Nein. Wir waren sicher Schwerverbrecher, und obwohl wir alle wußten, daß wir nur arme kleine Teufel waren, moralisch unfähig, schwere Delikte zu begehen, versuchten wir doch, uns durch unser Gehabe einen anderen Anschein zu geben; wir rechtfertigten damit die Polizei. Wenn uns aber niemand ansah, dann fühlten wir um so deutlicher das Widersinnige und Demütigende unserer Lage.

Die Straßen waren mit Glasscherben, mit Steinen, Asphaltbrocken und Papier bedeckt. Die Straßenbahnwagen, die man umgeworfen hatte, waren nicht mehr da. Während der Nacht waren sie wieder aufgerichtet und in die Werkstatt geschafft worden.

Der Weg war nicht lang. Wütender Hunger nagte in mir, und ich dachte wehmütig an jenes stinkende Stück Fisch, meine letzte Mahlzeit, bevor ich verhaftet worden war. Wann würde ich wieder etwas zu essen bekommen? Geheimnis. Ich hatte weder Geld noch irgend etwas zu verkaufen, um mir Geld zu beschaffen. Wir kamen in eine Straße mit hohen bräunlichen Häusern. Hier standen höchstens drei oder vier Häuserblocks; und sie endete am Fuße eines Hügels, wo sie aufhörte, Straße zu sein, schmaler wurde und, mit Steinstufen und Holzgeländer versehen, mühselig den Abhang hinaufkletterte.

Unser Ziel war das Untersuchungsgefängnis, ein festes, schmutziges Gebäude, wo auch das Gericht, wahrscheinlich zur größeren Bequemlichkeit der Inhaftierten, tagte. Von dort ging es direkt in die Zellen; einige Schritte, und alles war erledigt. Wir stiegen einige Stufen hinauf, liefen durch Gänge mit vielen kleinen Amtsräumen für Sekretäre, Untersuchungsbeamte, Schreiber, Telefonisten, Archivare, Polizisten, die nur mit dem Nötigsten ausgestattet waren: ein Tisch, ein Stuhl, ein zweiter Stuhl, ein Kalender und vielleicht noch ein anderer, schwarze Ziffern, rote Ziffern, Spucknäpfe, Tintenfässer, Tintenfässer hier und Tintenfässer dort; die Gerechtigkeit bedarf vieler Tintenfässer. Schließlich blieben wir in einem großen Raum vor einer Tür stehen: Strafgericht erster Instanz.

Die Reihe zerfiel; wir drehten uns um und bildeten Gruppen; die Polizisten um uns herum. Die Tür wurde geschlossen, und nun band man uns los; jetzt bestand ja keine Gefahr mehr, daß der eine oder der andere davonlief. Wir setzten uns auf die Bänke, verdrossen. Mennige, der sich an meine Gesellschaft schon gewöhnt hatte, setzte sich neben mich und bot mir Zigaretten an.

»Vielleicht kommt der Richter bald«, sagte er und fuhr mit der Zunge über die Lippen, als er den Satz beendet hatte.

»Warum?«

»Dann brauchen wir nicht mehr lange zu warten, und sie lassen uns los.«

Er rückte näher und fragte mich leise:

»Haben Sie Geld?«

Diese unpassende Frage hatte ich am wenigsten erwartet.

»Nicht einen Centavo.«
Er nahm die Zigarette aus dem Mund und betrachtete sie: die eine Hälfte war ganz naß geworden. Er riß sie ab und steckte den Rest wieder in den Mund.
»Sicherlich verurteilen sie uns wegen Trunkenheit«, sagte er, »fünf Pesos oder fünf Tage Haft. Billig, nicht wahr?«
Er blickte mich an, als wollte er meine Meinung darüber erfahren. Seine Augen waren dunkel und friedlich. Ich stimmte zu, während ich seine Zigarette betrachtete, die schon wieder völlig durchnäßt war. Die übrigen Häftlinge verhielten sich still oder sprachen leise miteinander, als schüchtere sie die Anwesenheit der Polizisten ein. Diese, an den Enden der langen Bänke sitzend, schwiegen und gähnten.
»Was arbeiten Sie?«
»Ich bin Maler und Anstreicher.«
Er warf einen Blick auf meine Kleider, die voller Bleiweißflekken waren.
»Mir ist's nicht aufgefallen«, bemerkte er.
Seine Kleidung war sauber und zeigte nicht die Spuren irgendeiner Arbeit: ein billiger Anzug aus hartem Stoff.
»Man hat mich zu einer blöden Zeit erwischt«, klagte er.
Dann nahm er die Zigarette aus dem Mund, sah sie an: vor Nässe ausgegangen. Da ließ er sie auf den Boden fallen.
»Ich wollte gerade zu einem Mädchen gehen, hinter dem ich schon ein paar Monate her war und das immer nein gesagt hat. Jetzt hat sie auf einmal ja gesagt. Ich zog mich um, ja sogar gebadet hab ich mich. Es hätt sich bezahlt gemacht. Aber ich bin nicht hingekommen, und jetzt wird sie sagen, daß ich ein Hanswurst bin. Wenn die nur wüßt, was ich für eine Nacht hinter mir hab! Und glauben Sie nicht, daß ich bei der Rauferei dabei war: ganz einfach hineingeschubst. Schade; eine schöne Nacht zum Teufel. Aber es wird schon wieder werden, nicht?«
Er griff in seine Rocktasche, wollte sein Päckchen Zigaretten hervorholen, besann sich aber eines Besseren und ließ es blei-

ben. Wozu auch, da ihm doch immer nur ein paar Züge gelangen? So rieb er sich die Hände.
»Ich glaub, Sie sind's gewesen, der in der Nacht meine Hand erwischt hat, dort in der Zelle, wie ich da, verlorener als ein Blinder in einem Misthaufen, herumgerannt bin. Wo arbeiten Sie?«
»Ich bin arbeitslos.«
»Bei wem haben Sie gearbeitet?«
»Bei Meister Emilio.«
»Emilio?«
»Ja; Emilio Daza.«
Er dachte einen Augenblick nach.
»Kenn ich nicht.«
Dann blickte er um sich. Niemand beobachtete oder schenkte uns auch nur die geringste Aufmerksamkeit. Er flüsterte:
»Ich hab Geld bei mir. Wie ich zu der Puppe gehen wollt, hab ich mir ein paar Pesos eingesteckt, und jetzt hab ich sie bei mir, natürlich gut versteckt, denn man kann doch keinem Teufel trauen. Wenn sie uns wegen Trunkenheit verdonnern, bezahl ich Ihnen die Strafe. Was sind schon fünf lumpige Pesos; nicht der Rede wert.«
Ich dankte ihm mit einer leichten Kopfbewegung, und er, als hätten wir ein Geschäft abgeschlossen, griff in den Rock, holte sein Päckchen hervor und bot mir eine Zigarette an.
»Rauchen Sie eine.«
»Danke.«
Ich sah lieber nicht hin, wenn auch das, was jeder Zigarette, die er rauchte, geschah, stets das gleiche war: der Speichel sickerte hindurch wie durch einen Filter. Er war aber ein guter Mensch, großmütig, und ich wollte nicht, daß ihn mein Blick überraschte und kränkte.
Die Häftlinge hatten sich in Steinblöcke verwandelt. Sie schwiegen, und außer zweien oder dreien, die rauchten, bewegte sich keiner. Dort saßen sie, den Blick auf den Boden, die Wände oder die Decke geheftet, in Gedanken und Erinnerun-

gen versunken, die zu weit von hier entfernt oder zu nahe waren, die Hände auf die Schenkel gelegt oder über dem Bauch gefaltet, oder sie spielten mit einem Streichholz oder einer Zigarette und waren doch einer vom andern so weit entfernt wie ein Stern von einem Baum. Schmutzig waren sie und vielleicht auch hungrig, die Kleider zerknüllt, die Gesichter übernächtigt, das Haar zerzaust. Sie dachten wohl an ihre Frauen oder an ihre Kinder, wenn sie welche hatten, oder auch an ihre Arbeit, an ihre kleinen Interessen, an das Zimmer, das in irgendeinem Wohnblock ihre Zuflucht war, an die zerrissene Matratze, an tausend kleine und jämmerliche Dinge, mit denen sich ihr einfacher Verstand beschäftigte. Die Polizisten waren ebensowenig vergnügt, noch dachten auch sie an höhere Dinge; vor Langeweile und Untätigkeit hatten sie ihre Gesichter verzogen; die Beamten rutschten auf den Bänken hin und her, schlugen die Beine übereinander, setzten sich bald auf die eine Hälfte des Gesäßes, bald auf die andere.

»Verflucht noch mal! Wann kommt denn der Richter endlich!« knurrte jemand.

Der Richter kam: ein Herr mittleren Alters, sehr sauber, schlank, etwas gebückt und kahlköpfig. Er sah uns verstohlen an, als er durch die Tür trat: wir waren seine erste Arbeit an diesem Tage. Wir bewegten uns auf unseren Sitzen, seufzten, husteten, und die Polizisten standen auf. Dem Richter folgten drei oder vier Personen, wahrscheinlich Justizbeamte, sauber gewaschen, beinahe geschniegelt, selbstgefällig: sie hatten eine geruhsame Nacht hinter sich. Kurz darauf öffnete sich die Tür, und eine von diesen Personen rief:

»Die Häftlinge sollen hereinkommen.«

Man ließ uns einen nach dem andern eintreten. Der Richter saß hinter einem Schreibtisch, der auf einem mit dunkelrotem Plüsch bezogenen Podest stand. Die Ellenbogen auf den Tisch gestützt, hatte er den Kopf in die Hände gelegt. Er trug jetzt eine Brille. Durch ein Fenster hinter seinem Schreibtisch fiel Licht in den Raum. Er blickte ruhig, etwas neugierig auf uns, wie die Passanten auf der Straße; auch er ohne Teilnahme. Als der letzte eingetreten war – wir bildeten eine lange Reihe –, ließ er die Hände sinken und betrachtete die Schriftstücke, die vor ihm lagen. Etwas verwirrt blickte er uns zwei- oder dreimal an, bevor er sich entschloß zu sprechen. Dann wandte er sich an einen der Polizisten, indem er mit dem Kopf auf uns deutete:

»Noch andere?«

Der Polizist antwortete nach kurzem Überlegen:

»Nein, Euer Gnaden.«

Der Richter blätterte in den Schriftstücken, zog eins hervor, legte ein anderes darunter; dann schien er zu zählen und sagte schließlich:

»Es sind vielerlei Anklagen: Diebstahl, Rauferei, Körperverletzung und Unruhestiftung. Siebenunddreißig Häftlinge. Unglaublich! Das ist ja fast eine Massenversammlung.«

Er überlegte einen Augenblick. Es ist nicht das gleiche, ob man über einen oder über siebenunddreißig zu urteilen hat.

»Pedro Cárdenas.«

»Hier, Señor«, antwortete einer der Männer und trat einen halben Schritt vor.

»Juan Contreras.«

»Hier!« antwortete ein anderer.

Der Richter rief die Namen auf, und jedesmal trat einer der Häftlinge aus der Reihe. Dann wandte er sich an den Polizisten:

»Sie sollen draußen warten.«

Die Männer gingen ohne Begeisterung; hinausgehen hieß für sie: länger warten. Zurück blieben wir, die wir wegen Rauferei und Unruhestiftung angeklagt waren. Aber noch immer war der Richter beunruhigt.

»Ich verstehe das nicht«, murmelte er.

Der Sekretär näherte sich ihm und wechselte mit ihm einige Worte. Der Richter übergab ihm ein Papier. Ohne wie dieser zu zögern, verlas der Sekretär weitere Namen. Als er fertig war, gab es drei Gruppen im Saal. Der Sekretär reichte das Papier

dem Richter zurück und setzte sich wieder an seinen Schreibtisch, der kleiner war als der des Richters und abseits stand. Der Richter sah uns an und sagte zu einer der Gruppen mit langsamer, zögernder Stimme:
»Unruhestiftung, Rauferei, Zerschlagen von Straßenlaternen, Umwerfen von Straßenbahnen... Was haben Sie dazu zu sagen?«
Einer der Männer trat vor und gab Erklärungen, aus denen nur so viel zu verstehen war, daß er unschuldig und irrtümlich verhaftet worden sei. Er sei durch eine Straße gegangen, und durch eine andere sei ein Haufen Leute gekommen; er konnte nicht davonlaufen, und so wurde er verhaftet, weil sie ihn mit anderen verwechselt hatten. Der Richter hörte gelangweilt zu, als sage der Mann etwas, was er schon hundertmal gehört hatte und auswendig wußte: es war nichts Neues. Der nächste sang das gleiche Lied. Der Sekretär schrieb, und von Zeit zu Zeit blickte er auf die, die da stotterten. Der Richter trommelte mit den Fingerspitzen auf den Schriftstücken und stützte den Kopf in eine Hand, während er bald den Sprechenden, bald das Papier, dann wieder die anderen Häftlinge, die Decke oder den Fußboden betrachtete. Er schien nicht recht zu wissen, was er tun sollte, und sah plötzlich sehr müde aus. Es sprachen nur drei Männer. Die übrigen hatten verstanden, daß es dumm war, immer dasselbe zu wiederholen, und schwierig, andere Worte zu finden, und so schwiegen sie lieber. Es war wirklich alles gesagt worden, und niemand wäre imstande gewesen, irgend etwas hinzuzufügen, am wenigsten der Richter.
Er hob den Kopf aus der Hand.
»Fünf Pesos Strafe oder fünf Tage Haft. Abführen.«
Die Leute zogen strahlend ab und stolperten fast übereinander. Nun blieben zwei Gruppen, und der Richter wandte sich an eine der beiden:
»Ihr Fall ist schwerer: Überfall und Gewalttätigkeit. Die Anklage sagt, daß mehrere Polizeibeamte verletzt wurden.«
Ein starker Mann mit glänzendschwarzem, gewelltem Haar

trat vor. Die Kleider hingen ihm in Fetzen vom Leib, und das Gesicht war voll blauer Flecke. Indem er bald seine Gefährten, bald den Richter anblickte, sagte er mit grober Stimme:
»Gewalttätigkeit, Euer Gnaden? Ich wurde ohne jeden Grund verhaftet. Ich kam aus der Kneipe. Was hab ich getan? Einen Liter Wein auf meine Gesundheit getrunken. Dann haben sie mir die Arme nach hinten gebogen; mit den Fäusten haben sie mir ins Gesicht geschlagen und mit dem Holzknüttel auf den Kopf. Da, sehen Sie, Euer Gnaden, mein Gesicht: eine Landkarte. Und hier, was sie mit meinem Anzug gemacht haben. Ich habe keinem was getan, und bis jetzt weiß ich noch immer nicht, warum ich hier bin.«
Der Richter wandte sich dem Sekretär zu, als wollte er ihn um Hilfe bitten, aber der Sekretär wußte auch keinen Rat. Der Mann sprach so überzeugend, sein Gesicht war so zerschlagen und so zerrissen sein Anzug, daß es einfach nicht möglich war, ihm nicht zu glauben oder ihm zu widersprechen. Schließlich fragte der Richter einen der Polizisten:
»Sind die verletzten Polizeibeamten zur Stelle?«
»Nein, Euer Gnaden«, antwortete der Befragte.
»Also keine Beweise«, meinte der Richter und ließ von neuem seinen Blick über die übernächtigten Männer schweifen. »Und Sie?« fragte er einen anderen.
Der Befragte war Mennige; er streckte die Zunge heraus, fuhr sich rasch über die Lippen; er war vorsichtig. Dann sagte er überstürzt, als stolpere er über die eigene Zunge:
»Ich weiß nicht, Euer Gnaden. Ich habe mit niemandem gerauft; niemand hat mit mir gerauft; niemand hat mich geschlagen; ich habe niemanden geschlagen.«
Er hielt inne; das Wasser füllte ihm schon den Mund. Schlukkend fuhr er fort:
»Ich bin ein Arbeiter und raufe mit niemand. Wie sollte ich mit der Polizei raufen? Da zieh ich ja den kürzeren. Ich bin doch nicht wahnsinnig.«
Der Richter lächelte. Auch er wußte dies, aber das half ihm

nicht weiter. Beweise gegen die Angeschuldigten waren keine erbracht worden; die Straßenbahngesellschaft stellte keine Schadenersatzansprüche, weder für die Straßenbahnwagen noch für die zerschlagenen Straßenlampen, die ihr gehörten. Sie kam durch die Tariferhöhung auf ihre Kosten. Abgesehen von der Anzeige durch die Polizei, die sich niemand recht erklären konnte, war nichts gegen die Männer vorgebracht worden. Überdies gab es keine verletzten Polizeibeamten. Weniger streng als das erste Mal verkündete der Richter:
»Fünf Pesos Geldstrafe oder fünf Tage Haft. Abführen.«
Er atmete auf, wie von einer schweren Last befreit. Die Männer strahlten über das ganze Gesicht und drängten zur Tür hinaus. Als Mennige hinausging, winkte er mir freundlich zu. Ich verstand: er wollte auf mich warten, um die Geldstrafe für mich zu bezahlen... Aber er sollte umsonst warten. Als ich eine halbe Stunde später das Gericht verließ und in die Zelle des Untersuchungsgefängnisses geführt wurde, stellte ich ihn mir vor, auf einer Bank sitzend oder in einem Gang auf und ab gehend, das Gesicht voller Pusteln, die am Aufbrechen waren; die rote Haut, die Zunge, die ständig über die feuchten Lippen fuhr, die leere Zigarettenschachtel und auf dem Fußboden viele Zigarettenstummel.
Wie konnte ich nur den Richter davon überzeugen, daß ich mit jenem Einbruch in ein Juweliergeschäft nichts zu tun hatte, daß ich die Männer nie gesehen, die in dem Juwelierladen eingebrochen haben sollten, daß ich nicht einmal den Namen der Straße kannte, in der der Einbruch geschehen war, daß ich ein ehrlicher Mensch war, mich selbst wenigstens dafür hielt? Aber auch der Richter konnte mir nicht das Gegenteil beweisen, da kein Beweis gegen mich vorlag, nur die verfluchte Anzeige irgendeines Polizisten, auf der mein Name neben anderen und neben dem des Juweliers stand, in dessen Geschäft eingebrochen worden war. Das war kein Spiel mehr. Der Richter war der Richter und ich nur ein Häftling. Er mußte der Anzeige glauben, bis auf einfache oder verwickelte Art das Gegenteil

bewiesen werden konnte. Wahrscheinlich wäre er sehr gern bereit gewesen, an das Gegenteil dessen, was die Anzeige behauptete, zu glauben, es sei denn, irgend jemand hätte auf einfache oder sehr verwickelte Art das Gegenteil des Gegenteils dessen, was die Anzeige behauptete, bewiesen. Wer hatte ein derartiges Durcheinander geschaffen? Ein Polizist. Aber welcher? Vielleicht der Polizeibeamte mit dem ewig feuchten Schnurrbart oder ein anderer mit einem trockenen? Das war gleichgültig. Mochte es dieser oder jener gewesen sein, der Richter mußte sich an die Anzeige halten; denn wenn er der Polizei nicht glaubte, wem wollte er dann schon Glauben schenken? Glaubte er von Anfang an dem Beschuldigten, dann wäre er als Richter unnütz.
»Abführen ins Untersuchungsgefängnis.«

11

Nach einem Abend des Umherschweifens und einer langen Nacht, mit Aufruhr, Zusammenstößen und hastiger Flucht, nach dem Polizeikommissariat mit dem Betrunkenen, dem Polizeigefängnis mit seinem Schweigen, seiner Dunkelheit, den Schaben und Wanzen; nach der Schaustellung in der Straße und der Demütigung; nach dem Gericht mit dem verwirrten Richter, dem Warten, dem Verhör und dem überraschenden Ende; nach all dem Freud- und Trostlosen war mir die Zelle des Untersuchungsgefängnisses beinahe ein angenehmer Ort, weit und hell, mit einem soeben gereinigten Zementfußboden, mit hohem, mächtigem Gitter und breiten Fenstern an den Seiten.
Der Aufseher schloß hinter uns zu, und da standen wir nun, acht Männer, vor den Insassen jener Zelle; etwa zwanzig oder dreißig jüngere und ältere Männer, Männer mit Rock, Kragen und Hut, andere wieder barfuß und in Hemdsärmeln, ernste und scheue Männer, leichtsinnige und lustige. Kein Bekannter, der uns freundlich zugelächelt, keiner, der uns begrüßt hätte.

Ihre Blicke glitten neugierig über uns hin, ohne Mitgefühl, und unsere Blicke drückten das gleiche aus, hinzu kam die Scheu, die man an einem Ort empfindet, der von fremden Menschen bewohnt wird. Die bisherigen Bewohner dieser Zelle waren in einigen Fällen Freunde oder Kameraden, zumindest Bekannte, da sie schon mehrere Tage zusammen verbracht hatten; wir aber kannten uns nicht einmal, da wir erst seit einigen Stunden beisammen waren und keine Gelegenheit gehabt hatten, miteinander zu sprechen, obwohl wir derselben Sache wegen vor Gericht standen oder stehen würden. Ich war am schlimmsten dran; die andern hatten in der Stadt wenigstens ein Heim und eine Familie. Ich war allein.

Gleich zu Anfang trennten wir uns; ich sonderte mich von ihnen ab, oder sie trennten sich von mir; ich weiß nicht recht, ob es das eine oder das andere war. Drei Gruppen entstanden, eine von vier, eine andere von drei Männern und eine von einem Mann, wenn man einen Mann allein als Gruppe betrachten kann, und jede suchte sich einen Platz. Auf der Pritsche lag Bettzeug, sogar eine Matratze, Decken, Überbetten aller Art, selbst Bettlaken, ein unerhörter Luxus. Auf einem dieser Betten saßen vier Männer; sie waren sauber, wenn auch nicht sonderlich gepflegt, mit leicht verwildertem Bart und ungekämmtem Haar. Sie waren mittleren Alters und taten, als wären sie ganz allein in der Zelle; ich hielt sie für Diebe. Sie hatten etwas an sich, das mir vertraut war, mich wenigstens nicht erschreckte. Dann gab es Einzelgänger, die auf dem Pritschenrand saßen oder an der Wand lehnten. Wer sie waren und was sie dachten, konnte niemand wissen; sie hatten sich von ihren Zellengefährten abgesondert. Es gab noch Gruppen von zwei oder drei Männern, die nicht zu den Dieben gehörten, aber auch keine Einzelgänger waren. Schließlich war da noch eine Gruppe junger, kräftig-schlanker Burschen mit energischen Bewegungen, die Mehrzahl barfuß und in Hemdsärmeln. Sie blickten dreist umher.

Die vier Männer auf dem Bett hoben kaum den Kopf, als wir

eintraten; die Einzelgänger sahen uns traurig an, die Unergründlichen kurz und prüfend; die übrigen blickten hart und kalt auf uns.
Ich setzte mich auf den Rand der Pritsche. Gespräche schlugen von allen Seiten an mein Ohr, aber ich konnte ihnen nichts entnehmen, da sie durcheinanderschwirrten und die Halbwüchsigen sehr laut sprachen und noch lauter lachten. Ich war müde, hungrig und entmutigt. Nie war ich unentschlossener gewesen. Was konnte ich schon tun? In Gefängnissen kann man nur warten. Irgend etwas würde die Zeit, die dahinschlich, schon bringen. Niemand kannte mich in dieser Stadt, und niemand würde kommen, um mich wie einst zu fragen, warum man mich eingesperrt und was ich getan hätte; ich war nicht mehr der Knabe von zwölf Jahren. Auch würde mich niemand, wenn er meinen Namen hörte, überrascht und vielleicht auch voller Zuneigung fragen, ob ich der Sohn des Gallego wäre. El Gallego war hier ebenso unbekannt wie Flammarion. Ich tröstete mich ein wenig damit, daß ich trotz meiner Jugend wie ein Mann aussah, was mir natürlich auch wieder Nachteile brachte. Im Gegensatz zu anderen meines Alters machte es mich befangen, in einer Straßenbahn, einem Eisenbahnwaggon oder einem Theater unter vielen unbekannten Menschen zu sein; ich fühlte mich dabei nicht recht wohl, wenn es auch unterhaltsam sein konnte. Indessen hatte ich kaum, oder nur in seltenen Fällen, Schlimmes zu befürchten. Keiner wagt es mehr so leicht, einen anzugreifen, keiner versucht, sich einen dummen Scherz zu gestatten. Es ist möglich, daß einem Geld gestohlen wird, aber der Dieb weiß im allgemeinen nicht, wen er bestiehlt. Doch in einer Zelle eingesperrt zu sein, ohne jede Stütze von außen oder innen, unbekannt, ohne die Sicherheit dessen, der weiß, warum er verhaftet wurde – ich habe getötet, ich habe gestohlen, ich habe einen Menschen verwundet, ich habe einen Betrug begangen; achtet mich, denn ich bin nicht irgendwer und kann von neuem töten oder stehlen, von neuem jemanden verwunden oder betrügen, Sie oder einen andern –; in einer Zelle einge-

sperrt zu sein, mit meinen kümmerlichen Vorzügen – wo viele weit mehr haben, so schlecht diese auch sein mögen –, ohne andere, ausgleichende zu besitzen: Stärke, Verschlagenheit, Gewalt über andere, Redegewandtheit oder Reichtum: dies alles ist viel schlimmer, vor allem, wenn man nicht in der Lage ist, seine guten Eigenschaften zur Geltung zu bringen.
Ich wußte, ich fühlte, daß die Diebe mich in Ruhe lassen würden. Ich besaß nichts, was sie mir stehlen konnten, und auch andernfalls hätten sie mir wahrscheinlich nichts gestohlen; die Einzelgänger und die Männer, die in Gruppen umherstanden oder -liefen, beachteten mich nicht; ich aber hatte Angst vor den anderen. Warum wohl? An ihnen war etwas, was mich erschreckte, vor allem ihre angriffslustige Jugend, die meiner friedfertigen Art ganz entgegengesetzt war; dann ihre Selbstsicherheit, ihre übermenschliche, fast tierische Kraft, die ich in ihren Bewegungen, ihren Stimmen und ihren Blicken erkannte. Ich wußte nicht, was sie mir antun konnten, und sicherlich würden sie mir nichts tun; möglicherweise war meine Furcht unbegründet und würde mit der Zeit, in zwei oder drei Tagen, verschwinden, aber jetzt konnte ich mich nicht von ihr frei machen. Zwischen den Dieben und mir gab es Unterschiede: Alter, Umstände, Interessen. Es gab sie auch zwischen den Einzelgängern und mir; die Kluft aber, die zwischen mir und jenen Halbwüchsigen lag, war so tief, wie sie sich nur zwischen Wesen verschiedener Gattungen auftut.
Ich kannte sie; mein Vater und andere hatten mir von ihnen erzählt; ich hatte in der Zeitung über sie gelesen; und in einer Zelle mit dreißig oder fünfundvierzig Menschen, wo auch immer sie wäre, hätte ich sie, einen nach dem anderen, herausfinden können, ohne auch nur im geringsten zu zögern oder mich zu irren, um so eher, wenn sie sich in einer Gruppe bewegten. Sie hatten irgend etwas an sich, was ich leicht zu erkennen vermochte: das Haar, die Form des Mundes – fast immer ein großer, sinnlicher Mund –, kleine, fleischige Ohren, runde, lebhafte Augen, die nur flüchtig die Dinge streiften, Arme und

Hände von der Beweglichkeit eines Tieres, harte, ganz harte Fäuste, lange Beine, die den mageren Körper trugen. Es gab auch andere Typen; aber wie der einzelne auch beschaffen war, sie alle hatten etwas Gemeinsames, an dem ich sie erkannte. Und diese Fähigkeit besaß ich nicht erst seit gestern, sondern seit frühester Kindheit, seit der Zeit der ersten Schritte, der ersten Wörter und Spiele. Wenige Menschen wissen zu unterscheiden zwischen einem Wesen, das ein Zuhause hat, in dem auf Reinlichkeit gesehen wird, auf ein wenig Ordnung und auf gewisse moralische Grundsätze – seien sie auch nicht gerade die besten, oder seien sie auch beeinträchtigt, wie in meinem Fall, durch einen Vater, dessen Beruf nicht laut genannt werden durfte –, und einem anderen Wesen, das kein Zuhause hat, ja nicht einmal einen Raum, sondern in einem Winkel aufgewachsen ist, wo Vater, Mutter, Kinder, der Schwiegersohn, irgendein Onkel oder ein Freund zusammen hausen: ohne Licht, ohne Luft, ohne Sauberkeit, ohne Ordnung, ohne Schulbildung, ohne Grundsätze, welcherart auch immer. Der Vater kommt fast täglich betrunken heim, schreit, randaliert, prügelt die Frau, die Kinder und manchmal auch den Onkel oder den Freund; nicht immer gibt es etwas zu essen, oder besser, man weiß nie, ob es etwas zu essen gibt und was; der Vater ist arbeitslos oder arbeitsscheu, der Onkel Invalide, und der Freund ißt, wo er kann und wenn er kann; der Schwiegersohn trinkt auch oder ist arbeitslos oder arbeitsscheu; er ist Hilfsarbeiter oder Händler der niedrigsten Gattung: er sammelt Papier und Knochen, oder er sucht Hundedreck für die Gerbereien oder weiß der Teufel wofür; die Frau ist Wäscherin oder geht betteln; die Kinder essen, was ihnen gegeben wird, wenn die Mutter ihnen etwas geben kann, oder sie betteln bei den Nachbarn, die auch nicht immer etwas zu essen haben; manchmal stehlen die Kinder – der Hunger zwingt sie – und lernen von ihrer Umwelt in langen Jahren jene Art zu leben. Sie können an nichts anderes mehr denken als an die eigene Existenz, und so werden sie zu Tieren: zunächst das Essen, und um sich den Magen zu füllen, greifen sie zu jedem Mittel. Einige brechen zwar aus diesem Kreis aus, aber in jeder Stadt gibt es Hunderte, Tausende solcher Familien: aus ihnen kommen Hunderte, Tausende von Kindern, und aus diesen Kindern werden unvermeidlich jene Männer. Schlagen, verwunden, zerstören ist für sie eine selbstverständliche Gewohnheit, eine Möglichkeit, das Leben zu leben, zu essen, zu trinken und sich zu kleiden. Ich konnte ihnen keinen Vorwurf daraus machen, da sie nicht schuld daran waren, das zu sein, was sie waren oder wie sie waren, aber ich fürchtete sie, wie ein Haustier wilde Tiere fürchtet.

Die Augen fielen mir vor Müdigkeit zu, und ich legte mich auf die Pritsche. Ich schlief ein, zwei, drei Stunden auf dem harten Holz und erwachte erst, als mich einer der Einzelgänger, der neben mir saß, am Arm rüttelte und mich ansprach.

»Ja?!« murmelte ich, noch halb im Schlaf.

»Sind Sie Aniceto Hevia?«

»Ja«, antwortete ich, verwundert, daß hier jemand meinen Namen kannte, und richtete mich auf.

Der Einzelgänger wies auf das Gitter.

»Ein Mittagessen für Sie.«

»Für mich?« murmelte ich und erstaunte noch mehr.

Hätte mir jemand gesagt, man brächte mir ein Seefahrtsbuch, wäre ich nicht überraschter gewesen.

»Ja; das muß für Sie sein. Hier heißt kein anderer Aniceto Hevia.«

Zweifelnd blickte ich zu den Gitterstäben, an denen ein Knabe von zwölf Jahren lehnte und mich anlächelte. Er steckte die Hand, in der er einen Essenträger hielt, zwischen den Gitterstäben hindurch und ließ ihn leicht schwingen. Als ich zögerte, rief er:

»Beeilen Sie sich!«

Dann war jenes Mittagessen also doch für mich bestimmt? Langsam stand ich auf und ging zu dem Knaben, der den Kopf hob, mich wieder anlächelte und dabei die großen, schmutzigen Zähne sehen ließ.

»Aniceto Hevia?«
»Ja, der bin ich.«
Ich starrte den Knaben mit offenem Munde an, nahm den Essenträger und hielt ihn fest in meiner Hand. Ich wußte nicht, was ich tun oder sagen sollte. Der Knabe drehte sich um und schickte sich an wegzugehen, als ich mich besann und ihn fragte:
»Und wer schickt mir das?«
Der Kleine zuckte die Achseln. Er war barfuß, und seine Kleider bestanden aus Lumpen. Er trug kein Hemd, und die zu weite Hose wurde nur durch ein Band gehalten, das ihm über den bloßen Oberkörper lief.
»Ich weiß nicht. Man hat bezahlt, Ihren Namen gesagt, und da hab ich's gebracht. Jetzt hab ich Sie eine halbe Stunde lang gesucht. Wenn Sie nicht bald essen, wird alles kalt werden.«
Damit gab ich mich aber nicht zufrieden.
»Hast du den gesehen, der das bezahlte?«
Der Knabe erinnerte sich.
»Ja, ein Mann mit einem roten Gesicht und Pusteln.«
Dann rannte er davon. Mennige! Der einzige, der dazu in der Lage war, da doch sonst keiner in dieser Hafenstadt wußte, daß man mich verhaftet hatte, und niemand mir auch nur im geringsten verpflichtet war, wenn man das Angebot, für mich eine Geldstrafe zu bezahlen, nicht als Verpflichtung bezeichnen wollte. Da er sie nicht bezahlen konnte, erfüllte er sein Versprechen auf diese Weise. Es war die einzige Mahlzeit, die er mir schickte, und ich hörte nie wieder von ihm. Die Arbeit, die Frauen – die Puppen, wie er sie nannte –, Armut oder Krankheit hinderten ihn daran, wiederzukommen oder sich meiner zu erinnern. (Ich weiß nicht, wo du jetzt bist, demütiger Hafenmaler, ich weiß nicht, ob du gestorben bist, ob du so alt bist wie ich oder älter, aber sei dem, wie dem auch sei, wärest du alt wie Methusalem und ebenso tapfer, nie werde ich deinen Namen und deine Gestalt vergessen, deine dicken Lippen und deine rote Haut, deine geschwollene Zunge und deinen feuch-

ten Mund; auch dein Mittagessen werde ich nie vergessen.) Als ich mich umdrehte, bemerkte ich, daß viele Augenpaare auf mich gerichtet waren, einige überrascht, einige wieder freundlich; andere drückten Verachtung oder Neid aus. Als ich auf meinen Platz zurückging, war es mir, als trüge ich nicht einen Essenträger von normaler Größe, sondern einen übergroßen, der mir das Gehen erschwerte und der gefüllt war mit Truthähnen und Hühnern und mit Keulen der verschiedensten Tiere. Ich erreichte den Rand der Pritsche und setzte mich, ohne recht zu wissen, was ich tun sollte, den Kopf gesenkt und etwas benommen.
Eine Stimme sagte:
»Essen Sie, sonst wird alles kalt.«
Ich blickte auf. Es war der Einzelgänger, der mich geweckt hatte; er lächelte und deutete auf den Essenträger.
»Essen Sie!«
Vielleicht hatte er meine Verlegenheit bemerkt.
Ich beugte mich über das Geschirr und hob den Deckel ab. Fast wäre ich ohnmächtig geworden. Dem Geschirr entströmte der köstlichste Duft, den ich je gerochen hatte, und auf der Flüssigkeit schwammen goldene, durchsichtige Fettaugen. Da gab es Kartoffeln, ein Stück Fleisch, Zwiebeln, einen Stengel Petersilie, ein Salatblatt und die Hälfte einer Möhre und eine Handvoll Reis. Mir lief das Wasser im Munde zusammen, wie es Mennige geschah, und ich mußte die Lippen fest zusammenpressen, damit mir der Mund nicht überlief. Ich hatte aber kein Besteck und blickte den Einzelgänger an, der sich erhob, zur Wand ging, dort in einem Paket kramte und mit einem Löffel und einer Gabel zurückkam.
»Ich habe kein Messer«, meinte er entschuldigend. »Man darf hier keins haben.«
Ich dankte ihm und nahm das Geschirr zur Hand, um zu essen, aber ich hielt inne und blickte den Einzelgänger an.
»Möchten Sie?« bot ich ihm an und deutete auf den Essenträger.

»Danke. Ich habe schon gegessen«, antwortete er würdevoll und vielleicht etwas beschämt.
Ich wollte mich nicht weiter umschauen und aß, bald langsam, bald überstürzt. Unter dem ersten Geschirr kam ein anderes hervor, daß ein Stück Gebratenes und Erbsenpüree enthielt und außerdem etwas Salat. Ein ganzes gutes Mittagessen, und obwohl ich ausgehungert war, konnte ich es kaum schaffen, so sehr hatten mich Überraschung und Verlegenheit aus dem Gleichgewicht gebracht. Indem ich schließlich etwas Püree und ein Stück Fleisch, das ich mit den Händen und den Zähnen nicht zu zerkleinern vermocht hatte, übrigließ, stellte ich den Essenträger wieder zusammen. Ich hatte meine Mahlzeit beendet.
Hinter dem Gitter erstreckte sich nach rechts und nach links ein Gang, der sich, von der Tür her kommend, im Innern des Gefängnisses verlor. Er war sehr belebt. Aufseher, Kinder, Gefangene, gutgekleidete Herren und selbst ein paar Hunde durcheilten ihn; die Menschen, mit Paketen, Körben und Schriftstücken beladen, die Hunde, an den Speiseresten schnuppernd. Strengte ich mein Gehör an, so konnte ich über dem Gewirr der Unterhaltung und den Stimmen in der Zelle, in der ich mich befand, den Lärm aus anderen Zellen vernehmen. Irgend jemand rief nach irgend jemand, und dieser antwortete oder kam und ging, meistens ein zerlumpter kleiner Junge, der Botengänge verrichtete. Bald schrie jemand aus Leibeskräften: »Aufseher vom Dienst!«, oder ein anderer pfiff schrill.
In irgendeinem Winkel der Zelle klang ein Lied auf, zuerst leise und mit schweren, ernsten Akzenten gesungen, dann von einer lauten Stimme, die zu Beginn jeder Strophe die anderen Stimmen übertönte, um dann sofort von diesen beherrscht zu werden, die sie einhüllten, sich mit ihr vereinten und sie schließlich ganz aufsogen, bis sie, wie aus weiter Ferne zurückkehrend, am Anfang der neuen Strophe wieder da war. Die Stimmen hörten sich an wie die Töne eines Klaviers und klangen, als kämen sie aus der Nacht, von der einsamen Straße, aus einem verschlosse-

nen Haus. Worte und Gedanken waren einfach, fast gewöhnlich, aber der Ton und das Gefühl, das die Sänger hineinlegten, verliehen ihnen einen überraschenden Sinn. Ich wandte mich um. In einer Ecke, im Kreise sitzend und die Köpfe einander zugedreht, sang die Gruppe der Halbwüchsigen. Ihre Gesichter hatten sich verändert, irgend etwas war ganz plötzlich aus der Tiefe emporgetaucht, etwas Ungewohntes in diesen Gesichtern, die sonst nur imstande waren, Muskelbewegungen auszuführen. War es Trauer? War es die Erinnerung an die Tage und die Nächte der Freiheit? Vielleicht trug die Erinnerung etwas in ihre Seelen, das ihnen nicht zu eigen war, sondern nur geliehen, um sie für einen Augenblick wenigstens menschlicher empfinden zu lassen? Ich wußte und weiß auch heute noch keine Erklärung dafür, aber es verwirrte mich so, als hätte ich plötzlich in einem häßlichen Antlitz einen Zug verborgener Schönheit entdeckt oder in dem Gehaben eines heruntergekommenen Menschen eine vornehme Gebärde.
In der Zelle war es still geworden, und das Lied klang rein, ohne einen Ton zu verlieren.
Während ich lauschte, entdeckte ich, daß ein neuer Mann in die Zelle gekommen war. Vielleicht war er hierhergebracht worden, als ich schlief. Er mochte dreißig oder vierzig Jahre alt sein, war dunkelhäutig, schlank, gut rasiert, sehr gepflegt, mit einem sauberen blauen Anzug bekleidet; er trug Hemd, Krawatte und einen Rock, und sein Panamahut hatte keinen einzigen Flekken. Hier sah er fast exotisch aus; er saß auf dem äußersten Rand der Pritsche, so als wollte er nur für kurze Zeit unter uns sein und als wartete er, daß jeden Augenblick jemand erscheine, ihn zu holen, und endlich die Minute herankäme, in der er aus diesem Ort befreit würde. Er benahm sich, als säße er im Wartesaal eines Bahnhofs. Dies war in einer Gefängniszelle sehr unangebracht, aber es gibt Wesen, die in der Gewißheit eine Zelle betreten, ihr Aufenthalt könne nicht länger als eine halbe Stunde dauern; im schlimmsten Falle sind sie bereit, eine Stunde zu warten. Sie vertrauen ihren Freunden, ihrem Rechts-

anwalt, ihrer Sache, ihrem Geld und vergessen, daß eine Gefängniszelle eben eine Gefängniszelle ist und ein Gerichtsverfahren ein Gerichtsverfahren, das ebensogut in zwei Stunden wie in zwei Monaten oder auch erst in zwei Jahren, ohne Freunde, ohne Rechtsanwalt und ohne Hoffnung noch Glauben an ein schnelles Gerichtsverfahren beendet sein kann. Ein Bein über das andere geschlagen, zeigte er sehr schöne, fast durchsichtige Socken aus schwarzer Seide. Er konnte sowohl ein großer Schmuggler von Zigaretten als auch einer von Seidenstrümpfen oder Whisky sein. Er war ungeduldig. Warum holte man ihn nicht heraus? Dann fuhr er mit der Hand in die linke Rocktasche und zog etwas hervor, das er erst selbst betrachtete und dann herumzeigte: eine goldene Uhr. Er drückte auf die Krone, und der Deckel sprang auf und warf dabei einen goldenen Blitz, der die Zelle erhellte. Der Mann sah nach der Zeit, klappte den Deckel wieder zu und steckte die Uhr in die Tasche.

Das Lied brach einen kurzen Augenblick ab, vielleicht eine Sekunde, vielleicht auch weniger, und schwankte wie eine Welle, die auf ein Hindernis stößt, das sie zwar nicht aufzuhalten vermag, sie aber von ihrem Weg ablenkt. Der Ton des Liedes änderte sich. Weniger schwermütig, weniger gefühlvoll, war es plötzlich zu Ende. Der Einzelgänger blickte mich an, schüttelte den Kopf, als bedaure er etwas, das eben geschah oder bald geschehen würde. Der elegante Mann, ganz seinem Warten hingegeben, bemerkte keinerlei Veränderung und blickte wie gebannt auf das Gitter, an dem er von einem Augenblick zum andern seinen Rechtsanwalt oder den Diensthabenden mit dem Entlassungsbefehl erhoffte. In die Ecke, in der gesungen worden war, kam Bewegung: einige der Burschen setzten sich rechts auf die Pritsche, andere links, und zwei gingen an das Gitter, durch das sie hinausblickten, als erwarteten sie jemanden. Dann kehrten sie zurück und pflanzten sich uns gegenüber auf. Der Zauber ihres Gesanges war dahin; die Gesichter waren wieder hart und unerbittlich. Es ging um eine goldene Uhr. Der

Einzelgänger wandte kein Auge von dem Mann in dem blauen Anzug und den Seidensocken; auch ich blickte ihn an und wurde unruhig. Was würde geschehen? Die beiden Burschen, die am Gitter gestanden hatten, näherten sich langsam, die anderen kamen von rechts und links heran. Die Schlinge zog sich zusammen. Plötzlich wurde der Mann heftig zurückgeworfen, wobei er tierähnliche Laute von sich gab und mit den Beinen in die Luft stieß, da er zu ersticken vermeinte. Acht oder zehn Burschen hatten sich auf ihn gestürzt und hielten ihn eine Sekunde lang fest, dann hoben sie ihn hoch; er drehte sich wie eine Puppe in der Luft und fiel wie ein schwerer Sack zu Boden. Eben noch so vornehm, lag er nun da mit zerzaustem Haar, ohne Hut, den Rock geöffnet, keuchend und halb betäubt... Alles war mit solcher Geschwindigkeit vor sich gegangen, daß selbst wir, die wir Zeugen waren, nicht vermocht hätten, genau zu sagen, wie alles geschehen war und wer wirklich an dem Überfall teilgenommen hatte. Die Burschen ähnelten einander in ihren Bewegungen, ihrer Kleidung, ihrem Gesichtsausdruck und in ihrem Blick zu sehr, als daß man sie hätte identifizieren können, besonders in diesem Moment.

Als der Mann sich vom Boden erhob, saßen oder lagen alle übrigen Insassen der Zelle, und aller Augen waren auf ihn gerichtet, um zu erfahren, wie er sich nun verhalten würde. Er warf einen raschen, verwirrten Blick auf die Gesichter ringsum, aber keiner richtete das Wort an ihn. Auch er schwieg. Was sollte er sagen, und an wen sollte er sich wenden? Er lief an das Gitter, hielt sich an den Stäben fest und schrie:

»Aufseher vom Dienst! Aufseher vom Dienst!«

Erst nachdem er vier- oder fünfmal geschrien hatte, erschien ein Aufseher.

»Was ist los?« fragte dieser seelenruhig.

»Man hat mir meine Uhr gestohlen!« schrie der Mann erregt.

Diese Mitteilung überraschte den Aufseher genauso, wie mich das Mittagessen überrascht hatte.

»Ihre Uhr?« fragte er.

»Ja, meine goldene Uhr.«
Der Aufseher, ein dicker, friedlicher Mensch, sah ins Innere der Zelle, als wollte er uns zu Zeugen einer derart verrückten Behauptung aufrufen. Hätte der Mann gesagt, ihm wäre ein Büffel gestohlen worden, wäre die Überraschung des Aufsehers nicht größer gewesen.
»Sind Sie dessen sicher?« fragte er wieder und sah ihn dabei scharf an.
»Wieso sollte ich dessen nicht sicher sein!« schrie der Beraubte, wütend über die Zweifel und die Ruhe des Aufsehers. »Ich kaufte sie in Cristobal und hatte sie in der Rocktasche. Hier überfielen sie mich und raubten mir die Uhr samt Kette.«
»Die Kette war auch aus Gold?« fragte der erstaunte Aufseher wieder.
»Nein! Nur vergoldet, aber die Uhr war echt!«
Der Aufseher seufzte tief.
»Und Sie kamen mit einer goldenen Uhr in der Tasche in diese Zelle?«
Der Mann bewegte nervös seine Hände, als er antwortete:
»Natürlich, hier in der Rocktasche. Sie gehört ja mir.«
Er war außer sich.
Der Aufseher warf wieder einen Blick in das Innere der Zelle; aber diesmal hatte sich der Blick gewandelt. Er suchte keine Zeugen mehr. Was er suchte, waren die Schuldigen. Keiner gab den Blick zurück; alle senkten die Köpfe. Er wußte aber, wo er zu suchen hatte.
»Schön«, murmelte er, und während er sich entfernte, fügte er wie erklärend hinzu:
»Ein Goldührchen in Nummer eins.«
Der Mann hielt sich noch immer an den Gitterstäben fest, ohne hinter sich zu blicken, wo einige ihren Platz wechselten. Etliche Gefangene näherten sich jetzt dem Gitter, unter ihnen auch die vier Diebe, alle sehr aufgeregt und den Mann mit dem Panamahut mitleidig und verwundert betrachtend. Einige der kleinen Botengänger stellten sich außen ganz nahe am Gitter auf.

Der Aufseher kam mit dem Diensthabenden und vier anderen Aufsehern zurück. Der Diensthabende, ein kleiner, untersetzter, dunkelhäutiger Kerl mit kurzem Hals, wandte sich an den Bestohlenen:

»Sie sind der mit der Uhr?«

Mit beinahe schmeichlerischer Stimme antwortete dieser:

»Ja.«

Er hatte sich etwas beruhigt.

Der Diensthabende sah ihn scharf an.

»Wissen Sie, wer der Dieb ist?«

Der Mann zögerte etwas, doch dann sagte er:

»Nein. Ich weiß es nicht. Sie packten mich von hinten, und es waren mehrere, die sich auf mich stürzten. Sie haben mir die Augen zugehalten.«

Der Diensthabende blickte ihn wieder scharf an.

»Haben Sie irgend jemand in Verdacht? Wenn Sie jemand in Verdacht haben, dann sagen Sie es ruhig.«

Der Mann blickte in die Zelle. Nun standen alle am Gitter.

»Ich weiß es nicht«, hauchte er.

Der Diensthabende wandte sich an die anderen Aufseher und befahl:

»Öffnen Sie die Tür.«

Der Aufseher öffnete.

»Alle raus und in einer Reihe aufstellen.«

Wir traten aus der Zelle und stellten uns auf; der Mann mit der Uhr stand uns gegenüber und musterte einen nach dem andern. Es konnten alle, es konnte aber auch keiner gewesen sein.

Zwei Aufseher und der Diensthabende traten in die Zelle und durchsuchten alles, was sie dort fanden; sie entdeckten aber nichts und kamen aus der Zelle zurück.

»Untersuchen Sie alle, einen nach dem andern«, befahl der Diensthabende den Aufsehern, während er den Vorgang überwachte.

Wir wurden von oben bis unten durchsucht, unbarmherzig an den Kleidern und am Körper abgetastet.

»Öffnen Sie die Beine. Ein bißchen mehr. Die Arme hoch. Öffnen Sie den Gürtel und springen Sie.«
Fremde Hände glitten mehrmals unter die Achselhöhlen, über die Rippen, den Nacken, durch den Hosenbund, über die Schenkel, das Gesäß, die Weichen, die Beine, alles.
»Ziehen Sie die Schuhe aus. Fertig? Auf die Seite!«
Die vier Diebe waren die einzigen, die während des Vorganges sprachen.
»Achtung! Nicht so drücken!«
»Glauben Sie, daß eine Uhr da Platz hat?«
Sie schienen ihrer selbst sehr sicher, und sonderbar, man ließ sie nicht einmal die Schuhe ausziehen.
»Nichts!« berichteten die Aufseher, müde vom dauernden Bücken.
Der Diensthabende wandte sich dem Mann zu:
»Es ist nichts zu finden, Señor.«
Der arme Teufel wußte nicht, was er sagen sollte.
»Haben Sie mich verstanden?«
»Ja, Señor.«
Mit einem verzweifelten Lächeln fügte er hinzu:
»Haben sie die Uhr nicht vielleicht in eine andere Zelle schaffen lassen?«
Der Diensthabende warf den dicken Kopf zurück und gluckste vor Lachen wie eine Henne.
»Ihretwegen soll ich die ganzen Zellen durchsuchen lassen?« fragte er, noch immer lachend. »Nein, Señor, wenn hier etwas verschwindet, ich rede gar nicht erst von einer Uhr, sondern nur von einem Löffel, dann ist es, als wäre er auf dem Grund der Bucht von Valparaiso verschwunden. Niemand wird ihn wiederfinden, und wenn wir darauf bestehen, ihn zu finden, dann müßten wir die ganze Stadt Haus für Haus absuchen; der Löffel aber liefe immer weiter weg.«
Er näherte sich dem Mann und legte ihm eine Hand auf die Schulter.
»Sollten Sie unglücklicherweise wieder einmal eingesperrt wer-

den, dann lassen Sie es sich ja nicht einfallen, eine Uhr, sei sie aus Gold, Silber, Stahl, Nickel, Blech oder aus Holz, mit hierherzubringen. Verkaufen Sie die Uhr, verschenken Sie sie, verpfänden Sie sie oder schmeißen Sie sie weg. Aber bringen Sie die Uhr nicht mit in ein Gefängnis, wenn Sie sie nicht so verstecken können, daß Sie selber sie nicht mehr finden. Wenn Sie das nicht können, nehmen Sie Abschied von ihr: sie wird Ihnen gestohlen werden.« Und sich an die Häftlinge wendend:

»Hinein mit euch, Banditen!«

In seiner Stimme lag leichter Spott.

Wir traten wieder in die Zelle und gingen auf unsere Plätze zurück. Nur der Mann mit der Golduhr blieb lange vor dem Gitter stehen. Ich wußte nicht, was mit ihm war, aber irgend etwas war mit ihm. Er war losgelöst von allen andern und zeigte eine tiefe Verachtung für das Gefängnis und seine Insassen, für jeden und alle, vielleicht, weil er sich über sie erhaben fühlte, vielleicht auch, weil das Bewußtsein seiner Unschuld oder seiner Schuld ein anderes war als unseres, denn wir nahmen – aus diesem oder jenem Grunde – ein Los auf uns, das er nicht verdient zu haben glaubte oder das ihm unmöglich war zu ertragen, selbst wenn er es verdient hätte. Das Geschehene mußte ihn noch weiter von uns entfernen. Er ging am Gitter entlang, die Hände in den Hosentaschen, den Rock offen – so wie ihn die Diebe verlassen hatten – und den Hut im Nacken. Immer wieder warf er verzweifelte Blicke auf den Hof. Er sprach kein Wort, näherte sich niemandem, um ein Wort an ihn zu richten. Alle waren sich über seinen Zustand im klaren: sie achteten ihn, oder er war ihnen gleichgültig. Als er seiner Wanderungen müde geworden war, setzte er sich auf die Pritsche, wo er den Rest des Tages blieb, indem er abwechselnd die Beine übereinanderschlug und dabei immer seine schwarzen, durchsichtigen Seidensocken zeigte. Die Lichter der Zelle flammten hoch oben an der Decke auf, und als bemerke er erst jetzt, daß die Nacht hereinbrach, nahm er seine Wanderung wieder auf; schon warf

er angstvolle Blicke auf den Hof. Als es fast dunkel geworden war, näherte sich ein Aufseher dem Gitter und rief:
»Francisco Luna!«
»Hier«, antwortete der Verzweifelte und blieb voller Hoffnung stehen.
»Man bringt Ihnen Bettwäsche und das Abendessen«, teilte ihm der Aufseher mit.
Der Mann antwortete nicht. Dies war die furchtbarste Nachricht, die man ihm bringen konnte. Heute würde er nicht mehr entlassen werden.
Der Aufseher, der wußte, worum es sich handelte, ließ sich durch das erschütternde Schweigen des Mannes nicht beeindrucken und ging, um kurz darauf mit zwei Botenjungen zurückzukehren, von denen der eine die Bettwäsche trug, während der andere einen Speisenträger brachte. Der Mann wies das Essen zurück.
»Bring es wieder weg! Ich habe keinen Hunger.«
Die Bettwäsche nahm er und warf sie erbittert auf den Platz, auf dem er gesessen hatte, als wollte er sie nicht oder als störte sie ihn nur. Dann nahm er von neuem seine Wanderung auf, und spät, vielleicht schon lange nach Mitternacht, als die Müdigkeit ihn übermannte und stärker war als seine Hoffnung, breitete er sein Unterbett und seine Decke aus und legte sich nieder. Sein dunkles, glattrasiertes Gesicht war voll Bitterkeit und Verzweiflung.

12

Und wie der Tag für alle kam, so erschien auch die Nacht und brachte, was sie immer brachte: Freuden, Sorgen, Schlaflosigkeit oder den Tod. Für die Insassen jener Zellen aber brachte sie, wie für die Insassen aller Zellen der Welt, weniger als für die Freien: weder Freuden noch Überraschungen, und für viele weder Ruhe noch Schlaf. Während des Tages kann immerhin jemand für den Häftling eintreten: die Frau, ein Bruder, die

Mutter, der Vater, ein Freund, und es ist möglich, daß die Sache vorangeht, daß der Rechtsanwalt eine Eingabe macht, der Richter ein Urteil fällt oder den Beschuldigten verhört. In der Nacht: nichts. Die Gerichte haben ihre Tore geschlossen, der Richter mit seinen Akten ist weggegangen, der Rechtsanwalt schläft, und die Verwandten, die weder den Richter noch den Rechtsanwalt zwingen können, in der Nacht zu arbeiten, gehen auch nach Hause. So heißt es warten, und der Häftling, der am wenigsten warten kann, läßt die Nacht verstreichen, ohne etwas anderes tun zu können.

Langsam trat auch im Untersuchungsgefängnis Ruhe ein. Die Botenjungen blieben aus, aus blieben auch die Herren mit den Akten; zurück blieben nur die Häftlinge, die Aufseher und die Hunde. Jeder einzelne hüllte sich in seine Erinnerungen, in seine Bitterkeit, in seinen Schlaf, in seine Pläne, und selbst die Halbwüchsigen, die den Mann mit der goldenen Uhr überfallen hatten, wurden immer stiller und schliefen ein, von sinnlosem Nichtstun niedergezwungen, zu einer Stunde, in der sie sonst in ihrer gewohnten Umgebung ihre Streifzüge unternahmen.

Die Lichter brannten die ganze Nacht hindurch; die ganze Nacht hindurch, Stunde um Stunde, hallten die Schreie der Aufseher, die dem Dienstführenden antworteten, durch die Gänge. Dieser schrie zuerst, so laut er nur konnte: »Eins!« Dann kam es gellend zurück: »Zwei! Drei! Vier!«

Der Einzelgänger borgte mir eine Decke, und ich konnte mir die Füße zudecken und schlafen und schreckte nur auf, wenn der Aufseher gerade vor dem Gitter der Zelle seine Antwort schrie. Er hatte die Nummer vier, und sein Schrei zersprang an den Wänden wie eine Granate:

»Vier!«

Er lächelte allen zu, die ihn, von dem Schrei geweckt, mit trübem Blick ansahen und vor sich hin murmelten.

Die Nacht ging zu Ende. Bevor der Einzelgänger einschlief, fragte er mich nach dem Grund meiner Verhaftung und erzählte mir, warum er hier wäre. Er war ein etwas dicker, aber gutgewachsener, dunkelhäutiger Mann; er trug einen blauen Anzug, hatte keine Krawatte, und sein Hemdkragen stand offen. Das gewellte Haar fiel ihm ab und zu in die Stirn; ein kleiner Handwerksmeister, halb Mechaniker, halb Installateur, der in irgendeinem Teil der Stadt eine Werkstatt hatte. Seine dunklen, dicken Hände schienen keine Arbeiterhände zu sein. Er hatte ein Mädchen vergewaltigt, nicht etwa ein unbekanntes Mädchen auf einsamem Weg oder im Wald, sondern ein bekanntes, das sechzehn Jahre zählte; es war in seiner Wohnung geschehen.

»Das Schlimme daran ist, daß ich verheiratet bin«, sagte er und sah mich aus dunklen, leuchtenden Augen an, »und meine Frau gern habe. Da bin ich in einen Blödsinn geraten! Warum, fragen Sie mich? Aus Gier.«

Er schwieg und sah zu dem Gitter hin.

»Sie kommt alle Tage, bringt mir das Essen und hat mir auch einen Rechtsanwalt besorgt.«

Er wurde gewahr, daß ich nicht begriffen hatte, wen er meinte.

»Ich spreche von meiner Frau. Mit ihr habe ich zwei Kinder. Sie hat sich nicht beklagt, hat nicht geweint, hat mir keinen Vorwurf gemacht. Nun stehe ich noch jämmerlicher da! Manchmal kommt mich die Lust an, mit dem Schädel gegen die Gitter zu rennen.«

Ich hatte noch keine Erfahrung in der Liebe, und die Erzählung langweilte mich. Es war mir unverständlich, weshalb ein Mann, der seine Frau liebt, sich mit solchen Geschichten abgibt.

»Ich weiß nicht, wie ich die Angelegenheit ins reine bringen soll. Nichts in der Welt könnte mich von meiner Frau und meinen Kindern losreißen. Aber darum geht es gar nicht. Es verlangt ja auch keiner von mir, daß ich sie verlasse. Ich kann aber auch dem Mädchen nicht wieder zurückgeben, was ich ihm genommen habe oder was sie mir fast unter die Nase hielt. Das schlimmste ist... schon als sie geboren wurde, waren ihre Eltern und ich Nachbarn, und so kenne ich sie seit ihrer Geburt.

Ich weiß nicht, warum, aber, noch ganz klein, machte sie es sich schon zur Gewohnheit, zärtlich zu mir zu sein, zärtlicher zu mir als zu ihrem Vater; sie wuchs heran, ihre Zärtlichkeiten ließen nicht nach; sie küßte mich, umarmte mich, erstickte mich fast mit ihren Küssen und Umarmungen und steckte mir ihre Hände überallhin. Die Mutter lachte, der Vater auch, alle lachten wir über das verrückte Ding. Die Leidenschaft, die der Fratz für mich zeigte, war sehr spaßig. Kein anderes Kind, kein Knabe, noch weniger ein Mädchen, durfte in meine Nähe, wenn sie bei mir war. Eines Tages heiratete ich; sie war damals zwölf Jahre alt und sehr wütend. Monatelang sprach sie kein Wort mit mir, und wenn sie mich auch nur von fern sah, versteckte sie sich. Da verstand ich erst, was los war... Später kam sie wieder und zeigte sich auch zärtlich. Verstehen Sie? Meine Frau lachte; die Mutter lachte und der Vater auch; nur ich, ich und sie, wir beide lachten nicht mehr darüber. Bis eben... Der Verteidiger sagt, daß ich Glück hätte, wenn ich mit nur zwei Jahren Kerker davonkäme. Was meinen Sie dazu?«

Ich konnte nichts dazu sagen.

»Eins! Zwei! Drei! Vier!«

Am nächsten Tag konnte ich in seinen verzweifelten Blicken lesen, daß ich ihm den Trost, den er von mir erhofft, nicht hatte geben können. Jeder hält seinen Fall für den wichtigsten und tut recht daran, handelt es sich doch um seine Freiheit oder seine Verurteilung, um seine Unschuld oder seine Schuld, fast um sein Leben oder seinen Tod, manchmal um Ehre oder Ehrlosigkeit, um das Wohlbefinden oder das Elend seiner Familie, alles unerläßlich und unersetzbar, unübertragbar wie gewisse Dokumente. Wenn auch alle berechtigterweise ihren Fall in den Vordergrund stellen, was man achten muß, wie man das Leiden eines Kranken achtet, so können sie doch nicht behaupten, daß ihr Vergehen oder Verbrechen das einzig Bemerkenswerte im ganzen Gefängnis sei. Nein, wahrhaftig nicht! Und wenn sie es glauben, dann ist es ihre Angelegenheit; ich glaube es nicht und bin schläfrig.

Ich gab ihm mit Dank die Decke zurück und stellte mich an das Gitter. Der neue Tag brach an. Plötzlich erfaßte mich heftige Abneigung gegen diesen Einsamen. Weshalb sah er mich so vorwurfsvoll an? War es meine Schuld, daß sein Vergehen so brutal war und mich nicht interessierte und daß ich eingeschlafen war, als er mir die Einzelheiten berichtete? Weshalb hatte er, wenn er seine Frau und seine Kinder liebte, jenem Mädchen oder sich selbst nicht einen Tritt in den Hintern gegeben, als es noch nicht zu spät war? Seine Klagen und die Reue, die er zeigte, schienen mir dumm und lächerlich der Haß, den er gegen das Mädchen hegte. Was geht mich die Geschichte überhaupt an? Soll er sich zum Teufel scheren!

Ich sprach nicht mehr mit ihm; das Mädchen hatte uns entzweit. Am Vormittag wurde ich mit mehreren Häftlingen in eine andere Zelle gebracht, wobei ich von meinen Leidensgenossen getrennt wurde, die ich erst vor dem Untersuchungsrichter wiedersah, der uns neue Protokolle zur Unterschrift vorlegte und uns, gemeinsam mit anderen Häftlingen, dem Besitzer des Juwelierladens und einem seiner Mitarbeiter gegenüberstellte, der, kurzsichtig, den Sekretär des Gerichts mit einem Häftling verwechselte und ihn als Täter bezeichnete. So wurde ich auch von dem Einzelgänger getrennt, den ich, nachdem meine Abneigung gegen ihn etwas verebbt war, mit Bedauern vermißte: ich mußte in der folgenden Nacht ohne Decke schlafen. Gewiß waren die Vergehen meiner neuen Zellengenossen interessanter als die des reuigen Einzelgängers, aber keinem fiel es ein, mir deshalb eine Decke anzubieten; wahrscheinlich hatte auch keiner von ihnen eine übrig.

Ich ertrug dies einige Tage – zehn, fünfzehn – und fühlte, daß mich irgend etwas mit Furcht erfüllte, meine Fähigkeiten verringerte und mich ins Ungewisse, Dunkle drängte. Wen konnte ich um Hilfe bitten? Die Leute in diesen Gefängnissen liefen hin und her, einige gingen, andere kamen, wieder andere kehrten zurück; nichts war von Dauer, alles ungewiß. Schließlich, nachdem ich einige Tage auf dem Betonboden geschlafen –

nicht einmal eine Zeitung, um mich zuzudecken – und mir vor Kälte die Hosen naß gemacht hatte, fühlte ich den Augenblick gekommen. Ich erwachte mit Kopfschmerzen, und am Nachmittag zitterte ich am ganzen Körper. Kälteschauer liefen mir über den Rücken. Ich versuchte, mich dagegen aufzulehnen, bis ich schließlich bewußtlos zu Boden fiel. Die Häftlinge riefen den Aufseher, der Aufseher den Diensthabenden, der Diensthabende den Arzt, der mich ins Gefängnislazarett überführen ließ. Ich phantasierte und glaubte zu fliehen, 40 Grad Fieber, Geräusche in der linken Lunge, beschleunigter Puls, Schröpfköpfe, Kompressen, vor allem Kompressen, heiße, sehr heiße, wenn sie auch brennen, ja, lassen Sie mich, rühren Sie mich nicht an, ich will zu meiner Mutter, ja, Mutter, schütz mich, mir ist so kalt, gib mir zu trinken, ich bin durstig; lassen Sie mich doch in Ruhe!, wer erlaubt Ihnen, mich anzurühren? Mutter! Helfen Sie mir, ihn festzuhalten... sie wollen mich aus dem Bett reißen... Wasser... Wie geht es jetzt? Schlecht. Armer Teufel. Bitte, holen Sie meine Mutter.

13

Ich war schon drei Monate im Gebirge, als ich eines Morgens das Gefühl hatte, es wäre etwas Ungeheuerliches, das ich nicht näher hätte beschreiben können, geschehen oder würde sogleich geschehen. Ich hörte weder Stimmen noch Schritte, auch nicht eines jener vertrauten Geräusche, die sonst zu dieser Stunde von der Küche oder dem Werkzeugschuppen her zu kommen pflegten. Der Wind hatte sich gelegt, und die Erinnerung an sein unbarmherziges Heulen, das ich noch vernommen hatte, als ich eingeschlafen war, stand in seltsamem Kontrast zu dem Schweigen, das mich jetzt beim Erwachen umgab.

(Ich war an den Wind gewöhnt, fürchtete ihn aber noch immer, vor allem in der Nacht, wenn ich ihn nicht zu sehen vermochte; denn am Tage glaubte ich ihn nicht nur zu fühlen und zu hören, sondern auch zu sehen. Ich sah, wie sich alles unter seiner Last bog und die Menschen kleiner wurden, wenn sie gegen ihn gingen. Ich wußte nie so recht, ob der Wind es war, der sie kleiner werden ließ, oder die Menschen selber ihre Größe veränderten, wenn sie mit ihrem Körper seiner Wucht auswichen. Er rüttelte an ihnen und tat alles, um ihnen den Hut, den Poncho, die Hosen, ja auch die Zigaretten, die Streichhölzer und die Papiere, die sie in den Taschen trugen, zu entreißen. Zog dann der Wind ganz plötzlich seine Hand von ihnen zurück, so hatten sie Mühe, nicht zu fallen; kam er von hinten – der Wind von achtern, wie sie sagten –, dann konnten sie sich kaum des Lachens erwehren. Es war, als hätte sie ein Freund, ein gewaltiger, spielerischer Freund, an den Hosen und am Rockkragen gepackt und sie gezwungen, mit großen Sprüngen bergab zu laufen. Der Wind kam von den Höhenzügen und fuhr in das Tal des Rio de las Cuevas, und am liebsten hätte man sich umgedreht und ihm, wie einem Freund, halb lachend und halb erbost, zugerufen: »Jetzt hör aber endlich mit dem Unsinn auf!« Doch keiner war da, dem man dies hätte zurufen können, und darum mußte man noch mehr lachen. Wie sollte man auch dem Wind etwas zurufen, und was? Strich er über die Telefon- und Telegrafendrähte hinweg, dann sangen und tanzten sie; und sie sangen und tanzten nicht nur; in manchen Augenblicken, wenn das Singen immer heller wurde und die Windstöße immer stärker, hingen sie weit durch, unglaublich weit, als säße der Wind mit seinem ganzen Gewicht auf ihnen. Wenn sie so die Grenze ihrer Dehnbarkeit erreicht hatten, sagte ich zu mir, hinter einem schützenden Felsen verborgen: Jetzt, jetzt reißen sie! Aber sie rissen nicht und tanzten und sangen, bis ein anderer, ebenso gewaltiger Windstoß sie wieder verstummen ließ. Ich sah auch, wie der Wind die Maultiere, die mit Zinkplatten und anderen Lasten auf dem Wege zu den Minen waren, plötzlich emporriß, um sie dann kopfüber den Abhang hinunterzustürzen, wo sie Hunderte von Metern dahinrollten und sich an den Felsen zu Tode stießen.

Das am Tage.

Aber in der Nacht war alles anders. Man sah nichts vom Wind, man hörte ihn nur, und weil man ihn nur hörte, ohne ihn zu sehen, überkam einen Furcht – fürchtet doch der Mensch vor allem das, was er nicht sieht, was er nicht sehen kann oder glaubt, nicht sehen zu können –, und wenn man es dann auch noch fühlt, ohne es zu sehen, wird die Angst noch beklemmender. Mich dünkt es heute, als lebten wir damals in Gesellschaft eines Löwen, den wir zu sehen gewohnt waren und doch fürchteten, Tag und Nacht, vor allem in der Nacht. Dann schlich er um die Zelte und um die zwei, drei Häuser, die es dort gab, tastete die Türen ab, stieß die Fenster auf, pfiff durch die Ritzen und heulte in Kaminen und Gängen. Auf die Zelte fielen Peitschenschläge und verwirrten sie so, daß sie wie nasse Hunde zitterten; eine unsichtbare, gewaltige Hand riß die Leine los und versuchte, die Zeltwand, die durch große Steine beschwert war, von unten hochzuheben. Wir schliefen vor Müdigkeit ein und fürchteten doch, daß der Wind hereinkäme und uns zermalmte oder daß er die Zelte davontrüge und uns dem kalten Himmel der Berge zum Opfer brächte. Wenn sich der Wind dann um Mitternacht legte und auch am Morgen nicht wiederkehrte, atmeten die Menschen, die Tiere, die Häuser, ja selbst die Berge auf und schienen sich aufzurichten. Die Sterne blitzten, und eine Ruhe breitete sich aus, ähnlich der, die ein Dorf empfinden mußte, das lange Zeit unter der Gewalt eines Banditen gestanden hatte und plötzlich – Gott sei Dank! – erfuhr, daß er gestorben oder verschwunden war. Blies der Wind am Tage, dann waren Felsen und Fluren wie gefegt, und nirgends lag ein Stückchen Papier, ein Fetzen Stoff oder irgendwelcher Abfall, und die Erde und der Staub, die sich in den Unebenheiten der Felsen angesammelt hatten, waren verschwunden, als wären sie weggesaugt worden. Die Zweiglein des bescheidenen Gestrüpps, das hier und da zwischen den Steinen wuchs, vollführten im Wind denselben wilden Tanz wie die Telegrafen- und Telefondrähte; bald duckten sie sich, bald richteten sie sich auf in endlosen Verbeugungen vor der Majestät des Windes. Die wenigen Frauen, die es dort gab, waren an einem stürmischen Tag nicht außer Haus zu treffen; ebensogut hätte man auf einen Pelikan oder ein Kamel stoßen können.)

Vielleicht, dachte ich ein wenig später, nachdem meine Ohren alles Mögliche und Unmögliche versucht hatten, um irgendein Geräusch wahrzunehmen, vielleicht ist es noch zu früh, fünf oder sechs Uhr, und es fehlt noch eine Stunde oder auch mehr, bis die Stimmen, die Geräusche und die Schritte erwachten. Da ich keine Uhr besaß, um die Zeit festzustellen, noch die Helligkeit vom Zelt aus richtig abzuschätzen wußte, wandte ich mich anderen Gedanken zu. Nicht die unheimliche Stille allein war es gewesen, die mich vermuten ließ, daß irgend etwas geschähe, geschehen wäre oder geschehen würde: das Dach unseres Zeltes, gewöhnlich einen Meter oder mehr über unseren Köpfen, wenn wir dort schliefen, war herabgesunken. Hob ich den Arm, konnte ich es berühren. Was war geschehen? Ich wandte den Kopf und blickte auf die andere Hälfte des Daches: auch diese war herabgesunken. Ich war erstaunt. Was hatte man auf unser Zelt geworfen, oder was war daraufgefallen? Ich wunderte mich um so mehr, als unser Zelt unter freiem Himmel stand. Ich konnte es mir nicht erklären, und so verharrte ich schweigend und unbeweglich, da ich sonst durch meine Bewegungen oder meine Stimme, so leise sie auch sein mochten, die schwere Stille um mich her unterbrochen hätte.

Ich lag auf dem Rücken und blinzelte nach der Zinkplatte auf dem Fußboden; sie war, wie jeden Morgen, mit einem Aschenhaufen bedeckt, der nur an den Rändern zerfallen war; in der Mitte, wo die Flammen am lebhaftesten gewesen, war er unversehrt und bestand aus kleinen grauen oder dunkelgrauen Punkten, die eine unsichere und unbestimmte Ordnung bewahrten, eine Ordnung, die das Feuer, als es das Holz verzehrte, achten mußte, als wäre diese Ordnung über Feuer und Holz erhoben. Jene Punkte aber und die Ordnung hatten keinen Bestand. Stieß jemand an die Zinkplatte, dann fielen alle die Formen, dem unerbittlichen Stoß gehorchend, still in sich zusammen

und hinterließen nichts weiter als jene Staubreste auf dem Rand der Zinkplatte.
Es war Anfang März oder vielleicht auch etwas später; ich bin dessen nicht ganz sicher, denn ich hatte keine Zeit, darüber nachzudenken. Als die Temperatur in der Nacht immer tiefer gesunken war, hatten wir es uns zur Gewohnheit gemacht, nach dem Abendessen auf der Zinkplatte ein lustiges Feuer zu entfachen. Wir brachten dazu Holzstücke, unter dem Poncho verborgen, von der Arbeit mit nach Hause. Um das Feuer zu entzünden, steckten wir Hobelspäne in Brand, legten darüber Holz und trugen die Zinkplatte an eine Stelle, an der der Wind lebhaft blies. Sie war nie schwer zu finden, und meist legten wir die Zinkplatte einfach hinter das Zelt. Vom Windstoß geschürt, griff das Feuer rasch um sich, und wenn die Funken und der Rauch verflogen waren, wenn vom Holz nichts mehr übrig war als ein Haufen Glut, dann faßten vier Männer die Zinkplatte an den Ecken und trugen sie in das Zelt. Nach wenigen Minuten war es darin so warm wie in einem Backofen, und wir entledigten uns der Ponchos und der Röcke, setzten uns auf den Boden oder auf die Decken rund um jene rote, glühende Rose, die aus dem Nichts entstanden schien. Wir tranken Mate oder Kaffee, sprachen oder schwiegen und rauchten die üblichen Zigaretten. Wurde die Feuerrose bleicher, dann nutzten wir die letzte Wärme, um uns zu entkleiden und schlafen zu legen. Die letzte bläuliche Flamme erstarb meistens beim Ertönen des ersten Schnarchlautes.

14

Das war eine Landschaft und eine Arbeit für Männer.
Wir kamen an, als der Abend hereinbrach. Der Zug blieb stehen, und die Lokomotive, die Lungen voller Ruß, keuchte erschöpft. Der Maschinist und der Heizer glichen eher Söhnen der Lokomotive als Söhnen ihrer Mütter, so schwarz waren sie und so ölglänzend.

»Vorwärts, Jungs, ran! ran!«
Sie hingen mit dem halben Oberkörper aus der Lokomotive, und man konnte das Weiße der Augen sehen, ganz nah, näher als die Gesichter, so als gehörten die Augen nicht ihnen, sondern anderen. Sie konnten nicht lange warten: der Zug war sehr voll, und das Gefälle, das hier begann, trieb ihn vorwärts. Leicht hätte einer der schwerbeladenen Waggons sich losreißen können, und ein losgerissener Waggon war verloren. Keiner hätte ihn aufzuhalten vermocht; nur der Fluß und die Schlucht.
»Vorwärts! Vorwärts! Rasch! Rasch!«
Als wäre die Maschine des schweren Keuchens müde geworden, stieß sie nun kurze Klagelaute aus. Fünfundzwanzig oder dreißig Männer sprangen von den Waggons, in denen wir von Mendoza hierhergekommen waren.
»Hierher! Zuerst die Lebensmittel! Die brauchen wir am nötigsten. Verflucht! Wieviel so ein Kartoffelsack wiegt! Noch einer? Ja, da ist er. Eine Kiste Nudeln. Eine andere: Zucker. Aufpassen; die Kiste ist geplatzt; daß der Reis nicht herausrinnt. Das muß der Kaffee sein. Keine Maulaffen feilhalten, Señor; auf die Schulter damit, hat ja gar kein Gewicht! Wohin mit dem da? Wo Platz ist. Vorwärts, ein bißchen rascher! Grinsen Sie nicht wie ein Minister! Mittwoch hab ich mir den Finger gequetscht! Nur keine Sorgen; hier oben heilt alles von selbst; der Dreck deckt die Verletzungen zu und trocknet sie aus. Die Eimer, die Schaufeln, die Krampen, das Dynamit, die Zünder, die Zündschnur. Noch was? Und diese Packen? Ach ja; da sind ja die Zelte. Achtung! Ho ruck! Fertig. Los!«
Die Lokomotive seufzte lang und tief, gab einige kurze Dampfstöße von sich und setzte sich, über die Zahnstange quietschend, in Bewegung. Die fünfundzwanzig oder dreißig Männer, auf beiden Seiten des Gleises, sahen einander an.
»Bleibt doch nicht wie die Büßer da stehen. Wir sind noch nicht fertig; wir fangen ja erst an. Das alles muß dorthin gebracht werden, ja, dorthin, zu dem großen Felsen. Aber schnell, Kin-

der; hier oben wird es rasch finster. Die Gipfel sind zu hoch. Der dort ist der Tolosa. Dort in der Nähe des Gipfels steht eine Fahne. Irgend jemand hat sie einst dort hinaufgeschleppt; er soll nicht wieder zurückgekommen sein. Schau dir nicht so lange den Finger an! Ich hab ihn mir aufgerissen. Kurze Zeit in Chile, lange Zeit im Gefängnis. Auf die Schulter damit; dann spürst du den Finger nicht. Schmeiß den Sack dorthin; laß ihn nur fallen. Kartoffeln. Halt, laß sehen; nein, ist schon gut. Was ist geschehen, Jungs? Schreien Sie nicht so. Verzeihung. Ich glaubte, Sie wären taub. Sie dort, ja, Sie mit dem Bart. Anpakken! Weg mit der Pfeife, Señor! Italiener? Porca miseria. Der Bart wird Sie wärmen; hier ist es kälter als am Pol. Gut: die Zelte. Los, her damit. Anpacken!«
Fünf Männer griffen den ersten Packen. Wir hoben ihn hoch und sahen einander dumm an.
»Wohin damit?«
»Gleich hierher.«
»Da sind zu viele Steine.«
»Das ist gleichgültig. Stellen wir das Zelt zuerst auf und suchen wir die Steine nachher raus. Greifen Sie da an. Schön. Dort drüben: spannen. So, ziehn Sie dorthin. Gut. Die Stange. Hochheben. Einen Augenblick. Stimmt schon. Nicht loslassen, die andere Stange. Fertig. Die Pflöcke. Sind nicht da. Was heißt: sind nicht da? Verflucht. Aber nein; da sind sie ja. Tut Ihnen der Finger noch weh?«
Ich hatte keine Zeit zu antworten. Zuerst war es, als hätte man mir ein Stück nasse Wäsche um die Ohren geschlagen; dann erfaßte der Schlag alles, was er erwischen konnte. Die Zelte, halb aufgestellt, sackten in sich zusammen. Wir sahen uns überrascht an. Nichts. Nur der Wind.
»Vorwärts, Burschen, wieder angepackt!«
Der Kampf gegen den Wind begann. Der zweite Windstoß hatte den Männern die Halteseile aus den Händen gerissen, und manches Stück Haut war abgefetzt worden; andere Männer lagen unter der Zeltbahn begraben und suchten sich, kriechend

und umhertastend, zu befreien. Die Männer, die nicht unter dem Zelt lagen, brüllten vor Lachen. Das war ja nur ein Spiel zwischen Mensch und Wind. Die Heiterkeit dauerte aber nur so lange, bis der Wind die Zelte, die erst unter großer Mühe aufgestellt worden waren, von neuem niederriß.
»Verdammter Wind! Fest anpacken und nicht loslassen! Ja, so. Was hat dieser Hurensohn geglaubt! Sie da! Die Pflöcke einschlagen; dort ist der Hammer. Schnell, Kinder, jetzt schnell! Her mit den Steinen, keine Steinchen, Steine, sag ich! Die Leine fest anziehen. Fest! Fester! Auch wenn die Knochen krachen! Gott sei Dank! Aufpassen! Da kommt er schon wieder! Verflucht noch mal!«
Der neue Windstoß riß drei Zelte nieder, aber die Männer, denen es gelungen war, die anderen drei so festzumachen, daß ihnen der Wind nichts mehr anhaben konnte, stürzten sich wütend auf die niedergerissenen.
»Anpacken!«
Die Befehle wurden schärfer.
»Dort festhalten. Jetzt! Zugleich!«
Wir kämpften keuchend und sprangen umher wie Boxer, die einen flinken Gegner vor sich hatten. Der Wind blies heftiger, zum Glück nur stoßweise, und so gelang es uns, zwischen den einzelnen Stößen die übrigen Zelte aufzustellen und zu befestigen. Als wir fertig waren, brach die Nacht herein.
Wir legten uns sofort zur Ruhe. Hier gab es kein Café, wo man sich bei einem warmen Getränk hätte hinsetzen und plaudern können; es war auch kaum der Mühe wert, die Zelte oder den mit Zinkblech gedeckten Schuppen, der als Speiseraum diente, zu verlassen. Trat man ins Freie, so war es, als stieße man gegen eine gewaltige, düstere Mauer, hoch und schwarz: eine Mauer aus Dunkelheit und Schweigen. Schwieg der Wind, dann hörte man den Fluß in der Schlucht tosen; sonst hörte man nur den Wind, und das war ebensoviel, als hörte man nichts. Die Männer, die hinausgegangen waren, kamen gleich wieder zurück, schüttelten sich vor Kälte und lachten verlegen.

»Bei meiner Großmutter! Es ist stockfinster!«
Man entschloß sich nur schwer, den Raum zu verlassen, und auch nur dann, wenn man nicht anders konnte. Man tat einige zögernde Schritte in die Finsternis. Da gab es Steine und Felsen, hohe und niedrige, und sonst nichts, aber man stieß gegen alle Felsen und alle Steine, stapfte mit den Füßen in jede Vertiefung und hob die Beine mühsam auf jede Erhöhung. Das Bedürfnis befriedigt, rannten jene, die hinausgegangen waren, wieder zurück. Der Wind zerrte an ihren Kleidern, entriß ihnen den Hut, wedelte ihnen die Haare in die Augen, wickelte ihnen die Decke oder den Poncho um den Hals, tastete sie mit groben Fingern ab, zauste sie, wo er sie zu fassen bekam.
Wie überall gab es auch hier Mondnächte, aber deshalb hörte der Wind nicht auf, und es gab weiterhin Felsen und Steine. Was hatte man schon vom Mond? Man sah Felsen und Steine. Poetisch, nicht wahr? Das nächste Haus war zwei Kilometer entfernt, und in ihm schliefen Unbekannte, die gleich uns vom Schweigen, von der Dunkelheit, vom Wind und von Felsen umgeben waren. Sie gehen früh zu Bett und verlassen das Haus nach Einbruch der Dunkelheit nicht mehr. Manchmal rollte der Donner in der Ferne; dann wieder knallte es plötzlich ganz in der Nähe, wie ein gewaltiger Peitschenschlag. Das übernächste Haus war vier Kilometer entfernt und beherbergte nur Gendarmen. Vielen Dank! Gehen wir lieber schlafen.

15

»Woher kommst du, Roberto?«
»Aus Buenos Aires. Ich bin Gaucho und rede immer frei von der Leber weg; für mich ist die Erde klein und könnte größer sein. Keine Schlange beißt mich, noch verbrennt die Sonne meine Stirn.«
»Sei gegrüßt, Martín Fierro aus Chacarita.«
»Aber nein: aus Caballito.«
»Und du, Aniceto?«

»Auch aus Buenos Aires.«
»Und du, Jacinto?«
»Aus Almunia de Doña Godina.«
»Was sagst du?«
»Aus Almunia de Doña Godina.«
»Und wo hast du diesen reizenden Namen her?«
»Das ist ein Dorf in der Provinz Zaragoza.«
»Und du, Antonio?«
»Chilene; echter Araukaner.«
»Das sieht man dir an.«
»Und du, Machete?«
»Aus dem gleichen Lehm.«
»Auch dir sieht man das an...«

Der Morgen zog kalt und streng herauf. Die Landschaft war beengend und weit zugleich. Viele Kilometer talabwärts gab es kein Hindernis, das die Sicht versperrt hätte; sie lagen am Rande des Tales, gewaltige Berge, die einen schwarz, die anderen grau, rötlich, violett, braun, gelblich und weiß – das war der Schnee, Schnee, nein, das Eis –, Berge, die allem, außer dem Licht, dem Wind und dem Schatten, die ihnen entgleiten, Halt gebieten. Und hoch oben, auf den Gipfeln über der Talschlucht, wo der Himmel noch höher ist als sonst, dort war auch Weite. Die Berge ließen den Himmel noch höher erscheinen.

»Auf, Jungs; es ist Zeit; aufstehen!«
»Schon?«
»Ja. Die Nacht ist für den arbeitenden Menschen kurz.«
»Natürlich. Und der Tag um so länger.«
»Wo können wir uns waschen?«
»Waschen?«
»Ja. Waschen.«
»Aber... was denn waschen?«
»Na, Menschenskind: die Hände, das Gesicht.«
»Aber das Wasser des Flusses ist wie Eis.«
»Sich waschen...«

»Sie sind noch nie hier oben gewesen?«
»Anscheinend nicht.«
»Das Wasser des Flusses schält das Gesicht und zerschneidet die Haut, als wär's Glas; die Lippen springen auf; das Haar verfilzt und wird steif, als wär Rauhreif draufgefallen. Ich glaub, es fallen einem sogar die Augenbrauen aus.«
»Schöne Aussichten. Ich sehe mich schon in der Avenida de Mayo stehen und betteln: ›Ein Almosen für einen, der in den Bergen war...‹«
»Was wollen denn die aus Buenos Aires hier?«
»In der Not frißt auch der Teufel Fliegen.«
»Denk nicht mehr ans Wasser, gehn wir lieber frühstücken. Die Glocke läutet schon.«
»Gehn wir also.«
Eine Arbeitsgruppe besteht aus fünf Männern, und fünf mal sechs sind dreißig. Nein: fünf Arbeitsgruppen, nicht sechs. Gewiß. Zuerst heißt es das Material heranschaffen. Da liegt der Hund begraben. Also, packen wir uns jetzt die Zinkbleche, die Pfosten, Schrauben, Nägel, Zündschnur, Dynamit, das Werkzeug und die Sprengpatronen auf den Buckel. Laßt mir ja keine Sprengpatrone des Nachts im Freien liegen; wenn ihr sie am nächsten Morgen anfaßt, dann krepiert sie; bei Kälte wie bei Hitze. Die Finger ersetzt dir dann keiner. Die Gesteinsbohrer, einen Tiegel für das Wasser. Sie arbeiten mit ihm: er ist Bergmann. O yes, o yes. Wo ist der Yankee hergekommen? Das ist der Unternehmer.
»Der Zug wird täglich von Puente del Inca frisches Brot bringen.«
»Ja, vom Hotel. Auch Fleisch wird er bringen.«
»Kartoffeln haben wir noch genug.«
»Hallo, Landsmann, das Loch muß wenigstens einen Meter tief und sechzig Zentimeter breit sein.«
»Natürlich, aber da es hier Felsen gibt, kann man das Loch nicht so graben, wie man es möchte, sondern nur so, wie die Felsen es wollen.«

»Nehmen Sie Dynamit.«
»Gern; aber dann wird das Loch, wie das Dynamit es will.«
»Wollen Sie mich denn gar nichts sagen lassen?«
»Wieso? Laß ich Sie nicht sagen, daß das Loch einen Meter tief und sechzig Zentimeter breit sein muß? Ist das vielleicht wenig?«
»Ein Witzbold.«
»Früher war er noch witziger als jetzt.«
»Und neben jedes Loch kommt einer dieser Pfosten; acht mal acht.«
»Die Pfosten werden zusammengeschraubt und eingepaßt.«
»Dann das Gerüst und dann die Zinkbleche.«
»Buuum!«
»Die erste Sprengladung. Hörst du?«
»Bumbumbumbumbum.«
»Das Echo.«
»Den Knall hört man ja bis Chile.«
»Ach, Chile!«
»Ach, Himmel, Himmel, Himmelchen auf freiem Feld...«
»Nun sind wir schon einen Monat da.«
»Vielleicht haben wir Glück und können noch zwei Monate bleiben.«
»Wenn's zu schneien anfängt, dann, marsch, mit der Musik woandershin.«
»Eine Schinderei hat begonnen.«
»O yes, Sie viel recht, o yes: Brot schlecht; nix Fleisch, nix Kartoffel; ich nix tun können.«
»Lassen Sie uns nach Puente del Inca gehen. Wir holen Fleisch und Brot. Wir haben nichts zu essen, und ohne Essen kann man nicht arbeiten.«
»O yes, o yes. Ich auch haben Hunger; nimm Draisine, Chilene, fahren du nach Puente del Inca; Yankee auch haben Hunger. Ich nix Streik wollen; fahren du nach Puente del Inca. Da, Geld nehmen.«
»Der Finger ist schon wieder in Ordnung, aber der Nagel ist

zum Teufel. Unter dem Dreck wächst ein neuer. Ich hab's nicht gespürt.«
»Schon ein ganzer Mann, was?«
»Habt ihr gehört, Jungs! Der Koch soll schwul sein.«
»Was du nicht sagst!«
»Ja. El Machete hat ihn fast umgebracht; er wollt ihm mehr Essen geben, wenn er ihn ins Zelt läßt.«

16

Ich stützte mich auf den Ellenbogen, richtete den Körper auf, streckte den Arm aus und berührte die Zeltbahn. Etwas lag auf ihr; nichts Schweres, ganz im Gegenteil. Ich stieß dagegen, und das, was dort lag, rutschte die Zeltbahn hinab, die wieder ihre alte Lage einnahm. Ich war beunruhigt, sah auf meine Gefährten, die schliefen oder noch etwas dösten. Ich schlug die Decke zurück, drehte mich um, ergriff meine Kleider und zog mich an; dann schlüpfte ich in die Schuhe und ging zum Eingang des Zeltes. Es war bitterkalt, und ich schüttelte mich. Als ich öffnete und hinausspähte, sah ich, daß Schnee gefallen war.
Gewiß war es nicht das erste Mal, daß es in der Welt geschneit hatte, aber es war das erste Mal, daß ich Schnee sah, daß ich mich umgeben sah von Schnee, wenn mich auch – um bei der Wahrheit zu bleiben – der Schnee nicht beeindruckte, sondern vielmehr das Gefühl der Einsamkeit, das er in mir wachrief, nicht der Einsamkeit des Schnees, der Felsen, des Flusses oder der Gipfel und Berge, sondern meiner eigenen Einsamkeit inmitten des Schnees, der Felsen, des Flusses, der Berge; eine Vereinsamung, eine Verminderung meiner eigenen Persönlichkeit bis auf einen erschütternden Rest. Die Fäden, die mich bis zu diesem Augenblick mit der Landschaft, in der ich mich befand, und mit allen anderen Orten verbunden hatten, Beziehungen von Farbe, Bewegung, Reibung, Raum, Zeit, waren verschwunden und hatten mich in einem Weiß ohne Grenze und ohne Anhaltspunkte, in dem alles Entfernung, alles Ein-

samkeit war, zurückgelassen. Der Schnee umgab alles, auch das Zelt, und schien es darauf anzulegen, uns zu bedrängen, uns festzuhalten, indem er unsere Bewegungsfreiheit einschränkte. Die Nacht hob unsere Persönlichkeit auf, ließ uns in der Dunkelheit verschwinden, aber der Schnee tat noch Schlimmeres: er ließ uns hervortreten und lieferte uns an Kräfte aus, die schrecklicher waren als jene, die das nächtliche Dunkel verbirgt.

Alles war verschwunden: die Steine, mit denen wir schon etwas vertraut waren – wir wußten wenigstens, daß sie an dieser oder jener Stelle lagen –, und auch die Felsen und die Saumpfade, die zu den Minen, zum Fluß, zu den Bahnlinien oder nach Chile führten. Wohin sollten wir uns jetzt wenden? Überall lag Schnee. Ich schnippte mit den Fingern und rief:

»Hallo, Jungs ...!«

Meine Stimme kam schwach und heiser aus zugeschnürter Kehle.

»Was ist los?« klang es ungeduldig zurück.

»Schaut mal.«

In meiner Stimme lag Ungewohntes. Sofort erhoben sich einige.

»Was ist?«

»Da, seht!«

Sie schwiegen. Dann:

»Es wär zu schön gewesen. Der erste Schnee; da wird's bald Schluß sein mit der Arbeit.«

Sie kleideten sich knurrend und schlechtgelaunt an und verwünschten den Schnee in allen Tonarten.

Fünf Tage später, als der erste Schnee schon fast wieder verschwunden war, fiel neuer Schnee. Nichts war zu finden: kein Werkzeug, kein Material, keine Löcher und keine Pfosten, nichts als Schnee und bittere Kälte.

»Wohin wirst du jetzt gehen?«

»Ich glaub, nach Chile rüber.«

»Und du?«

»Ich?! Nach Mendoza. Dort kauf ich mir was zum Anziehen und werd den Winter in Las Leñas verbringen. Der Vorarbeiter will, daß ich bleibe.«
»Und du, Spanier?«
»Ich weiß noch nicht. Ich hätte auch große Lust, nach Chile zu gehen: zuerst aber muß ich nach Mendoza, meine Frau holen.«
»Hier ist Ihre Abrechnung. Zählen Sie nach und unterschreiben Sie.«
»Danke. Wenig genug, aber immer besser als nichts.«
»Viel Glück, Jungs, viel Glück!«
Fast der ganze Eingang des großen Tunnels war zugeweht, und der Wind wirbelte den Schnee über die freien Flächen und blendete die letzten Wanderer in den Bergen.

17

Blickst du dich um, so scheint es, als laufe dir der Schnee nach. Er ist zwar mit der Erde verbunden, aber die weiße Fläche ist frei und strahlt Licht aus. Und dieses Licht ist es, das uns nachläuft und uns umhüllt. Der Schnee hält uns gefangen. Ich weiß nicht, ob du jemals in einer Gegend warst, wo dich der Schnee von allen Seiten umgab und wo du und deine Kameraden das einzige Dunkle waren inmitten des unübersehbaren Weiß. Dann spürst du deutlich, daß Weiß eine harte und überwältigende Farbe ist. Welche Erleichterung, wenn in der Ferne, auf irgendeiner Zinne eine andere Farbe auftaucht, ein Schwarz zum Beispiel, oder ein Rot oder auch ein Blau! Die Augen ruhen sich dann auf jener Farbe aus, rasten wohlig, bevor sie zum Weiß des Schnees zurückkehren, zu einem Weiß, das dich verfolgt, dich ermüdet, dir die Pfade verbirgt, die Wege unkenntlich macht, die Markierungen verhüllt und dir im Herzen die Angst vor der Einsamkeit und dem Tod weckt.
Ich fürchte den Schnee, aber er gefällt mir aus der Ferne und

mitunter auch aus der Nähe, dennoch liebe ich ihn nicht. Zwei- oder dreimal begegneten wir uns, der Schnee und ich, in den Bergen. Beide allein, stundenlang aufeinander angewiesen, die Spur verloren, jedes Zeichen verwischt oder vergraben, vom Wege abgekommen. Du kannst nicht in die Ferne blicken; du mußt die Augen auf den Boden heften, um zu sehen, wohin du deine Füße, einen nach dem anderen, setzt. Ja, du kannst nicht in die Ferne blicken: in der Ferne vielleicht sind deine Kameraden, ist ein Lager, ein lustig flackerndes Feuer, Licht, Leben, Stimmengewirr, Wärme, Lachen, eine Tasse Tee und ein Bett, und vielleicht auch eine Frau, nicht die deine, da du doch ein armer Teufel bist, aber eine Frau, die du wenigstens betrachten darfst, nichts als betrachten, und auch das scheint dir schon viel zu sein. Die Frauen sind knapp in den Bergen, noch knapper aber solche, die dein werden könnten. Darum rate ich dir, schau nie in die Ferne: hier handelt es sich um Wichtigeres als all das, Wichtigeres als Frauen, ohne die man, manchmal wenigstens, auskommen kann. An diesem Wichtigeren, um das es sich hier handelt, kann man nicht vorübergehen, es sei denn für immer. Ich meine das Leben.

Manches wäre so leicht, gäbe es keine Behörden. Der Tunnel ist breit, und man kann ihn in einer Stunde durchqueren; aber Irrtum, Señor! Halt! Die Behörde erscheint: Die Papiere. Chilene? Argentinier? Zeigen Sie mir Ihr Militärbuch, zeigen Sie mir Ihren Paß, zeigen Sie mir Ihr Gepäck. Es fehlt nicht viel, und sie verlangen, daß du ihnen noch anderes zeigst. Und wenn du schmutzig und abgerissen bist, weil die Arbeit nichts eingebracht hat oder weil es dir eben Spaß macht, so schmutzig und abgerissen herumzulaufen, dann ist es noch schlimmer. Wenn dir nicht zufällig Milde widerfährt, nehmen sie dich mit auf die Wache, und du kannst dort zwei Stunden, zwei Tage oder vielleicht auch zwei Wochen sitzen. In Las Cuevas gab es einen Polizeichef, Sohn von dem und dem, der die Zelle öffnete und rief:

»Alle, die lesen und schreiben können, heraus!«

Drei oder vier traten mit geschwellter Brust, erhaben über alle anderen, aus der Zelle.
»Sehr gut! Jeder nimmt eine Schaufel, und los!«
Dann ließ er sie einen Weg bahnen zwischen dem Kommissariat und dem Bahnhof. In der Hölle müßte er hausen und mit seiner Schnauze einen Weg durch das höllische Feuer bahnen.
In der Nacht schließen sie die Türen und legen zur Vorsicht noch eine Kette vor. Warum? Am Tag kann der Gendarm sehen, wer herein- und herauskommt. In der Nacht nicht, da er ja weggeht. Auf der anderen Seite der Grenze sind sie genauso. »Freiheit ist des Kühnen Erbteil!« heißt es in der chilenischen Nationalhymne; »Freiheit, Freiheit, Freiheit«, singen sie in Argentinien. Freiheit, gewiß; aber sicherer ist es, die Türen zu verschließen und Ketten vorzulegen.
Blickt noch einmal zurück, Jungs: der Schnee entfernt sich, und je weiter er sich entfernt, desto höher steigt er, als bemühte er sich, uns nachzublicken und uns zu bewachen. Er kann sich nicht damit abfinden, uns zu verlieren.
»Horcht! Der Fluß! Und die ersten Pappeln! Wir sind in Chile!«

DRITTER TEIL

I

Meine Kindheit war keine schlechte Zeit, wahrhaftig nicht; sie war ausgefüllt mit aufregenden Geschehnissen, die manchmal vielleicht zu turbulent waren. Unser Haus war immer spiegelblank, und wir litten keinen Hunger, da meine Mutter sehr fleißig war. Schmutz und Hunger lernte ich erst kennen, als ich mir selbst überlassen war. Obwohl nur der Sohn eines Diebes, eines der verachtetsten Geschöpfe der Gesellschaft, mehr verabscheut als der Mörder, den sie nur fürchtet, lebte ich mit meinen Brüdern ein Leben, das nach außen hin dem der Kinder ehrenwerter Familien glich. Es unterschied sich in nichts von dem Leben, das die Kinder führten, die ich in der Schule kennengelernt hatte oder in der Umgebung der Häuser, die wir in dieser oder jener Stadt bewohnten.
Die Knaben, mit denen ich mich in der Kindheit und in den ersten Jünglingsjahren angefreundet hatte, erfuhren nie, daß ihr Banknachbar in der Schule, ihr Kamerad, der sie manchmal im Lernen übertraf und manchmal hinter ihnen zurückblieb, den sie aber immer schätzten und an ihren Spielen teilnehmen ließen, mit dem sie Kreisel oder Murmeln tauschten, Bleistifte oder Federn, auch Bilder von Frauen, die sie von den Streichholzschachteln gelöst oder aus den Zigarettenschachteln ihrer Väter und Brüder genommen hatten, der Sohn eines Diebes war. Ich weiß nicht, welche Miene sie gemacht hätten, wäre ihnen dies bekannt geworden. Sie wären wahrscheinlich zuerst sehr verwundert gewesen, da nichts an meinen Kleidern noch in meiner Haltung oder in meinem Gesicht verriet, daß ich der Sohn eines Mannes war, den die Gesellschaft ausgestoßen hatte. Ich fühlte mich ihnen nie unterlegen; ihre Väter – Arbeiter, Angestellte, Ärzte, Kaufleute, Fabrikanten, Gepäckträger oder was auch immer sie waren – hatten meinem Vater gegen-

über den einen Vorteil: sie konnten nur auf frischer Tat ertappt und festgenommen werden. Das gab ihnen eine Sicherheit, die mein Vater nur dort genoß, wo man ihn nicht kannte, sonst hatte jeder Polizist, so klein und unbedeutend er auch sein mochte, das Recht, meinen Vater zu verhaften, wann und wo immer es ihn gut dünkte, aus dem einzigen Grund, daß er wußte, wer er war und was er trieb. Im übrigen ähnelten sich die meisten Väter: es waren Väter, wenn auch der meine die Arbeitslosigkeit und die Berufskrankheiten der Arbeiter, Angestellten, Ärzte und Ingenieure nicht kennenlernte noch die Konkurse oder den Mangel an Rohstoffen, unter denen die Kaufleute und die Fabrikanten zu leiden hatten – es sei denn, man bezeichnet die Haftzeiten und Strafen als Risiken oder Berufskrankheiten der Diebe. Ich war nicht stolz darauf, einen Dieb zum Vater zu haben, noch bedrückte es mich: er war mein Vater, und ich bewunderte ihn, wohl deswegen, weil er ein Dieb war. Nicht, daß mich sein Beruf begeistert hätte; ganz im Gegenteil: die Folgen, die er mit sich brachte, berührten mich manchmal mehr als schmerzlich.

Zwischen mir, meinen Mitschülern und den Nachbarskindern gab es also keinen bemerkenswerten Unterschied. Für sie und mich galten die gleichen Gesetze, und der Umstand, daß sie Kinder ehrenwerter Leute waren, brachte ihnen weder damals noch später einen Vorteil, wie auch ich aus meiner Lage keinen Vorteil zu ziehen vermochte. Ich lernte Arbeiterkinder kennen, Kinder von Angestellten und von Angehörigen freier Berufe, die von heute auf morgen Waisen wurden und ebenso wie ich die Schule aufgeben, in irgendeine Lehre gehen oder jede sich bietende Arbeit annehmen mußten, um sich das Brot für den heutigen Tag hart zu verdienen und das für morgen und übermorgen dem Zufall zu überlassen. Ihnen fehlte wahrscheinlich die verborgene Unruhe des Sohnes eines Diebes – auch unter dieser litt ich nicht sonderlich – oder die Furcht, die Leute könnten eines Tages ihres Vaters wegen mit dem Finger auf sie zeigen. Sie konnten aber ebensogut das Unglück haben,

Söhne von Einwanderern zu sein, Söhne von Säufern oder Spitzbuben. Manchmal aber dünkte ich mich ihnen überlegen. Warum wohl? Vielleicht war es eine instinktive Verteidigung; aber schließlich waren wir alle nur Kinder und darum ebenbürtig. Sonst wäre meine Kindheit vielleicht nicht so schön gewesen.

Auch hatten wir keinen Umgang mit schmutzigen oder rüpelhaften Menschen, mit Säufern oder solchen, die schlechte Gewohnheiten hatten, obwohl ich ein- oder zweimal neben mir Mörder atmen hörte. Sie kamen mit einer Botschaft für den Vater aus einer entfernten Stadt oder aus dem Winkel eines Gefängnisses, Wesen, die im Schatten dieser oder jener Diebe lebten, unter dem Schutz dieses oder jenes politischen Anführers, im Dienste der Spielhöllen- und Bordellbesitzer; Mörder aus Gewalttätigkeit oder aus Dummheit, was sie noch gefährlicher machte. Kam einer von ihnen zu uns ins Haus, dann spürten wir an ihm etwas Sonderbares: er blieb eine oder zwei Stunden bei uns, saß stumm auf einem Stuhl und wartete auf den Vater, der nicht kam; und während wir Kinder immer wieder mit großen, erwartungsvollen Augen an ihm vorübergeschlichen waren, hatte er kein einziges Wort an uns gerichtet noch mit uns gescherzt, was jeder andere Mensch ohne weiteres getan hätte, wären drei oder vier Knaben um ihn herumgestrichen. Entschloß er sich dann, des unnützen Wartens müde, das Haus zu verlassen, atmeten wir erleichtert auf: die derben roten Hände, die unbeweglich auf seinen halbgeöffneten Schenkeln gelegen hatten, gefielen uns nicht.

»Ich wußte, daß er auf mich wartete«, sagte mein Vater, »und bin deshalb später gekommen.«

Er wollte ihn nicht sehen. Der Mann hatte einen seiner Kameraden ermordet. Der Ermordete – Ricardo hieß er – hatte eine Frau und ein kleines Mädchen hinterlassen. Am Tage des Mordes waren nun Ricardo und sein Kamerad am Retirobahnhof gewesen, um unter den Reisenden der internationalen Züge Beute zu suchen. Vergeblich. Und doch näherte sich einer der

Reisenden dem Kriminalbeamten, der dort Dienst hatte, und zeigte ihm den Verlust einer Brieftasche an, die mehrere hundert Pesos enthalten sollte. Er vermochte aber nicht genau zu sagen, wo sie ihm gestohlen worden war; er wußte nur, daß er drei oder vier Stationen vor Buenos Aires die Brieftasche noch hatte. Der Dieb mußte ein hochgewachsener Mann in einem schwarzen Anzug sein, der sich ihm im Gang des Waggons öfter genähert hatte. Andere Einzelheiten vermochte er nicht anzugeben. Nun war aber niemand außer Ricardo und seinem Gehilfen auf dem Bahnhof gesehen worden. Die Personenbeschreibung, die der Bestohlene gegeben hatte, paßte auf Ricardo, der aber bestritt, den Mann bestohlen zu haben; die einzige Brieftasche, die in seine Hände gefallen war, hatte nur achtzehn Pesos enthalten. Neun davon steckten bereits in der Tasche seines Kameraden, da die Diebe, entgegen der Gewohnheit anderer Geschäftsleute, ihre Gewinne teilten. Es war eben nicht mehr gewesen.
Tano Veintiuno überlegte. Wie war es möglich, daß Ricardo sich eine Brieftasche aneignet, ohne ihm, seinem Kameraden, auch nur ein Wort davon zu sagen? »Das gibt es nicht«, meinte er, als andere ihm erklärten, Ricardo wäre sehr wohl imstande gewesen, sie allein zu entwenden und die Beute für sich zu behalten. »Ist Ricardo nicht von euch weggegangen?« – »Ja, weil der Inspektor auf uns zukam; das war aber nur eine Sekunde. Ricardo ist auf der einen Seite in den Waggon gestiegen und kam auf der anderen gleich wieder heraus.« – »Da muß es geschehen sein.« – »Aber wie? Allein?« – »Ricardo hat flinke Finger und braucht nicht erst die Hilfe eines andern.« – Schließlich war Tano Veintiuno fest davon überzeugt, Ricardo hätte ihn um seinen Anteil betrogen, was ihm keine Ruhe mehr ließ. Und am selben Abend wurde Ricardo, der Apfelhändler, wie man ihn auch nannte, mit einem Dolchstich in der Niere in einer einsamen Straße im Toledoviertel aufgefunden. Er hatte dort mehrere Stunden im Todeskampf gelegen. Die Geldgier und die Wut über den vermuteten Betrug hatten Tano dazu gebracht,

denjenigen zu ermorden, der ihn seinem Los als Hilfsarbeiter in den Schlachthöfen von Liniers entrissen hatte, um aus ihm einen Taschendieb zu machen.
Sie hatten einander kennengelernt, als Tano eine Strafe wegen schwerer Körperverletzung zu verbüßen hatte und zu Ricardo in die Zelle gesperrt worden war. Ricardo, der kurze Zeit darauf freikam, schickte seine Frau ins Gefängnis, damit sie Tano besuche und ihm Wäsche, Zigaretten, Kaffee, Mate und Zucker bringe. Ricardo, der Apfelhändler, glaubte dem Schweinewürger etwas Gutes zu tun, wenn er ihn zum Dieb ausbildete. Er hoffte, aus ihm einen geschickten Taschendieb zu machen, aber der Lümmel war nicht nur ungeschickt, sondern obendrein noch feige und weigerte sich, an ein Opfer heranzugehen und ihm sauber das Geld abzuknöpfen, wie andere es taten, die weniger kräftig waren als er. So beschränkte er sich darauf, das Opfer vorzubereiten, es festzuhalten, es zu zwingen, sich umzudrehen oder sich an ihn zu pressen. Das verstand er. Das Opfer konnte zornig werden, schreien, ihn anspeien, sogar schlagen. Tano war unempfindlich gegen Beleidigungen, und Schläge beeindruckten ihn wenig. Ihm fehlte aber der Mut, seine Hand in eine fremde Tasche zu schieben. Ricardo ermutigte Tano; er brauche sich doch nur zu entschließen, und wer erst mal eine Brieftasche gezogen habe, stehle auch hundert. Nichts zu machen! Er bewunderte seinen flinken und kühnen Kameraden, konnte sich aber nie dazu aufraffen, selber zu stehlen.
Um zu morden, brauchte er keinen, der ihm Mut zugesprochen hätte. Später lebte er fast ausschließlich von Almosen, da keiner der Diebe etwas mit ihm zu tun haben wollte. Er diente ihnen nur noch als Laufbursche und Botengänger, wofür sie ihm ein jämmerliches Trinkgeld gaben. »Er wird noch als Polizist enden«, behaupteten sie, obwohl es schien, als gäbe es nirgendwo einen Platz für ihn. Nachdem Ricardo schon lange tot war, erfuhr man die wahren Zusammenhänge. Jene Brieftasche war von Ireneo Soza, einem Paraguayer, gestohlen worden. Er war

schlank und groß, hatte einen schwarzen Anzug getragen, war mit demselben Zug gekommen, aber die Polizei von Buenos Aires kannte ihn nicht. Tano blieb ungerührt. Ricardo war tot, und niemand hätte ihm das Leben wiedergeben können.
Das war einer von den Mördern, die in unser Haus kamen. Der andere – auch er hatte einen Kameraden getötet – war weniger abscheulich: er hatte den andern aus Notwehr ermordet. Beweis dafür, daß dieser nicht hilflos gewesen, war eine Narbe über der Oberlippe, die ihn zwang, einen künstlichen Schnurrbart zu tragen. Mein Vater wich allen diesen Gesellen aus, wie er es auch nicht liebte, wenn seine Kameraden, mit denen er ab und zu eine Interessengemeinschaft bildete, ihn daheim besuchten; die meisten hielten sich, vor allem aus Gründen der Vorsicht, daran. So war es selten, daß wir mit Dieben und Mördern in Berührung kamen.
Eines Tages kam mein Bruder João aufgeregt heim und schrie überstürzte, unverständliche Wörter.
»Was gibt's?« fragte die Mutter.
»... auf der Straße ...«, mehr brachte João nicht heraus.
»Wo?«
»Dort ... an der Ecke ... beim Kaufmann ...«
»Schön. Aber was ist los?«
»Ein ganz komischer Mann.«
Sonderbare Leute mochte meine Mutter nicht leiden. Ein Kohlenhändler, ein Grünzeughändler, ein Maler, ja selbst ein Polizist in Uniform, ein Feuerwehrmann sind normale und achtenswerte Menschen. Man weiß, wer sie sind, was sie tun und was sie von uns wollen. Bei sonderbaren Menschen aber weiß man nie so recht, wer sie sind, was sie treiben noch was sie von einem wollen, und man kann sich auf das Schlimmste gefaßt machen.
»Nun sag schon ... Was ist an dem Mann so komisch?«
Statt zu antworten, tat João überraschende und sonderbare Dinge; er öffnete die Arme, als wollte er Unfaßbares umfassen, blies die Wangen auf, stieß die Luft aus und machte einen klei-

nen Sprung. Wir anderen Brüder brachen in Lachen aus. Wir wußten nun, daß seine Erregung nicht in Worten auszudrükken war oder daß er zu viele gebraucht hätte, um sich zu erklären.

»So sprich schon!«

Aber João konnte nicht. Wir liefen an das Haustor und er wie ein Wirbelwind hinter uns drein.

»Nicht aufmachen!« schrie er, als würde etwas Schreckliches geschehen.

Die Stimme meiner Mutter unterbrach unser Geschrei.

»Kommt alle hierher!«

Ungern folgten wir dem Befehl.

»Weißt du, wer der Mann ist?«

Mit glänzenden Augen antwortete João:

»Ich weiß es nicht, Mutter; er ist ein komischer Mensch.«

»Aber was ist Komisches an ihm?«

»Die... der... ich weiß nicht... Sieh ihn dir an, bitte.«

Er war dem Weinen nahe. Wir verhielten uns still.

»Wartet einen Augenblick.«

Die Mutter lief den Gang entlang und wollte schon das Haustor öffnen, um von dort nach jenem Mann zu sehen, der ihren Sohn so sehr erschreckt hatte; dann aber fiel ihr ein, daß es ja ein sonderbares Wesen wäre, und so ging sie in eines der Schlafzimmer. Sie trat ans Fenster, dessen Läden sie ein wenig öffnete, und blickte auf die Straße. Sie blickte lange hinaus. Als sie sich nach uns umwandte, standen ihre Augen voll Tränen, die über ihre Wangen zu den Mundwinkeln herabliefen. Auch ich brach in Tränen aus.

»Unsinn! Hör doch auf zu weinen!« sagte sie, noch schluchzend, aber ich weinte nur um so heftiger. »Wein nicht, hab keine Angst. Sieh doch hin!«

Einer nach dem andern oder auch zu zweit blickten wir auf die Straße, zu der Ecke, wo der Kaufmann war. Dort stand, nahe daran, unter der Sonne zu schmelzen, die schon im Schatten vierzig Grad hatte, ein Wesen, das von oben bis unten aus Scho-

kolade gemacht oder in Schokolade getaucht schien. Dieses Wesen sah aufmerksam zu unserem Haus herüber.
»Wer ist das, Mutter?«
»Das ist Pedro der Mulatte«, seufzte Mutter und trocknete die letzten Tränen.
»Und wer ist Pedro der Mulatte, Mutter?«
Fast hätte sie wieder zu weinen angefangen.
»Sicher sucht er Aniceto. João, geh an die Ecke, nähere dich ihm und frage ihn, was er sucht und ob du etwas für ihn tun kannst. Wenn er dir sagt, daß er Aniceto sucht, dann antworte ihm, daß du ihn kennst und daß du ihn zu seinem Haus führen kannst. Nun los!«
João wollte nicht recht.
»Aber sag, wer es ist, Mutter?« bettelte er.
»Ein Freund deines Vaters. Aniceto wird sich sehr freuen, ihn zu sehen.«
»Vaters Freund?« fragte João zweifelnd.
Ezequiel erbot sich, an Joãos Stelle zu dem Mann zu gehen.
»Nein, João soll es tun.«
Nun ließ sich João von Mutter wiederholen, was er zu sagen hätte, und ging zu dem Mann, der entschlossen schien, dort, selbst wenn er zerfließen müßte, so lange zu verharren, wie es nötig war, und sogar länger. Als er sah, daß sich die Tür des Hauses, auf das er so angestrengt geblickt hatte, öffnete und der Knabe, den er zuvor hatte hineingehen sehen, wieder herauskam, richtete er seine ganze Aufmerksamkeit auf diesen Knaben. João aber ging nicht gleich zu ihm hin. Er blieb einige Schritte vor ihm stehen und betrachtete ihn. Dann ging er wieder auf unser Haus zu, als hätte er etwas vergessen, und schließlich beschrieb er einen Halbkreis, der den Mann zwang, sich um sich selbst zu drehen, trat an ihn heran und sprach mit ihm. Der Mann neigte sich herab, als habe er nicht recht gehört oder verstanden, und der Knabe, nachdem er einen weiteren Blick auf unser Haus geworfen hatte, wiederholte das Gesagte. Der Mann nickte mit dem Kopf, erwiderte etwas, und nun war es

der Knabe, der nicht recht gehört oder verstanden hatte, und der Mann wiederholte. Schließlich einigten sie sich beide und schritten gemeinsam auf unser Haus zu, der Knabe voran und der Mann hinter ihm her. Und der Mann ging auf eine Weise, die kein Gehen mehr war, sondern ein Gleiten durch die glühende Dezemberluft, die in Buenos Aires herrschte. João wandte sich drei- oder viermal um, als fürchtete er, der Mann könnte einen anderen Weg einschlagen und verschwinden – oder vielleicht würde er sich ganz einfach in nichts auflösen –, und doch spürten wir an Joãos Schritten die Versuchung, nach Hause zu rennen und vor Freude oder Angst zu schreien.
Als der Mann durch die Tür eher hereinschwebte als hereintrat, erschien uns das ganze Getue Joãos übertrieben. Was hatte der Mann schon Besonderes an sich? Er war wie alle anderen, die zu der gleichen Stunde die Straßen des Viertels oder der Stadt durchstreiften. Was hatte João an ihm so Besonderes gesehen? Wir kamen nicht darauf. Gewiß war der Mann ein Mulatte: gekräuseltes Haar, ein rundes lachendes Gesicht, dunkle Augen mit gelblichen Augäpfeln, wulstige Lippen, weiße Zähne. Sein Alter war nicht zu bestimmen; er konnte ebensogut dreißig wie fünfzig sein. Er war groß, schlank, hatte schmale Schultern. Auch die Hautfarbe war nichts Besonderes, alle Mulatten hatten sie. War jener Mann geistesabwesend oder verrückt gewesen, als der Blick unseres Bruders auf ihn gefallen war? Wir erfuhren dies nie. Nur die Kleidung des Mulatten war ungewöhnlich, wenn man sie noch als solche bezeichnen durfte: der Hut, den er höflich zog, als er eintrat, wäre selbst in Zentralafrika nicht mehr als Hut angesehen worden. Er mußte wohl lange Monate heftigen Regens erduldet haben, oder die Sonne hatte hundert Tage, vielleicht auch hundert Jahre unbarmherzig auf ihn herabgebrannt und ihn zu einem formlosen Stück Stoff gemacht. Innen und außen war nicht mehr zu unterscheiden, und nur ein Stückchen ausgefranstes Hutband, zwei oder drei Zentimeter breit, das über die zerfetzte Krempe herabhing, zeigte an, daß der Hutbesitzer diese Seite als Außenseite ver-

wendete. Die übrigen Kleidungsstücke – Rock, Hosen, Schuhe und Hemd – mußten gleichen Alters sein wie der Hut. Oder sie hatten das gleiche Schicksal hinter sich. Für den Augenblick wenigstens war der Mann eine große Enttäuschung. Selbst sein Auftreten war bescheiden, fast unterwürfig aus Bescheidenheit. Alles an ihm war irgendwie auffällig, aber nicht sonderbar, wie Joãos Worte und Erregung hatten vermuten lassen. Diese Enttäuschung hätte für João ewige Schande bedeutet, doch näherte sich der Ankömmling unserer Mutter, die ihm freundlich zulächelte, streckte ihr die lange dunkle Hand entgegen und sagte mit weicher, summender Stimme:
»Ich bin sehr zufrieden, Señora Rosalia zu sehen.«
Wir verfielen sofort in eine Art Verzauberung; jener Mann, dessen Stimme einem in die Ohren zu fließen schien, redete in einer Sprache, die wir Brüder schon seit langem zu hören hofften.
»Und diese Kleinen? Sind sie die Söhne des Señor Aniceto?«
Wir hatten uns immer gewünscht, Portugiesisch sprechen zu hören, aber nicht ein Portugiesisch wie das meines Vaters, das kein Portugiesisch, sondern gutes Galicisch war, und auch nicht wie das meiner Mutter, zögernd und unsicher, und noch weniger wie das Joãos, der vorgab, es zu sprechen, und nur die Sprache eines Schwanks zustande brachte; sondern ein Brasilianisch wie das des Mulatten, vermischt mit spanischen Wörtern, die an der Seite der portugiesischen exotisch wirkten.
Sprach man bei uns zu Hause von Nationalitäten, so entstand immer eine große Aufregung, wenn man uns darauf aufmerksam machte, daß João Brasilianer sei. Wie konnte er es sein? Wie waren die Brasilianer? Wir hatten nie einen zu Gesicht bekommen, und keiner von unseren Schulkameraden oder den Kindern aus der Nachbarschaft war bisher derart vom Glück begünstigt gewesen. Ein Brasilianer war etwas Märchenhaftes. Meine Mutter hatte uns von den brasilianischen Negern erzählt, von ihren Sitten, ihren Tänzen, ihren Speisen, ihrem eigentümlichen Geruch. Nie hatte sie uns von den Weißen in

Brasilien erzählt, und so fiel es uns schwer, zu glauben, daß es auch Brasilianer mit dieser Hautfarbe gäbe. Nach dem, was die Mutter uns erzählt hatte, beherrschte der Neger das Leben des Landes, und so mußten wir annehmen, alle Brasilianer wären Neger und Tänzer. João war weder Neger, noch tanzte er, und außerdem sprach er nicht Brasilianisch. Was war das also für ein Brasilianer! Er bewies uns aber, daß er doch einer war, als er nach dem Tod meiner Mutter, nach der Verhaftung und Verurteilung meines Vaters gen Norden ging, während ich, dem die Mutter immer wieder vom schönen Chile gesprochen hatte, mich nach Nordwesten wandte, den hohen Bergen zu, hinter denen die Täler lagen, in denen sie geboren worden war und von wo Aniceto Hevia sie geholt und den rauhen und gefahrvollen Weg seines Lebens geführt hatte. Und nun stand vor uns, ohne daß wir uns auch nur im geringsten bemüht hatten, ein echter Brasilianer, der nicht nur in Brasilien geboren worden war wie João, sondern bis vor kurzem dort gelebt hatte.
»Das ist João, der damals dort geboren wurde...«
Damals... Vor vierzehn Jahren hatte meine Mutter dort den Mulatten Pedro kennengelernt, der gekommen war, ihr zu sagen, daß ihr Gatte weder Kubaner noch Kaufmann, noch Spieler, sondern ein Dieb und Einbrecher war und im Gefängnis saß.
»Fragen Sie dort nach O Gallego.«
»Wer ist O Gallego?«
»Ihr Mann.«
Und er war weggegangen, leicht und flüchtig, wie er gekommen war, und hatte sie in der düstersten Stunde ihres Lebens allein gelassen. Und hier stand er nun, vierzehn Jahre später, vierzehn Jahre älter, vierzehn Jahre noch unfaßbarer, der Señora Rosalia zulächelnd, ihren Kleinen, die ebenfalls lächelten. Der Mulatte Pedro war für uns Kinder ein Fest, das eine endlose Reihe von Tagen dauerte, in deren Verlauf er unser Haus, unsere Straße, unser Stadtviertel höchstens für zwei Stunden verließ, bis zu dem Augenblick, da wir ihn weinend am Hafen ver-

abschiedeten und ihm versprachen, ihn in Rio de Janeiro zu besuchen.

Mit der Zeit erfuhren wir auch, daß Pedro der Mulatte nie in seinem Leben gestohlen hatte, nicht einmal ein Taschentuch oder einen Hut, wenn er auch vom Diebstahl lebte, dem Diebstahl der anderen. Dieser Mensch, in vielem unschuldig und schüchtern wie ein Kind, immer fröstelnd und träge, fühlte für die Diebe eine Bewunderung und Zuneigung, die nichts und niemand in ihm auszulöschen vermochte, weder das Gefängnis noch das Elend oder die Strafen. Unfähig, selbst zu stehlen, begünstigte er den Diebstahl, indem er den Dieben die nötigen Einzelheiten hinterbrachte. Nach vielen Jahren war es die Polizei überdrüssig geworden, ihn immer wieder vergebens einzusperren, und sie betrachtete ihn nun als einen Menschen mit liederlichem Lebenswandel, über den man aber, ebensowenig wie über andere Persönlichkeiten, nicht einfach hinwegsehen konnte. Es war aussichtslos, ihn zu verhören: er leugnete alles, wenn auch alle überzeugt waren, daß der Mulatte mehr wußte als die ganze Polizei und die Verbrechergilde zusammengenommen. Jeder bedeutende Dieb, der nach Brasilien kam oder von dort wegging, wußte, wer Pedro war und was er von ihm erwarten konnte, und Pedro wieder wußte genau, wer ankam, wer wegging, was er tat, was er tun wollte und was er getan hatte. Manche Verteidiger, Fachleute auf dem Gebiet des Diebstahls und des Einbruchs, sahen in Pedro ihren besten Kunden, einen Kunden, der großzügig und pünktlich bezahlte, immer unter der Bedingung, daß der Verhaftete in Freiheit gesetzt wurde.

Als mein Vater dort ankam, suchte er sofort Pedro auf, und Pedro, der wußte, mit wem er es zu tun hatte – alle sprachen von allen, und Pedro vergaß nicht die geringste Kleinigkeit –, gab ihm jede gewünschte Auskunft und erfuhr von meinem Vater Einzelheiten über dies und jenes, Pedro kannte die Spezialität Aniceto Hevias: wertvoller Schmuck und Geld in lohnender Menge, aber nichts Umfangreiches und nichts durch Gewalttätigkeit; Ruhe, sichere, saubere Arbeit, »Annehmlichkeit« hatte einmal ein Kaufmann gesagt. Gut! Da ist ein Juwelierladen, eine Bank, die Tür ist so, das Schloß so gearbeitet, neues Gebäude, daneben ein Kleidergeschäft, auf der anderen Seite ein Friseur, darüber ein Schneider, gegenüber ein Café, wird um soviel Uhr geöffnet und um soviel Uhr geschlossen, Belgier. Was sonst noch? Ein neues Hotel: Kaufleute, Opernsänger, Großfarmer, Plantagenbesitzer, hat Nachtwächter, zwei Eingänge, Schnappschlösser, Fenster mit Gittern, Türen mit Oberlichtern. Pedro verkehrte auch mit Individuen, die sich mit dem Verkauf und der Umarbeitung geraubter Schmuckstücke beschäftigten und die, im allgemeinen wenigstens, noch schlauere und größere Diebe waren als die eigentlichen Diebe. Sie hatten entdeckt, daß Handel weniger gefährlich, aber um so gewinnbringender war.

Gelegentlich schlug einem Dieb das Unternehmen fehl, und er mußte fliehen oder wurde verhaftet. Auf jeden Fall berichtete er Pedro noch von den Hindernissen, auf die er gestoßen war, oder er teilte ihm die Schritte mit, die zu tun waren, um ihn zu retten. Oft gewann eine Sache, an der schon viele gescheitert waren, internationales Ansehen: man erfuhr in Madrid zum Beispiel, oder in Valparaiso, in La Habana oder Marseille, daß dieses oder jenes Ding in Rio de Janeiro zu drehen wäre, und da geschah es, daß einige Diebe oder Einbrecher, die Tausende Kilometer entfernt lebten, sich für die Sache begeisterten und hierherkamen, um auch ihr Glück zu versuchen; der Streich gelang, und sie entkamen, oder sie scheiterten und wurden verhaftet. Mein Vater hatte bei einer kleinen Sache Glück gehabt, war aber an einer größeren gescheitert, und Pedro war immer seine Stütze gewesen, wie für so viele andere vor ihm, ohne mehr davon gehabt zu haben als die Genugtuung.

Jetzt aber handelte es sich nicht um dergleichen. Wußte auch Pedro sehr viel von Buenos Aires, so verfolgte er mit seiner Reise keine geschäftlichen Ziele.

»Da ich dort aufgehalten wurde, Kleiner, besaß ich großes Verlangen, Buenos Aires kennenzulernen, aber nie wollte es klappen; nicht, weil es an Geld gefehlt hätte, Señora Rosalia, denn viele Male verehrten mir meine Gefährten mehr als das Notwendige, sondern weil mir die mühevolle Arbeit keine Zeit dazu ließ; ich hatte einen Herrn zu erwarten, einem anderen zu dienen, diesem zu helfen, jenen zu verbergen. Schließlich, im vergangenen Jahr, hatte ich viel freie Zeit, über die ich verfügen konnte ... Die Jungen wollten nicht mehr nach Brasilien reisen: das neue Strafgesetz hat sie erschreckt. Deportation nach Acre, viele Jahre harter Arbeit, das gelbe Fieber. Letztlich ist es nur eine Frage der Gewöhnung, wie hier, wo man die Leute jetzt nach Sierra Chica und nach Feuerland schickt, und wie man sehr wohl weiß, sind beide Strafanstalten überfüllt. Ich begann meine Reise vorzubereiten und wollte mich einschiffen, doch ließen sie mich nicht. Wozu? Ihr werdet nie aus Brasilien rauskommen; Ihr seid ein feiner Spitzbube, sehr erfahren und gewitzt, wir brauchen Euch. Fahrt doch nicht nach Buenos Aires, nein, dort ist es sehr kalt, sehr, sehr kalt. Ich sprach mit dem Chef. Und dieser, dieselbe Sache: der Schelm Pedro möchte weggehen? Er will uns verlassen? Ihr seid sehr undankbar. An was fehlt's dir denn hier? ... Immer dieselbe Geschichte ... Gewaltsam betrat ich das Schiff, und gewaltsam wurde ich von Bord geholt; ich bot dem Kriminalbeamten Geld. Nichts da, Pedro, kein Geld! Das wäre schlecht, Geld von Freunden anzunehmen! Das ist nicht schön, Pedro! Was wollen Sie dann von mir? Daß Ihr bei uns bleibt, Rio braucht Euch. Jesus Christus! Ich muß aber nach Buenos Aires reisen; hier haben Sie meine Schiffskarte! Lassen Sie sie verfallen; wir werden sie vergüten. Schließlich sagte mir ein Freund: ›Pedro, immer habe ich geglaubt, du wärest ein intelligenter Bursche; nun sehe ich aber, daß ich mich getäuscht habe. Warum willst du durchaus per Schiff übers Meer reisen, wenn du das Ziel auch zu Lande und auf den Flüssen erreichst! Du bist ein dummer Mulatte!‹ Ich hielt mich daran und machte die Reise zu Lande und auf den Flüssen; ich wurde krank, kam ins Krankenhaus; beinahe wäre ich gestorben; sie haben mir die Brieftasche gestohlen, das

Geld; ich hatte nie in meinem Leben gearbeitet, um welches zu verdienen. Wie sollte ich meine Reise fortsetzen? Zu Fuß? Schwimmend? Ich konnte nicht mehr zurück; ich war zu weit von Rio entfernt, und ich wollte Buenos Aires kennenlernen. Ich kann nicht spielen, schon gar nicht ohne Geld. Bei wem sollte ich Geld leihen? Alle waren ehrenhaft. Nun blieb mir nur eins zu tun übrig: arbeiten. In deinen Jahren arbeiten, aber Pedro! Aber was? Ich verstehe nicht zu arbeiten, nicht mal zu stehlen. Da erleuchtete mich Gott: die Schiffe bewegen sich nicht von allein; dafür sind die Seeleute da. Aber dort gab es keine Schiffe; sie waren weit weg, und um dorthin zu gelangen, mußte man lange gehen, Flüsse überqueren, Sümpfe, aber... ich machte mich auf den Weg. Ich weiß nicht, wie viele Monate ich unterwegs war: zu Fuß und auf dem Schiff, eingesunken im Schlamm, zerfressen von kleinen Tieren, von Polizisten auf dem Festland verfolgt, von Bootsleuten auf den Schiffen, als Heizer arbeitend, als Lastträger, als Seemann. Aber ich kam hierher, Señora Rosalia, und ich bin sehr glücklich!«

Pedro der Mulatte wurde im Haus aufgenommen, als wäre er ein Kind mehr, und behandelt, als wäre er der verlorene Sohn. Man kaufte ihm neue Kleider und Wäsche und gab ihm Geld, und da blieb er; wir Kinder hingen an seinen wulstigen Lippen und an seinen langen Händen. Dieser Mulatte war ein bewundernswertes Wesen: er führte uns hin, wohin wir wünschten, erzählte uns, was wir ihn zu erzählen baten, vor allem seine Abenteuer auf den Flüssen, in den Wäldern und den Sümpfen, mit Tigern, Vipern und sonderbaren Vögeln. Viele Diebe hatten ihm aus ihrem Leben berichtet, und er berichtete nun uns darüber. Da gab es fast legendäre Wesen, von denen Pedro mit größter Achtung sprach und von denen er einige sogar als Oberst bezeichnete; Diebe, die aus den entferntesten Ländern gekommen waren und aufsehenerregende Diebstähle organisiert hatten; andere wieder, Sonderlinge und Schöpfer eigener Systeme, die ihrem Temperament am ehesten entsprachen. Einige, die hochmütig allein gingen; andere wieder, großzügig, die von den Appartements der Luxushotels in die Kabinen erster Klasse der Schiffe überwechselten oder in die Einzelzellen der Zuchthäuser. Es gab solche, die sehr elegant waren und ihr ganzes Geld in Kleidern, Ringen und Parfüms anlegten, und solche, die verrückte Verschwender waren, Rennpferde besaßen oder schöne Frauen ihr eigen nannten; dann gab es auch solche, die niemand kannte, weder die Diebe noch die Polizei, solche, die wie Sternschnuppen erschienen und verschwanden, ohne eine andere Spur zu hinterlassen als zwei oder drei Opfer, die sich die Haare rauften, und zehn oder zwanzig Kriminalbeamte, die schwitzten und fluchten.

Wir lauschten ihm stundenlang, nicht weil uns Geschichten, die von Dieben handelten, besonders gefallen hätten, sondern weil es Geschichten waren. Weder meine Brüder noch ich zeigten irgendeine Neigung zu dem Beruf, den unser Vater gewählt hatte, aber wir hatten auch keine Neigung zur Seeräuberei, obwohl uns die Seeräubergeschichten gefielen. Es war nicht leicht, ein Dieb zu sein, und wir nahmen damals an, man brauche hierzu ganz besondere Eigenschaften, die man nicht ohne weiteres besaß; wir, die Söhne eines Diebes, waren nicht verpflichtet, Diebe zu sein, und werden wahrscheinlich auch nie Diebe werden. Nichts könnte uns dazu zwingen. Die Vorstellung, daß Kinder von Dieben nur wieder Diebe sein können, ist ebenso unlogisch wie der Glaube, die Kinder von Ärzten müßten unbedingt Ärzte werden. Es kommt nicht selten vor, daß der Sohn eines Möbeltischlers Möbeltischler wird und der Sohn eines Schuhmachers Schuhmacher, aber es besteht ein Unterschied zwischen einem Beruf, der außerhalb des Hauses, in einer gemeinsamen Werkstatt, in einem Büro oder an einem sonstigen passenden oder unpassenden Platz ausgeübt wird, und einem anderen, den man im Hause selbst ausübt: der Sohn des Schuhmachers oder des Buchbinders lebt, wenn der Vater zu Hause arbeitet, von klein auf inmitten aller Rohstoffe und Werkzeuge des väterlichen Berufes; und ob er will oder nicht, erlernt er schließlich den Beruf, wenn auch oft nur halb; er wird wissen, wie dies und jenes vorbereitet, auf welche Temperatur der Leim gebracht oder wie die Sohle dünn geklopft werden muß. Übt der Vater aber seinen Beruf außerhalb des Hauses aus, wie der Arzt, der Ingenieur oder der Dieb, dann sind Heim und Werkstatt getrennt, und alle diese Berufe und Tätigkeiten verlangen, wenn sie auch untereinander grundverschieden sind, doch eine besondere Eignung, was für die Buchbinderei und die Schuhmacherei nicht zutrifft, die im wesentlichen und im allgemeinen manuelle Arbeit sind.

Nicht jeder, der es möchte, wird ein Dieb werden, so wie nicht jeder Ingenieur sein kann, wenn er es auch gern sein möchte, oder Musiker oder Maler, und so wie es Menschen gibt, die in ihrem Ingenieurstudium scheitern und sich damit abfinden müssen, etwas anderes zu lernen – Landwirt oder Dentist zum Beispiel –, gibt es auch solche, die nie Diebe werden, sondern sich mit bescheidenerer Rolle zufriedengeben müssen, mit der eines Hehlers, wie der Mulatte Pedro es war, mit der eines Käufers oder Verkäufers von Diebesgut oder, auf der anderen Seite, mit der eines Polizeibeamten oder Denunzianten, wenn auch die Fälle nicht selten sind, in denen Diebe Polizeibeamte und Polizeibeamte Diebe wurden; sie werden aber in keiner der beiden Tätigkeiten mehr als bloße Stümper sein. Ein guter Polizeibeamter ist immer ein schlechter Dieb und ein guter Dieb ein schlechter Polizeibeamter. Wer hat schon gesehen, daß ein guter Brückenbauingenieur schließlich als guter Nieter endet oder ein hervorragender Blinddarmschneider ein großer Statistiker würde?

Als er von Buenos Aires genug und die Hände aller seiner Freunde, mit Ausnahme jener, die gerade eingesperrt waren, geschüttelt hatte – die Eingesperrten konnte er nur durch dicke Gitterstäbe und feines Geflecht begrüßen –, wandte sich der Mulatte Pedro wieder nach Norden; es war an der Zeit, nach Brasilien, nach Rio, zurückzukehren, und eines Tages, als ein glühender Höllenwind durch Buenos Aires fegte, schiffte er sich ein. Er nahm viel mehr Geld mit, als er beim Verlassen von

Rio gehabt hatte, und außerdem besaß er eine Schiffskarte zweiter Klasse. Seine Freunde, unter ihnen mein Vater, der ihn liebte und schätzte, versprachen ihm, ihn in Brasilien aufzusuchen, wenn auch der Gedanke an die Deportation nach Arce und an das gelbe Fieber ihnen kalte Schauer über den Rücken jagte. Glücklicherweise hatten sie Zeit genug, sich die Sache zu überlegen und sich später zu entscheiden.

2

Und nach Pedro dem Mulatten – oder war es vorher? – kamen andere Menschen zu uns, wenn auch nicht viele: solche, die erst kürzlich wieder aufgetaucht, und andere, die dem Tod nahe waren, wie einer von ihnen zumindest, der so unvorhergesehen kam, wie Diebe und Handelsreisende eben kommen. Er wurde von Vater und Mutter empfangen, als wäre er der wichtigste Mensch der Welt, und umsorgt, als hinge von seiner Gesundheit das Wohl und Wehe vieler Menschen oder der ganzen Stadt ab. Dünn, gelb, große, durchsichtige Ohren, die nach Hundeart herabhingen, sprach er nichts oder fast nichts mit uns, den Kindern des Hauses, als hätte er nichts zu sagen, oder vielleicht auch, als hätte er vor dem Sterben keine Zeit mehr dazu. Als er kam, schärfte uns die Mutter gleich ein, daß wir uns dem Kranken nicht nähern, ihn nicht ansprechen dürften; er sei sehr krank, und sie fügte, um uns einzuschüchtern, hinzu, er leide an einer gefährlichen Krankheit. Was hat er? Wer weiß: es kann ebensogut die Cholera wie das gelbe Fieber sein. Die älteren Brüder, João und Ezequiel, mußten ihr Zimmer abtreten und wurden in einem kleineren untergebracht; sie lehnten sich nicht dagegen auf, jeder Wechsel war für uns ein Abenteuer. Der Mann wurde beherbergt: das Bettgestell neu, neu die Matratze, die Laken, die Decken; in wenigen Minuten hatten meine Eltern alles geordnet, und Alfredo – so hieß er – konnte sich zu Bett legen, und er legte sich so hin, als wollte er sich nie mehr erheben – so schien es uns Kindern –; sein Zustand war wirk-

lich erschreckend. Im Zimmer, im Haus, in der Stadt, ja in der ganzen Argentinischen Republik schien es nicht genug Luft für seine Lungen zu geben, die wie eine Maschine unter Volldruck arbeiteten und Alfredo zwangen, auch noch durch den Mund zu atmen, da die Luftwege der Nase nicht ausreichten. Die weitgeöffneten Augen blickten starr; der lange Schnurrbart, schwarz und feinhaarig, gab dem halbgeöffneten Mund einen düsteren Zug, und die blassen, schlanken Hände, die er auf das Laken gelegt hatte, schienen jeder nützlichen Bewegung unfähig. Der Arzt kam, untersuchte ihn, sprach mit meinen Eltern, schrieb ein Rezept aus, steckte sein Honorar ein und ging.
»Was fehlt ihm, Mutter?«
Mutter machte eine unbestimmte Bewegung, als wollte sie uns zu verstehen geben, es wäre gleichgültig, ob ihm dies oder jenes fehlte; denn sterben müßte er auf jeden Fall.
»Wer ist der Herr, Mutter?«
»Ein Freund deines Vaters.«
Ein Freund deines Vaters... Diese Worte sagten alles und nichts; sie zeigten die Lage des Mannes an, sagten aber nichts über ihn selbst aus. Für uns aber war damit alles klar, ohne daß etwas erklärt worden war. In den Familien unserer Mitschüler oder der Nachbarskinder kannten wir außer den Leuten, die mit ihnen lebten, die Freunde des Hauses und die Verwandten und erfuhren viele Einzelheiten über sie: wie sie hießen, wo sie wohnten – immer lebten sie an irgendeinem bestimmten Ort, hauptsächlich in der Stadt, seltener auf dem Land und nie in der Provinz –, was sie arbeiteten und wovon sie lebten, ob sie verheiratet waren, ledig, verwitwet und so weiter. Über die Freunde meines Vaters dagegen – wozu auch von den Freunden meiner Mutter sprechen; sie hatte nur die meines Vaters – erfuhren wir nur sehr selten etwas, höchstens, daß sie seine Freunde waren, manchmal, wie sie hießen, sonst nichts. Wo wohnten sie? Das wußten sie anscheinend selbst nicht: in irgendeinem Land, in irgendeinem Dorf, in irgendeiner Provinz, sonst nichts, und selbst wenn sie in der gleichen Stadt wie wir

lebten, in Buenos Aires, in Mendoza, in Rosario, in Côrdoba, erfuhren wir nie oder nur selten ihre Adresse. Mein Vater schien der einzige Vater zu sein, der aus verschiedenen Gründen nicht imstande war, mehr über seine Freunde auszusagen, aber auch der einzige, der es sich erlauben durfte, solche sonderbaren Freunde zu haben. Wie und wann hatte er sie kennengelernt? Und wo? Was hatte er mit ihnen zu tun? Waren sie manchmal zusammen gereist, hatten sie manchmal zusammen gearbeitet, oder waren sie manchmal zusammen eingesperrt gewesen? Vielleicht.

Mitunter erfuhren wir etwas über einige dieser Freunde durch diese selbst oder durch gelegentliche Bemerkungen unseres Vaters; die Regel aber war, wenig oder nichts zu wissen.

Von Alfredo wußten wir anfangs nur den Namen und daß er krank war. Krank und Alfredo, Alfredo und krank hatte für uns einige Zeit hindurch die gleiche Bedeutung: »Bist du Alfredo?« Alfredo aber sagte nichts, nicht einmal, daß er krank war. Mein Vater ging auf Reisen, verschwand – wie seine Freunde zu verschwinden pflegten –, und unsere letzte Hoffnung, etwas über Alfredo zu erfahren, entschwand mit ihm.

War uns auch verboten worden, ihn anzusprechen, so durften wir ihn doch betrachten, das heißt, Alfredo war das einzige, was wir, Daniel und ich, uns lange Zeit ansehen konnten. Wir durften das Haus nicht verlassen; es war uns auch verboten, an die Tür zu gehen, wenn die beiden größeren Brüder in der Schule waren oder die Mutter nicht im Hause, und da wir das Haus besser kannten als unsere Taschen, da wir es bereits in seinen drei, wenn nicht in seinen vier Dimensionen durchforscht hatten, bot sich uns nur wenig Zerstreuung. Alfredo, der Kranke, mußte viele Tage hindurch unsere schrecklich forschenden Blicke ertragen, schrecklich deswegen, weil wir, unfähig, uns zu verstellen, ihn mit Augen ansahen, die in unserem Alter für einen Menschen, der von einem Augenblick zum andern sterben konnte, keine Gnade kannten. Wenn er nicht durch unsere Blicke starb, dann wahrscheinlich deswegen, weil seine

Widerstandskraft größer war als die unbarmherzige Neugier unserer Augen. So sahen wir, wie er in den ersten Tagen immer weniger wurde; jeden Tag fanden wir ihn kleiner, und wir glaubten, er würde eines Tages so klein sein, daß er schließlich gar nicht mehr zu sehen wäre; die Augen lagen tief in den Höhlen, die Stirn war nur noch Knochen, die Wangen fielen immer mehr ein, die Lippen schienen zu schrumpfen und legten die Zähne bloß, und der düstere Mund öffnete sich mehr und mehr, um der Atemnot zu begegnen. Woran litt er? Ein Geheimnis, wie seine Herkunft, sein Wohnort und sein späteres Schicksal. Er versank immer tiefer in Kissen und Matratze, wurde unter den Bettlaken immer weniger. Selbst die Hände wurden kleiner, die Handgelenke dünner, und es gab Tage, an denen wir glaubten, unsere Blicke fänden nichts mehr vor als die Höhlung, die sein Kopf im Kissen hinterlassen hatte.
Dem war aber nicht so. Alfredo lebte weiter; und das schlimmste war, er wußte genau, daß wir nicht ihn, sondern den Fortschritt seiner Krankheit und die Verminderung seines Körpers überwachten und beobachteten. Manchmal sahen wir, wie er uns durch die halbgeschlossenen Lider hindurch mit durchdringendem Blick betrachtete; kein zorniger Blick noch ein Blick, aus dem der Verdruß sprach; etwas anderes lag in seinen Augen: vielleicht las er an unserem Ausdruck seinen Zustand ab? Vielleicht dachte er auch, sein Zustand wäre, solange er die beiden schweigenden ernsten Knaben an der Tür stehen sähe, noch nicht hoffnungslos. In der ersten Zeit sagte er nichts, weder »Na, ihr« noch »Verschwindet, ihr macht mich nervös!«; nichts, und er schien zum Sterben bereit, ohne mit uns ein einziges Wort gewechselt zu haben.
»Wie geht es dem Kranken?« fragten wir jeden Morgen, wenn uns die Mutter anzukleiden begann.
»Schlecht, mein Sohn, laßt ihn in Ruhe.«
Wir ließen ihn in Ruhe, das heißt, wir sprachen nicht, noch drangen wir in sein Zimmer ein. Wir betrachteten ihn nur durch die offene Tür, und zeigte sein Gesicht irgendeinen

neuen Zug, war es, zum Beispiel, besonders blaß geworden, holten wir einen der älteren Brüder, damit auch er sich überzeugte, so als hätten wir Außergewöhnliches entdeckt.
»Schau hin! Scheint er dir nicht toter als gestern?«
Die Brüder, tief beeindruckt, gingen wieder weg; sie hatten ihn nicht, wie wir, von Augenblick zu Augenblick beobachten können. Eines Tages fragte meine Mutter Alfredo, ob sie nicht vielleicht die Tür des Zimmers schließen sollte.
»Die Kinder könnten Sie belästigen; sie sind so neugierig.«
Alfredo wehrte mit den Händen ab.
»Nein, bitte nicht«, sagte er, und wäre er fähig gewesen, dann hätte er sicher hinzugefügt: Wenn Sie die Tür schließen, muß ich ersticken; so viel Luft brauchte er.
Wir bewunderten die Mutter, weil sie den Kranken mit solcher Sorgfalt umgab. Weshalb aber? Wir wußten, daß sie ihn nicht gekannt, bevor er unser Haus betreten hatte. War er denn eine so hohe Persönlichkeit, die so vieler Aufmerksamkeit bedurfte? Wir wußten es nicht. Wo hatte er sich die Krankheit geholt? Geheimnis. Die Hände in den Taschen oder den Finger im Mund, beobachteten Daniel und ich ihn lange Zeit – uns schien sie sehr lang, wie zwei oder drei Jahre –, vielleicht zwei oder drei Monate, und sahen, wie jener wunderliche Mann wieder zu wachsen anfing, Gestalt annahm, Farbe, Form und Haltung. Meine Mutter pflegte ihn: sie gab ihm Medizin, bald dicke weiße Säfte, bald honigfarbene, die aus dunklen Glasfläschchen mit breiten Öffnungen flossen; dann dünne Flüssigkeiten und rosafarbene Tabletten, Dragées, Oblaten – die ganze Therapie jener Zeit. Er aß kaum, nur etwas Suppe, Milch, Brei, aber dabei wurde er langsam wieder gesund.
Eines Tages gab es eine große Aufregung, und der Kranke sprach. Jemand läutete, unbekannt und unerwartet, an der Haustür und fragte, ob hier Aniceto Hevia wohne und daheim sei. Mein ältester Bruder, etwas unangenehm berührt, da der Unbekannte seinen Namen nicht sagen wollte und eine Art zeigte, die ihm nicht recht gefiel, antwortete kurz angebunden,

daß er wohl hier wohne, aber nicht zu Hause sei, womit er nur die Wahrheit sagte; der Mann an der Tür fragte aber, ebenso kurz angebunden, wann Aniceto Hevia zurückkommen werde, wo er ihn finden könne, wann er weggegangen sei, wie lange er schon hier wohne. Fragen, die João verdächtig waren und die Alfredo, dessen Zimmer ja in der Nähe lag, hören mußte. Als João den Mann an der Haustür abgefertigt und diese wieder verschlossen hatte, ging er am Zimmer des Kranken vorüber. Alfredo winkte mit der Hand. João trat ans Bett des Kranken und wir ebenfalls.

»Wer war es?« fragte Alfredo, sichtlich erregt.

»Ich kenne ihn nicht.«

»Wie sah er aus?«

Die Antwort war nicht leicht zu geben. Alfredo bezog sich wahrscheinlich auf den Ausdruck und den Eindruck, den er gemacht hatte.

»Ist dir nichts aufgefallen?« fragte der Kranke mit großer Anstrengung.

João zuckte die Achseln. Die Fragen sagten ihm nichts.

»Und deine Mutter?«

»Sie ist vor einem Augenblick weggegangen. Wir sind allein.«

»Habt ihr nichts von Aniceto gehört?«

»Nichts.«

Dies war das erste Gespräch, das Alfredo mit irgend jemandem im Hause hatte. Ein kurzes Schweigen folgte.

»Wie heißt du?«

»João.«

»Brasilianer?« fragte Alfredo und blickte zur Zimmerdecke, während er versuchte, sich aufzurichten.

»Ja.«

»João... kannst du auf die Straße schauen, so, daß sie dich von draußen nicht sehen können?«

»Ja, zwischen den Fensterläden durch.«

»Gut. Sieh nach, ob der Mann noch da ist und was er tut.«

João berichtete, der Mann stünde auf der Straße und beobachtete das Haus.
Als hätte Alfredo einen Schlag in den Magen erhalten, wurde sein Gesicht blaß; er bekam keine Luft, und die Stäbe am Kopfende des Bettes umklammernd, richtete er sich auf. In den großen Augen stand die Angst, und wir alle, ohne zu wissen, was in Alfredo vorging, fürchteten uns mit ihm. João, neben dem Bett, starrte ihn an, als wollte er fragen, was geschehen wäre.
»João, tu etwas«, murmelte der Kranke mit einer Stimme, die uns erschreckte, als bäte er uns, ihn aus entsetzlicher Gefahr zu erretten. Während einiger Sekunden glaubten wir, er werde sich aufrichten, das Bett verlassen und irgendwohin fliehen; so verzweifelt war er.
»Was kann ich tun, Señor?« fragte João.
»Was du tun kannst! Weißt du es nicht?« Fast schrie es der Kranke.
»Nein«, antwortete das Kind.
Der Kranke richtete sich noch weiter auf im Bett und sah João durchdringend an, als wollte er ihm mit seinem Blick alles, was er dachte, sagen, auch das, was das Kind fühlen und denken sollte. Hatte unser Bruder verstanden? Vielleicht, aber nur halb, denn er ging wieder zum Fenster und brachte dieselbe Botschaft: der Mann stand immer noch dort und blickte auf unser Haus. Ein Krampf befiel den Kranken, und er begann heftig zu zittern.
»Gib mir die Kleider«, stammelte er.
João war nicht imstande, ihm die Kleider zu reichen, so sehr überraschte ihn die Forderung: Alfredo mühte sich, den kraftlosen Körper zu erheben. Hätten wir doch verstehen, hätten wir doch begreifen können, was jener Mensch fühlte. Wir wußten aber nicht, wer er war, woher er kam; seine Furcht verwunderte und erschreckte uns. Viel später, wenn wir von Alfredo sprachen, wurde uns einiges klarer: dieser Mensch, krank, vielleicht verfolgt oder erst aus einem Gefängnis entflohen oder entlassen, fürchtete, der Unbekannte wäre ein Kriminalbeam-

ter und wollte unser Haus durchsuchen, das Alfredo unter den wenigen, die ihm zur Verfügung standen, erwählt hatte, um dort gegen seine Krankheit zu kämpfen.
Ezequiel stürmte in das Zimmer des Kranken.
»Mutter spricht mit dem Mann!«
Wenn das vielleicht auch nichts zu bedeuten hatte, so war es für uns doch eine große Erleichterung; die Ankunft der Mutter half uns. Alfredo beruhigte sich etwas. João und Ezequiel, die schon, ohne erst einen Stuhl holen zu müssen, durch die halbgeöffneten Fensterläden schauen konnten, verfolgten das Gespräch zwischen meiner Mutter und dem Fremden, der vorsichtig um sich blickte. Meine Mutter schüttelte den Kopf; dann bejahte sie; der Fremde lächelte und ging einige Schritte neben ihr her. Die Mutter wandte sich unserem Haus zu und schickte sich an, die Fahrbahn zu überqueren. Der Mann blieb auf dem Gehsteig, wo er sich von der Mutter lächelnd verabschiedete. Alles war vorüber.
Als die Mutter bei dem Kranken eintrat, atmete Alfredo, durch João und Ezequiel vom guten Verlauf der Dinge unterrichtet, wieder regelmäßig.
»Wer war das?« fragte er.
»Gumercindo aus Córdoba. Er wollte wissen, ob Aniceto daheim wäre und wann er wiederkäme.«
Alfredo schien nicht mehr zuzuhören, als bedeutete ihm nun, da die Gefahr gebannt war, Gumercindo aus Córdoba ebensoviel wie der Admiral Togo.
Als Alfredo soweit war, daß er im Bett sitzen und allein essen konnte, kehrte mein Vater zurück. Einige Tage später läutete, zu unserer größten Überraschung, eine Dame an der Haustür und fragte Ezequiel, der auf das Klingeln hin öffnete, ob hier ein gewisser Aniceto Hevia wohne und ob er einen Mann namens Alfredo beherberge. Ezequiel ließ die Dame eintreten. Sie lief den Gang entlang. Das Kleid, das sie trug, war aus sehr feinem dunklem Tuch geschnitten, ziemlich weit, und bestand aus Rock und Bluse; die Bluse ging bis über die Hüfte. Um den

Kopf lag ihr ein dunkler Tüllschleier, und in der einen Hand hielt sie einen kleinen Lederkoffer. Ein leichter Umhang ging ihr bis zu den Füßen. Sie schien meine Mutter nicht zu kennen, da sie nur kurz und etwas zeremoniell grüßte. Wer war sie? Alfredos Frau? Seine Schwester? Seine Freundin? In diesem Augenblick wußte es keiner, und die Frau selbst gab uns weder durch Worte noch durch Gesten zu erkennen, ob sie seine Frau, seine Schwester, seine Freundin oder eine Tante war; keine herzliche Begrüßung, keine Tränen oder Ausrufe, wie man sie nach einer langen Trennung oder nach einer schweren Krankheit zwischen Menschen, die sich nahestehen, erlebt.
Die Frau setzte sich auf den einzigen Stuhl, der in Alfredos Zimmer stand, stellte den Handkoffer auf ihren Schoß und sprach mit dem Kranken kurz und in eisiger Kälte; der Kranke antwortete ihr, ohne sie anzusehen, in einem Ton, der sich bemühte, Gleichgültigkeit vorzutäuschen. Aus einigen Worten entnahmen wir, daß die Frau von weit hergekommen war. – Woher? Aus Brasilien, aus Haiti, aus Paraguay, aus der Türkei? – Wir erfuhren erst später, daß sie die Reise nur unternommen hatte, um Alfredo zu sehen, wenn auch der Umstand, daß sie gekommen war, um ihn zu sehen, und bisher der einzige Besuch war, uns dies hätte klarmachen müssen. Ein sonderbarer Besuch für einen Mann, der so viele Tage im Todeskampf gelegen und gesiegt hatte! Er hätte mehr Herzlichkeit verdient. Sie ging aber wieder weg, wie sie gekommen war, eisig und betont höflich. In der Nacht, als mein Vater es erfuhr, entschlüpfte ihm eine wegwerfende Gebärde, die deutlich zeigte, daß er nur Abneigung gegen diese Frau fühlte.
»War es seine Frau?«
»Ja, seine Frau«, bestätigte er und nickte mit dem Kopf.
»Mit ihr verheiratet?«
»Leider. Sie ist sein Quälgeist geworden. Als sie heirateten, wußte sie nicht, daß er ein Dieb ist (es ist dir ja auch so gegangen, Rosalia), aber es gefiel ihr, daß er immer Geld hatte und ihr wie auch ihrer Familie Geschenke machte, vor allem der Mut-

ter, die sich für eine hochgestellte Persönlichkeit hält, weil ihr Mann einmal Artillerieoberst war, obwohl er, vom Alkohol und von Schulden zugrunde gerichtet, gestorben war. Als Alfredos Frau erfuhr, welches Geschäft ihr Mann betrieb, gab es einen schrecklichen Skandal, und das schlimmste daran war, daß gerade die Kollegen Alfredos ihr dies hinterbracht hatten, da sie wollten, daß sie sich von ihm trennte. Sie hatten aber Pech gehabt. Das Weibsstück wurde ohnmächtig, schrie, weinte, hatte aber keine Lust, Alfredo freizugeben; ganz im Gegenteil, sie wurde immer anspruchsvoller und behandelt ihn seitdem so, als seien sie und ihre Familie die Herren und Alfredo ein kleiner, von ihnen gnädig geduldeter Bedienter. Wird Alfredo einmal eingesperrt, was sehr selten geschieht, da er äußerst vorsichtig ist (aus Angst vor seiner Frau und ihrer Familie), darf er seine Adresse nicht angeben noch sagen, daß er verheiratet ist, geschweige denn, mit wem; er muß selbst zusehen, wie er sich etwas zu essen beschafft, wie er sich kleidet; er muß sich um alles selber kümmern; sie besorgt ihm nicht einmal einen Verteidiger und verbringt ihr Leben damit, Alfredo ins Gesicht zu schleudern, daß er ein Dieb sei, daß er sie betrogen und Schande über sie und ihre Familie gebracht habe. Weib! Wäre sie mit mir verheiratet, hätte ich ihr wahrscheinlich schon den Hals umgedreht.«

»Und er?«

»Er ist ein netter Junge, aber auch ein armer Teufel, weil er sich von dieser Harpyie beherrschen läßt. Alles, was sie sagt, ist für ihn das Evangelium, und er – das ist noch schlimmer – hält es für eine Ehre, daß er sich mit der Tochter eines Schwächlings verheiraten durfte, der in seinem Leben nichts Besseres zu tun wußte, als einem Feind, der damals wahrscheinlich gerade schlief, eine Fahne wegzunehmen und dann Jahre und Jahre eine Pension dafür einzustecken. Das ist nicht alles; dieses Weib hat ihre Töchter – sie haben zwei – so erzogen, daß sie ihren Vater mit den Augen der Mutter sehen: als einen Dummkopf, der nur eine einzige ehrenhafte Aufgabe hat: zu stehlen, um eine ganze Familie von Dummköpfen zu ernähren.«

»Weshalb ist sie dann gekommen, ihn zu besuchen?«
»Was wird sie wohl gesucht haben? Sicherlich Geld.«
So wie Alfredo gekommen war, verschwand er auch wieder. Eines Tages war er aufgestanden, bewegte sich in seinem Zimmer und bereitete einiges vor. Er war gepflegt, weiß, beweglich, entschlossen, trug einen dunklen Anzug, Lackschuhe, die etwas ächzten, einen hohen Kragen und eine breite Seidenkrawatte, die die Öffnung der Weste verdeckte. Als Daniel und ich am nächsten Tag in sein Zimmer blickten, waren das Bett und das Zimmer leer.

3

Ich aber hatte niemand: die Familie meiner Mutter schien ausgestorben zu sein. Meine Mutter stammte aus einem Ort an der Küste Mittelchiles, wohin der Lärm der Welt nur schwach und spät kommt, wo Familien entstehen und zugrunde gehen, erscheinen und verschwinden, schweigsam, wie Bäume und Wälder entstehen und vergehen. Von ihnen zeugt manchmal noch das halbverfallene Haus, in dem die wichtigsten Glieder dieser Familie geboren wurden und starben. Die Kinder wandern aus; die vereinsamten Eltern werden zu Grabe getragen, und zurück bleibt ein angenommenes Kind, ein Vetter dritten Grades, ein Kind eines Freundes oder dessen Enkel, der sich dann aus Altersschwäche nicht mehr zu erinnern vermag, nicht einmal daran, wann der letzte seiner Verwandten lebte oder starb.
»Die Rosalia?« fragte er wohl, indem er den müden Kopf zur Seite neigte und die Sonne mit seinen durch den Star getrübten Augen anstarrte. »War sie nicht die Tochter des seligen Hilario González?«
Sprach meine Mutter von ihren Angehörigen, dann klang es so, als wären sie immer tot gewesen. Die Eltern waren gestorben, als sie noch in der Wiege lag, und ihre Brüder – zwei von ihnen Geschöpfe, wie sie nur die Legende kennt – waren ebenfalls

tot oder verschwunden, mit Ausnahme eines dritten, der, für die Umwelt toter als die Brüder, im Inneren eines Klosters ruhte.
So hatte ich in Chile keinen, an den ich mich hätte wenden können; niemand erwartete mich, ich war allen fremd und mußte alles, was mir das Los hier zuwarf, annehmen oder verweigern. Meine Möglichkeiten waren beschränkt. Und so wußte ich nicht, was aus mir werden sollte. Mein Schicksal lag im Ungewissen. Ich hatte mancherlei Neigung, doch fehlte mir die Richtung oder auch der Mensch, der mir helfen und mich lenken konnte. So lebte ich eben, weil ich da war, und tat mein möglichstes – mein Körper zwang mich dazu –, mich wenigstens vor dem Untergang zu retten; nicht, weil ich den Tod gefürchtet hätte, sondern aus Furcht vor dem Leiden. Und ich sah, daß es allen Menschen ebenso erging, wenigstens jenen, mit denen ich in Berührung gekommen war: essen, trinken, sich kleiden, dafür arbeiten und sonst nichts. Das war nicht sehr unterhaltsam, aber wir hatten keine andere Wahl. Ich war mir auch bewußt geworden, daß es, ausgenommen bei einem Unfall, gar nicht so leicht war zu sterben, daß aber eine kleine Mühe, etwas Essen, etwas Kleidung und Atmung genügten, um weiterzuleben. Und wer konnte diese geringe Forderung nicht erfüllen? Die ganze Welt tat es; einige mit größerem Erfolg, andere mit kleinerem, aber alle erhielten sich irgendwie und waren froh dabei. Das Dasein war billig und der Mensch hart; manchmal auch bedauerlich hart.
Ich stieg die Steinstufen jener Treppe hinab, ganz langsam, ohne mich zu überstürzen, als fänden meine Füße auf jeder Stufe etwas Besonderes, das sie auskosten müßten, und schließlich stand ich auf dem Sand. Ich sah mich um. Rechts auf einem Felsen stand die Statue des heiligen Petrus mit faltenreicher Tunika und der Apostelglatze. Das Weiß der Glatze hob sich vom übrigen Körper ab; denn alles andere – Körper, Hände und Antlitz, die Zehenspitzen – war grünlichgrau; der Überwurf des Apostels zeigte da und dort weiße Flecken. Wo waren sie

hergekommen? Eine Möwe setzte sich erst auf des Heiligen Haupt und gesellte sich dann einer anderen zu, die einige Meter entfernt auf einem Fahnenmast saß, der wahrscheinlich patriotischen Zwecken diente.

Die beiden Männer, die dort auf und ab gingen, schienen auf diesem Strand, mit seinen Kieselsteinen, seinen Fischdärmen, Meisenflügeln, Stückchen von Fängen der Tintenfische und da und dort dem Skelett eines Seevogels, auf diesem Strand, der, von Pelikanen belagert, nach Lebertran stank, geboren zu sein. Die beiden waren aber keine Fischer; sie hatten nicht die farb- und formlosen Hüte der Fischer, deren nackte Füße, deren unwahrscheinliche Westen – sie schienen immer einem anderen, aber nie dem Besitzer zu gehören – und deren zahllose Sweater, einen über den andern gezogen. Nein. Aber aus der Kleidung der beiden Männer hätte keiner den möglichen Beruf erraten können; von ihren grünlich schillernden Röcken, durch deren Risse Futter und Einlage drangen, mit den zerfetzten Taschen, den zerlöcherten und zum Teil geflickten Hosen, konnte man nicht auf die Art und Weise schließen, in der sie ihren Lebensunterhalt verdienten. Nur einer Sache konnte ich gewiß sein: die Verwaltung ihres Einkommens bereitete ihnen die geringste Mühe.

Sie blickten zu mir herüber, zuerst der eine, dann der andere: prüfende Blicke. Der eine der beiden Männer, der mich zuerst wahrgenommen hatte, ging auf der Seite des Strandes, die bis an die Straße heranreichte; sein Blick durchstach mich wie ein Degen: der Blick einer Sturmmöwe, der von der Oberfläche des Auges ausging und kein Schauen war. Ich war davon überzeugt, daß mein Bild bei diesem ersten Blick nur einige Millimeter seines Sehorgans durchdrungen hatte. Für ihn war ich eine Spiegelung des Lichts, ein Eindruck aus der Umwelt, ohne menschliche Bedeutung. Mich selbst hatte er nicht erkannt; denn er hatte mich so angesehen, wie ein Vogel oder ein Fisch einen anderen Vogel oder Fisch ansieht. Ja, er hatte mich so angesehen, als wäre ich kein lebendes Wesen, als ernährte ich

mich nicht ebenso wie er, als hätte ich weder Freund noch Feind sein können. Es war der Blick der Menschen aus der Gosse gewesen, ein Blick voller Leuchtkraft, aber ein oberflächlicher Blick, der nur das Blut, die Kraft und das unmittelbare Vorhaben oder Geschehen sieht. Der Blick des zweiten Mannes entschädigte mich. Er sah zu mir herüber, wie ein Mensch den andern anblicken soll: voller Licht wie der erste Blick, aber ein Licht, das nicht aus den Augen, sondern aus größerer Tiefe kam. Dazu lächelte er ein Lächeln ohne Ursache – da weit und breit nichts war, das ihn dazu angeregt hätte –; vielleicht war es ein Lächeln, das ihm nicht fehlte, wenn er es verschenkte, weil er genug davon besaß. Der erste Blick hatte mich durchbohrt, der zweite hatte mich erkannt.
Was suchten die beiden Männer? Was hoben sie vom Boden auf, steckten es ein oder warfen es weg? Die Wellen bewegten sich genauso wie vor Hunderten von Jahren. Sie schlugen hart auf den groben, am Ufer ausgewaschenen Sand, der, je näher er an der Straße lag, um so schmutziger und feiner wurde. Es war das, was die Wellen angespült hatten. Dort lag der Abfall. Manchmal drang das Wasser bis zu den Füßen der beiden Männer – wozu auch von ihrem Schuhwerk sprechen? –, und sie waren gezwungen, einige Schritte in Richtung Straße zu tun, nicht etwa, weil sie fürchteten, sich die Schuhe naß zu machen, sondern weil sie nasse Füße nicht liebten.
Ich blickte auf den Sand: einige Sandkörner waren grünlich oder gelb und manche groß wie Erbsen. Was mochte hier liegen, das der Mühe wert gewesen wäre, sich zu bücken? Nun bückte sich einer der beiden Männer zum Sand, hob etwas auf, betrachtete es genau und warf es dann zur Seite, da es wahrscheinlich nicht das gewesen war, was er gesucht hatte. Es mußte sehr klein sein, etwa in der Größe der Sandkörner; denn aus meiner Entfernung konnte ich dort, wo das weggeworfene Etwas hingefallen war, nichts entdecken. Es hatte auch kein Geräusch gemacht. Ich tat einige Schritte, nicht in der Richtung, in der die beiden Männer gingen – denn sie sollten nicht

glauben, ich wollte mich an sie hängen –, sondern nach der entgegengesetzten Seite, neigte den Kopf vor und betrachtete aufmerksam den Boden: würde dort etwas liegen, was des Findens wert wäre, dann würde ich es sicher finden. So aber fand ich nur nassen Sand und sonst nichts. Die beiden Männer jedoch suchten etwas und hoben etwas auf; sie wußten, was sie trieben, machten sie doch trotz ihrer äußeren Erscheinung nicht den Eindruck zweier Narren.
Als sie sich umwandten, richtete ich mich auf. Sie hatten gesehen, daß auch ich mich bückte, denn sie warfen mir einen langen Blick zu; ich schämte mich und blieb unbeweglich stehen. Während sie nun auf mich zukamen, ganz langsam wie Forscher in der Wüste, den Blick angespannt auf den Boden geheftet, hatte ich Muße, die beiden zu beobachten. Der eine, der mit dem Vogelblick, trug einen schamlos langen, zehn oder mehr Tage alten Bart. Hart wie Draht, schien dieser nur das struppige Haupthaar zu verlängern, das ihm fast die Ohren verdeckte, und da es nicht mehr wußte, wohin es wachsen sollte, schob es sich über das Gesicht vor. Der Bart machte den Mann gewiß nicht glücklich, doch konnte er sich anscheinend nicht von ihm trennen. Der Mann kam näher: ich sah weg; denn ich wollte seinen Augen nicht begegnen. Aber unwillkürlich zog mich sein durchdringender Blick an; ich konnte das Gefühl, er sähe mich an, nicht loswerden und blickte zu ihm hin. Was willst du? Wer bist du? Was treibst du hier? fragte jener Blick und fügte leiser hinzu: Warum verschwindest du nicht, du Dummkopf? Der Mann ging an mir vorbei. Der andere sah mich gar nicht erst an; vielleicht hatte er schon vergessen, daß ich da war, oder wenn er es noch wußte, kümmerte er sich nicht darum: ein Mensch mehr auf dem Strand. Enttäuschung und Scham überkamen mich; ich hatte wieder ein Lächeln erwartet.
Ich konnte nicht weitergehen, sonst wäre ich im Wasser gelandet; ich konnte aber auch nicht weiter am Strand entlanglaufen, dann hätte es geschienen, als wollte ich den beiden folgen.

Wozu auch? Mir blieb nichts anderes zu tun, als die Steinstufen wieder hinaufzusteigen und die Straße zu betreten.
Weshalb aber sollte ich weggehen? Die kleine Bucht war für alle da, und die einzigen, die ein Besitzrecht hätten beanspruchen können, waren die Fischer, die um ihre Boote herumstanden und miteinander plauderten, während sie mit kurzen Messern die Bäuche der Fische schlitzten. Manchmal lachten sie über einen Scherz, den einer von ihnen machte, und dann schwiegen sie wieder, ohne sich auch nur im geringsten um die beiden Männer und mich zu kümmern. Mir war, als dürfte ich nicht weggehen; irgend etwas mußte aus der Begegnung entspringen, irgend etwas, das ich nicht näher beschreiben konnte. Etwas hielt mich fest, und dann: wohin sollte ich mich auch wenden?
Aber hier unbeweglich und aufrecht stehend zu verharren wäre das Dümmste gewesen, was ich hätte tun können. Die beiden Männer entfernten sich, und ich benutzte die Gelegenheit, den Sand eingehender zu betrachten. Was zum Kuckuck suchten sie, und was hoben sie auf? Bald sah ich, halb zwischen den feuchten, groben Sandkörnern verborgen, ein Glänzen: ich bückte mich, hob es auf und besah es näher: ein Stückchen Metall, ungefähr fünf Zentimeter lang und drei Zentimeter breit, eher leicht als schwer, glatt und glänzend auf der einen Seite, rauh und matt auf der anderen. Was konnte es wohl sein? Ich wußte es nicht, da es weder Gold noch Silber war. Vielleicht war es Kupfer oder Bronze, aber bearbeitet. Das Stückchen Metall, das ich in der Hand hielt, war einmal ein Teil eines anderen, größeren und längeren Stücks gewesen; gewaltsam abgebrochen, waren die beiden Enden zackig. Ich legte die Hand um das Metallstückchen und wartete. Ich hatte also etwas gefunden.
Am anderen Ende des Strandes machten die beiden Männer kehrt, um einen neuen Streifen abzusuchen. Da blieb ich stehen, das Metallstückchen in meiner Faust, unschlüssig, was ich nun beginnen sollte: die Männer fragen, was sie suchten, ihnen das Gefundene anbieten, wenn sie das gleiche suchten, oder

weitersuchen und mehrere Stückchen sammeln und sich dann bei jemandem, vielleicht bei den Fischern, erkundigen, was es wäre und ob es Verkaufswert hätte. Meist hat Metall einen bestimmten Wert, aber manchmal überhaupt keinen, nämlich dann, wenn man es in der Hand hält und nicht weiß, ob es Gold oder Zinn ist. Ich erinnerte mich jedoch an den freundlichen Blick des einen der beiden Männer und entschloß mich: ich würde mit ihm sprechen. Was würde er sagen? Er kam näher, stand nur noch einige Schritte von mir entfernt, und dann... ging ich, schüchtern lächelnd, auf ihn zu, streckte den Arm aus und öffnete die Hand, in der das Metallstückchen lag. Ich hätte gern etwas gesagt, zum Beispiel: Ist es das, was Sie suchen?; doch kein Laut kam über meine Lippen; und ich machte nur eine Bewegung.

Der Mann hielt im Gehen inne und lächelte, aber in seinem Lächeln erkannte ich nicht mehr die frühere Güte; jetzt lag eine leichte Ironie darin, zu deutlich, als daß ich sie hätte übersehen können. Bittere Reue beschlich mich und das Verlangen, die Hand wieder zu schließen und dem Mann das verfluchte Stückchen Metall ins Gesicht zu werfen. Er schien aber zu spüren, was in mir vorging, und löschte jene Ironie in seinem Lächeln aus. Der Mann trug einen schwarzen Schnurrbart, und seine Stirn war hoch; schlank und ziemlich groß, ließ er die Schultern ein wenig hängen.

»Sie haben also ein Stückchen Metall gefunden?« fragte er, etwas erstaunt, und fügte vergnügt hinzu: »Und wie groß es ist!«

Dann nahm er es, wandte sich dem anderen Mann zu, der weitergelaufen war, als sein Gefährte bei mir stehenblieb.

»Hallo, Cristián!« sagte er. »Sieh dir mal das Stück da an, das der junge Mann gefunden hat.«

Der mit Cristián Angesprochene kümmerte sich nicht um den Anruf seines Gefährten; es war, als hätte niemand ein Wort gesprochen. Cristiáns Hose zeigte hinten einige Flicken, die nahe daran waren, abzufallen. Die Flicken waren aus einem andersfarbigen Stoff als die Hose gewesen, deren Farbe niemand hätte bestimmen können. Der Mann reichte mir das Metallstückchen zurück. Ich wußte aber nicht, was ich damit sollte – ich wußte nicht, wozu es diente und welchen Vorteil ich daraus ziehen konnte, wenn überhaupt einer daraus zu ziehen war –, und sagte:

»Behalten Sie es; Sie sammeln es doch?«

Etwas verwundert fragte er:

»Wissen Sie nicht, was das ist?«

»Nein. Was denn?«

Er lächelte wieder.

»Wenn Sie nicht wissen, was das ist, warum haben Sie es dann aufgehoben?«

Ich zuckte die Achseln.

»Ich weiß nicht.«

»Haben Sie es aufgehoben, weil...«

Lächelnd kniff er ein Auge zu; ich hätte ihn nicht belügen können.

»Verfolgt Sie auch der knurrende Löwe?«

Er meinte, ob ich Hunger litte und in Not wäre. Dies war so offensichtlich, daß ich mir die Antwort ersparen konnte.

Dann legte er das Stückchen wieder in meine Hand zurück und schloß sie.

»Dieses Metall wird gut bezahlt.«

»Was ist das für ein Metall?«

Diesmal zuckte er die Achseln.

»Ich weiß es auch nicht«, meinte er und lächelte wieder. »Ist es nicht gleichgültig? Es gibt Leute, die es kaufen. Behalten Sie das Stück und suchen Sie noch mehr. Dann werden wir es verkaufen.«

Cristián kam zurück; er war langsamer gegangen als zuvor; den Kopf noch immer geneigt, hatte er dann und wann ungeduldig fragende Blicke auf uns geworfen. Mir war es, als erwartete er, daß sein Gefährte den Eindringling abschüttelte, noch bevor er bei uns ankäme, und er es nicht nötig hätte, mit mir zu sprechen. Cristián! Ich war ihm gegenüber etwas gehemmt und fand – ich weiß nicht, weshalb –, daß ein solcher Name nicht zu einem solchen Wesen, abgerissen und schmutzig, wie er war, passe. Ich war nicht weniger abgerissen und nicht weniger schmutzig, aber mein Name war um so vieles bescheidener. Ich dachte mir, man müßte, um sich Cristián nennen zu dürfen, immer sauber gekleidet und nie hungrig sein. Nun kam er zu uns heran und blickte verstohlen auf uns, wie Hunde zu blicken pflegen, wenn sie die Beute, die sie mit schwerer Mühe erjagt haben, fressen wollen. Sein Gefährte ließ mich stehen, und beide nahmen den unterbrochenen Weg wieder auf, wobei mir der Mann mit dem Lächeln freundlich zurief:

»Suchen Sie nur weiter! Mit ein paar Stückchen wie diesem hat man für den ganzen Tag gesorgt.«

Das war also eine Möglichkeit, sein Leben zu verdienen: auf jenem Strand Metallstückchen zu sammeln. Wer konnte sich dafür interessieren? Was wußte ich schon darüber, gibt es doch Leute, die sich für die sonderbarsten Dinge interessieren, die kaufen, verkaufen, tauschen; gibt es doch so dunkle Geschäfte, so verwickelte Verbindungen, so beunruhigende Unternehmen in der Welt. Mir konnte die Art des Geschäftes gleichgültig sein, wenn nur irgend jemand die Metallstückchen brauchte und sie zu kaufen bereit war. Jener Mann hatte mich sicher nicht belogen. Was hätte man denn außer Metall und Holz am Strand finden können? Ich beugte mich vor und nahm meine Suche wieder auf.

So fand ich weitere, die einen kleiner, die anderen größer, und ich sah sie alle genau an, als könnte ich in dem einen oder dem anderen das Geheimnis seines Wesens und seines Geschickes ergründen: Wer bist du? Wozu dienst du? Jedesmal, wenn wir uns begegneten, hob der freundliche Mann lächelnd den Kopf und winkte mir zu, als wollte er sagen: Nun, wie geht's? Ich zeigte ihm von fern die Hand, in der die Metallstückchen glänzten, während sie sich mir ins Fleisch preßten, und er antwortete mir mit einer anerkennenden Gebärde. Gegen Mittag hatte ich

so viele Metallstückchen gesammelt, daß sie in meiner Hand nicht mehr Platz hatten und ich sie in die Tasche stecken mußte. Schließlich war ich müde geworden und ging zur Steintreppe, wo ich mich auf eine der Stufen setzte und den beiden Männern zusah, die noch immer, Strich um Strich, den Strand abschritten. Die Fischer zogen sich zurück; die einen stiegen, mit bläulichen, dicken Fischen in den Händen, auf den Hügel, und die anderen verschwanden in den Hütten, die sie am Ufer der Bucht errichtet hatten.
Das war also mein erster Tag in der Freiheit, und ich war hungrig, sehr hungrig. Die einzige Hoffnung, meinen Hunger stillen zu können, waren die Metallstückchen. Waren sie wirklich etwas wert? War es vielleicht doch nur ein Scherz, mir zu sagen, man könnte sie verkaufen? Und wenn nicht, wieviel würde man mir dafür geben? Würde es für alles reichen: für Essen und Schlafen? Mich überwältigte fast die Freude, wenn ich daran dachte, und einige Augenblicke mußte ich den Wunsch bezähmen, in den Sand zu springen und dort sinnlos zu tanzen. Nein. Meine Lunge war krank, und wenn ich auch während des ganzen Vormittags nicht gehustet und auch kein Blut gespuckt hatte, so war ich doch nicht sicher, ob meine Lunge schon gesund war. Und wenn die Metallstückchen...? Was täte ich dann? Wie lange würde ich noch verdammt sein, mich um die Befriedigung meines Bedürfnisses nach Essen und Schlaf zu sorgen? Das Meer war tiefblau; blau und einsam: kein Boot, kein Schiff, nur Vögel. Auf der Straße kam kaum ein Mensch vorbei. Die Sonne hatte ihren höchsten Stand erreicht. Ein Moment der Ruhe. Es war heiß, und meine Haut juckte hier und da. Ein frisches Bad im Meer! Wo sonst? Und die Lunge? Immer wieder die Lunge. Für den Augenblick durfte ich den Platz, an dem ich saß, nicht verlassen, lag doch meine unmittelbare Zukunft in den Händen des lächelnden Mannes mit dem schwarzen Schnurrbart; er war im Besitz des Geheimnisses; er wußte, wer kaufte, wußte, wo der Käufer wohnte und wieviel er bezahlte; er wußte auch, daß mich hungerte; und ich hatte in

der Tat großen Hunger. Ich war lange am Strand auf und ab gegangen, hatte mich gebückt und wieder aufgerichtet, hatte die Augen angestrengt, im Sand gewühlt und war den Wellen ausgewichen. Wäre ich noch im Gefängniskrankenhaus gewesen, dann hätte ich um diese Zeit schon gegessen; dort aß man frühzeitig zu Mittag. Überall muß Ordnung sein; ein ordentlicher Häftling, Ordnung und Freiheit, Ordnung und Fortschritt, Disziplin und Arbeit, früh zu Bett, früh aufgestanden, acht Stunden Arbeit, acht Stunden Freizeit und acht Stunden Schlaf. Das genügte; glücklicherweise hat der Tag nur vierundzwanzig Stunden. Ich dachte an jenes Stück gebratenen Fisch, das ich kurz vor meiner Verhaftung gegessen hatte, nicht, weil es ein guter Fisch war – er war es nicht, und wozu sich selbst betrügen? –, sondern weil die Erinnerung an ihn in mir das Gefühl der Freiheit weckte, einer armen, kärglichen und auch unruhigen Freiheit, die aber auf jeden Fall besser war als ein ordnungliebendes Gefängnis, als Aufseher und Bohnen mit Knöpfen und Sackleinenstückchen; ja, ich dachte wehmütig an jenes Stück stinkenden Fisch und hätte jetzt mit Freuden ein solches verzehrt. Hätte ich nur eine kleine Münze gehabt – zwanzig Centavos, wenig genug, aber ich brauchte nicht mehr –, mich hätte niemand zurückhalten können.
Endlich entschlossen sich die beiden Männer aufzuhören und blieben am anderen Ende der kleinen Bucht stehen. Ich sah zu ihnen hinüber: sie blickten zu mir herüber und sprachen. Dann holten sie das Ergebnis ihres Suchens aus den Taschen hervor, aus den Resten, die noch als Taschen zu verwenden waren, und betrachteten wägend und schätzend ihre Ausbeute. Dann blickten sie wieder zu mir herüber, sprachen von neuem miteinander und gingen schließlich auf die Steintreppe zu, an der ich wartend saß. Sie war der einzige Ausgang aus der Bucht. Ich betrachtete unablässig die beiden Männer, die immer näher kamen, und in dem Maße, in dem sich die Entfernung zwischen uns verringerte, wurde mir klar, daß ich in ihr Leben eintrat und sie in meines. Wie? Das wußte ich nicht; auf irgendeine

Art. Ich war allein, krank und hungrig und hatte keine Wahl; außer den beiden Männern gab es nur noch das Meer, blau und kalt. Bald sprach der eine, bald der andere der beiden, und dann bemerkte ich, wie der freundliche Mann, der rasch ausschreitend voranging, dem andern, dem mit dem Stoppelbart, ein herzliches, fast ein zärtliches Lächeln schenkte. Der aber lächelte nicht, er sprach auch nicht; wahrscheinlich würde er nie jemandem zulächeln. Er lief weiter, den Kopf gesenkt. Die beiden Männer blieben vor mir stehen, und der Hochgewachsene fragte mich freundlich:

»Wie ist es gegangen?«

Ich holte meine Metallstückchen aus der Tasche und zeigte sie ihm. Er beugte sich über meine Hand.

»Sehr gut!« meinte er. »Ich glaube, Sie haben sich damit das Mittagessen verdient, und es wird sogar noch etwas für die kleinen Laster übrigbleiben, falls Sie solche haben sollten. Fürs erste Mal ist Ihre Ausbeute nicht übel. Nicht wahr, Cristián?«

Der Mann mit dem harten Blick schaute auf meine Hand.

»Ja. Natürlich.«

Die Stimme war barsch, spröde, ein Krächzen, und den beiden Wörtern folgten einige heisere Laute, als hätte eine Sturmmöwe sie ausgestoßen.

»Also, dann los!« fügte der Freundliche hinzu. »Es ist schon Zeit zum Mittagessen, und wir müssen noch in die Nähe des Hafens. Gehn wir.«

Ich erhob mich, ohne recht zu wissen, warum, und wußte noch immer nicht, was ich sagen sollte.

»Ja«, bestätigte er, meine verzweifelte, stumme Frage beantwortend. »Gehn wir.«

Wir stiegen die Stufen hinauf und traten auf die Straße. Straßenbahnen kamen vorüber, große Wagen, Tragtiere mit Waren, hin und wieder ein Fußgänger. Das Meer war weiterhin ruhig, und der Himmel leuchtete.

4

»Er ist Spanier, und in seiner Jugend war er Arbeiter und Anarchist«, berichtete der Mann mit dem Lächeln, »und er blieb es auch, als er nach Chile kam. Er wurde mir von einem Freund, ebenfalls ein Anarchist, an einem Strand, wo wir einige Sommerhäuschen anzustreichen hatten, vorgestellt, als er sich dort einige Tage aufhielt. Er heißt José: Don Pepe. Nachdem wir dort gegessen und einige Gläschen getrunken hatten, begann er zu singen und Jotas zu tanzen; dann wurde er dramatisch und wollte alles zerstören, was ihm unter die Hände kam. ›Zerstören heißt schaffen‹, sagte er; eine anarchistische Redensart. Ich traf ihn dann hier wieder, und er bat mich, ich sollte ihn besuchen. Ich tat es. Er hatte inzwischen einiges Geld zusammengekratzt und eine Bude aufgemacht, in der er alles aufkauft und verkauft, was ihm unter die Hände kommt, besonders Metalle, Werkzeuge, Rohre, Schlüssel, Eisenstücke, Blei, Bronze, aber er ist ein sonderbarer Geschäftsmann; denn plötzlich überkommt ihn der Jammer, wie er sagt, dann sperrt er die Bude zu und fängt an umherzuschweifen. In unserer kleinen Bucht fand er das erste Stück Metall. Er hat uns nie gesagt, was es ist, und ich glaube ihm, wenn er sagt, er wisse es selber nicht. Eines Tages sprach er mich wieder mal an:
›Du, hör zu, du hast doch keine große Lust zur Arbeit.‹
›Nein, Don Pepe; ich arbeite wirklich nicht gern. Wozu leugnen?‹
Das gab ich ihm zur Antwort, und er bemerkte dazu:
›Es freut mich, daß du's nicht abstreitest. Du hast vollkommen recht: Arbeit ist Sklaverei.‹
Andere meinen, Arbeit sei eine Tugend, die die Gesundheit zugrunde richtet. Ich bin ja nicht schwächlich, ganz und gar nicht; aber ich bin ein empfindsamer Mensch; meine Muskeln und Nerven sind die eines Mannes, der von Geburt an zum Millionär bestimmt ist. Und doch muß ich mir mein Leben damit verdienen, daß ich Decken, Türen, Fenster und Mauern ausbessere

und anstreiche. Geh mit der Leiter dorthin, komm hierher mit der Leiter, firnisse diese Fensterläden, rühr die Farbe um, gieß Terpentin zu, wo ist die Schlämmkreide? Jetzt ist das Filtertuch zum Teufel! Das wird mit Temperafarbe gemalt, das dort mit Öl, und das übrige wird nur geweißt; da hast du Bleiweiß; ergibt das beste Weiß, ist aber giftig, reines Blei, das dir in die Lungen, in das Herz, in den Bauch kriecht; immer malst du und kletterst umher wie ein Affe, von oben bis unten vollgespritzt. Und im Winter, ganz oben auf einer Leiter, den vollen Farbkübel in einer Hand und die Streichbürste in der andern, während der Rauhreif von den Dächern tropft, werden dir die Hände steif, und deine Nase wird zum Wasserfall; was brauch ich Ihnen noch viel zu erzählen...

›Hier! Nimm das, es scheint noch viel mehr davon zu geben. Such das Zeug zusammen und bring es mir; das Meer wirft es in der kleinen Membrillo-Bucht ans Land. Du brauchst dich nur zu bücken, es aufzuheben, und damit verdienst du dir dein Essen.‹

Er zeigte mir ein Stückchen Metall.

›Und was ist das?‹

›Was geht's dich an? Ich weiß es auch nicht, aber es wird schon etwas wert sein.‹

›Wo kommt es her?‹

›Wer weiß... Ich glaube nicht, daß es im Meer eine Pflanze gibt, die Metalle ausbrütet, aber irgendwoher muß es kommen, von irgendeinem gesunkenen Schiff, das zerfällt und alles freigibt. Die Wellen werfen es dann an den Strand – ich weiß nicht, wie noch wozu –; es kann aber ebensogut von der großen Schutthalde kommen, die hinter dem Membrillo liegt. Such es zusammen; ich zahl gut. Irgend jemand wird es schon eines Tages brauchen können.‹

Sicherlich; aber was ging es mich an? Ich hatte nicht den Mut, ihn zu fragen, wieviel er mir zahlen wollte, denn er, der Anarchist, rechnet so gut wie jeder Kapitalist und zahlt gerade so viel, daß ich mir mit einem Tag Arbeit einen Tag Essen und

Schlafen und das übrige verdiene, elend genug wie in allen anderen Berufen, aber es erhält mich, und ich habe nicht die Absicht, eher zu arbeiten, als bis ich davon überzeugt bin, daß die Wellen kein einziges Gramm Metall mehr an den Strand werfen. Das Meer ist weit und die Bucht von Valparaiso tief. Wie viele Schiffe liegen da wohl auf dem Grund mit Waren und Material von Millionen von Pesos! Oh! Wenn alle mit diesem Metall beladen wären... Dann könnten wir einige Jahre ohne Arbeit leben... Was hältst du davon, Cristián?«
Cristián schwieg. Er zog an einem Zigarettenstummel und schien unter halbgeschlossenen Augenlidern hervor die ausgestreckten Beine, die nackten Knöchel und die Spitzen seiner zerfetzten Schuhe eingehend zu betrachten. Aus seiner Haltung war zu entnehmen, daß ihm die Aussicht, einige tausend Jahre nicht oder nur wenig und unabhängig zu arbeiten, nicht schlecht gefiel. Warum und wozu sich Sorgen machen, braucht der Mensch doch so wenig, um zu leben, und wenn er stirbt, ist es doch gleichgültig, ob er in seiner Tasche oder anderswo ein paar tausend Pesos mehr oder weniger hat.
»Das gefällt dir also. Schön. Es ist das einzige, worin wir uns ähnlich sind, Cristián: unsere geringe Liebe zur Arbeit; du, weil du noch nie gearbeitet hast, und ich, weil ich zuviel gearbeitet habe. Doch der Ausdruck ›geringe Liebe‹ ist nicht richtig, man müßte eher sagen ›maßvolle Liebe‹. Ich werde sicherlich nicht reich werden, wenn ich einige Gramm Metall aus dem Sand der kleinen Membrillo-Bucht heraushole; ich werde wahrscheinlich nie reich werden. Ich kann mehr verdienen, wenn ich als Maler und Anstreicher arbeite, aber es ist auch nicht viel und reicht kaum, um Rock und Hosen zu kaufen und ein bißchen mehr zu essen. Wenn die Saison für uns Maler und Anstreicher zu Ende geht, bin ich gereizt und ausgepumpt. Man muß den Unternehmer ertragen, den Meister, den Vorarbeiter, ohne erst vom Lehrjungen zu reden, der uns alle ertragen muß. Drei Monate im Frühling und drei Monate im Sommer. Schluß! Wie schnell ist das schöne Wetter vorüber! Da

man arbeiten muß, dauert es immer noch zu lang. Und Sie sind, wie ich sehe, auch Maler. Wo haben Sie diese Flecken her?«

»Ich habe bei Meister Emilio gearbeitet.«

»Emilio Daza?«

»Ja.«

»Ich kenne ihn: er liebt die Literatur, was selten vorkommt, da die meisten Maler den Belcanto lieben, das heißt die Musik, besser gesagt, die Oper, vor allem ›Tosca‹ und ›La Bohème‹, da dort Maler vorkommen. Ja, Emilio Daza ist ein feiner Kerl; er ist verheiratet und hat einen Haufen Kinder. Er schreibt gereimte Prosa; zu mehr reicht es bei ihm nicht.«

Plötzlich schwieg er, nachdenklich, als hörte er etwas, das ihn mehr interessierte als alles, was er erzählte.

»Die Feder ist abgelaufen«, knurrte Cristián.

Der Philosoph lächelte mit Würde, beinahe mitleidig, und zuckte die Achseln.

Wir saßen an dem Tisch, an dem wir gegessen und gemeinsam eine Flasche Wein getrunken hatten.

Als wir die kleine Bucht von Membrillo verlassen hatten, war der Philosoph stehengeblieben, hatte mich beim Arm genommen, seinen Gefährten mit einer Gebärde zum Stehen gebracht und ernsthaft gesagt:

»Mir scheint, als wird dies nicht das letzte Mal sein, daß wir uns sehen und beisammen sein werden; schlimmer noch, ich glaube, daß wir Freunde und Leidensgenossen sein werden. In diesem Fall, es sei denn, jemand ist anderer Meinung, müssen wir uns einander vorstellen. Ich spreche nicht gern mit Leuten, deren Namen ich nicht kenne und die auch den meinen nicht wissen. Vielleicht ist das eine bürgerliche Sitte, aber ich kann mich nicht von ihr frei machen.«

Er reichte mir die Hand und fügte hinzu:

»Alfonso Echeverría, zu Diensten.«

Dann wandte er sich seinem Gefährten zu, der ihn verwundert ansah, und stellte ihn vor:

»Cristián Ardiles.«

Ich streckte dem Mann die Hand entgegen; er nahm sie wortlos. Sein Händedruck war kalt, als hätte er keine besondere Freude daran oder als wäre er es nicht gewohnt, Hände zu schütteln. Alfonso Echeverría fuhr fort:

»Da wir uns jetzt wie gebildete Menschen vorgestellt haben, wenn wir auch nur abgerissene arme Teufel sind – ich hoffe, nur vorübergehend –, muß ich Ihnen auch gestehen, daß ich einen Spitznamen habe. Da er mir gehört, kann ich ihn ja sagen. Cristián wird Ihnen eines Tages seinen sagen, wenn ihn die Lust dazu ankommt, und Sie werden uns Ihren bekanntgeben, sollten Sie den Wunsch verspüren. Ein Spitzname ist eine persönliche und nicht eine öffentliche Angelegenheit, man kann ihn verschweigen oder bekanntgeben, ganz nach Belieben. Wir sind keine Polizeibeamten, die die Spitznamen aller Leute wissen möchten. Mich nennt man den Philosophen, nicht etwa, weil ich ein Philosoph bin, sondern weil mich manchmal das Verlangen, ein schreckliches, unstillbares Verlangen packt, zu sprechen, zu reden. Es kribbelt in meinen Lippen, als hätten sich dort Ameisen eingenistet, die Muskeln der Kinnbacken und der Lippen werden von einem Krampf erfaßt, und ich kann nichts dagegen tun: ich muß einfach reden. Sie wissen: die Menschen halten den, der viel redet, immer für gescheiter, als er wirklich ist. Ein Irrtum, aber die Menschen leben von Irrtum zu Irrtum. Und da ich immer vom Menschen und vom Schicksal des Menschen spreche, nennt man mich Philosoph.«

Er deutete auf seinen Gefährten.

»Mit Cristián spreche ich nur selten, das heißt, er spricht wenig; er duldet mich. Er ist sehr unwissend und hat nur zwei Themen, über die er einige Minuten reden kann: die Polizei und der Raub.«

Cristián, den Kopf wie immer nach vorn geneigt, ging unbekümmert weiter. Der Philosoph fügte hinzu:

»Wundern Sie sich nicht darüber, wenn er mir niemals böse ist. Er weiß, ich bin ein höheres Tier, und er achtet mich, nicht etwa, weil ich stärker wäre als er – er könnte mich mit einem

Atemstoß zu Boden werfen –, sondern weil ich stundenlang über Dinge reden kann, von denen er nichts versteht. Er hört mir zu; er duldet mich, wie ich schon sagte, wenn ihn das, was ich rede, auch nicht im geringsten interessiert, und oft hört er mir gar nicht zu. Es hat uns beiden viel Überwindung gekostet, Freunde zu werden, aber wir haben es gegen uns selbst durchgesetzt. Er muß essen; ich auch. Er ist ein Außenseiter der Gesellschaft; mir ist sie gleichgültig. Manchmal streiten wir und werden beinahe handgreiflich, aber weiter gehen wir nie.«

Er klopfte Cristián freundschaftlich auf die Schulter und fuhr fort:

»Das Essen, nicht irgendein Fraß wie das Tierfutter, zum Beispiel der Hafer, die Lieblingsspeise der Tiere, sondern das richtige warme Essen – gestatten Sie mir, daß ich ausspucke, mir läuft das Wasser im Mund zusammen –, ja, nur das warme Essen vereint die meisten Menschen. Es gibt Menschen, die glauben, durch die Bande mütterlicher, kindlicher oder brüderlicher Liebe vereint zu sein; in Wirklichkeit sind sie verbunden durch das Essen, den Kochtopf. Tiere vereinen sich nicht, um zu fressen oder zu trinken, es sei denn, sie sind bereits gezähmt; wilde Tiere tun dies nicht. Die Menschen, ja, und je besser sie gezähmt sind, desto inniger vereint sie das Essen. Warmes Essen! Sehen Sie sich die Pferde an; sie haben keine metaphysischen Probleme, und es ist ihnen beinahe gleichgültig, ob sie während eines Unwetters unter einem Dach oder unter einem Baum stehen; sie sind glücklich, werden Sie sagen. Nein, nein; sie sind nicht glücklich; sie kennen kein warmes Essen; sie fressen Gras oder Hafer, roh, und müssen viel in sich hineinschlingen, um satt zu werden. Nein, sie sind nicht glücklich; aber auch der Mensch wird es nie sein, obwohl er warm zu essen gewohnt ist.«

Er spuckte wieder aus.

»Haben Sie einmal versucht, sich auszumalen, was geschehen war, als der Mensch entdeckte, daß die Nahrungsmittel gekocht und warm gegessen werden können? Er unterschrieb da-

mit seine Verurteilung zu ewiger Sklaverei. Das Leben im Freien war zu Ende, die großen Reisen hörten auf, der Raum, die Freiheit; er sah sich gezwungen, ein Feuer zu unterhalten und sich einen Ort zu suchen, wo das Feuer unterhalten werden konnte. Irgend jemand mußte das Kochen überwachen, die Frau oder die Kinder, und so waren sie an den Herd gefesselt. Man mußte jedoch die Nahrungsmittel aus Gegenden holen, wo sie vorhanden waren, Gegenden, die oft weit entfernt von der Herdstelle lagen, und so wurde die Tretmühle des menschlichen Daseins erfunden und verewigt. Der Wind ist ein Feind des Feuers; er entfacht es zu drohender Flamme oder erstickt es; auch der Regen ist ein Feind des Feuers, weil er es auslöscht; deshalb suchte man sich ein Loch zwischen oder unter den Steinen. Aber in manchen Gegenden gab es keine Steine, und da mußte man Höhlen ausfindig machen; dort, wo es weder Steine noch Höhlen gab, wurde ein Dach errichtet, vier Pfähle und einige Zweige mit oder ohne Blätter. Und indem er dies alles tat, legte sich der Mensch selber den Strick um den Hals und zog sein Weib hinter sich her, das seit jener Zeit die Sklavin der Küche ist. Und als sie sich daran gewöhnten, ihre Nahrungsmittel gekocht zu essen, begannen ihnen die Zähne auszufallen. Das war ihnen aber lieber, als die Kartoffeln oder das Fleisch roh zu essen. Sie hatten recht. Haben Sie schon einmal versucht, eine Sardine oder eine Süßkartoffel roh zu essen?«
Unterdes hatten wir den Weg, den ich zwei oder drei Stunden vorher gegangen war, in umgekehrter Richtung plaudernd zurückgelegt: wir waren wieder in der Stadt. Auf einem baumlosen Platz, auf dem mehrere Straßen und Straßenbahnlinien zusammenliefen und von dem auch die Straße, die nach der Membrillo-Bucht führte, abging, machten wir halt. Echeverría streckte Cristián die Hand hin und sagte:
»Leg deine Schätze hier hinein.«
Cristián, stumm wie immer, blickte seinen Gefährten an und griff in die zerfetzte Tasche, um ihr alle Metallstückchen zu entnehmen, die er auf dem Strand aufgelesen hatte.

»Wir werden bald wieder hiersein. Bis gleich!«
Cristián trat einige Schritte zurück und ließ sich auf der Bordsteinkante nieder. Drei oder vier Häuserblocks weiter blieben Echeverría und ich vor einem großen Portal stehen, das den Zutritt zu zwei Geschäften freigab, von denen das eine im ersten Stock, auf gleicher Höhe mit unserer Straße, lag, das zweite aber im Erdgeschoß, und wir mußten über mehrere Ziegelstufen hinabsteigen. Der Raum, den wir betraten, war von einer kleinen elektrischen Birne nur schwach erhellt. Eine Stimme drang aus dem Halbdunkel zu uns:
»Hallo, Philosoph! Bringst du deine Ware?«
Ich erkannte einen hochgewachsenen, knochigen Mann, hellhäutig, mit gewelltem Haar, schwarzem Schnurrbart und buschigen Augenbrauen. Er trug einen etwas schmutzigen und zerrissenen weißen Rock. Durch das offene Hemd drängte sich gekräuselter Brustpelz.
Der Mann nahm alle Metallstückchen, auch die von mir gesammelten, entgegen und wog sie auf einer Waage.
»Genau sieben Pesos: gute Ausbeute.«
Der Sprache nach war er aus Aragón; eine hohe, feste und volltönende Stimme. Aus einer Schachtel hinter dem Ladentisch nahm er sieben Pesos, warf sie, einen nach dem anderen, auf das zerkratzte und rissige Holz, auf dem sie klangen, und schob sie Echeverría hin: sieben Pesos, die da im Gänsemarsch zu Echeverría kamen. Der Philosoph nahm eine Münze nach der anderen an sich, während der Spanier die Zeremonie schweigend verfolgte. Echeverría hob den Kopf und lächelte.
»Gut, Don Pepe, vielen Dank und auf Wiedersehen!«
»Auf Wiedersehen!« sagte dieser, stützte sich mit beiden Händen auf den Ladentisch und neigte den Körper nach vorn.
Wir traten wieder auf die Straße.
»Ohne zu wollen«, meinte der Philosoph, als wir den Laden verlassen hatten, »ohne zu wollen und ohne Ihr Einverständnis habe ich Sie der Firma Philosoph-Cristián angegliedert.«
»Ich verstehe nicht recht.«

»Ja; ich habe Ihre Metallstückchen mit den unseren vereint, und jetzt weiß ich nicht, wieviel vom Erlös auf Sie fällt.«
Als Antwort zuckte ich die Achseln.
»Wir werden uns deswegen nicht in die Haare kriegen.«
Mit seiner langen, nicht sehr sauberen Hand hielt er mir die sieben Pesos entgegen.
»Und um die Sache noch schwieriger zu machen, hat uns eine heikle Zahl, die Sieben, getroffen. Wieviel ist sieben dividiert durch drei? Also los! Wie steht es bei mir mit der höheren Mathematik? Zwei Pesos für jeden sind sechs Pesos, bleibt einer; unter drei verteilt: dreißig Centavos; also zwei Pesos dreißig für jeden, und es bleiben zehn Kupfermünzen. Das soll die Reserve sein. Gehen wir zu Cristián zurück.«
Cristián saß noch immer inmitten des Unflates auf der Bordsteinkante. Zweifellos wäre er dort noch ein oder zwei Jahre sitzen geblieben. Als er uns sah, stand er auf und kam uns entgegen.
»Gehn wir in die ›Zukunft‹?«
Niemand antwortete; ob Zukunft oder Vergangenheit – es war gleichgültig. Die »Zukunft« aber war ein Speisehaus billigster Art, wo der Wirt uns empfing, ein kleiner, dicklicher Mann mit aufgedunsenem Gesicht voll roter Flecken, die aussahen, als würde jeden Moment Rotwein aus ihnen hervorquellen. Kleine schwarze Augen blinzelten uns an, ohne etwas auszudrücken. Wie Don Pepe hatte er einen kurzen weißen Rock, darunter aber trug er kein Kragenhemd, sondern eine Weste aus dickem Flanell mit glitzernden Knöpfen. Ein kräftiger Kellner mit dem Gesicht eines geschlagenen Boxers stand neben ihm. Auch er trug einen kurzen weißen Rock und eine weit ausgeschnittene Flanellweste. Mit einem schmutzigen Tuch wischte er über das Wachstuch des Tisches und stellte Salz, Ajipfeffer und ein Fläschchen mit abgebrochenem Hals, das eine Flüssigkeit enthielt, die für Öl ausgegeben wurde, darauf.
»Was soll es sein?« erkundigte er sich in einem Ton, als wollte er fragen, auf welche Seite jeder von uns eine Maulschelle wollte.

Die unangenehme Stimme schien den Philosophen aufzuregen.
»Haben Sie schon mal mit Kid Dinamarca gekämpft?« fragte er den Burschen ganz unerwartet.
»Ja«, antwortete überrascht der Kellner und sah sich vor. »Zweimal.«
»Und wie erging es Ihnen dabei?« fragte der Philosoph wieder und bewegte die geballten Fäuste, wie Boxer es tun.
»Zweimal hat er mich k. o. geschlagen«, antwortete der Kellner ehrlich.
Der Philosoph, zufriedengestellt, wandte sich an mich:
»Kid Dinamarca war einer meiner Freunde. Er hieß Manuel Alegría. Er starb an einem Herzanfall. Ein guter Kerl.«
Dann, den Ton wechselnd:
»Gut: bringen Sie uns das übliche: Bohnen mit Braten, Brot und eine Flasche Wein.«
Echeverría und Cristián waren hier bekannt, und wie ich sah, hätte niemand sie zu fragen brauchen, was sie zu speisen wünschten; sie aßen immer das gleiche. Übrigens gab es in diesem Speisehaus außer den Bohnen, dem Gebratenen und einigen Zwiebeln in Essig nichts, was man sonst hätte zu sich nehmen können. Das Bohnengericht war reichlich und schmackhaft, wenn auch der Braten weder in der Menge noch in der Güte das Vorbild eines Bratens war – er glich eher der Bratenart Schuhsohle, die den Zähnen Kraft verlieh –; er wurde doch ohne Widerspruch angenommen und restlos verzehrt. Brot gab es genug, und der Wein, dick und herb, leicht stichig, war nicht übel. Wir aßen schweigend, wie Arbeiter an einem Wochentag, und blieben sitzen, um uns auszuruhen.
War ich auch gesättigt – meine erste Mahlzeit in der Freiheit–, so hatte ich doch keine rechte Ruhe. Ich durfte nicht länger zögern und mußte den beiden Männern eine Erklärung über mich abgeben; ich wußte, was sie taten, wer sie waren, aber sie wußten nicht, was ich trieb und woher ich kam. Ein Mensch, von dem man nicht weiß, was er tut oder

woher er kommt, ist ein Mensch, von dem man gar nichts weiß und der verpflichtet ist, einige Erklärungen zu geben. Ich hatte nichts zu verschweigen; nur den richtigen Augenblick zu finden machte mir einige Sorge. Der Philosoph schien den gleichen Gedanken gehabt zu haben; denn kaum hatte er den letzten Bissen verschlungen und den letzten Schluck Wein hinuntergegossen, meinte er:
»Gut also: das Mittagessen war nicht so schlecht; es hätte schlechter oder auch besser sein können, gewiß, aber man darf nicht zu anspruchsvoll sein. Zweifellos haben Sie uns etwas zu sagen. Ein so junger Mensch wie Sie, der in einer kleinen Bucht, wie der von Membrillo, auftaucht und das erste beste, was ihm unter die Finger kommt oder ihm geboten wird, annimmt, als hätte er nichts anderes in der Welt finden können, abgemagert, mit dem Gesicht eines Kranken und Hungrigen, der muß unter allen Umständen etwas zu erzählen haben.«
Er blickte mich an, und als spüre er, daß ich nicht recht wußte, wo ich anfangen sollte, kam er mir zu Hilfe.
»Stoßen Sie sich nicht an meinen Reden; wir werden uns auch an Ihrer Beichte nicht stoßen; wenn Sie aber nichts erzählen wollen, dann steht es Ihnen frei, zu schweigen.«
Ich war bereit, jede Bedingung anzunehmen.
»Kommen Sie aus dem Krankenhaus?«
Die Frage traf ins Schwarze.
»Aus dem Gefängniskrankenhaus.«
Cristián wandte den Kopf nach mir und blickte mich durchdringend an: endlich fand er an mir etwas, das seiner Aufmerksamkeit wert schien. Echeverría lehnte sich auf dem Stuhl zurück und streckte die Beine in Erwartung einer spannenden Erzählung weit von sich.
»Aus dem Gefängnis?« fragte er und machte mit der Rechten eine Bewegung, wobei die ausgestreckten Finger einer nach dem andern sehr rasch auf den kleinen Finger zuzueilen schienen.
»Nein«, versicherte ich.

Ich erzählte, zuerst überstürzt, dann ruhiger, mein ganzes Abenteuer. Cristián, der anfangs interessiert zugehört hatte und mich dabei von Zeit zu Zeit aufmerksam angeblickt hatte, senkte wieder den Kopf und starrte auf seine Schuhspitzen. Die Erzählung war für ihn ohne Belang. Echeverría lauschte aufmerksam und lächelte ab und zu, als wollte er mich ermutigen.

»Kurz und gut«, faßte er zusammen, als ich geendet hatte, »zwischen zwei Gängen mit Ausnahme der Krankheit: nichts.«

Dann deutete er auf Cristián.

»Ich habe Ihnen schon gesagt, daß Cristián wenig spricht; er redet nicht gern, er kann nicht sprechen und hat auch nicht viel zu sagen. Er könnte Ihnen aber – wenn er einst Ihr Freund sein wird, tut er es – über das Zuchthaus, die Polizeikommissariate, die Polizeigefängnisse, die Untersuchungshaft und die Zellen Dinge erzählen, von denen Sie nichts ahnen. Er war lange eingesperrt, nicht etwa Tage oder Monate, nein, ganze Jahre. Er ist in Gefängnissen gewachsen und zusammengeschrumpft, abgemagert und fett geworden; er wurde dort bis aufs Hemd ausgezogen und hat sich neu gekleidet; die Schuhe wurden ihm weggenommen, er hat sich neue Schuhe beschafft; er war voller Läuse, Krätze, Pusteln, Bubonen in den Leisten, Hämorrhoiden; sie haben ihn mit Fußtritten in die Zelle gestoßen und mit Fußtritten hinausgejagt, haben ihm die Rippen eingeschlagen, die Lippen zum Platzen gebracht, die Ohren angeschlitzt, die Hoden dick geprügelt, sie haben ihm alles angetan, was man einem menschlichen Körper, noch lebend, nur antun kann, und das monatelang, jahrelang, in Polizeikommissariaten und Gefängnissen. Seine Lebensreise ist ein umfangreicher Roman im Vergleich zu der kurzen Kindergeschichte, die Sie zu erzählen haben.«

Als Echeverría schwieg, blickte ich Cristián an. Der Kopf war ihm in die Schultern gesunken und das Antlitz blaß geworden; eine kleine Ader zitterte über dem linken Backenknochen, nahe dem halbgeschlossenen Auge. Hätte Echeverría von mir so zu jemandem gesprochen, ich hätte die Tränen nicht zurückhalten können oder den Zorn, den Ausbruch der Empörung wenigstens; aber nach der bitteren Erfahrung seines Lebens hatten die Worte in ihm keine weitere Bewegung hervorgerufen als das Zittern einer kleinen Ader nahe am Auge, halb verdeckt von harten Bartstoppeln.

5

Nun hatte ich zu essen und zu schlafen, elend zwar, elender als jemals, aber mir blieb keine andere Wahl. Ich mochte damit nicht zufrieden sein, aber ich durfte mich nicht weigern zu essen, was mir geboten wurde, dort zu schlafen, wo mir eben zu schlafen möglich war, zu sprechen, mit wem ich sprechen mußte, und das einzige zu gewinnen, was für mich jetzt zu gewinnen war. Du willst nicht? Dann laß es bleiben. Es ist schwer, auf etwas zu verzichten, und um so schwerer, je weniger das wert ist, was man hat, oder je armseliger es ist. Im Augenblick hatte ich nichts anderes und konnte auch nichts Besseres bekommen.

Ich wußte, was neben mir vorging und einige Schritte weiter und vielleicht auch noch weiter weg – ich sah und erlebte alles: die Farben, die Töne, den Hauch des Windes und der Menschen, die Züge der einzelnen Wesen und der Dinge, und alles vereinigte sich in mir und ließ mich wachsen. Wozu? Das wußte ich nicht, aber alles blieb mir, und nichts verschwand im Vergessen: weder die Tränen noch das Lachen, nicht die harten und nicht die freundlichen Worte, nicht die ruhige und nicht die heftige Gebärde, nicht das Mitgefühl der einen, der Zorn und die Verachtung der anderen, jener Blick, dieses Lächeln. Ich mußte bleiben, wo ich war, und warten, damit die Zeit verging. Alle Menschen warten, fast alle erwarten dies, erwarten jenes, das Lächerliche und das Erhabene, das Wahre und das Falsche, das Kleine und das Große, das, was kommt, und das, was nicht kommt, das, was kommen kann, und das, was nie eintritt, das, was jeder verdient, und auch das, was keiner verdient; sie leben in der Erwartung und sterben in der Erwartung, wenn auch manchmal nichts von dem, was man erwartet, Wirklichkeit wird, es sei denn, der Tod, der immer – was man auch sagen wird – unerwartet kommt. Aber keiner hat auf dem Totenbett gesagt: »Nein, das ist es nicht, was ich erwartet habe«, keiner; jeder hat den Tod hingenommen und geschwiegen, als wäre er mit ihm einverstanden. Einige mag es geben, denen die Hoffnung fehlt, und andere wieder, die nur halb zu hoffen wagen, die nicht ganz auf die Zukunft vertrauen und etwas nachhelfen, damit sie eintrete und sich so gestalte, wie sie es wünschen: sie arbeiten, sie kämpfen, einige lügen, stehlen, morden sogar und beschmutzen so ihre Erwartung und den möglichen Gewinn, den sie aus der Zukunft ziehen könnten.

Ich fühlte keinen Drang, dies oder jenes zu tun; arbeitete ich, so geschah es, weil ich essen mußte, und wenn ich aß, dann war es, weil ich, ein Lebewesen, nicht anders konnte. Zwang, das war alles. Ich erhoffte nichts; nichts konnte ich erwarten: meine Mutter war tot, meine Brüder in alle Winde zerstreut, und mein Vater verbüßte in einem Zuchthaus eine Strafe von einer unvorstellbaren Zahl von Jahren. Nur der Tod konnte ihn aus dem Zuchthaus befreien; vielleicht war er schon tot. Vielleicht würde einmal in einer kleinen Hafengasse, auf einer Polizeiwache, in einem Eisenbahnwagen, vielleicht in einem Hotel ein Bruder auf den andern stoßen. Für den Augenblick war dieses mögliche Zusammentreffen noch nicht einmal eine Hoffnung. Denn ich hatte keine Hoffnungen, nur Bedürfnisse – geben Sie mir zu essen, eine Möglichkeit zu schlafen und Kleidung; die Hoffnungen mögen Sie für sich behalten –, kleine Bedürfnisse, die aber unter allen Umständen befriedigt werden mußten, und die Menschen um mich herum waren in der gleichen Lage: essen, nicht üppig; sich kleiden, nicht elegant; schlafen, ohne jeden Luxus; essen, sich kleiden und schlafen auf irgendeine Weise, nur damit man nicht Hunger litt, nicht fror und die

Leute einem nicht hinterherblickten, weil die Schuhe zerfetzt, das Haar übermäßig lang, die Hosen ausgefranst waren und der Bart in dichten Stoppeln stand. Es ist nicht leicht, diese Bedürfnisse zu befriedigen: durch Arbeit, gewiß; aber manchmal findet man keine Arbeit, und es gibt auch Leute, die arbeiten und Hunger leiden, Leute, die arbeiten und immer abgerissen sind, Leute, die arbeiten und auf dem nackten Boden oder in Betten voller Wanzen und Flöhe oder zu acht in einem Zimmer, zu dritt in einem Bett schlafen: der Lungenkranke, der Geschlechtskranke, der Epileptiker, der Homosexuelle und einer, der an Ekzemen leidet. Früher einmal war mir das alles so einfach vorgekommen; ja, alles ist einfach, wenn man hat, was man braucht, oder wenn man weiß, wo man sich alles nehmen kann, ohne daß es einem jemand verbietet.

Ich werde wohl nicht immer hierbleiben. Den Menschen hält es nirgends; er wird immer weggehen, manchmal auch, um nie wieder zurückzukommen. Auch die Lunge wird einmal nicht mehr schmerzen und nicht mehr bluten, und ich könnte weg, weg, weg, weg. Dies war mir wie ein Befehl, ein Auftrag, ein Wunsch, ein Traum, und es könnte daraus vielleicht sogar eine Hoffnung erwachsen. Um wegzugehen, braucht man nichts, gar nichts, nur die Gelegenheit, es zu tun.

»Das Wichtigste ist, sich gut zuzudecken: warmes Essen, warme Kleider, warmer Mensch.«

»Heiße Frau.«

»Ist auch nicht schlecht.«

Der Philosoph warf den Kopf zurück, öffnete den Mund und lachte laut.

»Im Leben des Menschen geht es immer um die Wärme! Der Mensch fürchtet die Kälte: das kalte Essen, die kalte Frau, die kalten Kleider, den kalten Wind. Decken Sie sich gut zu!«

Die Decke hatte keine Fransen mehr, und ihre Farbe war undefinierbar; dafür hatte sie Löcher, sogar mehr, als sie vertragen konnte, und fast wäre die Decke, hätten sich auch nur zwei Lö-

cher miteinander verbunden, zu einem einzigen Loch geworden. Der Philosoph bemühte sich, mich in die Decke zu pakken, indem er das Ende unter den Strohsack, dünn wie eine abgegriffene Kupfermünze, zu stecken versuchte. Der Strohsack lag auf Zeitungsblättern, die über einem Holzfußboden ausgebreitet waren. Ich rollte mich zusammen. Ich hatte ein hartes und unbequemes Bett, drei Zentimeter über dem Fußboden, ein Bett, das nach Stroh und nach fremden Menschen roch, ein Bett ohne Laken, ohne Bezüge, mit einem Kissen, das mit Kartoffeln gefüllt zu sein schien, und einer hauchdünnen Decke; aber es war ein Bett, ein Bett in einem runden Zimmer ohne Fenster, nur einige Balken und nackte Wände aus Lehm und Stroh, die schlecht gefügt waren, ohne Putz – wozu auch Putz? – und mit einem Fußboden aus klaffenden und morschen Brettern, aber es war ein Zimmer, ein Plätzchen, das einen vor Wind und Kälte schützte. Die Mauern waren in der Höhe, in der sonst Betten zu stehen pflegen, bespuckt – vor allem Grün, die Farbe der Hoffnung –, und auf diesem Lager, in einem solchen Zimmer schlief ich, kurz nachdem ich mich hingelegt hatte, wie ein Stein.
Im Traum hörte ich das Lachen Echeverrías, und Cristián knurrte dann und wann: himmlische Musik. Um Mitternacht wurde ich wach: mir fehlte die Luft, und mein Hals war ausgetrocknet; ich setzte mich auf, ich mußte husten und dachte an meine wunde Lunge und an das Blut, das ich noch immer ausspie. Ich hustete, und mein Mund füllte sich; den ganzen Tag hatte ich nicht ausspucken müssen. Was sollte ich tun? Ich hatte kein Taschentuch, es gab weder einen Spucknapf noch eine Schale, und ich wollte nicht, daß jemand meinen Auswurf sah. War Blut darin oder nicht? Es schien mir rücksichtslos, einfach auf den Boden zu spucken; an die Wand zu spucken, wie es die früheren Bewohner dieses ekelerregenden Raumes getan hatten, konnte ich mich auch nicht entschließen; ich war hier Gast und mußte mich gebührend benehmen; ich mußte aufstehen, und am nächsten Morgen würde ich im Hof sehen, wie es um

meine Lunge stand; eine Hand hielt mich zurück, und Echeverría flüsterte:

»In ein Papier!«

Beschämt spie ich in ein Stück Papier, das ich unter dem Strohsack hervorgeholt hatte, und legte es neben mich. Dann streckte ich mich wieder aus. Neben mir lag der Philosoph, weiter entfernt Cristián. Meine Füße waren warm, und ich verspürte keine Kälte. Echeverría hatte recht.

»Das wichtigste ist, sich gut zuzudecken: warmes Essen, warmes Bett, warmer Mensch.«

»Heiße Frau.«

Cristián lächelte; so mochte eine Wildkatze lächeln.

6

Im Auswurf war kein Blut mehr. Ich trug das Papier in den Hof und warf es in einen halbzerbrochenen Topf. Nun war ich beruhigt; meine Lunge würde doch noch gesund werden. Ich richtete mich auf und atmete tief, sehr tief, bis ich Schmerzen in der Brust fühlte. Vom Hof aus sah ich das Meer, die Mole, die Piere, die Schiffe und die Boote und die Küste, die sich nach Norden erstreckte und dann weiter nach Süden verlief, sich, fast gleitend, in einem leichten Dunst verlierend. Dort, in der frischen Luft, im Unterhemd oder den Oberkörper entblößt, die Beine gespreizt und das Wasser mit der hohlen Hand schöpfend – es gab weder Waschbecken noch Krüge –, mußte man sich unter einem Wasserhahn waschen, der Tag und Nacht einen dünnen, aber kräftigen Strahl ausspie. Kaltes Wasser und grobe Seife, ein kleiner Rest, der einem immer wieder aus den Händen glitt und auf die Kiesel des Hofes fiel, zwischen denen Nudeln, Kartoffelstückchen, Bohnenschalen, Papierabfälle, Haare, Speichel und Stoffreste lagen. Kein Handtuch; man schüttelte das Wasser von den Händen, fuhr sich über den Kopf und benutzte die Haare zum Trocknen, um dann das Gesicht abzuwischen. Vom frühen Morgen an hörte man, wie sich dort

Leute wuschen und gurgelten, sich schneuzten und die Finger danach abwischten, husteten, ausspuckten, Rufe und Flüche ausstießen, wenn ihnen die Seife, die nur dorthin fallen konnte, zwischen den Nudeln, den Haaren und den Bohnenschalen verschwand.

»Wozu soll ich Ihnen von der Anstrengung erzählen, die es gekostet hat, sich hier im Winter waschen zu können!« rief der Philosoph aus, der sich etwas vorsichtig den Nacken wusch. »Im Vorübergehen werfen wir einen Blick auf den Wasserhahn und denken an die Seife, und dann, leb wohl! bis zum nächsten Tag, da wir ihm wieder einen Blick zuwerfen. Nicht wahr, Cristián? Auch du bist kein wasserliebender Haifisch?«

Cristián wartete im Hemd, bis er an die Reihe kam, in einem Hemd, das gewaltsam zerfetzt schien. Den Hof entlang lief ein Gang, an dem die einzelnen Zimmer lagen: es waren acht oder zehn. Im Hintergrund des Hofes, fast in der Mitte, stand eine Art großer Kiste mit einer Tür: es war der Abort, ein tiefes schwarzes Loch, dem ein dichter, beinahe greifbarer Gestank, ein verhüllter Geruch entströmte.

Wir waren in dieser Baracke gegen elf Uhr nachts angekommen, nachdem wir in der »Zukunft« gegessen, dann auf den Bänken eines schattigen Platzes in der Nähe der Piere lange gerastet hatten und den Hügel hinaufgestiegen waren.

»Sie haben sicherlich kein Bett«, sagte Echeverría. »Sie kommen mit uns.«

Ich erhob Einwände, ich konnte ja in einer Herberge schlafen.

»Nein, kommen Sie nur mit«, drängte der Philosoph. »Wozu wollen Sie Geld ausgeben? Übrigens glaube ich, daß Ihnen kein Centavo geblieben ist. Habe ich es Ihnen nicht gesagt? Man arbeitet, um genau einen Tag leben zu können. Der Kapitalismus ist sehr weitsichtig.«

Das war nur die halbe Wahrheit. In Wirklichkeit hatte ich noch Geld, um mir für eine Nacht ein Bett zu leisten; für eine Decke, freilich, würde es nicht mehr reichen.

»Die Unterkunft, die wir Ihnen bieten können, ist nicht sehr bequem«, erklärte Echeverría. »Ein Bett auf dem Fußboden, ein Unterbett ohne Wolle, ein ausgefranstes Oberbett und eine Decke, so dünn wie eine Zwiebelschale. Aber immer besser als nichts. Bettlaken gibt es keine: sie sind in der Wäscherei.«

Ich nahm ohne weiteres an. Es ist nicht immer ratsam, mit einem Menschen, den man eben erst kennengelernt hat, in einem Raum zu schlafen, und in meinem Fall war es nicht nur ein Mann; es waren zwei. Aber ich hegte, als ich die Einladung annahm, keinerlei Mißtrauen. Wie ich sie so den Tag hatte verbringen sehen, der eine schweigend, redselig der andere, glaubte ich, ihnen vertrauen zu können, vertrauen natürlich nur in gewissem Sinne und bis zu einem bestimmten Punkt. Entgegen der allgemeinen Gewohnheit hatten sie während des ganzen Tages kein Wort über die Beziehungen zwischen Mann und Frau verloren, nicht ein einziges gutes oder häßliches Wort; sie schienen, wenigstens in Worten, von der geschlechtlichen Besessenheit frei zu sein, was schon etwas war und viel sein konnte; und ich sage »etwas«, weil der, der von einer Besessenheit erfaßt ist, davon gern acht oder auch zehn Stunden redet. Mich langweilten und erschreckten die Leute, deren Unterhaltung und Sorge immer um die Geschlechtsteile des Mannes und der Frau kreisten, eine Unterhaltung, deren Worte, Sätze, Beobachtungen und Späße sich unendlich wiederholen, keine Abwechslung kennen und keine Anmut: ich hatte sie so, ich stand so, ich sagte ihr: hier, leg dich so hin; und er schaute sie an und sagte: ich kann nicht, ha, ha, ha, was sagst du dazu?...

Manchmal lachte man dabei, mit einem Lachen, das weder Freude noch Verstand zeigte, und ich fühlte, wenn auch nur halb, daß in alldem, worüber sie sprachen, etwas war, das nie erwähnt wurde, das besser war als alle die Worte, die Sätze, die Späße und die Bemerkungen, etwas, das nicht vom Lachen berührt wurde, so als wäre es ihm fremd. Es konnte einer von den Geschlechtsteilen sprechen und die zahllosen Bezeichnungen dafür nennen, ja selbst darüber lachen, wenn er sie beschrieb;

aber er vermochte nicht von jenem Etwas zu sprechen; oder vielleicht sprach man nicht davon, weil es sehr schwer war, es in Worte zu fassen; man müßte andere Worte finden, andere Ausdrücke, ja andere Lippen haben, andere Münder. Ich selbst konnte nicht viel darüber sagen, weder über das eine noch über das andere. Ich hätte nur wiederholen können, was man mir erzählt hatte, und das wäre viel gewesen, aber ich schämte mich dessen, da es sich immer um Prostituierte, Pervertierte, Homosexuelle oder Müßiggänger handelte, die da lange Monologe über das Geschlecht hersagten, vor allem über das eigene. Ich fühlte mich von solchen Gesprächen nicht angezogen, und dieses Gerede schien mir eher ein Laster als anderes, eine verworrene Besessenheit, eine Tollwut, an die man bei klarem Verstand nicht denken und von der man nicht offen und natürlich sprechen konnte. Meine eigene Erfahrung war ganz unbedeutend.

Vor Monaten hatte mir ein Freund in Mendoza von einer Frau gesagt, daß sie mich nicht ohne bestimmte Absichten ansähe – nur um mich anzusehen –, und in den Blicken dieser Frau läge eine deutliche Absicht, und ich wäre ein Dummkopf, würde ich dessen nicht gewahr und zöge ich nicht meinen Vorteil daraus. Sie war mit irgendwem verheiratet, und des Abends, wenn wir an dem Haus vorbeigingen, in dem sie wohnte, stand sie an der Tür und blickte mich an. Es war ein ärmliches Haus mit einem großen Hof.

»Warum sieht sie mich wohl so eigenartig an?«

»Ich habe es dir doch schon gesagt, Dummkopf. Sie möchte etwas von dir haben.«

Von mir? Sie hatte einen Mann, und trotzdem... aber wozu sollte sie mich lieben? Ich lachte gezwungen. Die Frau war dunkel, schlank und hatte traurige Augen, vielleicht waren sie nicht traurig, sondern nur demütig, friedlich unter der hohen Stirn, dem schwarzen Haar; eine einfache Frau.

»Sie ist Türkin«, sagte mein Freund.

»Dann wird ihr Mann wohl auch Türke sein.«

»Das ist doch gleichgültig. Sprich mit ihr.«
»Und was soll ich sagen?«
»Zum Beispiel: Wie geht es Ihnen?«
»Und was noch?«
»Was tun Sie hier? Erfreut, Sie zu sehen!«
»Aber ich kenne sie doch nicht.«
»Du bist und bleibst ein dummer Kerl.«
Die Frau sah mich an, und ich gab ihr den Blick zurück. Sie schien sehr jung zu sein, was meine Schüchternheit noch erhöhte. Wäre sie älter gewesen, etwa so alt wie meine Mutter, dann wäre ich wohl ohne Scheu näher getreten, nicht um sie zu fragen, warum sie mich so ansehe, sondern um mit ihr von anderen, unbestimmten Dingen zu sprechen.
»Hätte sie mich so angeschaut«, meinte mein Freund, »ich wäre schon längst bei ihr und hätte genau gewußt, was ich ihr sage. Sei nicht blöd.«
Eines Tages, als ich allein am Haus vorüberkam, grüßte ich sie. Die Frau dankte mir etwas überrascht, und ohne große Freude nahm sie den Gruß entgegen, den sie offensichtlich nicht erwartet hatte. Doch getraute ich mich nicht, näher zu treten. Mein Freund hatte meine Schüchternheit verschuldet; er hatte von den Beziehungen zwischen Mann und Frau in einer Art geredet, als läge in den Blicken der Frau und in meiner Annäherung etwas Gefährliches, ja Verbrecherisches. Und überdies hielt mich instinktiv der Gedanke an den türkischen Gatten zurück.
Als ich dann von Mendoza aus nach Chile aufgebrochen war, traf ich sie wieder, ebenfalls zu Fuß und wieder an einer Tür, am einsamen Bahnhof von Puente del Inca. Obwohl ich sie längere Zeit nicht gesehen hatte, scheute ich mich nicht mehr, mich ihr zu nähern; mein Freund war nicht bei mir. Ich sah, daß sie mich wieder auf besondere Art anblickte, als wollte sie mich unter allen Männern auszeichnen. Sie war es, die zuerst sprach.
»Was treiben Sie hier? Wohin geht die Reise?«

Es waren mehr oder weniger die gleichen Fragen, die mir mein Freund in Mendoza empfohlen hatte. Sie sprach mit mir, als hätte sie mich schon lange gekannt, und ihre Stimme verriet mit keinem Ton, daß sie etwas von dem bewegte, wovon mein Freund gesprochen hatte. Den Koffer, mit Dreck bespritzt, hielt ich in meiner Hand. Es war ein Tag voll Sonne und Wind.
»Ich gehe nach Chile«, antwortete ich.
Ich war eben aus dem mit Rindern beladenen Waggon gesprungen, in dem ich den größten Teil der Nacht verbracht hatte. Noch war ich wie betäubt und müde, doch nicht so sehr, daß ich nicht noch diesen und drei weitere Tage hätte gehen können. Die Frau lächelte. In der Nähe war sie hübscher als aus der Ferne.
»Und Sie, was tun Sie hier?«
Das war wieder eine der Phrasen meines Freundes.
Der Wind bewegte eine Locke auf ihrer Stirn. Mich erfaßte in diesem Augenblick große Zuneigung zu ihr; sie war das einzige Wesen, das mich in diesem einsamen Ort kannte, das einzige, das mir zulächelte und mich anblickte; aber meine Zuneigung hatte kein bestimmtes Ziel, sie war, wie ihre Blicke, eine Zärtlichkeit, die in der Luft schwebte, vorüberwehte, und wie ich, ein Reisender in einem Viehwaggon, ein blinder Passagier.
»Mein Mann arbeitet hier.«
Außer mir und ihr war niemand auf dem Bahnhof. Es war noch sehr früh am Tag, und die Ankunft des Güterzuges mit dem Viehtransport hatte anscheinend niemanden in seiner Ruhe gestört. Wer war ihr Mann? Ich hätte ihn gern kennengelernt. Aber meine Freunde riefen mich. Die Frau und ich lächelten einander ein letztes Mal zu, und dann ging ich weg.

7

Der Tag brach an mit Nebel, und am Morgen war es kalt; der Frühling wollte und wollte nicht kommen. Nachdem wir uns gewaschen und angekleidet hatten, verließen wir das Zimmer, ohne die Tür zu schließen. Echeverría sah zum Himmel, um dessen Absichten zu erkunden, und sagte:

»Mittag wird es schön sein.«

Nichts verpflichtete uns, die Tür des Raumes abzuschließen. Die Baracke lag an der Grenze zwischen Stadt und Einsamkeit. Die Einsamkeit, die dort begann und auch endete, dehnte sich über die Hügel aus oder kam von ihnen, stürzte sich in die Schluchten und leckte an den halbausgetrockneten Bächen, die da und dort zwischen Bäumen, Felsen und Sandflächen dahinsickerten. Um von der Ebene hierherzukommen, mußte man fast eine Stunde lang durch Straßen, Gassen und über hügeliges Gelände gehen, auf dem armselige Häuser und Hütten standen. In der ersten Nacht war ich außer Atem hier angelangt.

Das nächste Haus, die nächste Häusergruppe, war ungefähr drei oder vier Wohnblocks von uns entfernt, und nur ein armseliger, ausgehungerter Dieb würde an diesen Ort kommen, um uns die dünne Decke zu stehlen, mit der wir uns bedeckten, das einzige Stück, das in jenem Raum noch Handelswert hatte, da außer dem Bett und einem wackligen Tisch, der zitterte, sobald man sich ihm näherte, und der höchstens Brennholz gegeben hätte, nichts als der Raum vorhanden war. Da die Baracke einsam stand, wäre es einem Fremden unmöglich gewesen, hier einzudringen oder davonzulaufen, ohne von jemandem gesehen zu werden; und schließlich hätte ihn ein harter Stein oder Schlimmeres getroffen. In den Räumen war immer der eine oder der andere Arbeitslose oder Kranke und im Hofe immer eine Frau, die Wäsche zum Trocknen aufhängte, wusch oder ein Kind entlauste. Man hätte sich auch vergebens bemüht, die Tür zu schließen, da an der Stelle, wo sonst Schlösser sind, nur noch ein Loch zu finden war. Das Schloß war offenbar einmal gestohlen worden.

Als wir gerade den Hof verlassen wollten, begrüßte uns eine junge Frau, die dort Wäsche aufhängte.

»Sie gehn schon weg? Wollen Sie nicht ein Schälchen Kaffee trinken?«

Mir war, als hätte ich das Lied eines Vogels oder eines Engels gehört, sofern Vögel oder Engel am Morgen oder zu irgendeiner Tageszeit ein Schälchen Kaffee, nicht etwa eine einfache Schale, das wäre nicht so lieb gewesen, sondern ein Schälchen Kaffee anbieten können. Zu meinem großen Erstaunen gab Cristián keine Antwort; doch Echeverría, der Wortführer unserer Firma, der immer eine Antwort bereit hatte und immer sprach, lächelte jenes Lächeln, das er unter dem Schnurrbart zu verschenken schien.

»Gern, wenn Sie Geld dafür annehmen wollen.«

Die Frau protestierte, ebenfalls lächelnd, während sie ein Laken ausbreitete, das ebenso war wie ihr Lächeln.

»Nein, Herr Nachbar; ich nehme kein Geld an. Es ist ja gar nicht der Rede wert. Lassen Sie mich nur noch dieses Stückchen Wäsche aufhängen, dann werden Sie gleich Ihre Schale Kaffee bekommen.«

Jetzt war es eine Schale geworden: das Stückchen Wäsche hatte das Schälchen vergrößert. Der Philosoph trat neben die Frau, um ihr zu helfen; Cristián und ich, die wir nichts zu tun hatten, sahen zu. Die Frau täuschte auf den ersten Blick. Sie ähnelte der Frau jenes Türken in Mendoza, ich weiß nicht, weshalb; durch die Hautfarbe, durch die bescheidene Kleidung, die Gestalt, das Haar; diese Frau konnte ich aus der Nähe bei ihrer Arbeit betrachten, während ich die andere immer nur unbeweglich, an der Tür stehend und Ausschau haltend, gesehen hatte. Der Körper dieser Frau war schlank, kräftig und gut gewachsen. Unter dem dunklen Überkleid zeichneten sich die kleinen Brüste, die vollen Hüften, die Schenkel und das zierliche Gesäß ab, alles stand im Einklang mit den Bewegungen des Körpers, nichts bewegte sich losgelöst, auf eigene Gefahr. Ich sah zu Cristián hin, da ich glaubte, er habe seine eigenen Beobachtungen gemacht; er blickte nur auf die weite Fläche des Meeres hinaus. Auch die Frau vermochte seine Aufmerksamkeit nicht zu erregen.

Als sie und Echeverría die Wäsche aufgehängt hatten, traten wir in ihr Zimmer. Es lag neben dem unseren, und ihm entströmte der Geruch jener Räume, in denen kleine Kinder schlafen, ein Geruch nach Milch, feuchter Wäsche und Verdauung. Ich sog ihn in vollen Zügen ein: ein Geruch nach häuslicher Wärme. Auf einem der Betten waren die Kinder; das eine, ungefähr zwei Jahre alt, saß; das andere lag, es zählte erst wenige Monate. Der sitzende Knabe blickte uns mit großen neugierigen Augen entgegen, während er – im Hemdchen, ungekämmt, das dunkle Gesicht leuchtend, eine schwarze Locke in der Stirn – ein Stück Brot aß. Er erschrak nicht, im Gegenteil, er winkte uns mit der einen Hand grüßend zu. Der andere Knabe, halbnackt auf dem Rücken liegend, kümmerte sich nicht um uns; er starrte wie gebannt auf die Zimmerdecke, strampelte aus Leibeskräften, als würde er dafür bezahlt, und stieß quiekende Lustschreie aus.

»Hallo, Don Jacinto«, grüßte Echeverría. »Schmeckt das Brot?«

Keine Antwort. Der Knabe hatte den Mund vollgestopft; doch nickte er zustimmend mit dem Kopf: das Brot war gut. Sehr gut.

»Setzen Sie sich, bitte«, sagte die Frau und fuhr mit einem Tuch über den Tisch, der voller Brotkrumen war und auf dem einige Tropfen Milch glänzten. »Einen Augenblick.«

Während sie den Tisch abwischte, hatte sie mir einen raschen Blick zugeworfen. Sie sah mich zum erstenmal, und wahrscheinlich wollte sie gern wissen, wes Geistes Kind ich war. Ich tat es ihr gleich; betrachtete die feste dunkle Wange, auf die eine schwarze Locke niederfiel. Ihr erster Blick war forschend, das heißt neugierig; ihr zweiter zeigte Überraschung und noch etwas anderes, das ich nicht hätte näher bestimmen können, aber ich erinnerte mich an den Blick der Frau in Mendoza, der, von fern gesehen, eine andere Anteilnahme zum Ausdruck gebracht hatte als in der Nähe. (Aber weder aus der Ferne noch aus der Nähe bist du das, was man einen feschen Burschen nennt; du bist mager, deine Augen sind eingesunken, deine Stirn ist schmal, dein Haar spröde und unordentlich. Gewiß hast du einen hochgewachsenen Körper, doch ist er ohne Anmut, und du gehst dahin, den Kopf gesenkt und den Rücken gekrümmt; immer scheint es, als suchtest du etwas auf dem Boden, aber du suchst nichts, was du verloren hast oder zu finden hoffst; deine Kleider schmücken dich nicht, im Gegenteil, sie setzen dich herab, und von fern gesehen oder auch aus der Nähe scheint es, als fehlte dir nur der Geruch, um eine Petersilienwurzel zu sein; mach dir keine Illusionen, Aniceto. Ich mach mir keine, Echeverría. Was die Aufmerksamkeit der Leute wachruft, das ist nur der Gegensatz, der zwischen deinem Körper und dem Ausdruck deines Gesichts und deines Blicks liegt, ein Kindergesicht und der Blick einer Taube, der die Frauen überraschen muß, besser gesagt, alle Leute, auch mich. Es wird noch lange dauern, bis du auf Frauen anziehend wirkst, wenn es dir überhaupt jemals gelingen sollte. Ich habe gar nicht die Absicht, ihr Interesse zu wecken; ich fragte dich nur, warum einige Frauen mich so ansehen. Wahrscheinlich deswegen, weil ihr mütterlicher Instinkt sehr entwickelt ist. Mich schaut keine mit freundlichen Blicken an: ich bin schon ein bißchen zu groß, und mein Schnurrbart erschreckt sie. Arme Teufel wie ich dürften nie einen Schnurrbart tragen; wenn ich ihn mir aber abschneide, dann ist es noch schlimmer: ich habe eine Oberlippe, die noch scheußlicher aussieht als mein Schnurrbart. Los, schenk mir noch ein bißchen Wein ein.)

Das Zimmer war, verglichen mit dem unseren, fast vornehm; es war größer, und man konnte zwei Bettgestelle aus Eisen sehen, gut erhalten, Oberbetten, die nicht zerrissen waren, Kissen mit Bezügen und saubere Bettlaken (!), zwei kleine Schränkchen aus Bambus und Brettern, die mit Wachstuch bespannt waren, ein Tisch; drei oder vier Stühle und ein Nachttischchen zwi-

schen den beiden Betten. Außerdem ein großer Korb, wie ihn die Wäscherinnen haben, und ein Bügelbrett, das auf zwei Böcken lag. Die Einrichtung war bescheiden, aber vollständig und sauber. Käme noch ein drittes Kind, dann würde das Zimmer zu klein werden; sie müßten ausziehen. Neben dem Tisch auf dem Fußboden stand ein Kohlenbecken aus Messing; dort summte eine Teekanne; in einem emaillierten Eisenkrug drohte die Milch überzukochen.
Die Frau ließ das Feuer ausgehen, stellte Tassen und Untertassen auf den Tisch, legte einige Stücke Brot dazu und einen Teller mit Butter. Ein gutes Frühstück, ein Frühstück, wie ich es seit langer Zeit nicht mehr gesehen oder zu mir genommen hatte, und so setzte ich mich, etwas beschämt und begierig zugleich, an den Tisch. Ich fühlte mich wohl: hier gab es einladende Wärme, Gemütlichkeit, Geruch nach Kindern. Flink bediente uns die Frau mit ihren schlanken Händen: sie schenkte uns Kaffee und Milch ein, röstete einige Brotscheiben und strich Butter darauf, legte sie auf einen kleinen Teller, den sie in die Mitte des Tisches stellte, und drängte uns:
»Alles bereit. Nun langen Sie aber zu, bevor es kalt wird. Hier, Don Alfonso.«
Echeverría, der als erster den Mut gehabt hatte, die Einladung anzunehmen, war verwirrt und ungeschickt; er errötete und senkte den Kopf. Cristián, ohne sich zu übereilen, aber auch ohne jede Hemmung, machte den Anfang; ich folgte entschlossen seinem Beispiel. Die Frau blickte Alfonso an.
»Also los, Don Alfonso, bedienen Sie sich. Was ist denn los mit Ihnen? Sind Sie etwa krank?«
Fast dachte ich, Echeverría wollte in Tränen ausbrechen, so bekümmert saß er da. Schließlich aber raffte er sich auf und sagte, sich gleichfalls an den Tisch setzend, mit unsicherer Stimme:
»Und Meister Jacinto? Wie geht es ihm?«
»Sehr gut«, behauptete die Frau, die am Tisch stehen geblieben war. »Er hat es weit zur Arbeit und geht sehr früh weg. Um sechs steigt er schon den Hügel hinunter.«

»Er ist sehr fleißig«, versicherte der Philosoph ohne rechte Begeisterung.
Die Frau stimmte ihm zu.
»Ja, aber gäbe es nicht so viel Wein in den Kneipen, dann würde er weniger arbeiten.«
Echeverría sah die Frau an.
»Trinkt er immer noch so viel?«
»Das einzige, was ihm wirklich Spaß macht. Keine Nacht vergeht, ohne daß er nicht zwei Flaschen Wein im Leibe hat, und zwei Flaschen sind für ihn nur ein Schluck, mit dem er sich kaum die Schnurrbartspitzen naß macht.«
Das belustigte mich.
»Und wie viele Flaschen braucht er, bis er genug hat?« fragte ich.
»Das weiß bis jetzt noch niemand, nicht einmal er«, antwortete die Frau lächelnd. »Beginnt er zu trinken, mit Geld in der Tasche und freier Zeit vor sich, dann trinkt er nicht etwa halbe Gläser, sondern ein volles nach dem andern, mit einem Zug, wie groß es auch sein möge; halbe Gläser trinkt er nur, wenn er wenig trinken will, etwa zwei Flaschen, oder wenn er nach vielen vollen Gläsern den Wein bis obenhin hat, wie er sagt, dann darf er sich nicht bücken, nicht weil er hinfallen könnte, sondern weil der Wein ihm aus der Nase laufen würde.«
Wir lachten.
»Das sonderbarste aber ist«, fügte die Frau hinzu, der es Spaß zu machen schien, darüber zu sprechen, »daß der Wein ihm nicht das geringste anhat; er macht ihn betrunken, aber er schadet ihm nicht. Wenn er soviel Wasser tränke, wie er Wein trinkt, dann würde er wahrscheinlich sterbenskrank sein, vom Wein aber nicht. Andere Leute erbrechen sich, der Kopf tut ihnen weh, sie werden mit Übelkeit im Magen wach, ihr Herz klopft rasend, ihr Puls hämmert; aber er... Manchmal kommt er gar nicht erst ins Bett; er hat sich so betrunken, daß er nicht nach Hause gehen kann; dann bleibt er dort, wo er ist, wachend

oder schlafend; vielleicht sitzt er auf einer Bank; am Morgen aber, zur festgesetzten Stunde, ist er bei seiner Arbeit, ohne Kopfschmerzen oder sonstige Beschwerden, sehr ernst, noch steif vom Wein, und arbeitet mit Hammer und Säge lustig drauflos.«

Einige Tage später lernte ich Meister Jacinto kennen: ein großer, breitschultriger Mann mit ebenso breiter Brust, sehr dunkel, Schnurrbart, lange Beine und fester Schritt; er blickte mich von der Seite an, und obwohl er mich aus dem Zimmer kommen sah, das neben dem seinen lag, grüßte er weder, noch sagte er irgend etwas: er schien ein sehr schweigsamer Mensch zu sein. Kurze Zeit darauf versuchte Cristián eines Nachts beim Schein einer Kerze, mit Nadel und Zwirn in der einen und dem Hemd in der anderen Hand, dieses zu flicken; der Philosoph saß neben ihm und las in einer alten Zeitung – sie war vielleicht einen Monat oder ein Jahr alt, und er hatte sie unter dem Strohsack hervorgezogen –, und ich, den Kopf in die Hände gestützt, mühte mich, zu entziffern, was auf den Seiten einer Zeitschrift stand, die wahrscheinlich ebenso alt war wie die Zeitung; da hörten wir Meister Jacinto heimkommen, nicht schweigend wie sonst, sondern im Gegenteil, einige Verse auf den Hafen von Valparaiso singend:

»In Valparaisos schönem Hafen – wo Mädchen winken von Balkonen – wo der Seemann mit der Maid geschlafen – da möcht auch ich so gerne wohnen.«

Sein Gesang fiel in eine eindrucksvolle Stille. Meister Jacinto fing wieder von vorn an; da kam eine Warnung:

»Leg dich hin, du Trunkenbold; die Kinder schlafen; mach keinen Krach.«

Aber der Zimmermann, guter Laune, sang mit heiserer Stimme alle übrigen Strophen des Liedes und schien dabei im Zimmer auf und ab zu gehen; dann lachte er, und schließlich hörte man ein Stolpern, einen schweren Fall und darauf, statt des Weinens von Kindern und des Geschimpfes einer Frau, ein langes Schweigen, als hätte Meister Jacinto mit seinem Sturz die ganze

Familie erdrückt und getötet, wozu gewiß nicht viel gehört hätte. Nach einiger Zeit vernahmen wir ein keuchendes Atmen; wir lauschten; die Frau rief:

»Du verteufelter Trunkenbold! Es genügt dir nicht, daß du in solchem Zustand heimkommst, du denkst auch noch an Dummheiten...«

Der Philosoph hatte aufgehört zu lesen und lauschte angestrengt. Cristián blinzelte ins Licht, während er sich bemühte, die beiden Teile eines Risses zusammenzuflicken; er hatte nur seinen Rock übergeworfen, und die weiße Haut war voller Narben. Ein leichtes Klopfen war an der Wand zu hören und dann wieder die Stimme der Frau:

»Nachbar...«

Niemand antwortete, und keiner von uns bewegte sich; wir wußten nicht, wem der Ruf galt. Die Frau aber wiederholte bittend:

»Nachbar Alfonso...«

»Was gibt's?« fragte Echeverría mit der gleichen Zärtlichkeit in der Stimme und erhob sich.

Die Frau antwortete bekümmert:

»Helfen Sie mir, bitte, diesen Trunkenbold aufzuheben; ich kann ihn nicht bewegen.«

Mein Freund legte das Stück Zeitung beiseite und ging in Richtung Hof. Ich glaubte, Cristián würde ihn begleiten, aber Cristián blieb reglos sitzen; sein ganzes Interesse galt den Resten seines Hemdes, an denen er gleichmütig weiternähte. Ich stand auf, Cristián aber hob den Kopf und hielt mich mit einer Gebärde zurück, während er mit leiser Stimme sagte:

»Gehn Sie nicht.«

Ich blieb erstaunt stehen.

»Weshalb?«

»Lassen wir sie allein.«

»Aber wird er allein imstande sein...?«

Die Gebärde, mit der er jetzt antwortete, überraschte mich und verwies auf etwas, das nicht so leicht zu verstehen war.

»Was wollen Sie damit sagen?«
Da flüsterte er, während er mit dem Daumen auf das Nebenzimmer deutete:
»Sie gefällt ihm.«
»Sie gefällt ihm?«
»Ja.«
Ich glaube, ich stand mit offenem Mund da.
Cristián lächelte und legte einen Finger auf die Lippen, um mir zu bedeuten, daß ich schweigen sollte. Ich sagte nichts, und wir lauschten. Echeverría öffnete die Tür zum Nachbarzimmer.
»Was ist los, Nachbarin?«
Die Frau antwortete mit derselben bekümmerten Stimme wie zuvor:
»Dieses Mannsbild, Don Alfonso, ist hingefallen, und ich kann ihn nicht aufheben.«
Das war nicht verwunderlich, wog doch der Zimmermann Beträchtliches, und ich stellte mir lebhaft vor, daß nicht einmal mein Freund mit ihm fertig werden könnte.
»Na, wir wollen sehen. Er hat sich aber auch die schlechteste Lage ausgesucht.«
Der Betrunkene war zwischen die beiden Betten gefallen und, nach einer Bewegung, quer liegengeblieben. Er mußte umgedreht werden, und erst dann konnte man ihn aufheben. Echeverría, der nicht sehr stark war, hatte aber gute Einfälle.
»Schieben wir das Bett weg.«
Man hörte, wie das Bett weggerückt wurde; eines der Kinder stieß einen leichten Klagelaut aus, und dann hörten wir jemand schwer atmen. Der Philosoph hatte Meister Jacinto an irgendeiner Stelle gepackt und drehte oder schob ihn nun.
»Helfen Sie mir, bitte. Packen Sie ihn an den Füßen. Ja, so wird es gehen.«
Von neuem hörte man, wie das Bett gerückt wurde. Als Antwort kamen diesmal zwei Klagelaute, und die Matratze des einen Bettes stöhnte unter dem kostbaren Gewicht Meister Jacintos. Dann hüllte sich alles in Schweigen, ein Schweigen, das

einige Sekunden dauerte. Ich blickte Cristián an, der weiternähte und lauschte. Dann hörte man Echeverrías Schritte; die Tür unseres Zimmers wurde aufgestoßen, und der Philosoph trat ein. Er setzte sich von neuem neben die Kerze an den Tisch und nahm die Zeitungsfetzen wieder auf; er konnte aber nicht lesen: die Anstrengung und die Erregung hatten ihn um seine Ruhe gebracht. So seufzte er tief auf, legte das Zeitungsblatt weg und ging schweigend im Zimmer auf und ab.
(Der Schuft, der Cristián, hat recht: sie gefällt mir, aber sie gefällt mir wie der Wind und der Mond. Wozu? Nur um sie zu fühlen und zu betrachten; sie wird nie mir gehören, und niemals wird es mir gelingen, sie für mich zu gewinnen. Sie kamen in das Zimmer, als ich schon hier wohnte, ganz allein, vor ungefähr drei Jahren. In dem Zimmer haben sie dann die Flitterwochen verbracht, und in dem Zimmer hat sie auch ihre beiden Kinder geboren.
In jener Nacht schlief ich bereits, und ich weiß nicht, wie spät es gewesen sein mochte, als mich ein unglaublicher Lärm weckte. Ich hörte, wie sie die Tür des Zimmers öffneten, und das überraschte mich etwas; denn am Morgen, als ich aus dem Haus gegangen war, hatte das Zimmer noch leer gestanden, und wahrscheinlich hatten sie während meiner Abwesenheit die Möbel gebracht; der Hausverwalter hatte mir nichts gesagt, und übrigens brauchte er mir auch nichts zu sagen; in den Baracken gewöhnt man sich daran, neben den eigentümlichsten Leuten zu leben: neben Dieben, Polizisten, Arbeitern, Bettlern, Straßenräubern, Händlern, kurz und gut, Leuten, die ihre Wohnung so oft wechseln wie andere ihr Hemd. Irgendwo müssen sie ja leben, nicht wahr? Sie sind eben da und brauchen genau das gleiche wie andere auch.
Am anderen Morgen sah ich die Frau und erstarrte beinahe: du kennst sie ja; sie ist wie eine Feder, schlank, beweglich, ganz leicht; ein Gesicht, das nichts Besonderes an sich hat, bis auf die Augen, voller Licht, das von innen kommt.
Manchmal des Nachts, wenn ich allein in meinem Zimmer war,

dachte ich bei mir: ich würde gern eine solche Frau, zärtlich, feinfühlig und glühend, besitzen. Dann aber fragte ich mich wieder: wozu?

Und wenn Cristián dir auch sagt, daß mir diese Frau gefällt, glaub ihm nicht oder glaub ihm nur halb: ich liebe sie als Erinnerung an etwas, das ich nie besessen habe, als Erinnerung an eine Schönheit oder an eine herrliche Kraft, die verschwunden ist.)

8

Langsam stiegen wir den Hügel hinab. Der Abhang zwingt die Menschen, schnell zu gehen, aber es ist nicht allein der Abhang, der sie vorwärts treibt, sondern auch die Arbeit oder die Arbeitslosigkeit, der Hunger, die Frau oder eines der Kinder, das krank geworden ist, die Kleider, die ins Pfandhaus getragen werden, das Geld, das man leihen möchte, und dies und jenes: man hat das eine, aber das andere fehlt, und immer hat man weniger, als man braucht. Der Mann tut, was er kann: er arbeitet und verdient, aber nicht genug, um alle notwendigen Ausgaben zu decken; die Frau muß arbeiten und das Kind, wenn es alt genug ist, manchmal auch, wenn es noch zu jung zur Arbeit ist. Waschen, nähen, Zeitungen verkaufen, Schuhe putzen, Flaschen waschen in einer Glasfabrik oder Bretter in einem Holzlager verladen, immer findet sich jemand, der für das Kind Arbeit hat; es kostet weniger, und das hilft dem Unternehmer oder dem Kaufmann sparen; einige Leute betteln, andere stehlen, und so gelingt es ihnen, mühsam zu leben oder zu sterben. Wir aber lachten über den Abhang; wir haben weder Weib noch Kind, noch haben wir Wäsche oder Kleider versetzt – das wenige, das wir besitzen, tragen wir auf dem Leib –, und niemand würde uns auch nur fünf Centavos borgen; das ist ein großer Vorteil, ein Vorteil, der es uns erlaubt, langsam, Schritt für Schritt zu gehen, stehenzubleiben, wenn wir Lust dazu verspüren, uns umzusehen, zu lachen, uns zu unterhalten und uns da und dort niederzusetzen. Ist der Gehsteig breit, dann laufen wir nebeneinander; einer hinter dem andern, wenn er schmal ist; zwei vorn und einer hinten oder einer vorn und zwei hinten, wenn er mittelbreit ist. Die Straßen auf den Hügeln richten sich nach keiner Vorschrift, nach keinen städtebaulichen Grundsätzen; sie sind so angelegt worden, daß es die geringste Anstrengung kostet, sie hinaufzusteigen, und viele sind zu breit, denn nur selten verirrt sich ein Fahrzeug hierher; die Steigung hält sie ab, und nur dann und wann kommt ein Fuhrmann mit seinem Pferdewagen oder ein Verkäufer mit seinem Esel hier entlang. Die Häuser erdrücken die Gehsteige, und die breite Fahrbahn hilft ihnen dabei. Cristián geht immer nahe an den Häusern entlang – manche sind nur Hütten, andere wieder gleichen Käfigen, und um zu ihnen zu gelangen, muß man noch drei oder vier Meter auf einer steilen Treppe emporsteigen – und betrachtet sie im Vorbeigehen ganz genau, als suche er an jedem Hause etwas Besonderes zu entdecken; manchmal verweilt er auch vor einem Haus, und dann ruft ihm der Philosoph zu: »Vorwärts, Cristián; nicht stehenbleiben! Hier ist nichts für dich!«

Die Straße gehört uns, und es dünkt uns, als gehörten uns auch die Stadt und das Meer. Manchmal, auch wenn man gar nichts besitzt, hat man das Gefühl, als gehöre einem alles: der Raum, die Luft, der Himmel, das Wasser, das Licht; und vor allem hat man Zeit, und sie ist es, die einem das Gefühl gibt, alles sein eigen nennen zu dürfen. Einer, der keine Zeit hat, besitzt nichts, und der Gehetzte kann sich an nichts erfreuen; der Hastende, der Bedrängte, sie haben nichts als ihre Hetzjagd, ihre Hast und ihre Bedrängnis. Mach dir nichts daraus, Menschenskind, geh langsam und nimm alles in dich auf, und wenn du nicht gehen magst, dann laß dich auf der Erde nieder, setz dich, aber sieh dich um und erlebe. Du brauchst nicht zu denken, es sei denn, du denkst an etwas, das dich nicht zwingt, eilig aufzustehen und loszurennen: ich habe das vergessen, muß jenes tun, auf Wiedersehn! mich erwartet der Geschäftsführer, der Verkäufer kommt gleich, der Chef braucht mich, dort fährt die Straßenbahn.

Das Meer liegt zu unseren Füßen, am Rande der Stadt und außerhalb ihres geschäftigen Treibens; es scheint zu ruhen, keine Eile zu haben und keine Bedrängnis zu verspüren, und doch spiegelt sich in ihm der ganze Himmel, und darüber hin läuft der Wind, der Terral, der die Stadt heimlich von hinten packt und von Süden her die Hügel hinaufsteigt, der Nordwind, der sie an ihrer offenen Seite angreift, oder der Westwind, der keine Umstände macht und, hohe Wellen über die Quais spülend, die Stadt von vorn angreift.

Vielleicht ist es schwer, es zu erklären, und vielleicht ist es noch schwerer, es zu verstehen, aber es war so, und es ist so: gib mir Zeit, mich umzuschauen, und du kannst alle deine Waren behalten; gib mir Zeit zu erleben, und rede ruhig weiter; gib mir Zeit zu lauschen, und lies die letzten Nachrichten in deiner Zeitung; gib mir Zeit, mich am Himmel, am Meer und am Wind zu erfreuen, und fahre ruhig fort, deinen Käse oder deine Schutzmittel zu verkaufen; gib mir Zeit zu leben, und stirb du, während du deinen Gewinn berechnest, die Dummen von der Vortrefflichkeit eines Regierungsprogramms zu überzeugen suchst, deine Zeitung liest oder deine Waren verschacherst, die immer weniger wert sind, als du dafür bezahlt hast und dafür verlangst. Gibst du mir zu der Zeit noch den Raum oder läßt du mir den, der mir gehört, um so besser; dann kann ich weiter blicken, weiter gehen, als ich dachte, die Gegenwart jener Bäume und jener Felsen fühlen. Das Meer, den Himmel und den Wind, all das kannst du mir nicht nehmen oder beschneiden; du kannst von mir Geld verlangen, damit ich sie sehen darf, mir Schranken auferlegen, damit ich sie nicht genieße, aber immer fänden wir ein Mittel, dich zu hintergehen. Der Mensch quält den Menschen, etwas, was nicht einmal der Ochse mit dem Ochsen treibt: schnell, halt dich nicht auf, die Kundschaft wartet, trag das, bring jenes, mach mir das, erledige dieses, und so, andere quälend, quält der Mensch sich selbst.

Wir gehen zum Meer hinab, doch das Meer bleibt ruhig an seinem Platz. Es erwartet uns; seit Tausenden von Jahren ist es hier oder ein klein wenig weiter weg, schlägt gegen die gleichen oder gegen ähnliche Felsen und spült den gleichen feinen oder groben, gelben oder dunklen Sand an Land. Wir leben vom Meer wie die Vögel, die Fischer und die Seeleute; uns genügen einige Gramm Metall, nur wenige Gramm, und den Fischern und Seeleuten ein Boot, ein Bündel Algen, ein Korb Muscheln und ferne Häfen.

Auf der Boje sitzt der Seerabe, sich auf den Schwanz stützend, triefend, die schwarzen Flügel geöffnet; er fegt über die Schuten und die Flachboote, die Bojen und die Kähne, die zur Bucht gehören; er scheint vor Kälte und Erschöpfung fast umzufallen; er hat Unmengen von Fischen verschlungen – Sardinen, Reyfische, Plötzen, Sardellen, Makrelen, kleine Meerwölfe und Ziegenbarsche –, und noch immer ist er hungrig, und immer wieder fliegt er gehetzt auf, wie ein Mensch dahinjagt, dem es an Zeit gebricht. Und weiter entfernt, auf den Riffen: der Pelikan; ernsthaft, den langen flachen Schnabel auf Brust und Kehlsack gelegt, gleicht er einem traurigen bekümmerten Bettelmönch; der Pelikan hat seinen Kehlsack gefüllt und ist zufrieden; er fischt Tag und Nacht, zu jeder Stunde, im Flug oder tauchend, und es gibt im Ozean nicht Fische genug, um seinen Hunger zu stillen; und der Stoßvogel, ein Landstreicher, der nirgends eine Bleibe hat, der sich weder auf den Bojen noch auf den Riffen niederläßt, immer fliegt und von der Luft aus das Wasser durchsucht und, im Vorüberfliegen fischend oder die Flügel an den Körper pressend, auf den Meerwolf oder die Makrele herabstößt; manchmal zerschlägt er sich den Kopf an einem verborgenen Riff, aber eine Sprotte ist es wert, sich den Kopf aufzuschlagen oder sogar zu sterben; und die Möwen, weiß und grau, in allen Größen, die unmittelbar über dem Wasser dahingleiten, den Fisch verfolgen und ihn ohne Mühe, fast vornehm, im Wasser greifen; die Möwe ist aber nicht vornehm: sie frißt alles, selbst Aas, und ihr Schlund ist wie eine Mülltonne; und schließlich die Sturmmöwe, die Herrin der Küste und der Bucht, der Schrecken der Enten und der Seeraben, der gewöhnlichen Möwen und der Pelikane, der Stoßvögel und der Cáhuiles, Schmarotzern, die von dem leben, was sich andere durch Arbeit und Mühe erwerben. Sieh doch, dort verfolgt sie den Stoßvogel, der ein Stück Tintenfisch erwischt hat, und hackt mit dem Schnabel auf ihn ein, bis er seine Beute fallen läßt; den Raub kaum verschlungen, bereitet sie einen neuen Überfall vor.

Bald kommt es mir so vor, als liefen wir nicht auf dem Gehsteig irgendeiner Straße in Valparaiso, sondern glitten inmitten einer Strömung dahin. Vielleicht ist es die Zeit, die durch uns fortschreitet – oder schreiten wir durch die Zeit fort? –, in der versinkt, was eines Tages unsere Vergangenheit ist, eine Vergangenheit, die wir nicht wählen oder nach unseren Wünschen und Plänen aufbauen konnten. Welche Wünsche? Welche Pläne? Niemand hat uns besondere Wünsche eingegeben noch einen festen Plan vorgelegt. Alle leben von dem, was die Zeit an sie heranträgt. Der Tag wird einmal kommen, an dem wir zurückblicken und erkennen, daß alles Gelebte nur eine ungeordnete Masse ohne Einklang, ohne Tiefe und ohne Schönheit ist; vielleicht gibt es da und dort ein Lächeln, ein Licht, einige Worte, einen Namen, ab und zu auch ein kleines Lied. Was können wir dagegen tun? Wir können an jener Zeit und an jenem Leben nichts mehr ändern; sie sind für alle auf ewig unwiederbringlich.

Was sieht wohl der Zimmermann, der in seinen alten Tagen auf die Vergangenheit zurückblickt, auf jene Vergangenheit, die aus unwiederbringlicher Zeit besteht? Was wird der Kaufmann sehen, der Handwerksmeister, der Kassierer, der Geschäftsführer, die Prostituierte, der Gendarm, was werden sie alle sehen? Türen und Fenster, Mauern, Kerzenkartons, Kartoffelsäcke; Arbeiter, die morgens fluchend an die Arbeit gehen und sie, gemeine Redensarten gebrauchend, wieder verlassen; Berge von Banknoten und Münzen, die anderen gehören; Angestellte mit abgewetzten Hosen und die Nase voller Eiterbläschen; unbekannte Menschen mit den Hosen in der Hand, voll von Begierde und Gonokokken; Gefängnisse und Betrunkene, Verletzte und solche, die des Mordes angeklagt sind, der Notzucht oder des Raubes, und der Millionär mit seinen Millionen und trotz dieser, und der Unternehmer mit seiner Fabrik und trotz dieser, und der Kaufmann mit seinem Laden und trotz diesem, alle mit einer Vergangenheit armseliger Angelegenheiten und armseliger Geschäftigkeit, ohne Größe, ohne Freude, ohne Raum. Was sollen wir schon tun? Wir können nichts dagegen tun; auch sie werden nichts dagegen tun können. Was vermag der Mensch gegen eine unwiederbringliche Zeit? Und ein Tag wird kommen, trotz allem, an dem uns dieser Augenblick, der Augenblick, da wir im Fluß der Zeit dahingleiten, als einer der schönsten unseres Lebens erscheint, ein reiner Augenblick, ruhig, ohne Begierden, ohne Türen, ohne Fenster und ohne Mauern, ohne Kerzenkartons, ohne Kartoffelsäcke (ich habe mich schon gefragt, was ich täte, wenn ich eines Tages zu meinem Unglück Kaufmann werden würde und an meine Tür käme eine weinende alte Frau, mich um eine kleine Kerze zu bitten), ein Augenblick ohne eigene oder fremde Banknoten und Münzen, ohne fluchende Arbeiter, ohne Angestellte, ohne Gonokokken, ohne Betrunkene und ohne gemeine Redensarten.

Gelegentlich tauchte aus jenem Strom etwas vor mir auf, das wie Luftblasen im Wein war. Vielleicht hatten sie sich losgelöst vom Grund der Zeit, wenn mein Fuß zu fest auftrat, und waren aufgestiegen, an meinen Beinen und Rippen entlanggleitend, bis sie mir ins Bewußtsein gedrungen waren: die Erinnerung an meine Vergangenheit, die Erinnerung an meine Brüder, an meine Mutter, vor allem an meinen Vater, an meine Kindheit; einige Erinnerungen hatten den feinen Duft der Freude, und sie schwanden nur zu bald; andere wieder waren bitter und hielten länger an, als wären sie Gewissensbisse, als wären sie die Erinnerung an etwas, das ich unterlassen oder versäumt hatte; aber schließlich zerplatzten sie alle, die Erinnerungsblasen, und ich ging weiter. Was konnte ich schon gegen die Vergangenheit tun? Meine beiden Brüder, der zweite und der dritte, waren in Buenos Aires geblieben und halfen dem Vater, so gut sie konnten, wie eben Söhne eines Diebes dem Vater, der im Kerker war, helfen konnten. Ich würde vielleicht eines Tages zurückkehren, ich wußte nicht, wann, ich wußte auch nicht, ob ich einmal zurückkehren konnte.

Ich lief immer weiter und stellte fest, daß einige Menschen, manchmal waren es Männer, manchmal Frauen und manchmal Kinder, mit der gleichen Leichtigkeit, mit der gleichen Schwerelosigkeit dahinschritten wie wir, als stünde es ihnen frei, dahin oder dorthin zu gehen; eine Atmosphäre, die nur ihnen eigen war, umgab sie, undurchdringlich für andere, unmeßbar für sie selbst, und sie bewegten sich in ihr mit der gleichen Freiheit, wie ich es in der hellen, ruhigen Strömung tat. Zweifellos hatten sie Zeit oder hatten sich einen Augenblick wenigstens von ihrer eigenen Angst befreit. Ich sah aber auch andere, die dahinzogen, als wären sie an allen Seiten angebunden: an ihre Mitmenschen, an die Häuser, an die Telegrafenstangen, an die Fliegen, an den Schmutz, an die Karren, und sie waren verschlossen, düster, unterwürfig, versunken und wie verloren in einer ekelhaften, zähflüssigen Atmosphäre, wie Klebstoff, wie Teer überall anhaftend, in der alle miteinander die gleiche Luft atmeten. Wann wirst du dich oder werden andere dich davon befreien? Wann wirst du den Kopf wieder heben, dich von dieser Atmosphäre lösen können, um den Himmel zu betrachten, das Meer, das Licht? (Laß mich in Ruhe. Was geht's dich an, wenn ich so dahingehe oder so bin? Hab ich was von dir verlangt?)

Die kleine Bucht war auch immer die gleiche: die kleine Bucht mit ihren Fischern, ihren Möwen, ihren Booten, ihren großen Steinen, den Pelikanen, die ab und zu Schreie ausstießen, die wie Rasseln klangen; und auch der Mann war immer derselbe, der schweigend seine ziegelroten Netze flocht oder ausbesserte; er sah uns von der Seite an, als wir vorübergingen, und setzte seine Arbeit unbekümmert fort; es war, als knüpfte er sich selbst neben dem Netz, als knüpfte er seine Gefühle, seine Gedanken, seine Erinnerungen in das Netz; immer wird er am Netz hängen.

Cristián und der Philosoph kannten die Fischer. Cristián kannte sie noch besser als Echeverría, da Cristián in dieser Umgebung eine Persönlichkeit war, eine traurige zwar, aber immerhin eine Persönlichkeit. Im allgemeinen haben alle Persönlichkeiten etwas Trauriges an sich. Einer der Fischer, der gerade aus seinem Boot gestiegen war, näherte sich uns an jenem Vormittag und grüßte. Er war klein, rundlich und kräftig, als hätte man ihn aus einem einzigen Stück gearbeitet und dabei die Gelenke vergessen; er hatte eine dunkle Hautfarbe, sprödes, kurzes Haar, kleine Ohren und einen spärlichen Schnurrbart. Seine Sprache war rauh.

»Was zum Teufel ist los mit euch? Guten Tag.«

Wir blieben stehen. Sein Gesicht, seine Arme und Beine hatten eine derbe und harte Haut.

»Guten Tag, Seebär«, antwortete Echeverría. »Wie geht's uns?«

»Soso; immer viel Arbeit. Und euch?«

»Nicht übel: es geht.«

Der Seebär kreuzte die kurzen, dicken Arme über der Brust, rieb sie aneinander und verharrte dann in seiner Stellung. Er kicherte in sich hinein.

»Bah! Es geht... Ihr krepiert langsam, das meinst du doch. Wie könnt ihr nur ein derartiges Leben aushalten?«

Der Philosoph antwortete:

»So wie du das deine aushältst.«

Die Hosenbeine des Fischers waren bis übers Knie aufgerollt. Mit der großen Zehe malte er einen Strich in den Sand, sah mich aufmerksam an und fragte:

»Und dieses Kind?«

Er deutete mit dem Kinn auf mich und versuchte, mich durch

Blick und Frage zu ergründen; seine Augen waren leicht gerötet. Echeverría antwortete:
»Er ist soeben aus dem Gefängnis gekommen.«
Der Seebär löste einen seiner Arme von der Brust und vollführte mit der Hand die Gebärde des Stehlens.
»Ein Freund fremden Eigentums?«
Und er lachte schallend.
Der Philosoph erklärte:
»Nein; es war ein Irrtum. Er war des Überfalls auf einen Juwelierladen angezeigt; damals, als die Geschichte mit den Straßenbahnen war.«
»Ach so.«
Wieder starrte mich der Seebär an; sein Blick verwirrte mich.
»Stimmt das?«
»Gewiß«, antwortete ich.
Er schien nur halb zufriedengestellt.
»Ich frage Sie nur so nebenbei... Ich hab es satt, immer wieder von Kriminalbeamten aufgesucht zu werden. Cristián und Echeverría kenne ich, und mit ihnen habe ich keine Geschichten; aber wenn die Polizei erfährt, daß hier neue Leute auftauchen – weiß der Teufel, wie sie das erfährt –, dann kommen sie und fragen mich aus oder laden mich vor: wer ist er? was tut er? warum ist er da? woher kommt er?«
Dann schwieg er und sah mich von neuem prüfend an.
»Der Knabe ist aber noch sehr jung«, meinte er und schielte zu Echeverría hinüber. »Wie alt ist er?«
»Siebzehn«, antwortete ich.
»Siehst aber älter aus. Haben sie dir im Kittchen ein paar Tricks beigebracht?«
Ich verstand nicht, was er damit sagen wollte, und schwieg.
Er ließ nicht locker.
»Kannst du arbeiten?«
»Ich bin Maler und Anstreicher und habe schon hier in Valparaiso gearbeitet.«
Die Antwort hatte ihn zwar befriedigt, doch fragte er weiter:

»Hast aber jetzt keine rechte Lust zur Arbeit, was?«
»Das ist es nicht; ich bin krank.«
»Krank? Was hast du denn?«
»Ich hatte eine Lungenentzündung, als ich im Gefängnis war; die eine Lunge will nicht so recht.«
Er schwieg einen Augenblick, dann sagte er:
»Ja, man merkt's dir an; siehst nicht gut aus.«
Er schüttelte den Kopf und zog irgendwo eine Schachtel Zigaretten hervor.
»Sind zwar ein bißchen feucht, wie eben die Zigaretten eines Fischers sind, aber sie lassen sich rauchen. Wollt ihr?«
Echeverría dankte, nahm aber keine Zigarette; er rauchte wenig. Cristián und ich nahmen jeder eine.
»Der Unglücksrabe!« rief der Seebär lächelnd aus und sah Cristián freundlich an, während er eine Rauchwolke aus seiner kurzen Nase ausstieß. »Wie lange kenne ich dich jetzt schon?«
Cristián antwortete mürrisch:
»Ich weiß nicht; aber als ich noch ein Kind war, warst du schon derselbe, der du jetzt bist.«
Der Seebär lachte leise vor sich hin.
»Da hast du recht«, versicherte er und zwinkerte Cristián mit einem Auge zu, »aber du bist rasch alt geworden. Das Gefängnis macht einen fertig. Das Meer aber läßt einen hart werden.«
Er schien immer noch nicht zufrieden zu sein.
»Dann bist du also krank? Schleppst also nicht die Polizei hinter dir her?«
Ich beteuerte, man hätte mich freigelassen, ohne jede Bedingung, und niemand suchte mich; schlimmer noch, niemand brauchte mich.
»Die Kriminalbeamten können sehr lästig sein«, fuhr der Seebär fort, warf seine fast zu Ende gerauchte Zigarette in den Sand und zertrat sie dort mit dem nackten Fuß. »Sie bilden sich nämlich ein, ich hätte nichts anderes zu tun, als Dieben und Seeräubern Unterschlupf zu geben. Der Teufel hol die Kriminalbeam-

ten, die Diebe und die Seeräuber! Hier vor meinen Augen haben sie Tripulina ganz durchlöchert umgelegt; er kam mit einem Boot voller Kaschmirschals und wollte sich mit einem Taschenmesser verteidigen. Hier haben sie auch Chano gegriffen: zehn Jahre wegen Seeräuberei, und dann noch sechs weitere und dieser und jener, ja sogar Freunde von mir, die sich durch die mit Waren beladenen Schuten in Versuchung führen ließen. Ich hab nichts mit ihnen zu tun. Manchmal stoß ich in der Nacht auf sie und rudre still weiter; ich seh sie nicht. Aber die kleine Bucht da ist kein guter Ort, um sich vor Geiern zu verstecken.«

Wieder warf er einen prüfenden Blick auf mich.

»Das beste ist arbeiten, wenn man auch nicht viel verdient. Möchtest du nicht Fischer werden?«

Ich lächelte, wußte aber nicht, was ich antworten sollte; ich hätte gern ja gesagt und angenommen, aber ich hätte die Arbeit nicht verrichten können.

»Wir brauchen einen Burschen für eins der Boote.«

Plötzlich vernahmen wir Cristiáns Stimme.

»Hör zu, Seebär«, bemerkte er trocken, »du bist bald lästiger als alle Kriminalbeamten zusammen. Der Junge da hat dir doch gesagt, daß er kein Dieb ist, daß er eingesperrt war, weil sie die Schuld eines andern auf ihn geschoben haben, daß er krank ist und nicht arbeiten kann. Was willst du noch? Was fragst du ihn dann noch mehr aus? Bist du nicht normal, oder hast du eine verfaulte Krabbe gegessen?«

Der Seebär sah Cristián überrascht an und lachte.

»Reg dich nicht auf, Unglücksrabe, zieh nicht gleich das Messer. Ich mag die Leute nicht belästigen, aber du weißt recht gut, daß ich manchmal nicht anders kann. Nie hab ich was gesagt, was jemand schaden kann, und sie haben mich sogar deswegen eingesperrt. Jeder muß wissen, was er tut, warum er's tut und wie er's tut; ich bin aber der Älteste in der Bucht hier, und da muß ich manchmal unangenehm werden. Noch eine Zigarette?«

Er bot uns wieder seine feuchten Zigaretten an.
»Danke.«
»Einige Leute glauben eben, daß Dieb oder Seeräuber zu sein schon alles ist. Unsinn. Das ist, als bilde ich mir ein, Fischer zu sein ist alles. Irrtum! Andere wieder bilden sich ein, daß niemand einen Dieb oder einen Seeräuber zu sehen bekommt und diese darum ungefährlich sind. Man sieht aber einen Gauner eher als einen anständigen Menschen. Ich erkenne einen Seeräuber in finsterer Nacht und auf dem Meer; auf zwei Meilen Entfernung kann ich sagen, wer er ist und wem das Boot gehört. Ich kenne alle Boote von Valparaiso auswendig. Der Mensch rudert, wie er geht; mit seinem eignen Ruderschlag, wie mit seinem eignen Gang; jeder hat den seinen: nach Backbord schwerer, nach Steuerbord geschort, sie luven oder wenden; sie haben so ihre Eigenart, und ich kenne ihre Tricks.«
»Hallo, Seebär! Wir sind fertig!« riefen die Fischer von einem der Boote her.
»Komme schon!« schrie er, wandte den Kopf etwas und rief uns zu:
»Also, auf Wiedersehen!«
Dann ging er, rundlich, hart, dunkel, etwas steif, wie ein Mensch, der am Meer lebt; die Arme hielt er beim Gehen fest an den Körper gepreßt, so daß sie mehr Schwimmflossen als Armen glichen. Nach einigen Schritten blieb er stehen und rief uns zu:
»Hört! Ich erwarte euch zum Mittagessen; ich hab so einen Thunfisch, ganz vortrefflich.«
Wir antworteten nicht und blickten ihm erstaunt nach.
»Er läuft wie ein junger Vogel«, meinte Echeverría. »Der Seebär! Wenn er so ist wie eben: eine Gottesseele; besoffen ist er eine Wasserhose. Dann findet er alle Behendigkeit, die das Boot ihm genommen hat, wieder. Kein Polizist traut sich an ihn heran, wenn er trinkt, und er trinkt oft wochenlang. Selbst besoffen arbeitet er noch, er fällt ins Meer, schnauft wie ein Seehund und klettert prustend in sein Boot zurück. Er wechselt die Klei-

der, trinkt einen kräftigen Schluck Schnaps, dann arbeitet er weiter; nicht einmal zu niesen braucht er. Er ist zufällig Mensch geworden; er hätte als Seeungeheuer geboren werden sollen.«
Das Meer warf immer wieder Metall an den Strand. Manchmal genügte uns eine Stunde, um alle Taschen zu füllen, besonders wenn die Flut sehr hoch gestiegen war. Wir fanden nicht nur Metallstückchen, auch Messer, Löffel, Gabeln, Werkzeug, Spielzeug, manchmal Münzen oder kleinen Schmuck. Die Schutthalde, die in der Nähe lag, trug zu unserem Wohlstand bei.
Als wir an jenem Tag die Bucht verlassen wollten, hörten wir hinter uns eine Stimme. Wir drehten uns um: es war der Seebär. Wütend kam er auf uns zu und beschimpfte uns:
»Hab ich euch nicht gesagt, ihr Rotznasen, daß ich euch zum Essen erwarte?«
»Verzeihen Sie«, meinte Echeverría, »wir haben geglaubt, Sie machen nur Spaß.«
»Kein Spaß: es ist ein Thunfisch, so zart wie ein Lamm; die Frau hat ihn im Ofen zubereitet, und ihr werdet euch die Finger danach lecken. Gehn wir, los!«
Wir kehrten um. Der Seebär lebte in der kleinen Bucht, in einer Fischerhütte, die auf den Riffen, unter dem Schutz des heiligen Petrus, des Schutzpatrons der Fischer, stand. Dorthin gingen wir und ließen uns unter einem vom Meerwasser zerfressenen Zinkdach an einem Tischchen nieder. Die Schlafzimmer – die Hütte hatte zwei – waren im Haus untergebracht, das Eßzimmer und die Küche lagen unter dem Dach im Freien; der Boden war aus Lehm, und von dem Tischchen aus, an dem wir saßen, konnte man die Betten und einige Stühle, ein sehr großes Bekken und ein Nachttischchen sehen. Drei Kinder strichen um uns herum, schwarz und hart, mit festem Blick und entschlossenen Bewegungen.
»Die Familie«, bemerkte der Seebär und deutete auf sie. »Der Älteste ist schon mit mir rausgefahren und kann eine Angel

auswerfen. Komm her, Don Rúa, begrüß die Freunde! Er heißt Rudecindo; wir nennen ihn aber Rúa: 's ist kürzer.«

Don Rúa, ungefähr zwölf Jahre alt, war klein und dick wie sein Vater; der Kopf glich einem Igel; die kleinen Augen funkelten kohlrabenschwarz, und der Mund mit den großen und weit auseinanderstehenden Zähnen erinnerte an einen Hai. Don Rúa ging barfuß, eine dünne Hose umhüllte die Beine, und der Rest des Körpers steckte in einem Sweater von unbestimmter Farbe, der ihm bis zu den Knien reichte. Der Knabe machte sich wichtig wie ein Lehrling, der langsam anfängt, seinen Beruf zu beherrschen. Die anderen Kinder wurden uns nicht vorgestellt und machten sich auch nicht das geringste aus den Freunden ihres Vaters. Das ältere hatte aus zwei Stäbchen und einigen Zwirnspulen, die es in der Mitte durchgeschnitten, einen kleinen Wagen gebaut, mit dem es bald hierhin, bald dorthin fuhr. Hinter ihm stolperte der Kleinste, der das von seinem Bruder geschaffene Wunder mit großen Augen bestaunte.

Die Hausfrau, eine junge, dicke Frau mit langen Zöpfen, starken Hüften, üppigen Brüsten und hartem Gesicht, brachte eine emaillierte Eisenschüssel, in der, mit Zwiebelscheiben und Möhren garniert, in goldgelbem Öl die Hälfte eines Thunfisches schwamm. Einige Pfefferkörner und geröstete Knoblauchzehen begleiteten ihn. Auf dem Tisch standen Salz, Ajipfeffer, Brot und eine Karaffe Rotwein.

»Nehmt, Freunde«, brummte der Seebär, »und eßt, ohne Rücksicht. So was bekommt man nicht alle Tage, wenn man sich dazu hergibt, auf dem Strand Abfälle zu sammeln.«

Er lachte ein breites Lachen und schenkte den Wein ein. Die Frau, als wollte sie nicht sehen, was geschehen würde, zog sich in die Küche zurück, während wir, den Seebären nachahmend, uns über die Schüssel und über die Teller beugten. Das war aber kein Mittagessen, das war ein Wettlauf mit der Zeit und dem Thunfisch, dem Ajipfeffer, dem Brot und dem Wein. Wir aßen schweigend, als fürchteten wir, daß uns dieser halbe Thunfisch mit dem verlockenden Kranz aus Zwiebelscheiben und Möh-

ren, den Pfefferkörnern und den gerösteten Knoblauchzehen davonlaufen könnte, wenn wir sprächen. Der Seebär gab uns ein Beispiel, er sprach kein Wort, schlang nur in sich hinein, rülpste nach zwei, drei Bissen in einer Weise, die den Wein in der Karaffe erzittern ließ, während der Spiegel beängstigend rasch sank. Unser Gastgeber warf aus den geröteten Augen verstohlene Blicke um sich und ächzte, während er Thunfisch, Brot, Paprikaschoten und Gläser voll Wein in sich hineinstopfte und jede Gräte, die er fand, sorgsam abknabberte.
Mir brannten bald das Gesicht und die Ohren, als wäre mein Blut heißer geworden. Cristián schwieg wie gewöhnlich, und Echeverría, der doch sonst immer ein großer Redner war, schien seine Zunge verschluckt zu haben. Mir gegenübersitzend, warf er mir ab und zu einen Blick des Einverständnisses zu, als wollte er sagen: Aniceto, hier gilt es, keine Sekunde zu verlieren; zum Reden bleibt uns später Zeit genug; der Thunfisch aber, der wird nicht lange leben; und wann werden wir, die Armen in der kleinen Membrillo-Bucht, wohl wieder mal Gelegenheit haben, ein solches Stück zu essen. Übrigens, wären wir schüchtern, würde der Seebär alles allein auffressen.
Als wir am Ende waren, als das Brot, die Paprikaschoten, der Wein und selbst das ganze Salz aufgebraucht waren, als von jenem herrlichen Thunfisch nicht mehr übrig war als ein lächerlicher, ungenießbarer Haufen von Knorpeln und Gräten, legte Echeverría die Gabel auf den Tisch, lehnte sich zurück und sagte:
»Wir haben dich beim Thunfisch besiegt.«
Der Seebär lachte vergnügt, stand auf, schlug sich auf den Bauch, rülpste noch einmal heftig und meinte:
»Jetzt habt ihr euch vollgeschlagen; geht, wohin ihr Lust habt. Ich leg mich nieder. Auf Wiedersehen.«
Er verschwand in einem der Schlafzimmer. Wir erhoben uns und sagten der Hausfrau, die beharrlich schwieg und nur mit dem Kopf nickte, einige verwirrte Worte des Dankes. Dann gingen auch wir. Wir konnten kaum gehen und kamen nicht

weiter als bis zum Eingang der Bucht, wo wir uns schweigend und träge auf der kleinen Mauer niederließen. Wegen unserer Unbeweglichkeit und unseres Ausdrucks von Sattheit hätte man uns leicht mit einer Gruppe von Pelikanen verwechseln können, die soeben einen Schwarm Plötzen verschlungen hatten. Erst nach einer ganzen Weile sagte Echeverría gemütlich:
»Es geht nichts über die Freundschaft, und es gibt selten so gute Dinge wie einen Thunfisch, wenn er auch nicht lange reicht, aber wer will behaupten, daß das, was länger reicht, mehr wert ist? Würden wir jeden Tag auf einen solchen Freund und ein solches Stück Thunfisch stoßen: das Leben wäre sehr leicht zu ertragen!«
Dann lächelte er gutmütig und fuhr fort:
»Welch ein Thunfisch! Ein edler Fisch, vortrefflich; alles an ihm ist Fleisch und fast nichts Abfall. Er ist nicht wie der Kabeljau, nichts als Gräten, oder die Makrelen, Fischzeug für arme Leute. Nur der rote Meeraal läßt sich mit ihm vergleichen und ist so gut wie der Dorsch, der auch viel Fleisch hat.«
So redete er eine Zeitlang daher, und wir lauschten ihm, ohne auch nur eine einzige Bemerkung zu machen. Schließlich schwieg er, da ihn die Verdauung zu sehr in Anspruch nahm, und döste vor sich hin.
Von jenem Tag an wagte ich mich zu den Booten, nicht weil ich ein weiteres Festessen erhoffte – das gute Essen und die guten Freunde sind selten, pflegte Echeverría zu sagen –, sondern weil mich die Tatsache, daß uns der Seebär, der Beherrscher der kleinen Bucht, zum Essen eingeladen hatte, dazu ermutigte. Der Seebär stellte mir keine Fragen mehr; er bot mir weder Arbeit auf den Booten noch einen gebackenen Thunfisch an; er sah mich, grüßte mich und lächelte mir auch dann und wann freundlich zu. Er war beruhigt: er wußte, das Kind, wie er sagte, würde ihm keine Schwierigkeiten machen.
Die Boote kamen gewöhnlich alle zur gleichen Stunde an den Strand. Sie warteten aufeinander und legten erst dann an; die Fischer halfen sich gegenseitig, wenn sie die Fahrzeuge an Land

brachten. Es war nicht leicht, die Boote auf den Sand zu setzen, und die Ruderer mußten den günstigsten Augenblick genau berechnen. Ein Fischer saß im Bug des Bootes und ein anderer an den Rudern auf dem Hinterschiff; die Welle, heftig und mitleidslos, warf das Boot, ohne zu zaudern, mit Wucht gegen den Strand, und der Mann im Bug mußte den Sprung auf den Sand wagen, gleichgültig, wie naß er wurde, das Boot blitzschnell vorn anpacken und es mit aller Kraft ziehen, sonst hätte die Brandung es von neuem erfaßt und ins Meer hinausgetragen. Manchmal, wenn die Wellen allzu hochschlugen, halfen wir den Fischern, barfuß, mit aufgekrempelten Hosen, und legten unter den Kiel Matten aus Algen oder Bretter, über die er leicht auf den Strand gleiten konnte. Im Innern des Bootes sprangen die Fische: Plötzen, Meerbarsche, Kabeljaue, Meeraale, Dorsche, und da und dort streckte ein Tintenfisch seine Fänge aus. Die Fischer ergriffen einen nach dem andern, schlugen mit Stöcken die, die gar zu lebhaft sprangen, so daß sie regungslos liegenblieben. Dann wurden die Fische paarweise mit Hanfbast zusammengebunden und an ein Ruder gehängt, das mit dem Blatt im Boot befestigt war. Kurze, scharfe Messer, die eher rund als spitz waren, blitzten auf. Sie drangen rasch in den After der Fische ein, glitten zu den Kiemen vor, und aus den geöffneten Fischleibern quollen die Därme über die Hände der Fischer und beschmierten sie mit Blut und Fett. Fische, die noch lebten, wanden sich, als sie das Messer im Leib spürten, öffneten weit die Kiemen, als wollten sie schreien, und zeigten den roten, scharfen Kiefer.
Die Fischer waren im allgemeinen schweigsame, etwas düstere Menschen, gehüllt in Reste von Kleidungsstücken: Sweater in unvorstellbarer Zahl, und Westen, alle zu groß, dem Körper fremd, und durchlöcherte Schals. Sie verbrachten die ganze Nacht auf dem Meer, schliefen einige Augenblicke in der Dunkelheit und sprachen nur das Notwendigste. Im Boot, vom Bug bis zum Heck, häufen sich Fell- und Stoffreste, alte Decken, Säcke, Sackleinen, zerrissene Röcke und Westen und Sweater

in Mengen, die allen gehören, ohne Unterschied. Da ist ein kleiner Ofen, auf dem die Fischer das Essen oder das Wasser wärmen; schau! dort steht noch die Teekanne; und hier: ein Krug, zwei Töpfe aus emailliertem Eisen, beide angeschlagen und verrußt, eine Gabel, zwei kleine Löffel, eine Blechbüchse mit Kaffee und eine andere mit Zucker; Kaffee und Zucker vermischt, das erspart Zeit; schütte einfach den Zucker mit dem Kaffee in das siedende Wasser! eine leere Flasche, wahrscheinlich mit Wasser gefüllt; Unsinn, jetzt ist sie leer, aber gestern, als sie ausfuhren, war etwas zum Erfrischen drin. Manchmal ist der Fang gut; zu anderer Zeit mittelmäßig, dann wieder sehr schlecht. Das Meer ist nicht immer großzügig und verlangt seinen Anteil. Immer ist jemand da, der einen Tribut fordert.
Um die Zeit, da die Boote an Land gebracht werden, tauchen am Strand regelmäßig Leute auf; sie scheinen ganz plötzlich aus dem Sand zu wachsen. Blickst du zu einem der Boote hin, die halsbrecherisch auf den Wellenkämmen schweben, dann vergißt du, hinter dich zu schauen oder zur Seite, und dann sind die Menschen plötzlich da, als wären sie aus der Luft gekommen; vielleicht sind sie vom Hügel, der nur fünfzig Meter entfernt liegt; sie sind wahrscheinlich hinuntergelaufen, als sie die Boote in Strandnähe sahen. Im allgemeinen waren es ältere Menschen, die mithalfen, die Boote an Land zu bringen, die Fische zu öffnen und die Angelschnüre, die großen und kleinen Netze, die Haken für die Tintenfische und die Ruder heimzutragen: alte Fischer, die sich zurückgezogen hatten, oder Fischer, die arbeitsunfähig geworden waren, Rheumatiker. Auch Kinder liefen herbei, die Kinder der Fischer, und Fremde, die sich über den Fang unterhielten und die Namen der Fische kannten: eine Muräne, ein Meerwolf, ein Blaufisch. Und gleich den Kindern und den Alten erhielten auch sie, was eben so abfiel, einen Kabeljau mit herausgequollenem Auge oder einige Plötzen, die von den schweren Stiefeln der Fischer zertreten worden waren. Dann kamen die Käufer, Männer mit großen Körben, andere wieder mit Eseln, Viehtreiber, die ihre Tiere

mit Fischen behingen, mit langen roten oder schwarzen Meeraalen oder Dorschen, die sie dann auf den Hügeln oder in den nahe gelegenen Häusern verkauften; Frauen aus dem Volk, meist ältere Frauen, kauften nur billige Fische, Ziegenbarsche, Plötzen, Sägefische oder Kabeljaue, und schacherten unermüdlich um den Preis und die Größe.
»Und das nennen Sie eine Plötze?! Sie ist ja nicht größer als eine Sardine! Da muß ich mir erst eine Brille aufsetzen, wenn ich die sehen will. Geben Sie mir doch eine größere; sonst wird der liebe Gott Sie strafen.«
Aber die Fischer, müde und hungrig, Menschen von wenig Worten, sagten höchstens zwei Sätze – den dritten sprachen sie nicht mehr aus –, und es war sinnlos, weiterzuschachern.
»Handeln Sie nicht herunter, Frau! Wir sind keine Bauern.«
Der Fischmarkt dauerte nicht lange, eine halbe Stunde oder ein wenig mehr, da nicht viele Boote heimgekommen waren. Wenn dann die Viehtreiber gegangen waren, die alten Weiber und die Kinder, die Großhändler und die Neugierigen, dann legten sich wieder Schweigen und Einsamkeit über die kleine Bucht, und nichts war mehr zu hören als das Schreien der Möwen, die sich um die Fischabfälle zankten, und der dumpfe Aufschlag der Wellen.
Ein Mensch, der Philosoph, schlenderte über den Strand; etwas weiter entfernt Cristián und noch weiter ich. Der Fischer mit dem Netz knüpfte seine unausgesprochenen Worte, seine unausgedrückten Gedanken, seine unbekannten Gefühle, das Meer, den Himmel, alles zusammen in das Netz; und ein anderer Mann, ein Unbekannter – immer wieder taucht dort ein Unbekannter auf –, späht von der Straße auf den Strand, die Hände in den zerrissenen Taschen, das Haar überlang und auch der Bart, die Schuhe zerfetzt. Verängstigt fragt er sich: Was werde ich nun anfangen?, so als sei er der erste, der sich diese Frage stellt.
Leben, Bruder! Was sollst du denn anderes tun?

VIERTER TEIL

I

Mir war es bisher nicht gelungen, zu erfahren, was in Cristián vorging, und vielleicht würde ich es nie erfahren. Da ich neben ihm lebte, mich in seinem Lebenskreis bewegte, mußte ich erkennen, daß ihn eine dichte Schutzhülle umgab, die sowohl für den flüchtigen Blick aus der Ferne als auch für den prüfenden aus nächster Nähe undurchdringlich war. Von Cristián ging nichts aus, was den Verstand anderer Menschen angesprochen hätte, und nichts verriet, ob die Gedanken, die der Philosoph und andere geäußert, in seiner dumpfen Seele Widerhall gefunden hatten. Von Echeverría erfuhr ich in kurzer Zeit mehr über Cristián, als ich von diesem in langen Jahren gemeinsamen Lebens erfahren hätte. Vielleicht war auch Echeverría der einzige Mensch, dem es gelungen war, Cristián näherzukommen. Nur näherzukommen, nicht mehr.

»Er wehrte sich verzweifelt gegen mich, doch ließ ich mich durch seinen Widerstand nicht einschüchtern. Ich wollte ihn nicht mit Beschlag belegen, sondern nur erreichen, daß er mich sah und hörte, wenn er mich schon nicht zu begreifen vermochte. Ich wollte das Wort in ihm wecken und sehen, welche Farbe und welchen Geschmack es auf seinen Lippen annähme. Du weißt ja, daß jedes Wort die Farbe und den Geschmack des Menschen annimmt, der es ausspricht. Ich wollte Cristián, hinsichtlich der geistigen Beziehungen zu seinen Mitmenschen, mehr geben, als ich vielleicht von ihm erhalten konnte. Ich versuche gern, aus den Menschen, mit denen ich in Berührung komme, etwas zu schöpfen, wenn sich dann auch oft zeigt, daß es nicht der Mühe wert war, Augen und Ohren für sie zu haben. Es ist nicht die Neugierde, die mich dazu treibt, im Menschen zu schürfen. Ich bin eben so. Schließlich gelang es mir doch, Cristián zum Sprechen zu bringen, und er erzählte mir in seiner

einsilbigen Sprechweise – nur wenn er sich erregt, gibt er sie auf – einiges von sich; nichts von dem, was er denkt – denn ich glaube nicht, daß er denken gelernt hat –, sondern von dem, was er erlebt hat. Es war nicht viel, aber immerhin etwas. Ich machte mir keine Hoffnung, daß er etwas von dem, was ich ihm gesagt habe, seit ich mich mit ihm befasse, aufgenommen oder verstanden hat. Als ich Cristián kennenlernte, war er schon ganz verhärtet und abgestumpft; ich könnte nicht sagen, bis zu welchem Grade; ich bin kein Psychologe, was ich sehr bedaure.
Als Don Pepe mich auf das Metallvorkommen in der Membrillo-Bucht verwiesen hatte und ich dorthin ging, um mich davon zu überzeugen, war Cristián schon dort. Gestrandet wie du, ja mehr als gestrandet, von der Brandung niedergeworfen. Sein Weg verlief vom Land zum Meer, während das Metall vom Meer zum Land kommt. Dort stand er, so wie auch du dort gestanden hast, mit dem Unterschied, daß alles, was dir zustößt, zufällig und vorübergehend sein kann, während das, was ihm zustößt, endgültig zu sein scheint. Cristián hat nicht gelernt zu arbeiten, er kann nicht stehlen und ist nicht imstande, sich von Valparaiso loszureißen. Gib ihm einen Pinsel, einen Hammer oder einen Schraubenschlüssel in die Hand, er wird nicht wissen, was er damit anfangen soll; er kann das Werkzeug nicht handhaben: seine Muskeln sind steif.
Mehrere Tage sah er mich kommen, Metall sammeln und wieder weggehen. Während ich hin und her lief, behielt ich ihn im Auge und versuchte zu erraten, was in ihm vorging. Er erwiderte meinen Blick aber mit derart mürrischem Ausdruck und derart harter Gebärde, daß ich es anfangs trotz meines Geistes – das einzig Wertvolle, das ich außer meinem Wortschatz besitze – nicht wagte, mich ihm auch nur zu nähern. Es ließ mir aber doch keine Ruhe, und so trat ich schließlich an ihn heran, gewillt, sogar einen Fußtritt oder Schlimmeres einzustecken. Ich bot ihm nichts an, noch fragte ich ihn etwas; ich sagte ihm nur, das Meer spüle Metall ans Land, das man ohne Mühe auf-

heben könne, und es gäbe jemand, der es kaufe. Glaube nun nicht, daß er es eilig gehabt hätte. Schritt um Schritt kam er näher, und es dauerte einen ganzen Tag, bis er sich endlich entschloß, ein Stück Metall aufzuheben; und ich lüge nicht, wenn ich dir sage, daß sein Rückgrat, als er sich niederbeugte, knackte, so als hätte er es sich gebrochen. Das Leben hat ihn so verhärtet, daß er zu einem Wesen wurde, das weder Tier noch Pflanze ist, und zu seinem Unglück ist er auch kein Stein: er muß essen, er muß atmen, und er muß manches tun, was zwar geringfügig, aber doch notwendig ist. So ist Cristián, und glaube nicht, er sei der einzige. Es gibt viele, die so sind wie er; und sie müssen leben, das heißt, sie leben, und wir müssen sie nehmen, wie sie sind. Wir können sie verachten, wir können getrennt von ihnen leben, aber wir können nicht so tun, als existierten sie nicht. Täglich werden Tausende dieser Art geboren, und manchmal sitzt das Übel nicht in ihnen selbst: einige werden stumpf geboren, andere wieder stumpft das Leben ab. Manchmal können sie gerettet werden, manchmal wieder sind sie für immer verloren. Solche Wesen gibt es aber nicht nur in unserer Umgebung; sie werden überall geboren, und einige von ihnen werden zu bedeutenden Persönlichkeiten.
Wurde nun Cristián stumpf geboren, oder hat ihn erst das Leben so werden lassen? Das ist schwer zu beurteilen, weil der einzige, der es uns sagen könnte, nicht dazu imstande ist. Du, Aniceto, hattest Glück...«
Glück... Ich hatte dem Philosophen einiges aus meinem Leben erzählt.
Eine Zeitlang hatten wir in Rosario in einem Haus gelebt, das mein Vater von einer alten Dame mit einem italienischen Namen gemietet hatte. Die Frau war Witwe und hatte weder Kinder noch Angehörige. Ihr einziger Unterhalt war das Haus, das sie vermietete, während sie sich in ein Nebengebäude zurückzog, das ihr Mann als Lager und Werkstatt eingerichtet hatte. Als er gestorben war, hatte sie dort eine Küche angebaut, einen Hühnerhof errichtet, in dem sie ein halbes Dutzend Hühner

und einige Enten hielt, und war entschlossen, dort den Rest ihrer Tage zu verbringen. Das Nebengebäude stand im Hintergrund des Besitzes, umgeben von einigen Bäumen und einem Garten, den sie selbst angelegt hatte, um Blumen zu ziehen: Lobelien, Rauten, Jalapenwurzel, Nachtschatten, zwei oder drei Heliotropsträucher, die einen betäubenden Duft ausströmten, und eine Krapppflanze. Das Ganze war von einem weißgestrichenen Holzzaun umgeben.
Meinem Vater war der Gedanke, eine fremde Person im Haus zu haben, unangenehm, aber die alte Dame lebte so zurückgezogen, daß mein Vater schließlich ihre Gegenwart duldete. Dann und wann besuchten wir Brüder die alte Dame, ihren Garten mit den Blumen und den Bäumen, unter denen auch einige Pfirsichbäume waren. Wenn die Pfirsiche reiften, konnten wir sicher sein, daß die Dame uns einige schenkte. Sie plauderte mit uns, vermied es aber, uns nach unserer Familie zu fragen. Sie hatte keine Dienstboten, und Besuch kam nur selten. Manchmal ging sie, hübsch zurechtgemacht, aus, um alte Freundinnen oder Nachbarinnen zu begrüßen. Dann gab sie ihr Häuschen und ihren Garten in unsere Obhut. Sie wagte aber nie, uns zu besuchen, und meine Mutter, die sehr vorsichtig war, hütete sich, sie einzuladen. So ging die alte Dame bei uns nur vorüber, grüßte freundlich und schloß sich in ihrem Gartenhaus unter den Bäumen ein. Sie kochte und wusch auch selbst; sie war gesund und immer heiter.
An einem Sommermorgen ging ich, von den Pfirsichen, die eben reif geworden waren, angelockt, zum Garten der alten Dame: da saß sie und mühte sich, eine Zeitung zu lesen. Als sie mich erblickte, lud sie mich ein, näher zu treten.
»Kannst du lesen?« fragte sie.
Ich bejahte.
»Mir fällt es sehr schwer«, gestand sie. »Ich werde dabei rasch müde und bekomme Kopfschmerzen. Welch ein Glück, jung zu sein!«
Sie neigte den Kopf wieder vor, strich das Zeitungsblatt glatt,

das auf ihrem Schoß lag, und blickte es über den Rand ihrer Brille hinweg an.
»Diese Zeitung bringt einen sehr interessanten spanischen Roman.«
Ich hörte nur halb hin, da ein Zweig roter Pfirsiche meine Aufmerksamkeit in Anspruch nahm.
»Möchtest du einige Pfirsiche? Pflück sie dir nur. Es sind genug.«
Ich pflückte einige Pfirsiche, und da kam ich auf den Gedanken, ich könnte mich als Vorleser anbieten. Das wäre eine Gelegenheit, ihr für die Pfirsiche zu danken, die sie mir geschenkt hatte, und mir gleichzeitig weitere zu sichern. Der Sommer war lang, und das Obst wurde von Tag zu Tag teurer.
»Soll ich Ihnen vorlesen?«
Ich hatte Zeitungsromane nie beachtet und wußte deshalb nicht recht, was es war.
»Würde es dir nichts ausmachen?«
»Gewiß nicht.« Ich wischte meine Hände am Taschentuch ab. »Ich täte es mit größtem Vergnügen.«
»Gut. Da, nimm die Zeitung.«
Ich las den Titel des Romans und hörte mit dem Lesen erst auf, als ich ans Ende dieser Fortsetzung gekommen war. Während ich las, brach die alte Dame immer wieder in Ausrufe aus und machte leise Bemerkungen, die ich nicht verstand. Als ich ans Ende gekommen war, reichte ich ihr das Zeitungsblatt zurück.
»Vielen Dank auch!« meinte die alte Dame. »Du liest gut, aber zu rasch; mir scheint, es gefällt dir nicht recht, was du da gelesen hast.«
So las ich nun Tag für Tag und auch dann noch, als auf den Pfirsichbäumen schon längst keine Früchte mehr waren; mich hatte die Neugierde gepackt, und nicht zufrieden damit, was sich in dem Teil des Romans ereignete, den ich las, wollte ich erfahren, was sich vorher ereignet hatte. Die alte Dame lieh mir den Anfang des Romans; sie hatte ihn ausgeschnitten und besaß

noch viele andere. Als Lohn für meine Bemühung lernte ich eine mir bisher fremde Welt kennen. In der Zeitung waren Romane aus den verschiedensten Ländern erschienen: spanische, französische, italienische, englische, deutsche, polnische, russische, schwedische. Städte, Flüsse, Seen, Sitten, Leidenschaften und Epochen wurden mir vertraut.

Eines Tages erzählte mein Vater von Madrid; ich unterbrach ihn und sagte einiges über diese Stadt.

»Woher weißt du das alles?« fragte er lächelnd.

»Ich weiß sehr viel über Madrid und auch manches über dein Geburtsland Galicien.«

»Woher hast du das alles?« wollte er wissen. »In der Schule werden solche Dinge doch nicht unterrichtet.«

»Ich habe einige spanische Romane gelesen.«

»Wo?«

»Die Hausbesitzerin hat sie mir geliehen. Ich habe ihr einen Roman aus der Zeitung ›La Capital‹ vorgelesen, und sie hat mir andere geborgt.«

»Deswegen hat er auch in der Schule so schlechte Noten bekommen«, seufzte meine Mutter.

Mein Vater hatte gegen meinen Lesehunger nichts einzuwenden, und so las ich alles, was mir unter die Hände kam: Zeitungen, Zeitschriften, Kalender, Bücher; ja ich steckte selbst meine Brüder an, wenn sie dieser Leidenschaft auch nicht mit solcher Hingabe frönten, wie ich es tat. Meine Schulzeugnisse wurden immer schlechter, was meine Eltern mit Besorgnis erfüllte; sie verboten mir jedoch das Lesen nicht. Sie wußten nicht recht, ob es gut oder schlecht war, wenn sich ein Junge so sehr in die Lektüre vergrub; sie fürchteten nur um mein Fortkommen in der Schule, die ich dann nie beenden sollte, und empfahlen mir, das Lernen nicht ganz zu vergessen.

Vom Ende meiner Beziehungen zu der alten Dame erzählte ich Echeverría nichts.

Eines Tages erschien in der Zeitung, die sie hielt, unter anderem ein Bild meines Vaters. Er war es, darüber konnte es keinen

Zweifel geben, auch ein Irrtum war ausgeschlossen, und die Zeitung beschrieb ihn als einen gefährlichen Verbrecher, nannte seinen Namen, seinen Spitznamen und zählte seine Vorstrafen auf. Dagegen war nichts zu machen. Die alte Dame war eine sehr aufmerksame Zeitungsleserin, und so konnte ihr weder das Bild noch die Beschreibung entgangen sein. Sie verlor jedoch kein einziges Wort darüber. Mein Vater – er schämte sich seines Berufes – entschloß sich auszuziehen und teilte dies auch der alten Dame mit:

»Sie wollen das Haus verlassen?«

»Ja.«

»Ist es wegen der Zeitungsnotiz?«

Mein Vater schwieg, doch die alte Dame fuhr fort:

»Wenn es der Zeitung wegen ist, Don Aniceto, dann bleiben Sie. Mir ist es gleichgültig, was die Zeitung sagt, und ich kann nicht die geringste Klage gegen Sie erheben. Jeder richtet sich sein Leben so ein, wie ihn Gott dazu befähigt. Für mich sind Sie ein anständiger Mensch. Bitte, bleiben Sie.«

Aber mein Vater, dem diese Zeitungsnotiz nur schadete, war entschlossen, nicht nur das Haus, sondern auch die Stadt zu verlassen. Als ich mich von der alten Dame verabschiedete, umarmte sie mich und vergoß dabei viele Tränen. Sie schenkte mir zur Erinnerung drei Zeitungsromane. Ich hatte sie noch, als ich in die Welt hinausging.

»Ja, du hattest Glück, Aniceto, und auch ich hatte welches: mein Vater war Anarchist und las sehr viel. Und was für Bücher er las! Bücher aus der Biblioteca Sempere, die er selber kaum verstand, über die er aber immer wieder sprach; etwas fand er stets darin, einen Gedanken, und wäre er noch so klein gewesen, der ihm dann wochenlang durch den Kopf ging und über den er nicht nur zu seiner Frau und seinen Kindern sprach, die überhaupt nichts davon verstanden, sondern auch zu seinen Freunden und Arbeitskollegen, die auch keine Füchse waren. Mein Vater besaß eine gewisse Redegewandtheit, und ihm standen einige Phrasen zur Verfügung – wenige zwar, denn er war

Zimmermann und hatte keine Zeit gehabt, sich zu bilden –; und mit diesem geringen Wortschatz war er imstande, langatmige Reden zu halten. Ich begleitete ihn zu Versammlungen und war wohl der aufmerksamste Zuhörer, wenn ich auch kaum etwas verstand. Mit der Zeit machte ich mich selber über jene Bücher her: meist wissenschaftliche Bücher. Daneben verschaffte ich mir hier und da andere. Ergebnis: ich bekam Lust am Lesen und Mut, selbständig zu denken. Ich tat, was mein Vater nie vermocht hatte: die Säge, die man acht oder zehn Stunden täglich führt, und der Hammer sind nicht das Werkzeug, das einem erlaubt, an abstrakte Dinge zu denken. Du schneidest dir dabei höchstens einen Finger ab oder zerschlägst dir mit dem Hammer den Daumen.

Aber Cristián, Cristián, tja! Er kann weder lesen noch schreiben. Sein Vater war ein Hausierer, der mit Paraffin- und Talgkerzen handelte, ein Trunkenbold, Analphabet und Schläger. Er hat drei Kinder in die Welt gesetzt und wurde bald Witwer. Er heiratete nicht wieder – es gibt nicht viele Frauen, die Lust haben, einen ständig betrunkenen Hausierer zu heiraten –, und die Kinder wuchsen heran, wie sie eben konnten. Zwei davon starben – wahrscheinlich vor Hunger –, und Cristián wurde Dieb. Das einzige Mittel, sich vor dem Untergang zu retten, kein gutes Mittel, aber jeder greift nach dem Rettungsanker, der ihm am nächsten liegt. Cristián wählte das schlechteste Mittel; ihm fehlte und fehlt noch heute die Geschmeidigkeit der Muskeln und des Gehirns, und außerdem hat er – zu seinem größten Unglück – einen Augenfehler. Er ist nachtblind. Wenn es Nacht wird, dann scheint es ihm, als flimmere der Boden, er verwechselt die Dunkelheit mit dem Licht, und jede Unebenheit im Boden wird für ihn zum Problem. Du verstehst wohl, Aniceto, daß man unter solchen Voraussetzungen selbst zum Dieb ungeeignet ist; denn welcher Dieb könnte es sich leisten, in der Nacht mit einem Blindenführer zu gehen. Solange sie ihn nicht auf frischer Tat ertappten, ging es ja noch einigermaßen; nur war es so, daß Cristián fast immer erwischt wurde: er stieß an die Möbel oder ließ sein Werkzeug fallen. Dann, erschreckt, wandte er sich zur Flucht, aber schon nach zehn Metern schlug er hin; er hatte ein Loch im Boden mit einem Schatten verwechselt oder mit einem Stein, hinter dem er sich verstecken wollte. Dann fielen der Besitzer oder die Söhne des Besitzers und sogar dessen Frau oder der Hausdiener über ihn her und verprügelten ihn. Niemand wird brutaler geschlagen als ein Dieb, den man im Haus erwischt: das Gefühl für Besitz ist unendlich stärker als das Gefühl des Mitleids. Und so erging es Cristián unzählige Male.

Lange Jahre verbrachte er im Gefängnis. Immer wieder wurde er voller Beulen, blauer Flecken und blutüberströmt in die Polizeikommissariate eingeliefert. Die Polizei von ganz Valparaiso kannte ihn, selbst die kleinsten Straßenpolizisten, und wenn es einem von ihnen einfiel, verhaftete er Cristián, der kaum noch zu atmen wagte. Da er gewalttätig ist, raufte er dann mit dem Polizisten. Und da Polizisten ein hochentwickeltes Gefühl für Autorität haben, das ebenso stark ist wie das Gefühl für Besitz, geschah es, daß Cristián nicht nur voller Beulen, blauer Flecken und blutüberströmt in die Polizeikommissariate eingeliefert wurde, sondern sie auch im gleichen Zustand verließ. Das Leben wurde für ihn immer unmöglicher, und so streifte er durch die Schluchten und über die Höhen der Hügel, und nur der Hunger trieb ihn in die Nähe der Wohnungen, um etwas zu suchen, womit er ihn stillen konnte. Dort wurde er aber wieder aufgegriffen und ins nächste Polizeikommissariat geschleppt. Schließlich erbarmte sich seiner ein Polizeiinspektor, der an der Playa Ancha Dienst tat und Cristiáns Vater gekannt hatte. Der verhaftete ihn nie und tat immer so, als hätte er ihn nicht gesehen. Aber eines Tages sah er ihn doch: das Gesicht und der Körper Cristiáns müssen so schrecklich ausgesehen haben, daß der Inspektor, erschüttert, an ihn herantrat. Er erreichte es auch, daß Cristián erzählte. Der Polizeiinspektor sprach dann mit seinem Vorgesetzten, dieser wieder mit dem nächsthöheren und so fort; und schließlich kam die Polizei

überein, Cristián nur zu verhaften, wenn ein schwerwiegender Grund vorlag. Es wurde ihm eine Unterkunft zugewiesen, und er mußte versprechen, nicht mehr zu stehlen oder einzubrechen und das Stadtviertel nicht zu verlassen.
Kurze Zeit nach diesem Übereinkommen habe ich Cristián kennengelernt. Ich weiß nicht, wie lange ich mit Cristián zusammenbleiben werde, aber ich habe mir vorgenommen, ihn nicht zu verlassen, und außerdem habe ich die feste Absicht, ihm das Arbeiten beizubringen. Auch ich werde wieder arbeiten, wenn ich mich stark genug dazu fühle. Jetzt fängt ja bald die Arbeit wieder an; das schöne Wetter kommt; der Südwind bläst immer stärker. Du könntest mit uns gehen; wir drei würden einiges schaffen. Den Pinsel in der Hand, würden wir sogar mit den Fliegen fertig werden.«

2

Wer weiß, ob wir nicht immer nur neben den Menschen leben, wenn wir auch Jahre hindurch mit ihnen leben und glauben, ihre innersten Regungen zu kennen, weil wir Tag für Tag und Nacht für Nacht mit diesen Menschen zusammen sind. Von einigen wissen wir mehr, von anderen weniger, aber wie groß auch die von uns erworbene Kenntnis sein mag, so werden wir doch immer feststellen, daß sie etwas für sich behalten, was wir nicht ergründen und was sie selbst niemandem anvertrauen können: das, was sie in ihrem Eigensten und nur für sich allein sind, das wenig sein kann oder sehr viel, das aber immer da ist: dieser geheimnisvolle und unteilbare Kern, der sich in sich zusammenzieht, wenn andere an ihn stoßen, und der für die anderen tödlich ist, wenn diese ihn verletzen.
Ich hatte keine Hoffnung, Cristián näherzukommen, so einsilbig war er, und ich hatte nicht das, was der Philosoph geistige Kühnheit nannte. Das wenige aber, das ich über Cristián erfahren hatte, ließ mich etwas Sympathie für ihn empfinden.
Was Echeverría betraf, so war er für mich kein Problem, und

anscheinend war er es für niemand, obwohl er es vielleicht für sich selbst war. Von natürlicher Offenheit, mitteilsam, herzlich, war er ein Mensch, der sein möglichstes tat, um, im Sinne der geistigen Beziehungen der Menschen, mehr zu geben, als er vielleicht je erhalten konnte, wie er einmal gesagt hatte. Sein Verhalten gegenüber Cristián, mir und anderen Menschen bestätigte dies, wie ich beobachten konnte. Alle näherten sich ihm in Freundschaft, und er hatte mit niemandem Streit. Er verbarg nichts, er hatte nichts zu verlieren, weder Ware noch Geld, weder Stellung noch Interessen. Sicherlich hatte auch er seinen verborgenen Kern; denn niemand kann ohne ihn bestehen, aber wahrscheinlich war er nicht so groß und hart wie der Cristiáns oder so klein und unauffällig wie der meine. Wie war es möglich gewesen, sich einen solchen Charakter zu bilden? Echeverría war nicht der erste, den ich kennengelernt hatte, aber keiner war so wie er gewesen. Auch andere Menschen waren mir offen, herzlich und mitteilsam entgegengekommen. Blickte ich sie an, dann erschienen sie mir wie eine Oberfläche, an der alles klar und rein ist, wie ein Spiegel zum Beispiel oder eine Metallhobelbank. Der Augenschein genügt aber nicht. Erst wenn man mit der Hand über die Oberfläche streicht, wird man gewahr, wie sie wirklich ist: da eine kleine Vertiefung, dort eine Unebenheit. Was liegt in jener Vertiefung? Manchmal stößt die prüfende Hand auf einen unsichtbaren Glassplitter oder ein Metallteilchen, die wie eine spitze Nadel in die Haut eindringen. Echeverría war kein weichlicher Mensch, manchmal schien er sogar bereit, sich zu schlagen; nicht körperlich, denn er war schwach, aber mit Hilfe seiner geistigen Kräfte, die ihm dann zur Verfügung standen. Echeverría war vielleicht unentschlossen, unschlüssig – wie konnte er seine Beziehungen zur Frau des Meisters Jacinto abbrechen! –, aber gerade der Mangel an Entschlußkraft und Kühnheit wiesen darauf hin, daß er seine Unfähigkeit, das durchzusetzen, was er für wert erachtete, klar erkannt hatte. Das erschien mir als tapfer. Ich hatte zu Echeverría Vertrauen, mehr noch: ich bewunderte ihn. Und

trotzdem hätte ich nicht so sein wollen wie er, vielleicht, weil es mir nicht gegeben war, so zu sein.
Was mich anging, so wüßte ich nicht zu sagen, welches Bild sich meine Kameraden von mir machten. Sicherlich das eines jungen Mannes, wie ihn die Älteren eben sehen: das Bild eines Wesens, dessen Möglichkeiten und Anlagen noch nicht zu erkennen sind. Und doch fühlte ich – vielleicht wünschte ich es auch –, daß ich nie in die Lage Cristiáns kommen – dies war nicht mehr möglich – noch in der des Philosophen verharren würde. In mir spürte ich etwas, das nicht in ihnen war, eine Kraft oder eine Unruhe, die weder Richtung noch Ziel hatte, aber mich schon jetzt daran hinderte, mich für immer damit abzufinden, was mir der Zufall bot. Vielleicht verdankte ich dies meinem Vater. Gelegentlich kann die gleiche Kraft nach verschiedenen Richtungen wirken: es kam nur darauf an, sie richtig zu nutzen. Ich hatte keinen Ehrgeiz, konnte keinen haben, aber in mir gab es, für die äußeren Einflüsse, gegen die ich nichts vermochte, eine Grenze des Widerstandes. Dies dulde ich; jenes nicht. Bis dorthin konnte ich gehen. Es war nicht viel, aber es genügte.
Inzwischen verstrich – langsam zwar – ein Tag nach dem anderen. Das Schiff, mit dem mein Freund davongefahren war, kehrte zurück und fuhr von neuem davon. Mein Freund war nicht wiedergekommen und hatte mir auch nicht geschrieben. Ich machte ihm keinen Vorwurf daraus, verstand ich doch, daß es ihm vielleicht schwergefallen war. Der Philosoph fragte mich nach meinen Plänen. Ich sagte ihm, daß ich keine bestimmten Absichten hätte, außer, mir eine besser bezahlte Arbeit zu suchen; denn die Kleider hingen mir als Lumpen am Leibe, und mir fehlten einige Dinge. Ich war wieder gesund und fühlte mich kräftig; meine Lunge schien wieder in Ordnung zu sein; sie schmerzte nicht, und ich hatte nicht mehr jenen blutigen Auswurf, der mich so sehr erschreckte. Noch immer war ich mager, aber ich fühlte mich stark und unternehmungslustig.

»Ihr werdet's mir nicht glauben«, sagte der Philosoph eines Nachts, als wir um den wackligen Tisch in unserem Zimmer saßen, »ihr werdet's mir nicht glauben, aber seit einigen Tagen habe ich das Verlangen, eine Mauer anzustreichen, nicht irgendeine Mauer, etwa eine aus Lehm und Kalk, sondern eine große, gut verputzte Mauer. Mit Ölfarbe. Blau würde mir besonders gefallen.«

Als wir schwiegen, fuhr er fort:

»Einer meiner Freunde hat mal gesagt, der Mensch müsse einen Tag im Monat arbeiten, mit Hingabe arbeiten, und sich neunundzwanzig Tage ausruhen, mit Hingabe ausruhen. Ich, radikaler als er, meine, der Mensch soll arbeiten, wenn er das Bedürfnis dazu hat, und ich habe jetzt das Bedürfnis. Ich bin völlig auf dem Hund.«

Er lachte.

Am folgenden Tag begleitete er uns nicht in die kleine Bucht. Gegen Mittag erschien er, als Cristián und ich unsere Arbeit als Abfallsammler, wie der Seebär zu sagen pflegte, an diesem Morgen als beendet betrachteten.

»Heute müßt ihr mich zum Essen einladen; ich hoffe, daß ihr nicht nein sagen werdet, war ich es doch, der euch in dieses lukrative Geschäft eingeführt hat.« Dann fügte er hinzu: »Ich habe nicht einen Centavo. Das kommt davon, wenn man auf Arbeitssuche geht.«

Er war tatsächlich auf Arbeitssuche gewesen. Nicht etwa nur für sich: ein bekannter Handwerksmeister hatte ihm den Auftrag gegeben, einige Häuser in einem entfernten Badeort vorzurichten.

»Ich habe an euch gedacht«, meinte er beim Mittagessen. »Ich bin ein guter Maler, und der Unternehmer, der Vertrauen zu mir hat, wird mir etwas Geld vorstrecken, aber nicht hier in Valparaiso, sondern erst dort, im Badeort. So weit geht sein Vertrauen wieder nicht«, fügte er lachend hinzu.

»Was haltet ihr davon?« fragte er dann.

Cristián gab keine Antwort; er sah woandershin. Ich sagte kein

Wort, wußte Echeverría doch, daß ich auf jeden Fall mit ihm ginge. Auch ich hatte Lust zu malen, aber nicht eine Mauer, sondern ein Fenster, und nicht blau, sondern weiß. Ich würde es zuerst mit Ölfarbe streichen, darüber eine oder zwei Schichten Fixativ geben, es gut einkitten und dann schmirgeln, bis meine Hand nicht die geringste Unebenheit mehr wahrnehmen würde, und dann eine, zwei, drei Schichten Bleiweiß darübermalen. Es würde schon von weitem leuchten, und ich würde wissen, wer derjenige war, der dieses Fenster gestrichen hatte.
Cristián aber konnte nicht wie wir fühlen. Fenster und Türen riefen in ihm gewiß Ekel, vielleicht sogar Haß hervor. Sie waren etwas, das man gegen den Willen der Menschen, die hinter ihnen wohnten, öffnen mußte, und nicht etwa auf die gewohnte Art, sondern indem man sie aufbrach oder eindrückte, wobei man immer Gefahr lief, auf etwas zu stoßen, das mit dem Erwarteten in keinem Einklang stand.
In derselben Nacht verschwand Cristián. Ein oder zwei Häuserblocks vor der Baracke wurden wir erst gewahr, daß Cristián uns nicht mehr folgte. Des Nachts war er immer hinter uns gegangen, mit gesenktem Kopf, die Hände in den ausgebeulten Taschen, ganz seiner Beschäftigung hingegeben, mehr zu erraten als zu sehen, wohin er seinen Fuß setzen sollte. Wir dienten ihm stillschweigend als Führer; denn der Gehsteig konnte sich weder eines guten Zustands noch besonderer Gleichmäßigkeit rühmen: herausragende Steine, Löcher, anderes Material – hier Erde, dort Steinplatten und weiter weg Asphalt –, hier war der Gehsteig niedriger, dort wieder höher, hier stand der Pfahl einer alten Gaslaterne, dort war eine Öffnung im Boden.
»Was ist mit ihm geschehn?« fragte Alfonso.
»Ich weiß es nicht«, antwortete ich, »eben noch habe ich seine Schritte gehört, aber plötzlich waren sie verschwunden. Da wir jedoch auf tonigem Boden laufen, habe ich mir nichts dabei gedacht.«
»Gehn wir zurück«, bat mich Echeverría.

Wir gingen den Weg zurück und suchten Schritt um Schritt die Straße ab, die tiefen Löcher, die manchmal mit alten Zinkplatten bedeckt waren, die feuchten, stinkenden Winkel, die Rinnen, die in die Schlucht hinunterführten, die Schluchten selbst, und schließlich betraten wir zwei Kneipen: Cristián war nirgends zu finden. Unsere Straße stand in Verbindung mit anderen Straßen und Gassen, Wegen und Pfaden, die überallhin führten. Es war unmöglich, alle abzulaufen – wir hätten alle Hügel Valparaisos absuchen müssen –, und schließlich sagte der Philosoph:
»Kehrn wir um.«
»Vielleicht ist er zum Hafen gegangen«, mutmaßte ich.
»Möglich, aber dort wird es noch schwieriger sein, ihn zu finden.«
Von neuem suchten wir die Straße ab.
»Vielleicht ist ihm schlecht geworden«, begann ich wieder.
»Dann hätte er sicher was gesagt.«
Echeverría schwieg eine Weile. Dann fragte er:
»Was kann denn mit ihm los sein?«
Ich zuckte die Achseln.
»Ich kann es mir nicht denken. Vielleicht besucht er jemand.«
Echeverría schüttelte den Kopf.
»Nein. Cristián hat niemand, den er besuchen könnte, oder besser, niemand, der ihn empfangen würde, außer den Dieben. Mit Cristián wegzugehn, nicht etwa, um zu stehlen, sondern einfach, um mit ihm spazierenzugehn, das würden diese Leute nie tun, und Cristián weiß es genau. Die Diebe fliehen jeden aus ihrer Gilde, der oft eingesperrt war oder dem einige Unternehmungen fehlgeschlagen sind. Sie gehn mit solchen ebenso um wie Geschäftsleute mit ihren ehemaligen Berufskollegen, die Bankrott gemacht haben. Nein. Mit Cristián ist was andres.«
Er schwieg. Dann fing er wieder an:
»Mit ihm ist was andres. Cristián will nicht von Valparaiso weg, und er will nicht arbeiten; er will nicht mal arbeiten lernen, nicht, weil ihm die Kräfte dazu fehlten, sondern ganz ein-

fach, weil er die geistige Anstrengung, die die Arbeit für ihn bedeuten könnte, mehr scheut als alles andre. Er fühlt sich dieser Anstrengung nicht gewachsen.«
Echeverría hielt inne und blickte mich an. Wir standen unter einer Straßenlaterne, deren elektrische Birne ein schwaches Licht auf uns warf. Aus seinem Antlitz sprachen Kummer und Sorge.
»Was kann er anstellen!« rief er aus. »Was kann er anstellen! Er ist auf der letzten Stufe angekommen, auf der allerletzten Stufe. Darunter gibt es nichts mehr, nicht mal die Bettelei. Cristián könnte nicht mal Bettler sein; er wäre nicht imstande zu betteln, lieber würde er Hungers sterben. Er hat was an sich, eine Härte, einen Hochmut, ja fast eine Würde, die es ihm versagt, irgendwas anzunehmen, von dem er glaubt, es nicht annehmen zu dürfen, ohne sich in seinen eigenen Augen zu erniedrigen; nicht als Dieb, auch nicht als soziales Wesen – er versteht nichts von diesen Dingen –, sondern als Mensch; denn Cristián hat einen Begriff vom Menschen, einen Begriff von sich selbst; vielleicht unbewußt, vielleicht keinen Begriff – dies hieße ja Einsicht voraussetzen, Unterscheidungsvermögen wenigstens –, sondern nur einen Widerschein seines tierhaften Wesens; aber immerhin ist es etwas, etwas Wertvolles, wenigstens für mich. Cristián haßt die Mildtätigkeit, vielleicht, weil er nicht weiß, was sie bedeutet, oder weil er vermutet, daß sie den Menschen nicht erhebt, sondern ihn in seinem Elend erhält. Oft schon habe ich gedacht, daß in vielen Menschen dieses Landes, vor allem in denen der unteren Schichten, der Charakter ihrer indianischen Vorfahren in sehr ausgeprägter Form weiterlebt, nicht der Charakter jenes Indianers, der frei war, sondern der des andern, der seine Freiheit verloren hatte; diese Menschen zeigen die gleiche Haltung: sie sind verschlossen, mürrisch, arbeitsscheu, aufrührerisch; sie wollen sich noch immer nicht ergeben. Ergeben, wozu? Um Sklaven zu sein? Nicht der Mühe wert. Von manchen werden sie gehaßt, gehaßt deswegen, weil sie sich nicht ergeben wollen, weil sie ihnen nicht dienstbar

werden wollen. Ich muß gestehen, ich bewundere sie, wahrscheinlich, weil ich sie nicht brauche; sie brauchen nicht für mich zu arbeiten, sie brauchen mir nicht zu dienen oder zu gehorchen. Andere wieder beklagen sich über sie, ohne sie zu hassen. Doch vergessen auch sie dabei, daß ein Mensch, der einen andern in irgendeiner Form unterdrückt, weil er intelligenter ist als jener, weil er reicher ist, weil er Macht besitzt oder weil er stärker ist, daß ein solcher Mensch nicht erwarten darf, daß der andere, der Unterdrückte, sich jemals auf seine Stufe erheben wird. Er wird nur dann versuchen, diese zu erreichen, wenn er sich nicht mehr unterdrückt fühlt, wenn er sieht und begreift, daß jener, der über ihm steht – weil er, zum Beispiel, intelligenter ist –, ihn emporziehen will, um aus ihm einen vollkommenen Menschen und nicht einen vollkommenen Bedienten zu machen.

Man müßte sich jenen nähern, wie ein Vater oder ein Bruder sich dem Sohn oder dem Bruder, den sie lieben, nähern. Aber wo sind die Herren, die Gebieter oder die Haudegen, die bereit wären, ihr Geld, ihre Macht oder ihre Kraft zu vergessen? Und ganz zu schweigen von solchen, die nicht intelligent genug sind... Offenbart sich der aufrührerische Charakter in einem Menschen, der einer andren sozialen Schicht angehört, in einem Menschen, den niemand zwingen kann, irgend jemand dienstbar zu werden, dann wird er von den Leuten bewundert, sind es jedoch arme Teufel, so werden sie gehaßt. Besitzt man einen derartigen Charakter, dann darf man nicht arm sein, muß der Arme doch gefügig, unterwürfig, gehorsam, arbeitsam, mit einem Wort: ein wirklich armer Teufel sein. Ich weiß nicht, ob dies ausschließlich für unser Land zutrifft; die gleichen Menschen sind auch in anderen Ländern zu finden. Cristián weiß: hätte er sich in den Polizeikommissariaten unterwürfig gezeigt, dann wäre er nicht geschlagen worden; er wollte aber nicht; er konnte einfach nicht; und die Faustschläge und Prügel waren ihm lieber, als der Diener oder der Dumme sein zu müssen. Und das ist viel, sehr viel, Aniceto.«

Echeverría schwieg und seufzte. Wir setzten unseren Weg fort.
»Was mag Cristián jetzt wohl tun?«
Ich konnte ihm keine Antwort darauf geben. Was konnte Cristián schon tun? Stehlen, weiter nichts, das heißt, versuchen zu stehlen und sich gegen das zu verteidigen, was ihm geschehen konnte. Ich zog eine solche Haltung allen anderen vor. Das taten übrigens zahllose Menschen; das hatte mein Vater getan, das tat der Philosoph, das taten jene, die in der Nacht über das Gebirge gingen, und viele andere, Helden ohne Namen und ohne Uniform, abgerissen und ohne Paß.
Der Philosoph hob von neuem an:
»Ich wußte, daß irgendwas geschehen würde, und war auf eine Auseinandersetzung gefaßt, aber mein Gegner entzieht sich mir und bevorzugt eine Auseinandersetzung, die schlimmer ist als die, die er mit mir auszufechten gehabt hätte. Hast du größeren Blödsinn gesehen?«
Ich verteidigte Cristián:
»Für dich, aber nicht für ihn. Versetz dich in seine Lage, und du wirst sehen, daß er recht hat.«
»Gut. Vielleicht.«
Damit war alles gesagt, und wir schwiegen; wir konnten nichts anderes tun, als auf das zu warten, was geschehen mußte. Alfonso Echeverría dachte an Cristián; ich erinnerte mich meines Vaters. Lange Jahre hindurch hatte er genau gewußt, wie viele Schmuckstücke an einem Ort waren, wie sie aussahen und wo sie jederzeit zu finden waren, wie man in das Haus eindringen mußte und wie man wieder herauskam, wie weit es von der Haustür bis zum Schrank war, in dem die Schmuckstücke aufbewahrt wurden; ja, mehr noch, er hatte eine besondere Schachtel für die Schlüssel, die er im Augenblick des Raubes brauchen würde; aber mein Vater wartete noch immer auf diesen letzten Augenblick, auf den Augenblick, da ihm kein anderer Ausweg mehr blieb. Von Zeit zu Zeit schlich er in das Haus und probierte die Schlüssel; nichts hatte sich verändert; die

Schlösser waren die gleichen. Er kannte die Gewohnheiten des Besitzers der Schmuckstücke, wußte die Stunde, da dieser sich erhob, und die, da er zu Bett ging, wußte die Stunde, da er seinen Spaziergang machte, und die Stunde, da er heimkam. Ein anderer Spanier, zu einer unvorstellbaren Zahl von Kerkerjahren, die er im Zuchthaus von Ushuaia absitzen mußte, verurteilt, hatte meinem Vater die Angelegenheit übergeben. Mein Vater trat als Diener in das Haus ein – als Galicier hatte er es leichter, aufgenommen zu werden – und erforschte jede Einzelheit, ohne etwas zu stehlen. Dies war sehr einfach, und die Schmuckstücke würden nicht davonlaufen. So wurden sie die eiserne Reserve meines Vaters. Der Herr des Hauses war schon alt, ein Siebziger.

Und eines Tages kam der Augenblick: meine Mutter war gestorben, und Aniceto Hevia, der Ältere, war mit vier Knaben allein zurückgeblieben. Er konnte sich nicht mehr mit der gewohnten Freiheit bewegen und mußte sich vorsehen. Würde er beim Stehlen ertappt, dann bedeutete dies, daß die Kinder ganz allein dastünden, da er niemanden hatte, dem er sie anvertrauen konnte. Auch der Besitzer der Schmuckstücke starb zu dieser Zeit, vielleicht am gleichen Tag wie meine Mutter. Und die Erben setzten sich im Haus fest. Mein Vater brach die Tür auf und drang ein; doch als er das Haus verlassen wollte, stieß einer der Erben auf ihn. So kommt es, daß der Mensch gerade an dem scheitert, von dem er seine Rettung erhofft.

Echeverría und ich saßen noch lange stumm an dem wackeligen Tisch – eine Stunde, zwei Stunden, drei – und warteten. Ich las in einer alten Zeitschrift; Alfonso sann nach und lauschte. Plötzlich stand er auf, ging zur Tür, öffnete sie und blickte in den dunklen Hof der Baracke; dann kam er zurück.

»Ich will ja seinen Charakter nicht ändern«, sagte er, als er wieder einmal von der Tür zurückkam. »Was ich will, ist, daß er lebt. Es wäre mir völlig gleichgültig, was er tut oder zu tun beabsichtigt, wäre er ein anderer Mensch, ein Mensch, von dem ich weiß, daß er das, was er tun will – ob Gutes oder Schlechtes –, wenigstens richtig ausführt, ganz gleich, ob er stehlen, einen Streik organisieren oder den Nordwestdurchgang entdekken will. Für alles muß man gewisse Voraussetzungen mitbringen, für alles, so verschieden auch die Ziele sind. Aber Cristián hat keine einzige Voraussetzung, schlimmer noch, er will immer gerade das tun, wofür sie ihm am meisten fehlt.«

Ich verstand ihn nur zu gut. Mein Vater hatte alle Voraussetzungen, und doch…

Dann schwiegen wir wieder, und ich, ermüdet von der Spannung, in der uns Cristiáns Verschwinden hielt, begab mich zur Ruhe. Im Halbschlaf vernahm ich, wie sich auch der Philosoph seufzend niederlegte. Dann schlief ich endgültig ein. Ich wurde plötzlich wach und hörte, wie jemand mit aller Vorsicht die Tür öffnete, es aber nicht verhindern konnte, daß die Türangeln leise ächzten. Auch Echeverría fuhr hoch; eine Männergestalt stand in der Türöffnung: Cristián.

»Bist du's, Cristián?« fragte Alfonso.

Statt einer Antwort knurrte Cristián etwas Unverständliches, das vieles bedeuten konnte, uns aber genügte: er war es, und da stand er. Wir legten uns schweigend wieder hin. Cristián zog die Tür hinter sich zu, ging schweren Schrittes bis zur Mitte des Raumes, tastete nach dem Tisch und nach dem Stuhl und setzte sich. Dort blieb er, ohne zu sprechen und ohne sich zu bewegen, und so verharrte er die ganze Nacht, ohne seine Gegenwart anders zu beweisen, als dann und wann auf den Boden zu spucken.

Langsam graute der Tag, und je heller es wurde, um so besser konnte ich Cristián sehen. Er saß noch immer am Tisch, mit dem Rücken zu uns, die Ellbogen auf die Tischplatte gestützt und das Gesicht in die Hände vergraben. Er schien zu schlafen, so unbeweglich saß er da. Doch schlief er nicht, denn immer wieder spuckte er aus. Dies war sonst nicht seine Gewohnheit. Ich stützte mich auf einen Ellbogen und blickte auf den Fußboden: zwischen seinen zerfetzten Schuhen stand eine dunkle Lache. Ich stieß Alfonso an; er wandte den Kopf und musterte mich, wobei er mit einer Gebärde des Kopfes fragte, was geschehen sei. Ich deutete auf die Lache. Vielleicht war er verletzt; der Blutfleck ließ es vermuten. Echeverría blickte angestrengt hin, überrascht stand er sofort auf und kleidete sich mit ungewohnter Eile an. Dann ging er zur Tür, öffnete sie, um mehr Helligkeit ins Zimmer zu lassen, und wandte sich Cristián zu, dem er eine Hand auf die Schulter legte.

»Du!«

Cristián schrak zusammen, doch hob er den Kopf nicht.

»Was denn?« knurrte er.

»Bist du verletzt?«

Cristián zuckte die Achseln und schwieg.

»Antworte!«

»Ich hab nichts«, sagte er endlich.

»Und das Blut da?«

Cristián zuckte wieder die Achseln.

»Aus dem Mund.«

»Sonst nichts?«

»Nichts.«

Echeverría war einen Augenblick unentschlossen.

»Heb den Kopf!« sagte er und bemühte sich, seiner Stimme einen zärtlichen Ton zu geben.

Cristián weigerte sich.

Echeverría streckte die Hand aus und berührte seinen Kopf. Cristián erhob sich mit heftiger Bewegung halb von seinem Stuhl und schrie zornig:

»Laß mich in Ruh, sag ich, sonst ...!«

Dann ließ er sich langsam wieder auf den Stuhl nieder. Alfonso blieb schweigend neben dem Tisch stehen; er hatte Cristiáns Gesicht gesehen. Währenddessen war ich, bemüht, möglichst wenig Lärm zu machen, aufgestanden und ging in den Hof, um mich zu waschen. Kurz darauf gesellte sich Echeverría zu mir. Ich blickte ihn fragend an.

»Sein Gesicht sieht aus, als hätten sie darauf herumgetanzt.«

Dann schwieg er nachdenklich.

»Jetzt muß etwas getan werden, aber ich weiß nicht, was. Von uns wird er sich nicht anrühren lassen, und doch kann er nicht so bleiben, wie er ist.«
Während er sich wusch, fiel ihm etwas ein.
»Vielleicht kann uns Señora Esperanza helfen.«
Señora Esperanza war unsere Nachbarin, die Frau Meister Jacintos. Bevor wir zur Membrillo-Bucht gingen, suchte Alfonso sie auf.
»Nur keine Sorge, Nachbar. Ich tu's gern. Sie können beruhigt weggehen.«
Wie immer war sie sauber, frisch gewaschen und gekämmt. Eine kleine weiße Schürze verdeckte halb den Rock: eine Frau, als wäre sie zum Geschenk bestimmt. Wir verabschiedeten uns von ihr.
»Ich gehe, noch bevor die Kinder wach werden.«
Wir warteten. Die Frau klopfte an die Tür, erhielt aber keine Antwort. Da öffnete sie und sagte:
»Guten Morgen, Nachbar.«
Ihre Stimme klang in jenem Raum ganz seltsam; sie hatte eine Zartheit und eine ungewohnte Klarheit angenommen. Noch immer erhielt sie keine Antwort, doch gab die Frau ihre Bemühungen nicht auf und trat kurz entschlossen in den Raum.
»Kann ich Ihnen helfen, Nachbar?«
Ihre Stimme war voll Zärtlichkeit. Wir vernahmen dann ein Brüllen und unmittelbar darauf eine gellende Klage: Cristián weinte. Eins der Kinder im Nebenraum brach ebenfalls in Tränen aus. Wir gingen.
»Sicherlich«, meinte Alfonso Echeverría, »ist es das erste Mal in seinem Leben, daß jemand so zu ihm gesprochen hat.«
Wir arbeiteten an diesem Vormittag mehr als sonst, und zu Mittag, nachdem er das Metall an Don Pepe verkauft hatte, sagte der Philosoph:
»Ich geh nach Hause, um ein paar Sachen für Cristián abzugeben. Wenn du willst, warte mit dem Essen auf mich; wenn nicht, dann iß allein. Da!«

Er reichte mir einige Geldstücke, aber ich wollte nicht ohne ihn essen und wartete an derselben Stelle, an der Cristián auf uns zu warten pflegte, umgeben von Urinlachen und Pferdemist. Ich kümmerte mich nicht um die Urinlachen und den Pferdemist; mir war, als würde ich Echeverría in seinem Kampf beistehen, und ich empfand Freude darüber. Bald kam Echeverría zurück, und wir gingen wie immer in die »Zukunft«, Restaurant dritter Klasse, mit seinem besiegten Boxer-Kellner und seinem Wirt, dessen Gesicht wie eine Schnapsbrennerei aussah.
Wir setzten uns und bestellten das Mittagessen.
»Er ist jetzt ruhiger«, sagte Alfonso, »aber er wird einige Tage brauchen.«
Dann schwieg er nachdenklich, hob aber bald wieder an:
»Es ist doch eigentümlich. Gestern sprach ich mit dir von der Rauferei, die ich mit Cristián haben würde – Rauferei natürlich im übertragenen Sinne –, und ich sagte dir, daß Cristián dieser ausweiche und eine andere suche. Bei der andern hat er den kürzeren gezogen, und nun bleibt ihm nichts übrig, als sich mir zu stellen, das heißt, sich selber gegenüberzutreten; denn der Kampf gilt ja nicht mir, sondern ihm selbst. Daß sie ihn so scheußlich zugerichtet haben, darüber freue ich mich nicht, wohl aber darüber, daß er eine Niederlage erlitten hat; arbeitet doch die Niederlage zu meinen Gunsten ... Auf jeden Fall müssen wir abwarten.«
Wir warteten. Nachdem mehrere Tage verstrichen waren, sagte der Philosoph schließlich eines Nachts:
»Der Unternehmer drängt mich, und ich habe ihm mein Ehrenwort gegeben, daß wir diese Arbeit übernehmen. Heute ist Donnerstag. Was meint ihr, können wir uns Samstag auf den Weg machen? Wir kommen dann Montag oder Dienstag an.«
Als er keine Antwort erhielt, fragte Alfonso:
»Was meinst du dazu, Aniceto?«
»Wir gehen los, wenn es dir recht ist.«
Er wandte sich dann nach Cristián um, der uns den Rücken zukehrte, und fragte ihn nach einigem Zögern:

»Und du, Cristián?«
Die Antwort ließ auf sich warten:
»Ich weiß nicht.«
Alfonso fügte hinzu:
»Wir gehen auf jeden Fall am Samstag.«
Der Tag brach trübe an. Alfonso und ich waren zeitig aufgestanden, gingen in den Hof hinaus, um uns zu waschen, und kehrten in den Raum zurück. Cristián hatte sich inzwischen auch erhoben. Eine Weile sprach keiner ein Wort. Der Philosoph sah sich noch einmal im Zimmer um, nahm seine Decke, rollte sie zusammen und klemmte sie unter den Arm; ein kleines Bündel. Dann traten wir wieder in den Hof, der leer war, und machten uns auf den Weg. Wir gingen jedoch allein: Alfonso Echeverría und ich. Cristián blieb an der Tür stehen und blickte in die Ferne. Verstohlen sah ich ihn an: Seine Augen waren düster, umgeben von den blauen Flecken, die man ihm geschlagen hatte, und sein Gesicht zeigte einen Ausdruck tiefster Unruhe, ja Angst. Ich sah es, als ich wegging. Nach einigen Schritten wollte ich mich umdrehen, um nach Cristián zurückzuschauen, aber Alfonso hinderte mich daran.
»Schau nicht hin und mach dir keine Sorgen.«
Schritt um Schritt stiegen wir den Hügel hinab, und jeder neue Schritt war für uns qualvoller als der vorhergehende. Einen Augenblick glaubte ich, der Philosoph wollte stehenbleiben und sich nach Cristián umwenden, doch tat er es nicht. Bald würden wir es überstanden haben: zwanzig Schritte noch, und wir würden an jenem Punkt sein, wo der Weg steil abfiel und eine scharfe Kurve hatte. Dort würden wir Cristián nicht mehr sehen können.
Gerade an dieser Stelle erreichte uns ein Schrei:
»Wartet auf mich!«
Ein heiserer Schrei, so als wenn etwas zerreißt.
Wir blieben stehen. Cristián kam auf uns zu.
Als er uns eingeholt hatte, setzten wir unseren Weg fort.

suhrkamp taschenbücher
Eine Auswahl

Abish: Wie deutsch ist es. st 1135
Achternbusch: Die Alexanderschlacht. st 1232
– Die Atlantikschwimmer. st 1233
– Das Haus am Nil. st 1394
– Wind. st 1395
Adorno: Erziehung zur Mündigkeit. st 11
Aitmatow: Dshamilja. st 1579
– Der weiße Dampfer. st 51
Alain: Die Pflicht, glücklich zu sein. st 859
Allende: Das Geisterhaus. st 1676
– Von Liebe und Schatten. st 1735
Anders: Erzählungen. st 432
Arendt: Die verborgene Tradition. st 303
The Best of H. C. Artmann. st 275
Augustin: Eastend. st 1176
Ba Jin: Die Familie. st 1147
Bachmann: Malina. st 641
Bahlow: Deutsches Namenlexikon. st 65
Ball: Hermann Hesse. st 385
Ball-Hennings: Briefe an Hermann Hesse. st 1142
Ballard: Billennium. PhB 96. st 896
– Die Dürre. PhB 116. st 975
– Hallo Amerika! PhB 95. st 895
– Der tote Astronaut. PhB 107. st 940
Barnet: Das Lied der Rahel. st 966
Barthelme: Moondeluxe. st 1503
Barthes: Fragmente einer Sprache der Liebe. st 1586
Baur: Überleben. st 1098
Becker, Jürgen: Gedichte. st 690
Becker, Jurek: Aller Welt Freund. st 1151
– Bronsteins Kinder. st 1517
– Jakob der Lügner. st 774
– Schlaflose Tage. st 626
Beckett: Der Ausgestoßene. L'Expulsé. The Expelled. st 1006
– Endspiel. st 171
– Glückliche Tage. st 248
– Malone stirbt. st 407
– Mercier und Camier. st 943
– Molloy. st 229
– Warten auf Godot. st 1
– Watt. st 46
Behrens: Die weiße Frau. st 655
Beig: Hermine. st 1303
– Hochzeitslose. st 1163
– Rabenkrächzen. st 911
Benjamin: Angelus Novus. st 1512
Deutsche Menschen. Eine Folge von Briefen. st 970
– Illuminationen. st 345
Benjamin / Scholem: Briefwechsel 1933-1940. st 1211
Berkéwicz: Adam. st 1664
– Josef stirbt. st 1125
Bernhard: Alte Meister. st 1553
– Amras. st 1506
– Beton. st 1488
– Die Billigesser. st 1489
– Holzfällen. st 1523
– Ja. st 1507
– Korrektur. st 1533
– Der Stimmenimitator. st 1473
– Stücke 1. st 1524
– Stücke 2. st 1534
– Stücke 3. st 1544

265/1/8.90

suhrkamp taschenbücher
Eine Auswahl

Bernhard: Stücke 4. st 1554
– Ungenach. st 1543
– Der Untergeher. st 1497
– Verstörung. st 1480
– Watten. st 1498
Bioy Casares: Morels Erfindung. PhB 106. st 939
– Der Traum der Helden. st 1185
Blackwood: Die gefiederte Seele. PhB 229. st 1620
– Der Tanz in den Tod. PhB 83. st 848
Blatter: Kein schöner Land. st 1250
– Die Schneefalle. st 1170
– Wassermann. st 1597
Bohrer: Ein bißchen Lust am Untergang. st 745
Brasch: Der schöne 27. September. st 903
Braun, V.: Gedichte. st 499
– Hinze-Kunze-Roman. st 1538
Bertolt Brechts Dreigroschenbuch. st 87
Brecht: Gedichte. st 251
– Gedichte für Städtebewohner. st 640
– Gedichte über d. Liebe. st 1001
– Geschichten vom Herrn Keuner. st 16
Brecht-Liederbuch. st 1216
Brentano, B.: Berliner Novellen. st 568
Broch: Die Verzauberung. st 350
– Die Schuldlosen. st 209
– Massenwahntheorie. st 502
Brod: Der Prager Kreis. st 547
Buch: Die Hochzeit von Port-au-Prince. st 1260
– Karibische Kaltluft. st 1140
Cabrera Infante: Drei traurige Tiger. st 1714
Cain: Serenade in Mexiko. st 1164
Campbell: Der Heros in tausend Gestalten. st 424
Carossa: Der Arzt Gion. st 821
– Ungleiche Welten. st 521
Carpentier: Explosion in der Kathedrale. st 370
– Die Harfe und der Schatten. st 1024
Carroll: Schlaf in den Flammen. PhB 252. st 1742
Celan: Gesammelte Werke in fünf Bänden. st 1331/1332
Christo: Der Reichstag. st 960
Cioran: Syllogismen der Bitterkeit. st 607
Clarín: Die Präsidentin. st 1390
Cortázar: Alle lieben Glenda. st 1576
– Bestiarium. st 543
– Rayuela. st 1462
Dorst: Merlin oder Das wüste Land. st 1076
Duerr: Sedna oder die Liebe zum Leben. st 1710
Duras: Heiße Küste. st 1581
– Hiroshima mon amour. st 112
– Der Lastwagen. st 1349
– Der Liebhaber. st 1629
– Ein ruhiges Leben. st 1210
Eich: Fünfzehn Hörspiele. st 120
Eliade: Bei den Zigeunerinnen. st 615
– Kosmos und Geschichte. st 1273
– Yoga. st 1127
Eliot: Werke. 4 Bde.

265/2/8.90

suhrkamp taschenbücher
Eine Auswahl

265/3/8.90

265/4/8.90

suhrkamp taschenbücher
Eine Auswahl

Innerhofer: Die großen Wörter. st 563
– Schöne Tage. st 349
Inoue: Die Eiswand. st 551
– Der Stierkampf. st 944
Janker: Zwischen zwei Feuern. st 1251
Johnson: Berliner Sachen. st 249
– Das dritte Buch über Achim. st 169
– Ingrid Babendererde. st 1387
– Karsch und andere Prosa. st 1753
– Mutmassungen über Jakob. st 147
– Eine Reise nach Klagenfurt. st 235
Jonas: Materie, Geist und Schöpfung. st 1580
– Das Prinzip Verantwortung. st 1085
Joyce: Anna Livia Plurabelle. st 751
T. S. Eliots Joyce-Lesebuch. st 1398
Kaminski: Herzflattern. st 1080
– Nächstes Jahr in Jerusalem. st 1519
Kaschnitz: Jennifers Träume. st 1022
– Kein Zauberspruch. st 1310
– Liebesgeschichten. st 1292
Kirchhoff: Mexikanische Novelle. st 1367
– Ohne Eifer, ohne Zorn. st 1301
Koch: Der Prozeß Jesu. st 1362
– See-Leben. st 783
Koeppen: Gesammelte Werke in 6 Bänden. st 1774
– Amerikafahrt. st 802
– Angst. st 1459
– Die elenden Skribenten. st 1008
– Die Mauer schwankt. st 1249
– Tauben im Gras. st 601
– Der Tod in Rom. st 241
– Das Treibhaus. st 78
Kolleritsch: Gedichte. st 1590
Konrád: Der Besucher. st 492
– Der Komplize. st 1220
Kracauer: Die Angestellten. st 13
– Kino. st 126
– Das Ornament der Masse. st 371
Kraus: Aphorismen. st 1318
– Die letz ten Tage der Menschheit. st 1320
– Die Sprache. st 1317
– Die chinesische Mauer. st 1312
– Literatur und Lüge. st 1313
– Sittlichkeit und Kriminalität. st 1311
– Weltgericht I / Weltgericht II. st 1315/1316
Karl-Kraus-Lesebuch. st 1435
Kroetz: Der Mondscheinknecht. st 1039
– Der Mondscheinknecht. Fortsetzung. st 1241
– Stücke I-IV. st 1677-1680
Kühn: Der Himalaya im Wintergarten. st 1026
– Die Kammer des schwarzen Lichts. st 1475
– Und der Sultan von Oman. st 758
Kundera: Das Buch vom Lachen und vom Vergessen. st 868
Laederach: Laederachs 69 Arten den Blues zu spielen. st 1446

265/5/8.90

suhrkamp taschenbücher
Eine Auswahl

Morshäuser: Blende. st 1585
– Nervöse Leser. st 1715
Moser: Gottesvergiftung. st 533
– Grammatik der Gefühle. st 897
– Kompaß der Seele. st 1340
– Lehrjahre auf der Couch. st 352
– Stufen der Nähe. st 978
Muschg: Albissers Grund. st 334
– Baiyun oder die Freundschaftsgesellschaft. st 902
– Entfernte Bekannte. st 510
– Fremdkörper. st 964
– Gegenzauber. st 665
– Im Sommer des Hasen. st 263
– Das Licht und der Schlüssel. st 1560
Museum der modernen Poesie. st 476
Neruda: Liebesbriefe an Albertina Rosa. st 829
Nizon: Canto. st 319
Nossack: Aus den Akten der Kanzlei Seiner Exzellenz ... st 1468
– Begegnung im Vorraum. st 1177
– Bereitschaftsdienst. st 1460
Onetti: Das kurze Leben. st 661
– So traurig wie sie. st 1601
Oz: Im Lande Israel. st 1066
– Mein Michael. st 1589
– Der perfekte Frieden. st 1747
Paz: Essays. 2 Bde. st 1036
Pedretti: Harmloses, bitte. st 558
– Die Zertrümmerung von dem Kind Karl. st 1156
Ernst Penzoldts schönste Erzählungen. st 216
Percy: Der Idiot des Südens. st 1531
– Lancelot. st 1391
Phantastische Begegnungen. PhB 250. st 1741
Platschek: Über die Dummheit in der Malerei. st 1139
Plenzdorf: Gutenachtgeschichte. st 958
– Legende vom Glück ohne Ende. st 722
– Die neuen Leiden des jungen W. st 300
Poniatowska: Stark ist das Schweigen. st 1438
Proust: Auf der Suche nach der verlorenen Zeit. 10 Bde.
– Briefe zum Leben. st 464
Puig: Der Kuß der Spinnenfrau. st 869
– Der schönste Tango der Welt. st 474
– Verraten von Rita Hayworth. st 344
Ribeiro: Maíra. st 809
Rochefort: Frühling für Anfänger. st 532
– Eine Rose für Morrison. st 575
– Die Welt ist wie zwei Pferde. st 1244
– Zum Glück gehts dem Sommer entgegen. st 523
Rodoreda: Auf der Plaça del Diamant. st 977
– Der zerbrochene Spiegel. st 1494
Rolfs: Rost im Chrom. st 1648
Russell: Eroberung des Glücks. st 389

265/7/8.90

suhrkamp taschenbücher
Eine Auswahl

265/8/8.90

suhrkamp taschenbücher
Eine Auswahl

Walser, M.: Die Ohrfeige. st 1457
– Das Schwanenhaus. st 800
– Seelenarbeit. st 901
Walser, R.: Der Räuber. st 1112
– Der Spaziergang. st 1105
– Fritz Kochers Aufsätze. st 1101
– Geschwister Tanner. st 1109
– Jakob von Gunten. st 1111
– Seeland. st 1107
– Wenn Schwache sich für stark halten. st 1117
Watts: Der Lauf des Wassers. st 878
– Vom Geist des Zen. st 1288
Weber-Kellermann: Die deutsche Familie. st 185
Weiß, E.: Franziska. st 785
– Der Aristokrat. st 792
– Georg Letham. st 793
– Der Augenzeuge. st 797
Weiss, P.: Das Duell. st 41
– In Gegensätzen denken. st 1582
Wilhelm: Die Wandlung. st 1146
Wilson: Brüchiges Eis. st 1336
Winkler: Das wilde Kärnten. 3 Bde. st 1042-1044
Zeemann: Einübung in Katastrophen. st 565
– Das heimliche Fest. st 1285
Zweig: Brasilien. st 984

265/9/8.90